闽籍学者文丛

福建文艺发展基金资助项目

第二辑

窗外的风景

刘登翰 著

海峡出版发行集团

福建人民出版社

图书在版编目（CIP）数据

窗外的风景/刘登翰著. —福州：福建人民出版社，2017.3
（闽籍学者文丛/张炯，吴子林主编. 第二辑）
ISBN 978-7-211-07533-1

Ⅰ.①窗… Ⅱ.①刘… Ⅲ.①华文文学—文学研究—
世界—文集 Ⅳ.①I106－53

中国版本图书馆 CIP 数据核字（2016）第 312981 号

窗外的风景
CHUANGWAI DE FENGJING

作　　者：刘登翰
责任编辑：张　宁
出版发行：海峡出版发行集团
　　　　　福建人民出版社　　　　　　电　　话：0591-87533169（发行部）
网　　址：http://www.fjpph.com　　电子邮箱：fjpph7211@126.com
地　　址：福州市东水路 76 号　　　　邮政编码：350001
经　　销：福建新华发行（集团）有限责任公司
印　　刷：福建省金盾彩色印刷有限公司
地　　址：福州市晋安区福光路 23 号　邮政编码：350014
开　　本：700 毫米×1000 毫米　　1/16
印　　张：24.5
字　　数：323 千字
版　　次：2017 年 3 月第 1 版　　　　2017 年 3 月第 1 次印刷
书　　号：ISBN 978-7-211-07533-1
定　　价：49.00 元

总　序

本丛书为闽籍知名学者的学术论著精选集。

福建地处我国东南海隅。南临大海，有一条美丽绵长的海岸线，让人联想起一种开放性；北为武夷山脉等群山所隔，又略显局促、逼仄。地理位置的这种矛盾性特点，一方面，使闽地学者不安于空间狭小的故园，历经磨难而游学四方，冲出"边缘"进入"中心"；另一方面，又有一种与"中心"相疏离的"外省"特色，在"中心"与"边缘"之间保持着必要的张力。这有力地塑造了闽地文化独特的"精神气候"：有比较开阔的世界性视野，善于借助异域文化经验、文化优势来实现自己、完成自己，建构属于自己的原创性理论话语，占据着学术思想的高地。

自魏晋南北朝以来，中原文化渐次南移，尤以唐宋为甚，故闽地学人辈出不已。在 19 世纪末、20 世纪初中国社会文化的转型期，福州、厦门被列入"五口"开放，西学进入沿海城市，闽地涌现许多文化先驱，一度成为中国的文化中心之一。如，"开眼看世界第一人"的林则徐，引进西方社会科学理论的严复，译介域外小说的林纾，等等。此后，闽地文化人如鲍照诗所云"泻水置平地，各自东西南北流"，以其才智和气魄在激烈竞争中居于重要地位。

在 20 世纪 80 年代的中国文化又一转型期，闽地文化人再次异军突起、风云际会，主动发起、参与了当代中国文坛数次意义重大的论战，发出时代的最强音，大大深化了 80 年代以降的文学变革和思想启蒙，成为学界思想潮流的"尖兵"。为此，当代著名作家王蒙提出了文学理论、批评界的"京派""海派""闽派"三足鼎立之说。这对于一个文化边缘省份而言，既是悠久历史传统的复苏，也是未来文化前景的预期；既是一项殊荣，也是一种鼓舞。

当代学术中"闽派"的提法，不仅仅是一个地域概念，更是一种文化概念。这个以地域命名的学术群落，散布全国各地学术重镇，每个人的文化素养、价值观念、审美向度和言述方式大相径庭，但都在全国产生了辐射性的影响力，充分展现了八闽大地包容万象的气势。职是之故，我们不拘于一"派"之囿，以"闽籍学者"定位这一丰富的文化现象。

受福建人民出版社的委托，我们欣然编选、推出这套"闽籍学者文丛"，其志在薪梓承传，泽被后学，为学术发展尽一绵薄之力。古人云："文章千古事，得失寸心知。"闽籍学者阵容强大，我们拟分期分批分人结集出版，以检阅闽地学人的学术实绩。

这是"闽籍学者文丛"的第二辑。本辑推出的是我国当代文学界著名的文艺理论家、文学史家、文学评论家，既有年逾九旬的老学者，也有中青年学术新锐；每人一集，收录有分量的代表性论文，凸显"一家之言"的戛戛独造。

如果时机成熟，本文丛还将进一步扩大规模，我们真诚地希望读者诸君一如既往地提出宝贵的建议。

张　炯　吴子林
2016 年 12 月 9 日

目　录

自　序

文学是我心中的一道风景。

每个人年轻的时候，或多或少都曾受过文学的诱惑。回望大学时代，曾经信誓旦旦要将此生献给文学创作。1961年我大学毕业，拒绝留在北京，选择回到福建来，个中缘由种种，就含有一个朦朦胧胧的文学梦想。所以，当现实给我当头一棒——那时正当两岸军事对峙一触即发，由于我家庭的海外关系，不让留在沿海城市，而被分配到闽西北山区，对此我并不太沮丧，反倒以为这样可以"深入"生活。然而现实很快让我清醒过来：一是我从文学看到的人生和现实的人生相去太远；二是接踵而来的一个又一个政治运动，几乎剥夺了文学的可能。尽管我在这一落魄人生的夹缝中仍希望以文学自救，偶尔写点诗或别的什么。但心中知道，文学与我已渐离渐远。

1979年岁末，历史的巨大转折也改变了我个人的命运。我在闽西北山区待了将近20年之后，调到福建社会科学院文学研究所从事专业研究。疏离学术太久了，一时竟不知从何着手，茫茫然甚至连研究题目都找不到；而习惯了听从别人安排的行政工作，乍一来到研究单位，有大把的时间可以自由支配，反倒无所适从。为了不让已经流失太多的岁月再白白逝去，我又尝试把一部分精力放在创作上，写诗，写散文，写报告文学，后来出版的几个集子，大多写于这一时期。但我很快就意识到，人在研究机构，能够安身立命的只有学术，而不是创作；何况对于当时的我来说，已经冷却了的文学热情，其实只是我面对人生转折的一种过渡。于是，匆匆走过了20世纪80年代最初的四五个年头，我便识相地把精力集中到学术上来，虽然偶尔还不甘寂寞地随兴写点什么，但那与年轻时候怀抱的文学梦想，已相去甚远。

学术研究是把文学作为对象，和创作把文学作为自我心灵的倾诉与写照，有很大的不同。文学逐渐从自己内心的风景变成窗外别人的风景。

最初我做中国当代新诗研究，这是延续20多年前大学时代的一个未竟的题目。福建偏于东南一隅，除了80年代初期的朦胧诗论争，福建一直在文学浪潮的中心以外。在这里做研究，常有一种"不在场"的感觉。后来我转向做台港澳与海外华文文学研究，原以为凭借福建与海外的密切关系和自己与台湾语言习俗相通的文化优势，可以比较容易地进入研究对象的"现场"，然而事实并非如此。特别是刚开始的80年代，两岸尚未"三通"，资料十分难得。所谓研究，一大半时间用在寻找资料，你拥有什么资料，就写什么文章。我曾开玩笑说，那是一种"瞎子摸象"式的研究，摸到大腿说是柱子，摸到肚子就说是墙，像经济学所说的"卖方市场"，是研究对象选择研究者，而不是研究者选择研究对象，那情况比所谓"不在场"还不在场。所以我很理解，80年代末90年代初曾经出现一个编写台港澳和海外华文文学史的热潮，那不是研究成熟的表现，而是研究不成熟的需要，一种为读者（也包括部分研究者）提供他们陌生的文学对象概貌的需要，是研究从不成熟走向成熟的中间过程。尽管后来资料已不成为研究的主要障碍，但隔着一道海峡甚至远隔重洋，不尽相同的社会环境、历史遭遇、文化差异和人生体认，使对彼者文学的认识，仍如雾中看花，镜中观月，还是隔了一层，说是"窗外的风景"，还须是在"风和日丽"时候，才能看得清晰一点。

　　作为一个"观景人"，我从当代诗歌研究出发，转向台湾文学研究，继而研究香港、澳门文学，接下来自然又转向海外华文文学，由文学而涉及两岸文化、闽南文化，还兼及一点艺术批评。研究对象的不断转移，可说是满眼缤纷，目不暇接。然而毕竟隔窗观景，游目赏花，且只在自己有限的视野里，都是浅尝辄止，并不深入。收入本书的二十几篇文章，大致涉及了我在文学研究方面的一些领域，文化和艺术方面的论述，将选入另外的集子。敝帚自珍，"闽籍学者文丛"给我一个捡拾自己一路撒落的学术印迹的机会，对此表示衷心感谢。

第一辑

中国新诗的"现代"潮流

中国的现代诗[①]，如果从被称为"象征派"始作俑者的李金发算起，以他发表于 1925 年 2 月 16 日出版的《雨丝》杂志第 14 期上的《疯妇》，和 1925 年 11 月由北新书局编入"新潮丛书"出版的诗集《微雨》为标志，迄今已近 80 年了。

这近 80 年的历史，悄悄改变了中国诗坛的现实。1925 年，当李金发的作品最初问世时，"在贫困的文坛里，引起了不少惊异，有的在称许，有的在摇头说不懂"[②]。近 80 年来，对现代诗的这类批评，无论在五六十年代的台湾还是 80 年代的大陆，抑或到今天，仍然不绝于耳[③]。但它却无法抹去现代诗在今天的中国诗坛——无论大陆，还是台湾、港澳，都已经成为一个巨大存在的事实。回溯这段有别

---

① 关于"现代诗"，可以有多种界定，这里所指的是五四以来新诗中具有现代主义倾向的作品。

② 李金发：《答纪弦先生二十问》，载《创世纪》第 39 期（1975 年 7 月 21 日）。

③ 历史有着惊人的相似。20 世纪五六十年代对台湾现代诗的批评和 80 年代对大陆"朦胧诗"的批评，都以"不懂"为立论的出发点，与 70 年前对李金发的批评竟一个论调。

于时时受到娇宠的现实主义和浪漫主义的现代主义艺术把握方式在中国存在和发展的坎坷历史，在感慨良多的同时，将让我们更深入地思考现代诗在中国的命运、存在形式和它汇入中国新诗传统的特殊途径。

五四新诗革命对艺术方式的选择

中国新诗的"发难"，差不多都从海外开始。1916、1917 年，胡适在留美期间开始他用白话写诗的"尝试"，尽管这些如钱玄同所批评的"未能脱尽文言窠臼"的"白话游戏诗"，很难以自己的"文本"载入经典，但却以开一代风气之先为后人所无法漠视。郭沫若《女神》中的绝大部分诗篇，都诞生于他在日本留学期间。徐志摩和闻一多，也在他们留学英美期间，完成了他们早期最重要的大部分作品。李金发也不例外，1925 年 6 月，当他从法国回到上海时，身边携带的是他后来成为中国"象征派"诗开创者的全部作品。

从创作时间上看，李金发比五四新诗草创期的开拓者胡适、刘半农、康白情、俞平伯以及郭沫若等人略晚一点，与新月派的徐志摩、闻一多以及有"清华四子"之称的朱湘、饶孟侃、杨纪恩等人差不多同一时期。李金发 1919 年 8 月到法国"勤工俭学"。他自谓那时因多看人道主义及左倾的读物，渐渐感到人类社会罪恶太多，不免有愤世嫉俗的气味，渐渐地喜欢颓废派的作品，波德莱尔的《恶之花》和魏尔伦的诗集，看得手不释卷。于是诗兴大发，1922 年开始写《微雨》；1923 年由法国到柏林"游学"，又完成《食客与凶年》。1924 年他带着德国太太重返巴黎，在回国途中经历了长达 7 个月的意大利漫游，写了 120 首诗，编成他认为"最满意的、充满了恋情的、技巧表达已更成熟"的诗集《为幸福而歌》。然而这些作品的发表和出版，似乎不如先期或同期的诗人顺利和幸运。1923 年，在柏林完成了《食客与凶年》之后的李金发，把作品寄给当时名气很大的周作人，受到周氏的赏识，推荐给了北新书局。但《微雨》的出版，要到李金发归国后的 1925 年 11 月，《食客与凶年》则更迟至 1927 年；倒是《为幸福而歌》经郑振铎推荐于 1926 年编入"文学研究会丛书"出版。此时已是新诗革命头一个十年的末期。文坛正经历着从"文学革命"到"革命文学"的转变阶段。普罗意识的勃兴浸濡在诗歌的创作中，使左翼诗歌浪潮迭起；新诗革命初期的文体意识便也相对淡漠和被忽视。在此一背景下才被推出的李金发及其"象征派"诗，虽然从艺术发展的意义上说，它所提供的有别于前此写实和浪漫的另一种现代的艺术观照和把握方式，对中国新诗未来有更深长的价值。但彼时的影响，自然不能与新诗草创初期如饥似渴吸取新的艺术方式来反叛旧诗同日而语。与李金发同时或稍后，虽然有王独清、穆木天、冯乃超乃至更年轻的蓬子、胡也频、石民等人对象征主义的倾心和尝试，但终未能形成与初期的"白话诗派"、"浪漫派"和"新月派"等相同规模和影响的气候。李金发后来不无调侃地声称，可惜他们没有联络，没有互相标榜，否则还可以造成一次更有声色的运动"。相信这是连李金发自己也未必真正相信的戏语。中国现代主义诗潮（它最初的出现是"象征派诗"）在新诗发端的最初十年所以未能形成气候，自有更深层的原因所在。

　　五四的新诗革命（新文学亦然），并不仅是语言和文体的革命。从 19 世纪开始，国势的颓危和国力的贫弱，使中国这个东方的古老帝国，在凭借工业革命崛起的西方列强面前，变成被宰和待宰的羔羊。民族衰亡的危机，唤起中国知识分子普遍的救亡行动。而欲救亡，必先启发民智；要用新思想新精神启蒙民众，则须先打破已经僵死了的语言形式，寻找新的运载工具。在五四新诗的肇始者那里，这个思路是十分明确的。因此，胡适在 1916 年 10 月写信给陈独秀，讨论他的新文学构想时提出的八项主张，就包括了"不用典"等五项"形式上之革命"和"须言之有物"等三项"精神上之革命"。待到 1917 年 1 月他发表《文学改良刍议》时，便把"精神上之革命"的三项主张移在了"形式上之革命"的五项主张前面。在 1919 年发表《谈新诗》中他说："这一次中国文学的革命运动，也是先要求语言文字和文体的解放。……形式上的束缚，使精神不能自由发展，使良好的内容不能充分表现。若想有一种新内容和新精神，不能不先打破那些束缚精神的枷锁镣铐。"1920 年，在《尝试集·自序》中又说："先要做到文字体裁的大解放，方才可以用来做新思想新精神的运输品。"到了为《新文学大系·建设理论集》写导言时，他更简练地表达了自己文学革命的理想："简单说来，我们的中心理论只有两个：一个是我们要建立一种'活的文学'，一个是我们要建立一种'人的文学'。前一个理论是文字工具的革新，后一种是文学内容的革新。"而"死文字决不能产生活文学。若要造一种活文学，必须有活的工具。……有了新工具，我们方才谈得到新思想和新精神等其他方面。"（《逼上梁山》）可见，当时文学革命的发动者是十分明确，自己所进行的语言、形式的革命，是为了实现启蒙、从而达到救亡目的的精神上的革命。

这不仅是五四新诗发生的直接原因，也是 20 世纪中国新诗存在和发展的大背景。纠葛在中国社会复杂矛盾和坎坷历史之中的新诗，无法完全摆脱艺术之外的社会因素对诗歌艺术发展的制约。特别是在一个诗教传统十分悠长的历史古国，对于过分沉重的社会使命的承担，很多时候甚至成为诗人的自觉——五四新文化运动虽然打出"反传统"的旗帜，但对于中国人文传统中的忧患意识和入世思想，以及儒家的诗歌功用观都是积极继承并予以发扬的。它首先就影响了五四新诗革命对艺术把握方式的选择。其实，发生在 20 世纪初的新文学运动，和彼时正风靡西方的现代主义运动，在时序上并不相距太远，而且大多从西方国家和东洋引介新文学薪火的五四一代诗人、作家，都不同程度地目睹或受到过现代主义文学浪潮的波荡。从本质上说，中国的新文学运动和西方的现代主义运动，都是寻求文学的现代性进程。但二者的性质却有很大的差别。在西方，现代主义文学是建立在现代科技进步和现代经济发展背景上的，对伴随工业文明而来的人的生存危机和精神危机所产生的一种新的审美观念和艺术方式；而在中国，新文学则是迫于启蒙的需要而对于僵死了的古代文学语言和形式的现代更新。所着眼的并非本体意义的单个的"人"的存在，而是包含着国家和民族命运的"人们"的生存。因此，五四新文学常与欧洲文艺复兴相类比。蔡元培在为《中国新文学大系》所作的总序《中国的新文学运动》中，就以此立论，称五四新文学是中国文学振兴起微的"复兴的开始"。20 世纪初的五四新文学运动与酝酿于十三四世纪的意大利，而后向北传播，在 16 世纪达至极盛的欧洲文艺复兴运动，都从对人的关怀和肯定出发，但后者所肯定的是以新生的资产阶级为后盾的、反叛中世纪封建传统的个人；而前者则是在疗救中国危亡病因中，把对人性和人的价值的漠视、压制、剥夺当作民族自身的问题来思考。因此，人的觉醒在五四"救亡图存"的背景下，导致的不是西方文艺复兴谋取个人世俗幸福的资本主义社会的发展，而是以解脱民族苦难为目标的对国家和民族命运的关怀。这样，从五四新文学的肇始，便命定地存在着两个既相障、又相谐的话语指向：实现国家和民族解放的"大众"话语指向和实现个人精神解放的"个我"话语指向。前者居于主流、主导的地位，后者往往则只在边缘成为支流。在五四新文学运动中受到推崇的浪漫主义和写实主义，便因其易于和社会、民族的现实与理想相结合，而成为"大众"话语指向的主流形态，用来作为反叛旧传统、建设新文学的主要艺术形式；而被称为"新浪漫主义"的现代主义，则往往成为"个我"话语指向的主要艺术方式，被当时的新文学建设者（如沈雁冰）看作是中国未来的发展目标，而不是当下提倡的对象。

这就决定了五四新诗在艺术方式的选择上存在着某种"两重性"。一方面，在反叛传统的旧形式时，它表现出兼容并蓄的气度。在五四新诗头一个十年，各种艺术方式，从写实主义、浪漫主义、新古典主义到现代主义，都被广泛地介绍进来；另一方面，在面对紧迫的启蒙与救亡的使命时，它又不能不有所选择和倚重。写实便于揭露时弊，浪漫易于鼓动激情，都很快成为新诗的主流形态而进入"传统"；讲究诗美的新古典主义常被视为艺术的奢靡；而感伤和朦胧的现代主义则被斥为颓废和病态，都只能列入支流甚至逆流。在启蒙和救亡的辩证命题中，中国新诗的语言策略也不能不向明白易懂的通俗指向发展。五四时期的白话诗，30 年代的大众化讨论，40 年代的民族形式提倡，乃至 50 年代对"在古诗与民歌基础上发展"的新诗的定位，都出自让新诗成为"运载新思想新精神的工具"这一实用性原则的考虑，唯独忽略的是作为精神个体性投射的文学本体的审美创造。

这是中国新诗在中国特定历史格局很难解脱的一个"咒"。福兮祸兮是耶非耶都在其中。它决定了现代诗在中国新诗发展中的曲折命运、它的特殊存在形态和它进入中国新诗传统的特殊方式。

现代诗在中国的"运动"形态

中国新诗的这一大的历史背景，使现代诗在中国的生存和发展，有异于其他国家的现代主义文学运动。显然并非十分适宜的生存土壤，使它面临传统文化和主流文学的巨大压力，而显出命运的乖蹇；同时也因其善于适应环境改换生存方式而表现出这一新兴艺术顽强的生命力。

首先，如前所述，由于社会的原因，现代诗在中国新诗发展上（除了在某个很短的特定时期和区域，如 20 世纪五六十年代的台湾），始终很难作为主流形态而成为新诗发展的主导力量，长久默居于边缘和处于支流的地位。然而，中心和边缘、主流和支流是两对互为泾渭也互相渗透、互相支持也互相颠覆的范畴。中国新诗的情况亦然。于是我们一方面看到，在中国新诗的发展上（特别是它的前30年），似乎很难找到一个固守初衷的彻头彻尾的现代主义诗人。横亘在中国诗人面前的巨大的社会不幸和民族危机，往往诱惑或者逼迫从现代主义出发的诗人改变初衷，或干脆放弃现代主义，或增强自己作品的现实性。写过《预言》的何其芳和后来出版《慰问信集》的卞之琳，他们艺术的转向是人所共知的明显的例子；戴望舒也在经受日寇牢狱的摧残之后改变了自己"雨巷"诗人的形象，写了现实性较强的《我的记忆》和《元旦祝福》。艾青也是一个典型的例子。他从巴黎带回来的那支现代的"芦笛"，一进入中国民族危亡的抗战的现实，便成为带有巨大的浪漫主义战斗激情的"吹号者"。即使中国现代诗始作俑者李金发，在《为幸福而歌》之后已对新诗前景失望而很少发表作品，也不再那么前卫，甚至把兴趣转向古诗。另一方面，居于边缘或支流地位的现代诗，却又以一代又一代现代诗探索者形成潜在的艺术影响力，以现代主义哲学、心理学为基础建构起来的新的美学经验等等可操作的技术性因素，浸透到主流形态的现实主义、浪漫主义的诗歌艺术之中，使现实主义诗歌和浪漫主义诗歌都程度不同地、有意无意地运用了某些现代主义的艺术技巧或体现出现代主义的精神向度。于是我们又看到另一个有趣的事实，很难找到一个"完全"的现实主义诗人和浪漫主义诗人，在中国新诗史上产生重大影响的现实主义或浪漫主义诗人，都不同程度地在他的作品呈现出一定的现代性。现代诗在中国，虽未能在名分上进入新诗的主流形态，但它以其实质上的精神向度和艺术素质，潜隐地存在于主流形态的现实主义和浪漫主义之中，成为中国新诗传统中与写实、浪漫水乳相融的一个部分。

其次，现代主义诗歌在中国的发展，往往需要某种特定的历史机缘。谢冕在论述中国现代诗的发展规律时曾经指出，在近代以来中国社会被各种内忧外患所充填的情况下，文学身不由己地沦为社会和经济的附庸而被迫放弃自己时，它出于自己要求的艺术发展，往往需要寻求特殊的"空隙"，这就是"往往'选择'在艺术歧变深刻化和严重化而社会动荡或危机又稍微松弛缓和时期涌出地表"。①
在这里，存在于历史转折缝隙中适宜于它生存的特定时期的社会气
候，对于现代诗的发展，是十分重要的。李金发开始创作于 1923 年
的象征体诗，直到 1925 年末才得以出版，并非仅仅只是一个偶然的
时间安排。实质上，五四新诗在此之前出现过两个轮次的冲击，其
一是以胡适为首所倡导的写实主义的白话诗及文学研究会诸诗人为
人生而作的自由体诗；其二是以郭沫若为代表的创造社诸诗人的浪
漫主义情感的喧嚣。二者在冲击中国古典诗歌的规范，把诗做得不
像"诗"和用诗来启蒙民众都发挥过不可低估的作用。然而，经过
从 1917 年到 1925 年将近十年草创初期的艺术实践和积累，人们普
遍不满足于仅仅止于把诗做得不像"诗"的白话的革命，也对后期
创造社受普罗意识的影响，把浪漫的情绪宣泄变成空洞而无节制的
叫喊表示不满。于是这一时期开始出现重视诗歌美学建设的艺术调
整的要求。1925 年出版的《志摩的诗》和李金发的《微雨》，就成为
艺术调整要求的信号。前者以 1926 年 4 月借《晨报》副刊创办《诗
镌》，而成为新月派诗人的集结，他们以体现"音乐美""绘画美"
"建筑美"的格律的提倡来整束自由体诗的过分散漫；后者则引介法
国的现代主义诗学，以象征性形象的展开和组合，来替代生活场面
的直接描写和感情的直接倾诉。无论就当时巨大历史动荡尚未到来
的社会暂时安定而言，还是新艺术发展已有相当积累却又还相当幼
稚，因而可能提供一个冷静的反思和总结的空间而言，都是历史为
现代主义艺术发展提供的一个"空隙"。继后而来的 1930 年初以戴
望舒为代表的现代派，也是在这样社会和新诗发展的双重的"空隙"
中同样从法国象征派得到启示，以"纯诗"的标榜来反对，诗歌的
过分意识形态化和过分注重精致形式而重新面临"戴着镣铐跳舞"
的束缚。这样的时机对于现代诗在中国的发展是十分难得而重要。

① 谢冕：《新世纪的太阳——二十世纪中国诗潮》，时代文艺出版社 1993 年
版，第 131 页。

因为只有在这样的"空隙"中，现代诗人才可能越过诗歌沉重的社会承载，冷静地思索人在现代环境中的存在和艺术自身的建设。与现代诗在中国这两次"跳跃式"的发展"空隙"稍有不同的是，现代诗在五六十年代台湾的发展和在 80 年代以后大陆的发展，都是历史在重大的转折之后提供的一个更为巨大的"空间"，同样有着社会的和艺术发展要求的双重机缘。

第三，鉴于现代诗在中国特定社会环境中的发展，往往需要某种历史机缘，因此，现代诗在中国的发展，便带有某种"跳跃式"的阶段性特点，不可能如西方那样形成连续性的波澜壮阔的运动。看似断断续续，却又绵延不绝。从总体看，现代诗在中国的发展，大致经历了三个较大的跳跃性的阶段。

首先是 50 年代以前。这是中国新诗走向成熟，也是中国现代诗初呈规模的时期。20 年代中期以李金发为代表的象征派是它的发轫，为草创年代的中国新诗提供了相异于写实和浪漫所忽略诗美建设的另一种"运输工具"，对完备五四新诗发展的艺术基础起着无可替代的作用。30 年代初期以戴望舒为代表，包括卞之琳、冯至、孙大雨、梁宗岱等，以及后来去了台湾的路易士（纪弦）、番草（钟鼎文）在内的一批诗人，和与《现代》杂志相呼应的《水星》《现代诗风》《星火》《油菜花》《诗志》等一批杂志，形成了颇具规模的一次现代诗的大潮。它们以上海为基地，向周边辐射，在感受现代都市生活的紧张、刺激而兴发的现代人的感兴，无疑拓展了新诗创作的一个新的精神空间和艺术空间；而他们为纯正诗歌品质的关于"纯诗"的提倡，他们对诗歌内在精神的张扬和应和诗歌情绪的内在韵律的肯定，既是对五四白话诗过分散漫的修正，也是对新月派格律诗过于凝固的反抗。如果说李金发是中国现代诗的肇始，那么这一时期则是中国现代诗艺术基础、形态和地位的确立。此后现代诗的发展，无论在大陆或在台港，都由这里分流或延伸。40 年代，由西南联大校园活跃到上海、北京的又一次现代诗大潮，无论在空间或时间的跨度上，都要比前两次更大和更长久。战争年月偏于中国大西南一隅由清华、北大和燕京合并的联大校园，既联结着整个中国硝烟与血腥的现实，又在先进学府广收博纳的学术风气和中国第一流学者、诗人的推动下，关注世界文学思潮的发展和思考现代诗歌艺术在中国的实践。这一特殊的环境形成了民族战争年月文学发展的一个特殊"空间"，为年轻的校园诗人提供了以现代方式关注现实战争与人的一方天地。战争结束之后这群校园诗人复返城市，在重新感受城市生活气息和风雨欲来的历史氛围中，延续着他们的艺术思考与探索，出现了以《诗创造》和《中国新诗》汇合上海、北京等的南北城市诗人、后来被称为"九叶派"的现代诗群。他们在延续中国新诗的现代流脉中，努力把个人感受融会于历史浪潮的涌动之中，既克服以往现代诗对于中国现实的某种冷漠，又规避了当时诗坛媚俗的浅薄轻浮和世俗的滥情说教，为中国现代诗创造了从单调走向繁富的多样的个人风格。中国现代诗成熟的形象由 40 年代末这一群严肃的艺术探索者所最后完成。

中国现代诗的第二次大的跳跃是 50 年代中期直至 70 年代的台湾现代诗运动。这不仅是一次时间的跳跃，还是一次空间的跨越。1949 年以后，中国社会的分裂导致诗坛的分流。在形成于战争年代的延安文艺运动及其方针、政策的延伸、扩展和深化中，大陆文艺强调的是与现实政治相结合的时代内容和民族大众喜闻乐见的艺术形式。前者要求诗成为社会革命的"旗帜"和"炸弹"，后者则形成"新诗在古典和民歌基础上发展"的理论指导。二者都使五四以来参与社会现实变革，体现大众话语指向的艺术方式成为新诗唯一可以承认和继承的传统。一切与此相悖的艺术方式，自然都受到排拒和漠视。现代诗在 50 年代至 70 年代于大陆的几乎灭迹，便根源于这一背景。在台湾，新诗也经历过要求为政治所役使的"战斗诗歌"时期。但对现实政治的失望使许多人回到自己的内心世界开拓艺术创造的空间。而在整个社会仰慕西方的文化氛围中，西方的现代艺术思潮也汹涌而至，从而提供了现代诗人艺术创造的一个借鉴和参照系。在这股浪潮的形成中，几位在三四十年代与现代诗有过联系的元老级诗人（如纪弦、覃子豪、钟鼎文等），和一群在创作准备时期受过五四以来现代诗的艺术哺育的中坚诗人（如余光中、洛夫、痖弦、叶维廉等），成为台湾现代诗运动的推导者和弄潮儿。这是一次无论在时间、规模，还是艺术实验的多样性等方面都超过以往的现代诗运动。在长达十年（从"现代派"的成立到"笠"诗社的诞生）甚至更长的时间里，成为主导台湾诗坛艺术发展的主流形态，并且影响着此后台湾新诗的进程。现代诗从边缘、支流的地位，进入中心成为主流，在中国新诗的发展史上，这几乎是唯一的一个时期。尽管台湾只是中国新诗在 50 年代以后分流的一部分。但它证明，现代诗在中国的发展，其流脉未曾停息，犹如汩汩向洋的溪流，在遇到重山阻遏时，会从另一处涌冒出来。

现代诗的第三次大发展在 70 年代末的大陆。"文革"十年的政治压抑，使人们对自身生存的荒谬感有切肤的体验，而借隐喻、暗示、象征和意象来倾诉长期郁积在胸的荒谬意识和对现实的抗议。正是这从现实境遇出发艺术表达方式的选择，使这一时期尚未成名的年轻诗人不经意地走近了现代主义。到了 80 年代政治清明以后，人们从这时大量涌入的西方艺术思潮中，才逐渐使自己不经意的现代探索走向自觉化、理论化和系统化。而这时开始介绍到大陆的台湾现代诗，也以其各具特色的语言创造，为同是应用汉语创作的年轻诗人提供一份更加亲切的经验鉴照。大陆的地广人众，厚积薄发，使现代诗浪潮迭起地迅疾发展，达到使人目不暇接的程度。在短短十余年间，共时性地几乎试验了西方 100 年来现代主义运动的各种形态。

1985 年《深圳青年报》和安徽《诗歌报》联合举办的"中国现代主义诗歌大展"，150 多个诗歌团体五花八门的名称和理论，使人眼花缭乱。然而，纵使如此，现代诗尚未能够进入大陆诗坛的中心和主流地位。强大的传统力量和现实要求，仍以现实主义诗歌作为诗坛的主导。但现代诗的存在已成为一个巨大的事实，力图与现实主义诗歌平分秋色。这一时期新诗发展的另一特点是，出现了海峡两岸暨香港、澳门。而现代诗是这一交流中最为活跃的一脉。超越现实政治的生命认知和生存探索，与趋同国际现代主义和后现代主义诗歌大潮的艺术指向，使诗在沟通不同社会背景下的海峡两岸暨香港、澳门诗人上有更多共同的语言。它可能导致半个世纪来随着社会分裂而分流的诗坛，在艺术层面最先走向新的整合。

这是现代诗在中国新诗发展中的一幅意味深长的图景。它无言的曲折发展，告诉我们的将不仅只是诗歌艺术自身，还有诗歌艺术以外的更深层的蕴义。

中国现代诗的"中国"方式

前面说过，在西方，现代主义指的是伴随工业文明的发展而来的一种新的反叛传统的美学观念。1976 年出版的《现代主义》一书的编者马科姆·布雷德伯里和詹姆斯·麦克法兰在解释现代主义产生的文化思想背景时说："显而易见，现代主义是一个正在迅速现代化的世界的艺术，是工业迅速发展、技术先进、日益都市化、世俗化和具有多种社会生活形式的世界的艺术。"[①] 李欧梵在他著名的论文《中国现代文学中的现代主义》里也曾经引述卡林内斯库（M. Calinescu）的观点指出，所谓的"现代风"，一方面指的是科技跃进、工业革命和资本主义带来势如破竹的经济和社会变迁；另一方面才是指随着工业文明发展造成日益尖锐的人的异化而产生的一种新的美学经验与理想。这一"现代"的美学经验，是建立在前一

---

① ［英］马·布雷德伯里、詹·麦克法兰编：《现代主义》，胡家峦等译，上海外语教育出版社 1992 年版，第 39 页。

种"现代"的经济发展基础之上，并且是对前一种"现代"的反动。① 以科技跃进和工业革命为背景的资本主义经济和社会的发展与变迁，集中地表现在经济的市场化和社会的都市化上。市场经济的自由竞争和都市发展的空间挤逼，都无可置疑地要造成对人性的异化和对人生存环境的恶化。因此，建立在这一"现代"经济背景下的现代主义，使在揭示市场经济和都市空间对人性窒息、异化的丑恶、污秽，和人在冷漠的金钱关系与恶劣都市环境中存在的孤寂与荒谬上，形成了反叛"现代"经济与社会的审美经验与规范。既反"一成不变而讲究完美的古典观念"，也反充满"市侩气息和粗鄙的功利主义"，还反对引起他们"对生活形式或生命形成真正厌恶"的浪漫与写实的人文因素，"以主观主义和摧毁偶像的姿态，毅然在他们自己的创作活动中再创立新的'艺术现实'"②。

然而在中国，现代主义发展的经济文化背景与西方有很大的不同。引发五四新文学运动的并非是工业文明的发展所带来的社会进步；恰恰相反，是西方工业革命后资本主义社会发展的扩张性造成对东方古老帝国的生存威胁，才推动了一批先知先觉的知识分子在寻找"救亡图存"过程中激起一场首先是文学工具，继而包括了文学精神的革命。因此，五四新文学运动与西方现代主义文学运动，虽然在表面上都有相同或相近的"现代取向"，但在性质上却有很大差异。这种差异，首先就表现在西方现代主义文学和核心主题是对人存在的终极关怀，在中国新文学，更紧迫的主题则是对国家的民族的生存关怀。它所关注的首先不是本体意义的单个的"人"的存在，而是代表国家和民族集体的、社会学意义上的"人们"的生存。这样，五四新文学便不能不在解救民族危机的大前提上，肯定和继承被西方现代主义所反叛的前一种"现代"的观念，如李欧梵所指

---

① 李欧梵：《中国现代文学中的现代主义》，《中西文学的徊想》，江苏教育出版社 2005 年版，第 36—38 页。

② 李欧梵：《中国现代文学中的现代主义》，《中西文学的徊想》，江苏教育出版社 2005 年版，第 36—38 页。

出的："进化与进步的观念、实证主义对历史前进运动的信心、以为科技可以造福人类的信仰，以及广义的人文主义架构中的自由与民主的理想。"① 等等。这些在西方现代主义作家笔下往往以嘲弄口吻提及的观念，在中国新文学运动的建设者面前，却是十分严肃而现实的命题。也因此，为西方现代主义所反对的浪漫主义和现实主义，恰恰成为负有重大社会使命的五四新文学最理想的武器。现代主义在中国的存在和发展，便也很难越过中国的苦难"现实"，而去做纯粹理性的终极关怀和纯粹诗性的艺术本体的探索。现代主义艺术观念的引进中国，便存在着两种前景，要么全盘地照搬西方，常常招来"西化"之讥的对现代主义的批评，便缘于此；要么接受中国现实的"改造"，寻找和建构中国现代主义的"中国"方式。这正是中国现代诗和现代主义艺术走向成熟之路。因此，那种对于中国现代主义不是"原生"或"原型"的批评和责怪，并非一定是中国现代主义的缺点或耻辱，倒可能是中国现代主义的特点和通变之处。在中国现代诗的发展中，我们看到，李金发的不成熟，首先是他的"中国化"的不足；而戴望舒较之李金发把中国现代诗提高一步，恰也是他把脚印落在现代诗的"中国化"这一级台阶上。待到 40 年代中期以后的现代诗人，他们很明确的创造意识，便是把个人的感受置于中国历史大潮的涌动之中，来形成自己独特的现代艺术风格。他们成功的范例，不仅是中国现代诗成熟的标志，也是整个中国新诗艺术水平提高的象征。

在 20 世纪充满坎坷与辛酸的历史夹缝中曲折沉浮的中国现代诗人，不能不面对中国苦难而又多变的现实来完成自己的艺术创造。我们大致可以从两个方面来考察中国现代诗的这种"中国"方式的改造。

首先，中国现代诗人在现代工业文明发展不足背景下的现代诗创作，大抵是以在中国多难的战争与离乱历史缝隙中所产生的生存

---

① 李欧梵：《中国现代文学中的现代主义》，《中西文学的徊想》，江苏教育出版社 2005 年版，第 38 页。

荒谬感、孤寂感和失落感，来代替西方现代诗人在机械文明对人的心灵侵扰、挤逼、异化所产生的荒谬感、孤寂感和失落感。这种情况，无论三四十年代的现代诗人，五六十年代的台湾现代诗人，或80年代以后的大陆现代诗人，虽然程度不一，却大致相同。50年代中期形成于台湾并持续至今的现代诗浪潮，几乎是与台湾社会的现代转型同步发展的。因此，常常受到"早熟""亚流"之讥的台湾现代诗，几乎是到了80年代"后现代"情况出现之后，才因工业发展、资讯普及等社会现代化程度的提高而获得"解咒"。那么，既然不是工业文明的发展赋予诗人新的审美观念，是什么构成五六十年代台湾现代诗审视人生的荒谬意识呢？显然，是这一代的现代诗人（从纪弦、覃子豪到商禽、洛夫、痖弦、余光中等）他们个人坎坷人生经历与中国离乱历史的叠合，在漂离故土之后赋予他们茫然无着的沧桑惑、失落感和荒谬感。这是我们从他们典范的现代诗文本背后都能读到的那段凄怆人生故事所投射在文本上的影迹。台湾五六十年代的现代诗人与八九十年代以后有着"后现代"特征的诗人最大的区别，就在于他们文本背后的历史与现实蕴涵的不同。今天的现代诗人，主要来自对资讯手段高度发展而改变人的存在状态的现实关注，在拓展平面、放弃深度的同时已很难如50年代那样容易聆听到历史深层的回响。这种现象也存在于50年代初期的香港诗坛。以创办《文艺新潮》而为香港早期现代主义奠立基础的马博良，他的文学活动和现代诗创作，虽有着香港都市发展的"现代化"因素的刺激，但更主要的是他希望以倡导现代主义来拯救时势、振奋人心。他在后来忆述自己于1951年初抵香港，重新观看里外的世界而意识到"处身在一个史无前例的悲剧阶段"时，"感到需要有一个中心思想，在文学上追求真善美的道路，从艺术上建立理想的乐园。这便是朋友们后来所说的推动新的浪潮的历史任务，也就是我们最初要在革命的狂流中开始一个新的革命。这个新的潮流就是现代主义"①。显

---

① 马博良（马朗）：《香港现代诗的过去和未来》，1985年提交香港大学亚洲研究中心主办的"香港文学研讨会"的讨论稿。

然，马博良对香港早期现代主义的推动，带有很强的由中国社会历史所引发的政治倾向。马博良在这一时期的现代诗创作（后来结集为《焚琴的浪子》出版），也烙印着他个人在中国历史波折中的人生经验。

70年代后期开始以地下流传方式出现的大陆现代诗，其发端也来自于对中国当代这一段黑暗而荒谬的历史的反叛。这种源自于中国现实政治的历史乖谬意识，是80年代大陆现代主义诗潮最有特色也最重要的主题。80年代后期以来，当这种历史荒谬感从诗坛上淡出以后，同时也意味着以"朦胧诗"为代表的这一现代诗的退潮。当然，它也意味着希望从开放的现实中获得新的情感支撑的另一波现代诗正在酝酿和形成。

其次，在对现代诗的哲学、心理学、美学基础的艺术技巧这些可操作的层面上，中国的现代诗人不仅引介自西方的哲人和诗人，往往还从博大的中国文化和艺术创造经典中找到了可以与之相沟通、融洽、替代的对象，从而从精神内涵到外在形式上，赋予了现代主义的"中国"方式。洛夫诗歌对法国超现实主义的解构与重建，就是一个典范的例子。他自称，在他写作被称为中国超现实主义经典之作的《石室之死亡》时，"尚未正式研究过超现实主义"，"最多只是在技巧上受到国际性的广义超现实主义者所诠释所承认的作品的影响"。因此，他把超现实划分为狭义和广义两种。狭义的超现实主义是指出现在两次世界大战之间，以法国巴黎为中心的一次新艺术运动；而广义的超现实主义则包容在所有真正诗人中的一种超现实的艺术精神。他认为，"但凡伟大艺术的形式中都含有超现实的精神因素"。这样解构了法国超现实主义概念之后，进一步指称，"中国诗人易受超现实主义艺术之感染的另一个因素……（是）中国艺术传统中即隐含着那种飞翔的，超越的，暧昧而飘逸的气质。这种气质——也许就是中国文学中所谓的性灵——正与超现实主义某些精神相吻合"。并且更加具体地指出，"中国的禅与超现实主义精神多有相通之处"。"这种不落言诠而能获致'言外之意'，或'韵外之致'，即是禅宗的悟，也就是超现实主义所讲求的'想象的真实'，和意象的'飞翔性'。超现实主义诗中有所谓'联想的切断',以求感通,这正与我国'言在此而意在彼'之旨相符"①。在这里,洛夫把西方奠立在尼采哲学、弗洛伊德心理学基础上的现代主义审美方式,与东方建立在老庄哲学与禅悟精神基础上的艺术思维方式沟通起来。认为二者处理人与周围环境的关系上都具有共同的关注个体生命的存在,企望挣脱桎梏、走向超越和升华的哲学精神;在艺术表达上也具有相似的以直觉观照手段,在个体自身的体验中达致超越语言表达的自然、圆融和含蓄的美学境界。洛夫自觉地从庄、禅哲学中寻找到中国现代诗艺术思维方式的古典源头和营养,不仅为传统的庄、禅哲学拓展了它的现代视野,也为中国的现代诗创作寻找到它的民族本源。洛夫一开始就声称自己超现实主义的"血统纯然是中国"的,后来又进一步宣称自己的超现实主义是按照禅宗的方式写作,追求主体与客体的融合,以有限暗示无限和反逻辑的直觉观照等等,②都表明他企望在诗的纯粹与空灵上最后达致禅的境界,从而建立中国超现实主义诗歌的特殊形式。

这种把现代诗的创作引入中国人文传统精神的努力,还表现在相当多的现代诗人都积极地从中国古代的历史与文学中开拓重新诠释与蕴藉的现代空间。他们或者翻用前人的辞章、典故、境界,以创新的意境,或者重构历史故事和人物,给以现代诠释和观照,或者溯游在古代人文环境的历史胜迹中,以抒写现代的感怀。这一趋向,从五四新诗草创初期即已开始。郭沫若《女神》中便借用不少中国古代神话、传说和历史故事,却又洋溢着狂飙突进的现代精神;闻一多借古诗的意境写过《红烛》和《红豆》;而朱湘最善于翻用古人的诗词,在他的诗中常有从诗经、唐诗、宋词中脱化而来的句子。即使现代如卞之琳诗歌所主张的"戏剧性情境",也可以找到它与中

---

① 详见洛夫的《超现实主义与中国现代诗》,《洛夫自选集》,黎明文化事业股份有限公司 1975 年版,第 279—280 页。

② 详见洛夫的《超现实主义与中国现代诗》,《洛夫自选集》,黎明文化事业股份有限公司 1975 年版,第 273、278—284 页。

国古典诗论中"境界"说的关系。在台湾现代诗的发展中，有一个时期，这种被余光中称为"新古典主义"而在"命名"上为洛夫坚决反对的艺术趋向，曾经成为许多诗人共同的实验，并以此扭正屡受"西化"非议的现代诗与中国人文传统的联系。80 年代以后的中国现代诗，在"朦胧诗"的初潮过后，也出现了一股回溯传统的努力，以和当时文坛上的"寻根"热潮相呼应。不管如何为中国现代诗发展上这一趋向"命名"，它表现了现代诗人重新诠释历史与经典的现代意识的另一侧面，和现代诗人从接受西方的引介到寻回自己人文传统的努力，同时也为现代诗呈现出它在中国的一种存在方式。这是一段漫长而曲折的历程。从 70 年前引自西方的最初一声绝唱，到 70 年后以"中国"方式广泛存在于至今还残留裂痕的国土，中国现代诗的起起落落，无不与我们的生命、土地和时间息息相关。

（原载《东南学术》2000 年第 5 期）

一股不可遏制的新诗潮

——从舒婷的创作和争论谈起

一群年轻的诗人向我们走来，带着他们的思考与探索，带着他们的成就与不足，引起诗歌界和评论界广泛的注意：赞扬或者非难。

舒婷是他们之中的一个。

像任何时代每一个带来新的艺术的诗人一样，他们走着自己时代所赋予的独特的生活道路，也开拓着自己与这生活经历相一致的艺术道路。他们从不成熟到成熟，从不被理解到被理解，从被拒绝到被接受；有时候这个过程甚至是相当漫长和曲折的。而往往，那些不易被理解和接受的部分，恰是最有光彩和预示着发展的部分。因为，固有的艺术传统的惯性力量，往往本能地拒绝突破这种惯性的新的生命的到来。

我想从这个角度来谈谈对舒婷创作的一些想法。因为，对于舒婷作品的许多争论，在某种意义上甚至可以说，也是对于包括舒婷在内的一批勇于探索的青年诗人的争论。

并非偶然的文学现象

舒婷的出现不是孤立的，偶然的。

1979 年的诗歌创作，在新诗的发展史上将是值得记载的一年。一大批新人的出现，是这一年诗歌繁荣的重要标志之一。

如果追溯一下这群年轻诗人走向文学的历程，便可以发现，恰是耽误了这一代人青春的十年浩劫，造就了这一代的歌手。他们的一个共同特点是：都成长在"文化大革命"这波谲云诡的动荡的十年间。历史的曲折发展使他们普遍地都经历了从狂热的迷信到痛苦的觉醒，从苦闷的徘徊到真理的探求这样一个曲折而丰富的心灵历程。对十年变幻莫测的政治斗争的厌倦和反抗，使一部分不倦于思索的青年从政治转向文学。他们发而为声，在表现自己冷静的思索时，便不能不带着这一代人的精神特征，展示出自己这个曲折的认识过程和复杂的心理变化。他们开始于"四人帮"时期的创作，便带着对于"四人帮"推行的那一整套极左政治的强烈的叛逆情绪，追求表现自己内心的真实，表现自己这一代人产生于那个特殊年代的真切的感受和思考。这就给新诗提出了一个富有挑衅性的问题：新诗能不能有诗人自己对于人、对于生活、对于政治独立的思考、评价和把握的形式？能不能有超出那些传统的英雄主义感情和歌颂主题的，更广阔地表现普通人的，也是诗人自己的愤懑、痛苦、忧虑等等感情领域的天地？

思想上的"叛逆"，必然地要带来对于某些僵化了的艺术观念和形式的叛逆。时代孕育了一股新的感情潮流，也一定要给这股感情潮流开拓一条新的渠道。就新诗自身的艺术来说，新中国成立以后它的发展是比较缓慢的；新诗反映生活的手段，基本上还是 50 年代开始就形成的描写英雄主义感情和歌颂主题的借助生活场景描绘和直抒激情的方法。对于表现日益丰富和复杂起来的社会生活和人的感情世界，这种植根于 50 年代初期的感情土壤，相对说来比较单纯的艺术方法，当然是不够用的。特别是经过"文化大革命"以后，这种矛盾就更加尖锐了，艺术本身发展的要求，也在呼唤新的突破。

一批新人在倾诉自己丰富和复杂的感情世界时，同时也追求着更为丰富和复杂的表现手段。当然，他们的风格和形式上的艺术追求，也不尽相同。一部分作者的探索，主要表现在内容方面，以敏锐的思索和犀利的锋芒见长，大胆而深刻地触及了现实生活中某些重大而敏感的领域，在艺术上虽然也吸取了某些现代派的手法，但激情的直抒和生活场景的正面描绘，依然是他们主要的表现手段。另一部分作者则寻求内容和形式一致的创新。他们对于"时潮"的叛逆情绪和某些孕育自那个特定年代的感情，不是新诗传统的手法所允许表达的，而需要寻求概括生活的新的途径。他们开始于"四人帮"时期的创作，便回避直露而倾向含蓄的意象和象征；而他们展示自己内心历程和探索人的感情世界的趋向，又使他们比较容易从某些西方现代派的诗歌艺术（或者间接从 30 年代、40 年代某些接受现代派影响的新诗）中找到借鉴。通过自己内心的折光来反映生活，追求意象的新鲜独特、联想的开阔奇丽，在简洁、含蓄、跳跃的形式中，对生活进行大容量的提炼、凝聚和变形，使之具有一定象征和哲理的意味，是他们的主要特点。

舒婷就是在这样的历史背景和艺术环境中出现的。从风格上讲，她属于后一种，但又比这一派更为明朗。弄清了这一背景，我想对于理解舒婷的作品是有益的。

历史上每一种文学潮流的出现，都有它的必然性。有一个时期，一些反对这种"陌生而奇异"的探索的人，曾经想以无视的办法，来否认这股诗歌激流的存在。他们或者轻易地判定这是二三十年代徐志摩、李金发、戴望舒等"资产阶级诗歌流派"的沉渣泛起，或者反对刊物为他们提供可怜的一点篇幅，以期把它和读者隔开，使其自生自灭。但是无视它的存在并不等于它不存在，更不能遏制它的发展。《福建文艺》持续将近一年的关于新诗创作问题的讨论，就从另一个侧面证明了这股诗潮的生命力。勇于探索的新人们走在了前面，眼下需要评论家们严肃对待的，不是轻率地否定，而是像这批勇敢的探求者一样认真地思索一下，这股影响越来越广的新诗潮，已经给并将继续给新诗带来一些什么新的东西，怎样才能促其更健康地发展？

把人作为诗歌表现的核心

和 50 年代确立的新诗创作的美学原则不同，舒婷不是像李季、闻捷那样，主要的是通过客观生活场景的描绘和人物革命经历的叙述，透过新人的精神风貌来展示一个新的时代；也不是像贺敬之或者郭小川那样，从历史和时代的角度，高屋建瓴地抒写无产阶级叱咤风云的革命襟怀，从而赞美这个给我们带来美好前景的时代和历史。在这里，诗歌表现的核心是时代生活场景，是赋予人们精神变化的一系列历史事件。与此相反，舒婷从另一个角度介入生活。她一般不去描写某个具体的历史事件，或者某一项具体的路线或政策，而是直接地深入到人的内心世界去，透过人的丰富而复杂的感情变化，来折射出外部的生活，折射出时代和历史的面影。在这里，诗歌和生活联系的中介是人，人是诗歌表现的核心。他们的区别在于：前者主要表现的是人创造的历史，后者是创造历史的人；前者是人们所处的时代，后者是处于时代中心的人；前者是外在的社会，后者是社会的内在；前者是"颂"，后者是"思"。

这几乎也是这一代年轻的歌者共同的美学追求。把诗歌表现的核心从描写无数英雄创造的历史，转向描写创造历史的无数英雄

——普通的人，这个变化有着深长的意义。它反映了经过十年浩劫之后我们的人民和作家的觉醒；反映了在批判长久以来僵化我们思想的极左思潮以后，对人的价值观念的重新评价在我们诗歌中激起的回响。

革命的根本目的是解放人，是把异化了的人从几千年私有制造成的物质和精神极端贫困的桎梏中解放出来。正如马克思曾经指出的那样，无产阶级的任务就是要"推翻那些使人成为受屈辱、被奴役、被遗弃和被蔑视的东西的一切关系"，从而实现"人的完成恢复"。①"四人帮"反人道的实质就是从根本上颠倒了革命的目的和手段的关系。把人为争取自身解放的一切手段视为至高无上的目的。于是阶级斗争成了压倒一切的任务，而人成了实现这场"斗争"可以任意宰割的牺牲品。因此，在过去十年的那场"革命"中，人不是获得了一切，而是进一步丧失了作为人所必需的一切，包括独立的人格、个性的自由以至最低的生存权利。文学以及其他一切艺术形式也都随之丧失了它作为"人学"的描写人、表现人的本质。批判"四人帮"，集中到一点，就是恢复人在生活中主体的价值和尊严。人重新成为革命关怀的中心，尊重人，关心人，爱护人，发展人的个性，重新成为社会普遍关注的问题。这种历史性的变化不能不反映在新时期的文学中。

人的价值观念重新确定，给诗歌创作从思想到艺术的解放带来的影响是广泛的。首先是出现在诗歌中的人的形象不同了，不再是像一棵草、一个螺丝钉那样受着历史的驱使和等待救星的拯救，而是一个充分意识到只有自己才能救自己的历史主人的形象。诗歌不再像过去造神运动那样把主宰历史的命运归结为救世主的恩赐。舒婷在她的《这也是一切》里，集中全部力量呼喊的一句话就是"不，不是一切都像你说的那样"，她从"不是一切"的否定中，找来自己

① 〔德〕马克思：《"黑格尔法哲学批判"导言》，中共中央马克思恩格斯列宁斯大林著作编译局译，《黑格尔法哲学批判》，人民出版社1963年版，第9、15页。

所肯定的，正是人民能够改变这"一切"的力量。所以她才充满信心地说："希望，并且为它斗争，请把这一切扛在自己肩上。"她在另一首关于祖国的诗中，十分别致地把诗人自我的形象和祖国的形象和谐地统一起来，描绘了祖国的贫困、悲哀和希望，思想的支点仍然是对于这个植根在我们民族历史土壤上，为十年风雨所扭曲的"我"的力量的自信。这些诗表现的都同样是一个推动历史前进的人，一个高尔基赞扬的大写的"人"！

另一方面，每一个真实的人，都有他思想和性格的具体性，都有他在整个社会历史进程中的不同地位和作用。因此，反映在诗歌的抒情形象里，也具有无限丰富的广阔性。每一个诗人的"我"都是独特的，追求这种抒情形象的个性化，是把人作为自己描写核心的诗歌的一种新的趋向。在许多同样以这一代从狂热到迷惘到深思、到奋起的心理历程作为自己描写对象的年轻诗人中，既有江河的深思，北岛的沉愤，也有顾城的直率，舒婷的抑郁。和江河在他的纪念碑组诗中（《榕树文学丛刊·诗歌专辑》）所塑造的那个面对我们民族灾难深重的历史和无限广阔的世界深思的抒情形象不同，舒婷提供给我们的，不是一个完成了这个历程的成熟的战士，在精神气质上也不是那种叱咤风云的无产阶级英雄。她抒写的只是一个在这曲折过程中艰难行进的"迷惘的我，深思的我，沸腾的我"。在她（他）身上，既有着昨天阴冷的年月在心上投下的阴影，又闪耀着鼓舞她（他）去追求的明天的阳光。在这交织着矛盾和痛苦的斗争中，可贵的是不甘沉沦和奋勇追求的精神。虽然有着自己明显的思想弱点，但她（他）仍是时代潮流中前进的一员。这是一个比成熟了的英雄更为复杂也更有普遍意义的真实的感情世界。

并不是所有的评论者都接受这样的形象，他们认为这种非英雄的感情"已经和时代不合拍了"，更怎么能够"也称为一代青年、一代人的感情"？长久以来我们习惯于把时代精神理解为一种先进阶级的思想体系，把它和典型等同起来，从而造出"典型＝先进阶级思想体系的代表＝时代精神"的公式。其实，所谓时代精神，指的是在特定的历史条件下产生的推动历史前进的一种普遍的社会情绪。它并不专指先进阶级的思想体系（因为在特定的历史条件下，不同的阶级和阶层也可能在历史发展的总趋势下取得相对的一致，而对历史起推动作用），当然也不是各种社会意识形态的汇合（因为并不是所有的社会意识形态都起推动历史的作用）。从这个理解出发来看舒婷的作品，就应该把它放在整个社会的历史进程之中，看它是否在某一点上表达出人民群众的普遍情绪，而与整个历史发展的趋势相一致。比如情调低沉，这是讨论中分歧的一个焦点。所谓低沉是因为她的抒情形象中笼罩着一种抑郁的情绪。舒婷并不回避自己在"四人帮"时期内心的寂寞和压抑。她在《随笔三则》中带有象征意义地描写了自己周围那过了季节的菜地，安于觅食的小鸡和充满了怀疑眼光的小狗，她说："这里只有我一个，它们都不欢迎我，因为我是人。"鞭挞和批判的力量在于意识到自己是人，所以那间"只肯吝啬地放进少许的光线"的"冰冷而阴暗"的小屋和周围绝望、苟安、猜疑的世界，才变得不可容忍。这不是个人心境窄小的愁怨，而是那段窒息人的个性和尊严的倒退的历史，在一个不肯安于命运又无法扭转局面的小老百姓心中留下的阴影。在当时的历史背景下，这是一种普遍的社会情绪。"因为我们对生活想得太多，我们的心呵，我们的心才时时这么沉重。"（《秋夜送友》）这是作者自己的回答。当然这种孤寂也反映出作者思想认识上的局限。生活并不如作者所看到的那样绝望，还有燃烧在无数战士心中的斗争的信心和热情，伟大的"四五运动"突出地证明了这点。舒婷对于自己内心独自的反抗，甚于她对群众斗争力量的感受。所以她在庞大的险恶环境面前，显示出自己保持人的尊严和骄傲，一旦回到自己内心却耐不住孤独的寂寞。"当我袖手旁观生活……我的歌则是苍白无色的。"作者对自己的剖析是中肯的。重要的是舒婷并不以表现这种孤寂和抑郁为终点，"不，我要回到人群去！"这才是作者追求的主题，是她从自己在社会历史进程中特定的某一个位置上，要求前进一步的积极的生活态度。透过抑郁，她表现的不仅是一个"迷惘的我"，而且是一个"深思的我""沸腾的我";是晦重的夜色重重包围下的一盏永不熄灭的灯光(《当你从我窗下走过》),是搁浅礁岸却仍渴望飞翔的灵魂(《船》),是面对曾经埋葬过无数纯洁的梦的大海,呼喊出来的"决不犹豫、决不后退,决不发抖"的声音(《海滨晨曲》)。如果我们不是要求每一首诗都只能是无产阶级最高亢的政治宣言,那么我们就能从中体验到一种符合历史发展趋向的时代感情。

问题不仅在于作者表现什么样式的感情,主要还在于怎样表达这些感情。作为一个真实的具体存在的人,他不仅有欢乐的权利、拥护的权利,而且也可以有痛苦的思考的权利,甚至怀疑的权利。我们要求于作者的不能只是像规定"红色就是革命"那样,只允许表现某一种高昂的欢乐的——因而也就是革命的感情;而只能是希望作者在表达各自从生活中孕育出来的感情时(无论是欢乐的还是痛苦的、高昂的还是低沉的),开掘出它与人民感情的共同点,与历史发展进程的一致性。只有这样,我们的诗歌在抒写人的感情世界时,才有一个广阔的领域,我们才能从各个不同侧面,来表现出创造历史的无数英雄——普通的人的形象。

向社会的深入和向人的内心世界的深入

对人的强调,使诗歌主题发生了很大的变化;如果说 50 年代,诗人在表现人们创造的崭新生活时,它的基调是"颂";经过十年动乱,培养了从动乱中成长起来的一代新人思考的习惯,那么,"思"便成了这一新时期文学的特征。诗歌的触角,深入到对于造成这十年浩劫的社会的和历史的原因的探索上,深入到人的内心世界去,呼唤那失去的人的崇高本质的复归,就是这种历史发展的必然结果。

马克思说过,共产主义是私有财产即人的自我异化的积极的扬弃，是通过人并且为了人而对人的本质的全面占有。它包含这样两重意思：一、肯定了共产主义是对人的本质的全面占有；二、这种占有只有通过打破那造成人的异化的私有制及其一切关系才能实现。十年浩劫，人的异化现象加剧了。近年来新诗中出现的上述两种深入的趋势，就在这个意义上集中而强烈地表现了人这个主体。

　　比起另外一些年轻诗人，在向社会的深入这点上，舒婷或许不是最典型的代表。她的探索主要地集中在人的内心方面。但是在她的如《祖国呵，我亲爱的祖国》等一类诗篇中，仍然可以看到诗人探寻的目光，从现实深入射向历史：

> 我是你河边上破旧的老水车，
>
> 数百年来纺着疲惫的歌；
>
> 我是你额上熏黑的矿灯，
>
> 照你在历史的隧洞里蜗行摸索……

　　这深重历史的阴影，不仅笼罩着人们的心灵，也阻碍着社会的发展。通过作者独特的内心倾诉，从历史、现实和未来这三度空间里，年轻一代对祖国深挚的爱和责任便具有了一定历史的深度；舒婷在为悼念张志新烈士而写的《遗产》里，触及另一个造成无数人隔阂和痛苦的血统论的主题，这是漫长的封建主义留给我们的一副沉重的精神枷锁。但是通过作者倾诉出来的英雄的精神境界，是和这种封建血缘思想的决裂："妈妈的血没有毒，你不是带罪的奴隶。"她留给儿女的"遗产"也是这样一种对人的尊严的自信：

> 即使在白眼的旋涡里，
>
> 你也要像妈妈一样，
>
> 保持做一个人的权利。

　　在这些诗篇里，虽不能说舒婷对社会的剖析十分深刻，但她对人的内心世界的发现，却是相当独到的。她的大量的作品，主要的就是对于人的内心世界的探索，对于人与人之间正常的和谐的关系的追求。在那首最初被作为爱情诗发表的《致橡树》，主要地也是表现作者对她理想中的人与人之间关系的向往。作为人的象征而饱含了作者感情的橡树和木棉，只有当它们彼此都"作为树的形象"，独立地、平等地"站在一起"，而不是像凌霄花立于高枝，痴情的鸟儿立于绿荫，是一方对另一方的攀缘、炫耀、依附和奉献，这样的爱情——这样的人际关系和友谊，才有价值，才值得肯定，才能分担风雨，共享霞霓。马克思说："我们现在假定人就是人，而人同世界的关系是一种人的关系，那么你就只能用爱来交换爱，用信任来交换信任，等等。"① 只有每个人都是人，有着各自独立的尊严，才能有彼此平等的尊重，才能有在相互联系中的互相鼓舞。作者通过诗的形象表现出来的就是这样一种理想的人际关系的追求。

在十年浩劫里，人与人之间的关系只剩下一种抽象的"阶级关系"；而"斗争哲学"又被视为处理人的关系的唯一准则。革命不是在关心人和发展人的个性的轨道上推进，而是把所有尊重、关心和爱护人的美好感情统统当作资产阶级人性论打倒，代之以封建专制的兽性。舒婷在这一时期的作品，含着几分忧郁吟咏出来的，大量是对于自己同代人的怀念、关切和鼓舞，是对于备受压抑和摧残的人的心灵的抚慰。"如果你是火，我愿是炭，想这样安慰你，然而我不敢"。这是为一位"怕冷似地"深藏着自己思想的青年，"扼腕可惜"的感叹。（《赠》）"什么时候老桩发新芽，摇落枯枝换来一树葱茏"，这是对一位"一生都治不好燎伤的苦痛"的前辈的慰藉。（《秋夜送友》） 关心人和抚慰人的心灵，这样一个抒情形象，在舒婷的作品里一直很活跃。在那个年代，它无疑是对林彪、"四人帮"推行的那套极左路线的一种批判和摒弃，尽管这种批判只是侧面的，但它给予人们内心的温暖则是持久的。

也并不是所有的人都理解和肯定这种追求，不是有的评论者就断言："如果舒婷还是照过去的方针办，或者咏物写景——吟树、咏

① ［德］马克思：《马克思1844年经济学哲学手稿》，人民出版社1985年版，第112页。

梅、歌清晨、颂夜晚；或者往来酬答——寄你、赠他、致朋友、送爱人，人民是不会满意的！"偏见比无知更可怕。古今中外不知有多少优秀诗人，通过"咏物写景""往来酬客"，寄寓了自己崇高的理想和情怀，而成为各民族文学的瑰宝。毛主席不也有过"咏梅"这样的"咏物写景"词吗？周总理不也有过"生离死别"这样的"往来酬客"吗？怎么能够一句话就轻易地否定了一种传统的表现形式，更何况在这形式里，作者寄寓的是一种崇高、美好的情怀。诗歌反映生活，表现人的内心世界的道路是广阔的，直抒是一种手段，寄寓也是一种手段，我们寻求的应该是更广阔的领域和更广阔的道路。

发展着的艺术观念

对舒婷作品的争论，除了思想上的分歧，还集中在艺术方面。它涉及一个出发点问题：究竟用什么样的艺术观念来看待和衡量一个新人的探索？

本来，任何一个有生命的艺术，都是对于传统的继承和发展。在这里，继承是一种有条件的肯定，而发展则是一种有条件的否定。从根本意义上说，继承是相对的，发展才是绝对的；没有发展的继承是一种静止的模仿，而艺术只有在发展中才显示出生动活泼的生命。因此，任何一个时代的艺术观念，总要随着社会的进步而向前发展；因此反映前一代人或前几十代人创作实践的艺术观念，不能用来作为对后一辈人从自己时代出发进行探索的约束。否则，我们在艺术创造上将会重复那个"削足适履"的可笑的故事。

从 20 世纪 50 年代开始形成的新诗典型的抒情方式，是把明朗的生活场景的描绘和直接的内心激情的抒发结合起来，从场景的描绘升华为一种理念的概括。这是对于前 30 年新诗传统的发展，它建立在新中国成立初期那样的历史现实上，是和表现新中国成立以后人民翻身的幸福感、当家做主的自豪感与创建未来的历史责任感相一致的，是和那种以颂歌的形式来表现人民劳动和建设激情的美学追求相一致的。现阶段，随着历史的发展而在文学中出现的新特点，表现人在创造历史活动中丰富、复杂的精神世界成为一种新的美学追求，它必然会带来了抒情手段的丰富和变化。不仅以人的内心世界作为主要的描写对象，而且以展示自己的内心世界作为主要的抒情方式，这是舒婷艺术个性的特点，几乎也是许多同代诗人共同的追求。在这里，诗人的自我既是创作的主体，往往又是描写的客体。通过作者丰富的内心感受和独特的倾诉，折射出来的生活饱凝着作者主观感情而显得蕴藉而深沉。传统的对生活场景明朗的描绘被有意地拒绝，着意寻求的则是一种意象的效果，它不是一幅完整的图画，而更像一首乐曲，追求着感情流动的节奏和旋律。为了表述人的浩瀚的或细腻的，复杂的或单纯的各色各样的精神活动，有时还透过一刹那的幻觉和朦胧的意识，来表现那相应的感情色彩。"四月的黄昏，流泻着一组组绿色的旋律……"视觉的形象向听觉的形象转移，在细节上是不真实的，但在表达那种要唱不敢、要笑不能的思想束缚、惆怅的心情，对于在美丽的夕照下一棵棵仿佛浮动起来了的花木的朦胧感受，却是真实的。

这种饱含着作者强烈主观色彩的抒情方法，既是对于新诗传统某些方面的继承，也是对于新诗传统某些方面的否定，同时表示出在自己基础上借鉴外国诗歌艺术的发展。

五四以来的新诗，在借鉴外国诗歌中，主要是浪漫派的影响。这是由当时的社会条件所决定的。浪漫派诗歌直接倾诉激情的方法，比较适宜来表达五四时期人民的革命热情，郭沫若就说他主要的是从惠特曼那儿找到了自己火山爆发式的感情的喷火口；鲁迅的《摩罗诗办说》，作为新诗革命的思想准备之一，所介绍的也都是浪漫派诗人，而且大都是东欧弱小民族富有反抗精神的诗人。20年代中期以后，一批欧美留学生从英、美、法带回了那个时期风靡西欧的现代派诗风，给新诗借鉴外国诗歌引进了一股新的潮流，但由于历史条件和作者本身的局限，他们的声音很快被当时兴起的革命热潮和抗战的呼声所冲淡，他们的努力，特别在艺术形式上的探求并未得到足够的重视。40 年代中期，又一批年轻的诗人致力于现代派诗歌艺术的吸收，围绕《诗创造》和《中国新诗》等刊物创作反映中国现代社会的作品，在国统区的诗歌运动中发生着相当广泛的影响，但又由于种种历史原因，仍然没有得到应有的评价。这样，在中国新诗所接受的外来影响中。浪漫派诗歌一直占着主导地位并得到肯定，现代派的影响则在以后的历次运动中被视为资产阶级诗歌潮流，一被视为异端而总受到批判。这显然是不公正的，使我们的艺术发展失去了一条可资借鉴的途径。可以看出，今天新一代的诗人所继续的正是 40 年代年轻诗人的努力。当然，时代不同了，20 年代和 40 年代借鉴现代诗的作者，和今天新一代的诗人有着很大的差别；20 世纪初期西方现代派诗歌艺术的首倡者也绝不等于 80 年代从中吸取营养的新人。他们之间的根本区别在于：西方现代派的创造者从个人出发，对现实——从人的自身到整个社会持全面否定的态度，他们走向内心的道路，是为了逃避和否定现实。而今天新一代的年轻歌手则是从肯定创造历史的人的本质出发，他们倾向于人的内心世界的探索，正是为了更深刻、更积极地表现人和触及现实。

艺术的发展有它自身的规律，有一个经过群众和历史选择和淘汰的过程。它不仅需要时间，而且需要在探索和发展的过程中持一种宽容的态度，允许有曲折、有反复，才会有发展。如果以固定、僵死的艺术观念来要求创新者，那无疑要大家向后看。过去很长一段时间我们习惯于在种种的口令下按一个样板或几个样板走路，今天我们在表现广阔世界中的人和人的广阔世界时，不是首先需要给予我们挣脱这种种束缚的更加广阔的创造天地吗?!

（原载《福建文艺》1980 年第 12 期）

中国诗坛上的"蔡其矫现象"

一

2002 年，有着近 70 年诗龄的蔡其矫，出版了由他自己选定的《蔡其矫诗歌回廊》（以下简称《回廊》）。这套带有回顾性的诗歌选集共 8 卷，分别为：《大地系列：伊水的美神》《海洋系列：醉海》《生态系列：翠鸟》《乡土系列：南曲》《情诗系列：风中玫瑰》《人生系列：雾中汉水》《译诗系列：太阳石》《论诗系列：诗的双轨》。从各卷诗集的分类，大致可以看出蔡其矫诗歌创作所关注的领域和心灵的追求。应这套诗集统筹策划者的要求，并经蔡其矫同意，我挂名"主编"，参与了这套《回廊》总体格局的谋划和命名，并为他写了一个简短的"编后"，企图从中国新诗的历史背景和蔡其矫人生历程上，对这套诗集做一点说明。《后记》全文如下：

在 20 世纪中国新诗的历史上，蔡其矫可能是对中国新诗艺术建设贡献最多、而迄今未被充分认识的最重要的诗人之一。在蔡其矫近70年诗龄的人生路程中，他不仅和我们民族，也和我们诗歌一道历经劫难。他毕生对理想、自由、爱和生命的追求，在心灵与时代的相撞击中，激溅出诗的火花，将成为20世纪的一份见证。

这部由诗人亲手选定的"诗歌回廊"，并不是蔡其矫的诗歌全集。诗人对自己的作品，发表可能随兴，结集却很严格。在他以前出版的诗集中，许多传诵一时的名篇，由于某些客观的原因和作者个人的不满意，都被舍弃。其实蔡其矫对自己作品的发表，虽然随兴，却不随便。许多作品都是在他常备的笔记本中修改再三，搁置数月、数年乃至数十年才拿出来的。这次在朋友们的鼓动之下，破例多选了一些，但即便如此，八集"回廊"，比起他的全部创作，包括那在几十册笔记本中尚未面世的作品，恐怕不足三分之二。蔡其矫从来认为，诗人永远面对今天发言，严格选诗正是为了面对现实。至于出全集，那是他人和后人的事，与诗人自己无干。这套诗选虽有某种历史回顾的意味，但它的"当下性"是毋庸置疑的。它是诗人对当下现实的参与，是85岁高龄依然激情如昨的青春再出发。

中国传统建筑的回廊是开放的，却不一览无余，而是在曲折有致中移步换景。把这套诗选定名为"诗歌回廊"，就隐喻着对诗人自己近70年诗歌生命的曲折环视。每集一个主题，犹如一扇窗口，探视诗人的心灵，也窥见人生的风景。当然，诗歌意象的暗示性和多义性，常使这种依主题或题材的划分，显得拙笨而愚蠢，读者必会从中挑出一些不合理的地方。但正是这种难以划分的互相渗透，才显出蔡其矫诗歌艺术的丰富性和广阔性。

蔡其矫的诗歌是现时态的诗歌。他的诗歌生命，还在进行之中，历史对于他尚未结束。如果说20世纪的历史已经记住了他，但对他诗歌价值认识的历史，21世纪才刚开始。

二

20 世纪 80 年代，我在和洪子诚合作撰写《中国当代新诗史》（人民文学出版社，1993 年）时，曾经将蔡其矫放在中国新诗发展的历史背景上进行论述。不过当时一直找不到蔡其矫的准确位置，勉强在第二章叙述解放区诗人"在新的时代面前"中的第五节，以"走向艺术的成熟和风格的分化"为题来介绍蔡其矫 50 年代的创作，同时在第九章第二节，以"在新的艺术起点上"来描述蔡其矫 70 年代以后"在积蓄中喷发"的状况。如果今天重写，恐怕会有更准确的位置和概括。不过，20 年前在"诗史"上对于蔡其矫两个时期诗歌创作的基本看法，并未改变，这也是我作出上述论断的基础。不妨将拙著《中国当代新诗史》的这两段文字引述于后，以飨读者。

蔡其矫（1918—①）青年时代在解放区就开始诗歌创作，但在 50 年代中后期才走上成熟的道路，并为读者广泛认识。他生于福建晋江一个华侨家庭，幼年侨居印尼，11 岁时回国。1934 年进上海暨南大学附中读书，在那里开始参加爱国学生运动。1938 年，蔡其矫怀着对祖国炽热的感情，来到解放区，进入延安鲁艺文学系学习。次年，到晋察冀边区，从事文化工作。他担任过随军记者，也在华北联合大学文学系任教。蔡其矫在解放区时的诗歌创作集中在 1941—1942 年和 1946—1947 年这两个阶段。他早期获得晋察冀边区诗歌创作奖的《乡土》和《哀葬》，都是叙事诗。作品中蕴含着思念家乡土地的动人的感情；但是，叙事显然并非他的所长，因而描述可见明显的累赘。蔡其矫和历史一道经历过苦难和战争的生活，对

---

① 编者按：蔡其矫 2007 年去世。

他后来的创作是不可或缺的准备。他的另一方面的准备是在文化和诗歌艺术方面。在解放区从事教学工作时，他热爱美国诗人惠特曼的诗，并自己动手翻译。蔡其矫40年代中期的作品，如《兵车在急雨中前进》《张家口》《一九四七年》等，不论题材还是表现形式，都明显带有惠特曼在美国南北战争时期作品的影响。50年代初蔡其矫在中国作家协会主办的文学讲习所任教时，又认真地研究中国古典诗歌，尤其是唐诗，并尝试绝句的今译，也以新诗写绝句。他认为：“个人的一段人生体会或者是一时的感触，加上全人类文化成果，等于诗。”① 这虽然不是对诗的令人满意的解说，但作为诗人创作经验的概括，表现了他比较广泛接受人类文化成果的自觉意识。

1952年，蔡其矫重新发表作品。他两次回到故乡福建，并走访了从浙江到广西漫长海岸线的许多海岛、军港。他最初的题材是海，写的是“献给保卫海疆的士兵、水手和渔夫的歌”②。1956年出版了第一个诗集《回声集》，次年又出版了《回声续集》和《涛声集》。从这几个诗集中，可以看到蔡其矫在艺术方法和创作道路上的犹豫和选择，看到他在摇摆中逐渐形成对生活和艺术的独特理解的个性追求。作为一个和革命共历艰难和胜利的歌者，他最初的创作自然应合着50年代兴起的颂歌潮流，也加入了反映新生活风貌、描写建设者和保卫者的形象的合唱之中。他写水兵、海员、渔民的生活。他认真检查自己：“虽大体上还是在企图反映人民的生活和斗争”，但“写出来的东西究竟和工农兵的实际生活还有一段距离，这是我和我的诗歌的最大缺点”③。然而，他在创作实践中又逐渐认识到，与其描摹劳动者和士兵的外在形态，不如揭示超越某种职业身份的人的美好心灵；对显示“祖国的成长”和“人民的力量”的海峡长堤固然应唱赞歌，对“最能启发人的灵魂的透明和纯洁”的漓江也

---

① 《读书与写作》，《福建文学》1981年第4期。又见蔡其矫《生活的歌·自序》，人民文学出版社1982年版。

② 蔡其矫：《回声集·后记》，作家出版社1956年版。

③ 蔡其矫：《回声集·后记》，作家出版社1956年版。

可以发出由衷的赞叹；对于诗来说，水兵的形象与南国的少女哪一个更有价值，要看诗人对题材独特发现的深度来决定；而惠特曼式的壮阔与海涅式的柔美，并非是互相排斥、不能结合的美学倾向。于是，他并不把力量放在缩短他对某些生活现象、对工农兵形象作逼真的刻画的距离上，他逐渐认识到作为创作主体在感知、思考生活上的能动性的重要。这正如他后来所说的那样："诗必须使我们看到、听到、嗅到、尝到、触到这个生活的世界，必须是从我们整个心灵、希望、记忆和感触的喷泉里喷射出来。"① 蔡其矫摒弃"在表面现象的平滑上行走"，而重视表现诗人体验到的世界的丰富和姿态多样的美，这使他在这期间写出一批初步体现他的艺术风格的作品，如《南曲》《瀑布》《漓江》《红豆》等。特别是他从海、从草木山川中发现"大自然造就的万千暗示"，又把大自然作为他的思想情绪的表现的对应物时，他获得了一个相对自由的比较宽阔的艺术空间，并且逐渐使自己的诗走向意象化。

　　50 年代前期，蔡其矫在选择、确定自己的艺术道路时，对中外文学、诗歌传统的继承、吸收，也是他着重考虑的问题之一。惠特曼等的影响已不是那么直接，但借鉴的痕迹还是可以看到。如《南海上一棵相思树》：

> 南海上一棵相思树，
> 在春天的雨雾中沉沉入梦；
> 它梦见一株北国的石榴花，
> 在五月的庭院里寂寂开放。
> 它梦见那里的阳光分外明亮，
> 是因为它把雨雾留在南海上；
> 但它的梦永远静默无声，
> 为的是怕花早谢，怕树悲伤。

---

① 　蔡其矫：《福建集·前言》，福建人民出版社 1982 年版。

这也许可以让人想起海涅的《一棵松树在北方……》①。不过蔡其矫这段时间，考虑得更多的是如何使自己的创作与中国古典诗歌传统的衔接。他有一些四行诗，如《福州》等，学习绝句的结构，而《中流》等作品，则运用律诗的结构方式。在《莺歌海月夜》里，尝试用词的分上、下阕的方法。这种试验并没有一直继续下去。究其原因，他说："这些形式上的模仿也仅是一种偶然的尝试，但已感到它对思想感情的束缚过甚。我感到有信心的是从精神上，从表现意境上去学习古典诗歌"。② 由于不画地为牢，这使蔡其矫诗歌创作既有统一风格，又有较丰富的层次色彩变化。

蔡其矫 50 年代前期的诗，洋溢着一种光明的、欢乐的情绪，较之后来的作品，其深刻思想力量显然不足。1957 年冬末，蔡其矫赴长江水利规划办公室任职，写下了《丹江口·南津关》《川江号子》《雾中汉水》等作品。诗人描写把自己青春献给新生活的水文地质工作者心灵的美，更以历史相连（而不是把新旧时代截然割裂然后加以对比）的观点，揭示生活中存在的严峻的另一侧面。当整个诗坛，几乎都沉入对"大跃进"的歌唱时，在雾中汉水，他看到的，"是千年来征服汉江的纤夫/赤裸着双腿倾身向前/在冬天的寒水冷滩喘息……"他听到那来自万丈断崖下，来自飞箭般的船上那"碎裂人心的呼号"，听到那"有如生命最凶猛的浪潮"的川江纤夫的悲歌：

> 我看见眼中的闪电，额上的雨点，
> 我看见川江舟子千年的血泪，
> 我看见终身搏斗在急流上的英雄，
> 宁做沥血歌唱的鸟，

---

① 海涅这首诗共两节："一棵松树在北方/孤单单生长在枯山上。/冰雪的白被把它包围，/它沉沉入睡"。"它梦见一棵棕榈树，/远远地在东方的国土，/孤单单在火热的岩石上，/它默默悲伤"。据冯至译：《海涅诗选》，人民文学出版社 1956 年版。

② 蔡其矫：《〈生活的歌〉自序》，人民文学出版社 1982 年版。

不做沉默无声的鱼；

但是几千年来

有谁来倾听你的呼声

除了那悬挂在绝壁上的

一片云，一棵树，一座野庙？

蔡其矫在这些作品中，表现了 50 年代诗歌少见的另一种色调、情绪和他对当时轰轰烈烈的"大跃进"的忧虑。从作品深入久远历史的意象所创造的沉重氛围，显示了在新的时代中历史沉重的负担，和某些必将影响历史进程的悲剧性因素远未消亡的客观事实。

尽管蔡其矫在《川江号子》中留有一条"光明的尾巴"（"那新时代诞生的巨鸟/我心爱的钻探机，正在山上和江上/用深沉的歌声/回答你的呼吁"，这段诗收入《回廊》时删去），并且在到了长江水利工地后，受到当时潮流的影响，也尝试放弃自己的艺术风格，"改了洋腔唱土调"，写了一些模仿"大跃进民歌"的《襄阳歌》《水利建设山歌十首》等作品。但是，蔡其矫的艺术风格，显然是难以被当时的诗界认可的。他的《红豆》《南曲》《灯塔管理员》《船家女儿》，尤其是《雾中汉水》《川江号子》，以及他 50 年代出版的 3 个诗集所体现的思想倾向、艺术方法和创作个性，受到多次严厉的批评。批评者蛮横地指出他不触及重大政治事件，对现实没有站在无产阶级的高度去评价的"脱离政治"的倾向，指出他创作上的"形式主义"的错误，以及他的作品中存在严重的"资产阶级腐朽意识"。[①] 蔡其矫以清醒的

---

① 对蔡其矫诗作的批评，最早见于《文艺报》1958 年第 5 期沙鸥的《一面灰旗》和陈聪的《不能走那条路》。接着，《诗刊》1958 年第 7 期和第 10 期，分别发表了肖翔的《什么样的思想感情——对蔡其矫"川江号子""宜昌"等诗的意见》和吕恢文的《评蔡其矫反现实主义的创作倾向》。《诗刊》1960 年第 2 期又刊载了肖翔全面批评蔡其矫三个诗集的文章：《蔡其矫的诗歌创作倾向——评〈回声集〉、〈涛声集〉和〈回声续集〉》。另外，袁水拍的《新民歌中的革命现实主义和革命浪漫主义的结合》（见袁水拍《诗论集》，作家出版社 1958 年版）一文，也有对蔡其矫批评的内容。

态度对待这些批评。他只好回到故乡福建落户。虽然发表作品的机会渐少，但仍执着于自己的生活信念和艺术追求，继续坚持创作。他从智利诗人聂鲁达系统地描写南美洲的历史、现状、人情、世事的创作中得到启发，以故乡福建的近代历史、人文地理，乃至风景、花木、习俗、艺术作为素材，创作一批作品，它们后来收入《福建集》①出版。另一方面，仍然保持对现实发展的深切关注，但又以冷静超越的创作态度，力图更深刻地表达自己对于人生的深刻体验和对于现实发展的冷峻思考。60 年代这一时期，他的许多作品，都以山水诗的面貌出现，但其中包含着他强烈的政治意识和对现实的批判精神。写于 1961 年的《九鲤湖瀑布》，诗人对自然景物有独具匠心的概括，于柔婉之中潜藏锐利。对着雄峻的山，磅礴的水，诗人问：

> 你喊叫，你叹息
> 是不是哀号你被幽闭
> 在荒无人烟的狭窄沟壑里
> ……
> 你究竟要求什么？
> 你又在等待谁？
> 是不是在你严峻的命运里
> 还缺乏最必需的东西？

写于 1962 年的《波浪》，诗人从对大海的感受中，表现了对人民的命运和力量的激愤而又痛苦的思考。对于航海者，波浪是最亲密的伙伴，有着"比玫瑰还要温柔迷人的性格"，而对于企图在它上面建立强暴统治的风暴，波浪是"严峻的山峰"：

> 对水藻是细语，
> 对巨风是抗争，

---

① 蔡其矫：《福建集》，福建人民出版社 1982 年版。

　　生活正应像你这样充满激情，

　　波—浪—啊！

《波浪》的主题，也是蔡其矫这个时期诗歌创作的总主题：对人的心灵的自由，对一切美好事物的肯定和追求，对压抑、窒息人性和心灵的抗争。尽管这些作品，许多在当时并未能得到发表，诗人也处在孤独的探索和思考之中，但他的诗歌艺术，却由此走向成熟。

　　60 年代以后，特别是整个"文革"时期，蔡其矫被迫停止了发表作品，但他并没有停止思考和创作，反而在被迫的"沉默"中跃上了一个新的思想和艺术的高峰。

　　十年动乱期间，蔡其矫一度被当成"现行反革命"，流徙在闽西北山区达 8 年之久。然而，即使在最困难的情况下，蔡其矫也未曾放弃自己的艺术信念和对现实冷静的观察和思考。他写了许多诗，这些诗不胫而走，在爱好文学的青年中流传。1979 年恢复发表作品的权利后，这些诗才陆续与复出后的新作一起发表并结集出版。几年来，先后有《祈求》（1980 年）、《双虹》（1981 年）、《福建集》（1982 年）、《迎风》（1984 年）、《醉石》（1986 年）和自选集《生活的歌》（1982 年）等诗集问世，并以白话的形式翻译出版了司空图的《诗品今译》。

　　50 年代后期的批评，固然使蔡其矫在 1958 年的一段短暂时间里，一度"改了洋腔唱土调"，用民歌体的形式去表现水利建设的热潮。但这次并无成效的实践，却产生了另一方面的积极效果：帮助他终止了在创作道路上的犹豫徘徊，确定了自己的艺术方向。在 50 年代，以写实性描摹为特征的"反映生活"这一美学命题始终困扰着他。在《回声集》和《涛声集》的《后记》里，他以这一尺度来检查自己作品存在的不足和缺陷。当时，他对于诗歌艺术的认识，还未能在尊重诗人独立人格和独特创作个性的基础上予以解决。经受过来自外部的压力并对自身创作所暴露的矛盾加以审察之后，蔡其矫逐步形成了自己的艺术信念。这一艺术信念的确立虽然早在 60 年代，不过，他用文字直接加以说明阐述，却是近些年的事。他认

为，"艺术是人生的浓缩"①，"个人一段人生经验或一时感触，加上
全人类的文化成果，等于诗"。② 在《福建集·前言》里他指出，
"诗，贮藏了人类体验的一切：美、感动、欢乐、顿悟、希望以及惊
恐、厌恶、困惑、焦虑、失望"③，它"必须是从我们整个心灵、希
望、记忆和感触的喷泉里喷射出来的"。这些表述的价值在于，它强
调诗人不是在自己表现的世界的表象上滑行，也不是转借他人的感
情和意念，而必须是对复杂的人生体验的拥抱，是创作主体整个心
灵对表现对象完全介入的把握和包容。当然，这种拥抱、把握，不
应是"非诗"的，而是"必须使自己所写的符合诗的条件"。④这个
条件，既是精神上的，即充分体现诗人主体的人格力量，同时又是
形式上的，因此，他极强调艺术形式和表现技巧，则是对"全人类
文化成果的继承"⑤。在他后期的创作中，他力求将自己对于人类世
界的思考与理解——一个属于历史学、政治学、社会学的认识系统，
转化为溶解于诗人心灵之中，体现为感觉、情绪和情感的审美系统，
在审美的艺术表达中，熔铸进诗人对社会的思考与评价。

蔡其矫的作品，从所处理的题材和诗的艺术方法上看，带有明
显的浪漫主义特征。他深爱惠特曼的诗歌，从精神到艺术都受其影
响。此外，普希金、莱蒙托夫、海涅、雪莱等浪漫诗人的内在诗情，
也时常在他的作品中流动。在处理现实与理想的矛盾，并在矛盾中
执着追求真善美的事物和境界上，蔡其矫与浪漫派诗人的精神流脉
相衔接。在中国，新诗的浪漫主义潮流，是朝着两个不同的方向发
展的。如卞之琳所曾指出，一是以郭沫若的《女神》为代表，追求
力、宏大、热烈，追求通过自我去表现时代精神，诗风上更多接受
惠特曼、雪莱的影响。另一则是"新月"这一派，如徐志摩、朱湘

---

① 《蔡其矫诗作朗诵会自序》，《福建文学》1986 年第 8 期。
② 蔡其矫：《生活的歌·自序》，人民文学出版社 1982 年版。
③ 蔡其矫：《福建集·前言》，福建人民出版社 1982 年版。
④ 蔡其矫：《生活的歌·自序》，人民文学出版社 1982 年版。
⑤ 蔡其矫：《生活的歌·自序》，人民文学出版社 1982 年版。

和 20 年代的冯至等,他们更侧重捕捉个人感情的震颤,表现内心情绪的复杂变化,诗风上相对趋于柔美。① 在当代中国诗歌的发展过程中,偏于浪漫风格的诗人,大体上也呈现这样的分野。追求力、宏大和热烈倾向的,发展为郭小川、贺敬之为代表的抒情诗;而倾向柔美、侧重"自我"内心感情揭示的这一分流,则由于一个时期诗歌创作对表现"自我"的否定,而受到极大压抑。这两种倾向,复杂地交错在蔡其矫的创作中。在一些篇幅较长的抒情诗中,他偏重于追求充满力度的时代精神的概括;而在另一部分作品中,则注意对内心感情震颤的表现。从他的发展状况看,后者逐渐成为他的主要倾向,也是他对于当代中国诗歌的主要贡献。

从本质上看,蔡其矫是个政治意识和社会感都很强的诗人。他曾热情歌唱新中国的新生,曾为现实生活中存在的缺陷、苦难而深深忧虑。1962 年,他歌唱作为人民力量象征的波浪:"对水藻是细语,/对巨风是抗争。"它抚爱船只,照耀白帆,"那时你的呼吸,/比玫瑰还要温柔迷人";但是,当风暴到来,"你掀起严峻的山峰,却比暴风还要凶猛"(《波浪》)。② 水能载舟,亦能覆舟,诗人所要警告的是不能在人民的心上建立强暴的统治。在"文革"期间,这种强烈的政治意识,使处于困境中的他,甘冒风险,或暗示隐喻,或直抒胸臆,创作了如《悼念》(1973 年)、《屠夫》(1973 年)、《哀痛》(1974 年)、《木排上》(1974 年)、《玉华洞》(1975 年)、《丙辰清明》(1976 年)等一批爱憎鲜明、触及深广的诗篇。这些诗,有对社会情绪的概括,有对历史灾难的剖析,也有对灾难制造者深刻的憎恨。长诗《玉华洞》借自然景物的慨叹,从洞中那不闪射的阳光,不发出雷声的闪电,僵化的瀑布和死寂的山峦,延伸为对社会历史的思索。作者把握的是自然对于历史和现实的暗示。他的清醒的认识,使他概括地表达了那个时代的不幸和一代人的忧思。

---

① 卞之琳:《开讲英国诗想到的一体经验》,《文艺报》1949 年第 4 期。
② 这首写于 1962 年的诗直到 17 年后的 1979 年,才得以公开发表。

　　当然，在蔡其矫的创作中，更多的是对于普通人的命运和感情的歌唱，"探索普通人的内心，表现普通人的希望和情感，像陷入爱情一样，苦心发展这种追求和探索"①。他以对人的关怀和对大自然的挚爱，写了大量的爱情诗、山水诗和表现故乡人文地理、历史习俗的风物诗。诗的取材和主题偏离了具体的社会政治，但却在对人的关怀这样一个更大的范畴上表现他无法摆脱、无法忘怀的对现实人生的关注。

　　贯穿蔡其矫诗歌创作的基本思想是人道主义精神。在《生活的歌·自序》中，他引用了惠特曼诗句来表明自己的感情意向："无论谁心无同情地走过咫尺道路/便是穿着尸衣走向自己的坟墓。"他说，"作家为什么要写东西？说到底，他无非希望人生活得更好一些，希望这些人的灵魂更好一些，新的性格更早出现"，"创作欲望的出现，也由于对人的关心而来"②。人道主义，在蔡其矫那里，既是一种社会理想，一种伦理态度，同时，也是他对于创作的目的和动机的理解。他对世界、对人类的光明的希望是执着的。他认为，诗人是经过斗争，甚至是孤立的挣扎，将欢乐和光明带给世上的人。这种浪漫派对诗人的责任和能力的观点，自然带有某种程度的"神化"的因素。不过，对于蔡其矫来说，主要并非认为诗人有什么超凡的伟力，而是指他们能创造一个心灵上自由与快乐的诗的世界，达到"诗化生活"的目的。因而，诗和诗人可能就是一座桥梁，一座连接现实和梦想之间的有着"交集的悲欢""苦苦思念"，也有着欢笑、光亮和"幸福照临的深沉睡眠"③的桥梁。这一桥梁是切实的，但又可能是没有尽头的，这给他的乐观的诗情加入若干忧郁和悲伤的成分。

　　基于对人的尊严的肯定，对心灵自由的渴求与对爱和同情心的

---

　　①　蔡其矫：《福建集·前言》，福建人民出版社 1982 年版。
　　②　蔡其矫：《读书与写作》，《福建文学》1981 年第 4 期。
　　③　蔡其矫：《距离》，《诗刊》2008 年第 9 期。

呼唤，诗人对一切压抑人性、残害生命的错误的东西表现了决绝的
抗争精神，也对于愚昧、贫困、灾难、落后有着深切的忧虑和愤懑。
1975 年，他在《祈求》中呼唤：

> 我祈求花开有红有紫；
>
> 我祈求爱情不受讥笑，
>
> 跌倒有人扶持；
>
> 我祈求同情心——
>
> 当人悲伤
>
> 至少给予安慰
>
> 而不是冷眼竖眉；
>
> 我祈求知识有如泉源，
>
> 每一天都涌流不息，
>
> 而不是这也禁止，那也禁止；
>
> 我祈求歌声发自各人胸中
>
> 没有谁要制造模式
>
> 为所有的声调规定高低；
>
> ……

"祈求"意味着有所奢望。然而，诗中所写的这一切，都是人的
正常生活的基本内容，是不必祈求就可获得的。本来不必"祈求"
的东西，却需要诗人去"祈求"，它便揭示了一个不正常的年代。正
如一位青年诗人（北岛）所说："这普普通通的愿望／如今成了做人
的全部代价。"这种生活的反常和乖谬，使"祈求"本身成为一种谴
责和抗争：

> 我祈求
>
> 总有一天，再没有人
>
> 像我作这样的祈求！

自然题材在蔡其矫的创作中占有突出的地位。他把大自然看作
有生命的实体，从中感受、寻觅与人的心灵相通的默契。不过，他

并不是纯粹的山水诗人，他对自然美的发现，总是直接、间接地联系着人的生命和人的生活信念。大自然在蔡其矫的诗里，不是作为与现实生活抗衡的精神避难所。因此，他并不赞美那些未涉人迹的蛮荒和原始。他认为，"人是自然伟大的情侣，没有人工的衬托，大自然的美就不显著"①。因此，他是从对大自然的美的发现中，来发现人的美的；同样，人对自然的热爱，也出于对自身生活的深邃的爱情。在他的"山水诗""景物诗"中，无不体现着这样的审美观：自然的美和价值，不是由于与现实社会生活的隔离，而恰恰在于包含了人类生活向上的愿望："为了鼓舞人类生活信心/自然界造就的万千暗示"（《桂林》）。这种理解，实际上已成为蔡其矫创作中的想象方式、构思方式。当他揭示人的感情活动时，常常从自然景物中找到喻义和意象；当他描写大自然时，则贯注进了活泼的生命。可以说，大自然的主题在蔡其矫的诗中，表现的是一种人性的感情的净化。

60 年代以来，蔡其矫受聂鲁达的启示，希望如这位智利诗人有计划地描写南美洲的历史、现状那样，系统地描写故乡福建的近代历史以及它的人文地理甚至它的风景，它的花木，它的习俗和艺术。他写了整整一部《福建集》和另外散见于其他集子中的关于故乡的诗。这是中国诗人有意识地系统创作的"乡土诗"。"乡土"并非一般意义上的"农村"，或在形式上的民歌谣曲，诗人力图以现代意识来观照故乡的历史和现状。走向世界的泉州风帆，缠绵忧郁的南曲，旖旎而壮美的戴云山、九曲溪，富于南国色彩的凤凰木、水仙花、玉兰花树……这些诗写得真挚，色调鲜明。但由于对故乡历史和民俗的探索缺乏深度，诗人并未达到他想望的概括一个地域的人文历史那样的深厚内涵。

精神血脉上受益于浪漫主义的蔡其矫，在他后期的创作中，注意对现代诗歌艺术的吸收。50 年代末，他写作《桂林三章》时，就十分注意意象的运用。因为爱憎情感的难以抑制和表达他的政治观

---

① 《蔡其矫诗作朗诵会自序》，《福建文学》1986 年第 8 期。

点的急切，他曾在一些作品中，更多地使用陈述和议论的手段。但是，后期他几乎是以严厉的态度，排拒纯粹议论的侵入："作品的说教性愈浓，便愈不是好文学。这是花费了大半辈子时间，才终于明白的一个道理。"他努力地为自己的体验和情感寻找到恰当的"形式"，通过意象和意象的组合，光和色的调配，直观和联想的飞跃，达到思想感情与"客观对应物"、内象与外象的和谐。一些抽象而难以把握的情感活动，如思念、忧伤、怀想等，也在具体而贴切的意象中展开，得到生动的体现。由于诗人善于发掘素材中包容的价值，寓丰富于单纯，一些寻常的题材，也获得深刻的表达。在借鉴西方现代派诗的艺术方法时，蔡其矫并不故作神秘和炫耀新奇。他称自己是处在"传统和创新的中途"，他说他的历史任务是"过渡"：既不向传统贴然就范，也不转向退出，而是在两者之间自立境界。他极为珍视中国诗歌的艺术传统，但当传统强大到成为一种窒息人的模式时，他起而反叛。他在广泛吸收融会中，创造、发展自己的意象风格。而当"创新"成为一种盲目追求的时髦时，他又力戒自己：为了表现创新而牺牲可读性及清晰的风格，也不能算是上策。

三

现在我们可以回过头来对蔡其矫的诗歌人生作一总体性的评价。2004 年 4 月 25 日在福建省文学院主办的每月一次"文学沙龙"中，举行了一次"蔡其矫诗歌朗诵与研讨"专场。我受邀担任这场"文学沙龙"的主持。在简短的开场白中我提出一个"中国诗坛的蔡其矫现象"的命题，对这一命题的解读或许有助于对上述蔡其矫诗歌评价的理解。

我认为，在中国新诗的历史上，蔡其矫是独特的。这个独特不仅是他个人行为的特立独行，还有他思想与艺术风格的独特魅力，以及他常常看似与时潮并不合拍，但最后却为历史所肯认的另一种"另类"的声音。正是这些独特性，造就了蔡其矫的诗歌生命和艺术成就，成为迥异于被消融在中国当代诗歌惯性之中，值得我们深究的"蔡其矫现象"。

所谓"蔡其矫现象"，我以为它主要表现在以下四个方面。

一、蔡其矫是中国诗坛上罕有的长寿的青春诗人。人们爱说：诗是青春的专利，诗与青春同步，却与年龄成反比。纵观中国诗坛，长寿的诗人或许不少，但如蔡其矫那样，年过八十而还能诗、能写好诗、能写很青春的诗，却委实不多见。许多诗人的成名作就是代表作，过了中年以后，艺术创作的光辉便暗淡下来。蔡其矫成名也很早，20岁出头就在晋察冀诗坛上获奖，50年代复出而享誉当时的诗坛时，也才30多岁。但他真正创作的辉煌时期却在50岁以后，即70年代他在"文革"中被流放永安时期。当时他被视为叛逆的诗歌成为今天的经典。这种诗歌精神一直延伸到今天。是什么使蔡其矫能够永葆诗的青春？这是值得我们深入探究的。

二、在中国的诗歌史上，一般的规律是：诗人大多从民间崛起，然后走向主流诗坛。蔡其矫似乎不同，他一生的诗歌经历，是从主流诗坛走向民间。作为来自解放区的诗人，在中国特定的历史环境中，是诗坛当然的主角，主导着当代中国新诗一个时期的走向和发展。然而蔡其矫的诗歌历程，却是从不自觉到自觉地与这种"主流"和"主导"疏离、脱钩，认同民间和走向民间。这点很特殊，也很重要。蔡其矫可能是极少数从未在官方诗坛上获奖的重要诗人之一。他在官方诗坛上从没有获得很高的地位，却在民间中取得更多的支持和认同。而就我对当代中国新诗的了解，声名和地位往往是对诗人艺术才华的一种销蚀剂，慢慢在谋杀诗。而相反，厄运却是对诗的玉成。蔡其矫自觉保持着的民间身份，赋予他一种来自平民的情感、视野、思考和关怀，有时可能被视为"另类"，但历史的发展却使"另类"成为"正典"。

三、蔡其矫的诗歌表现出对世界、历史、社会、人生和人性的全面关怀。我们常常分不清楚，蔡其矫究竟是山水诗人、海洋诗人、乡土诗人、爱情诗人还是政治诗人。他什么都不是也什么都是。如他手定的八集"诗歌回廊"所表现的，他的诗歌涉及了从自然到社会，从生命到心灵的各个方面。他是庞大的，但不庞杂。他的诗歌有两个基点：一是自由，二是爱。从这两个基点出发，他观察、体验、思考和表现，该赞美的赞美，该诅咒的诅咒，该呼吁的呼吁，该抗争的抗争，鲜明而强烈。大地海洋、山川自然、社会人生、政治爱情，互相隐喻，互相渗透。我们从他的山水诗中读出政治，也从他的政治诗中读出爱情。这里有屈原的忧愤谴责、李白的性情寄托、杜甫的人世关怀、李商隐的悲郁苍凉、温庭筠的花间细语……诗的广泛性和诗的多义性，使蔡其矫的诗歌世界是一个丰富而广阔的世界。

四、蔡其矫的艺术营养既来自西方，也承自中国古代传统，还注意从民间吸收。早年他受惠特曼和聂鲁达的影响，后来又喜欢希腊诗人埃利蒂斯和墨西哥诗人帕斯，并亲自翻译他们的作品。中年以后他一个时期专注于中国古代的律诗、绝句和词，50 年代末 60 年代初他又搜集民歌。他是用研究精神来学习这些来自不同方面的艺术经验的。他亲手翻译所喜爱的外国诗人的作品，也把中国的古诗用白话今译，甚至连司空图四言的诗歌理论《诗品》，也用现代诗的形式翻译出来。这种以研究的精神进行的学习和借鉴，使他不是外在地模仿，而是内在地吸收，通过精神的转化成为自己的血肉。我们不能轻易地指出蔡其矫的某首诗是受某某的影响，但可以感觉到西方的、传统的、民间的艺术经验融入蔡其矫的诗歌里。如《波浪》一诗的节奏既有聂鲁达的自由奔放，又有中国绝句的约束、对偶，而那最突出的三个字"波浪啊"，据蔡其矫的自述，却来自那首著名的民歌"只菜啊"。

这些有待深究的"蔡其矫现象"，可能是我们揭开蔡其矫诗歌世界奥秘的一个重要途径。

（原载《香港文学》2007 年 2 月号）

会唱歌的鸢尾花

——论舒婷

1981 年秋天，舒婷把她刚写完的《会唱歌的鸢尾花》（下称《鸢尾花》）给我看。舒婷写诗一向不大经意，她不是那种"苦吟派"。但她说："'鸢尾花'整整写了一个多星期，写完以后像大病了一场。"如果留意一下报刊，便会发现，舒婷的作品在 1982 年春天以前大约已经全部发完。① 事实上《鸢尾花》是她个人生活面临一个新的转折时在创作上的一次总结。两年来围绕她作品展开的"关于新诗发展道路问题"的争论，已趋于白热化。某些离开论题本身过于廉价的捧场和过于尖酸刻薄的挖苦，都使这位初涉文坛的女诗人，逐渐从激动、不安转为淡漠。这是她性情的一次转变，反映在诗中便是从早期比较浮泛的热情，走向冷凝的深沉。《鸢尾花》概括地体

---

① 舒婷这一时期的作品，除了收在《双桅船》（上海文艺出版社 1982 年版）的 40 首，收在《舒婷、顾城抒情诗选》（福建人民出版社 1982 年版）中的 21 首外，比较重要的还有发表于《上海文学》1982 年第 7 期的《黄昏星》，《十月》1982年第 2 期的《在故乡的山岗上》，《萌芽》1982 年第 5 期的《芒果树》，《文汇月刊》1982 年第 7 期《读给妈妈听的诗》和《人心的法则》，《诗刊》1982 年第 2 期《会唱歌的鸢尾花》和《花城》1982 年诗增刊的《黄昏剪辑》，发表于《绿风》1982 年1 月号的 7 首诗，则是舒婷在 1981 年底最后的一次"清仓"。

现出她在此之前创作的主题，她的感情气质和艺术追求，她的生活经历和她逐渐意识到的使命感和悲剧感，包括她的弱点和不足。不必否认，《鸢尾花》是写她自己；她也是我们诗坛近年难得的一朵"会歌唱的鸢尾花"。写完这首长诗之后她便主动搁笔，这固然有多方面的原因（并非个人的和属于个人的），但更多的却是出于希望重新冷静思考的自觉要求。直到三年之后她重新执笔时宣称："让我从三年前那段尾声开始吧！"① 她的过去已经成为"历史"，而她的重新开始是这段"历史"的继续；尽管这个"开始"未必有太多全新的意义。本文将沿着三年前她那最后一声歌唱，来寻索一下这位当代诗坛争论最多的女诗人的感情世界，她有过的艺术创造和可能面临的困难。

单纯外观下的丰富内蕴：舒婷诗歌的观照方式

《鸢尾花》是一首爱情诗，这是每个读者都能够作出的判断。但是，现代艺术的复杂性恰恰在于：每一部有着丰富内涵的作品，都不是一个简单的平面体，它存在复杂的、多维的层次和空间。舒婷最早的成名作《致橡树》也是一首爱情诗，但饱含着作者主观感情的"橡树"和"木棉"这两个意象，却超出了爱情本身。透过爱情，舒婷所要表达的，是她对理想的人与人关系的一种向往：

> 我如果爱你
> 绝不像攀援的凌霄花，
> 借你的高枝炫耀自己；
> 我如果爱你——

---

① 舒婷：《以忧伤的明亮透彻沉默》，《当代文艺探索》1985 年第 4 期创刊号。

> 绝不学痴情的鸟儿，
>
> 为绿荫重复单调的歌曲；
>
> ……

在复杂的人际关系中，爱情是最能够揭示出人的内心世界的一种。它受着人类文明的制约，受着历史传统和社会政治、经济、伦理诸种因素的影响。由于权势（政治）和财势（经济）的干扰，结合的双方往往变成主导和从属、统治和被统治的关系，而失去爱的本质。舒婷在这里否定的一种爱情观是依附：如凌霄花之于高枝，痴情鸟之于绿荫；另一种爱情观是奉献：如泉源送出慰藉，险峰衬托威仪。它们都以压抑或牺牲一方为爱的前提，反映了长期的封建社会在我们民族心理中的一种历史积淀。她所追求的是爱的双方彼此的平等："我必须是你近旁的一株木棉，/作为树的形象和你站在一起。"这个平等的基础是彼此的人格独立，形态可以迥异，"你有你的铜枝铁干"，"我有我的红硕花朵"，但都必须是"树的形象"。只有这样在人格价值上的各自独立，才能有在真正平等基础上的相互扶持。这才是真正的爱。这样，舒婷在《致橡树》这首诗的爱情外观下，蕴含的是追求人格独立与尊严的思想内核，是一个更广泛也更深刻的主题。

这是舒婷诗歌普遍的一种观照方式。经过十年浩劫走过来的舒婷这一辈诗人，和新中国成立初期继承解放区诗歌传统发展起来的诗歌观照生活的方式，有很大的不同。他们一般很少对生活场景进行直接的、客观的描摹（这种描摹我们经常从李季和闻捷的作品里读到），也不大习惯以一个阶级的代言人身份，带着强烈的思辨色彩和理性逻辑的力量，高屋建瓴地进行叱咤风云的预言和号召（这种预言和号召我们从郭小川和贺敬之的某些作品中常常听到）。他们观照生活的方式往往是首先切入自己的内心，通过内心的映照，来辐射外部的世界。因此，他们作品所表现的这个外部世界，往往带有强烈的主观性、情绪性和象征性。在这里，诗和现实之间存在一个中介，这就是诗人自己。黑格尔在论及诗的本质时曾经说过："造型艺术要按照事物的实在外表形状，把事物本身展现在我们眼前；诗却只使人体会到对事物的内心的观照和观感"①。这种内心的观照方式，是诗歌艺术区别于造型艺术，也区别于其他叙事艺术的本质特征；尤其是对于以充分显示诗人精神个体性为特点的抒情诗，更是如此。从心理学的角度看，外部的客观世界，只有进入诗人的内心生活，转化为一种特殊的情感化了的经验（直接的或间接的），或一种情绪化了的意念（理想、信仰、追求等等），才能以诗人精神个体性的方式，重新显示出来，升华为诗。在这里，诗人的内心世界是生活和艺术的交融点、触发点和升华点。诗人带有强烈主观意识去选择和感受大千世界复杂丰富的信息，在自己内心转化为一种精神状态的东西，然后以适宜于这一精神内容的独特形式，艺术地表达出来，便成了诗。正因为这样，黑格尔才一再强调："诗的出发点就是诗人的内心和灵魂"；"抒情诗的中心点和特有内容就是具体的创作主体，亦即诗人"。"他的唯一外化（表现）和成就就只是把自己心里话说出来"②。按照黑格尔的意思，作为生活和诗中介的这个诗人的内心世界——诗人的自我，不仅是创作的主体，而且是创作的客体。诗人所描绘（抒发）的是他自己；他是通过描绘（抒发）他自己来表现他所感受到的外部世界——这个外部世界所给予他的情感化和情绪化了的经验和意念。

舒婷的诗歌，一开始便遵循着这种"内心的观照"方式（不管她自觉或不自觉），因此，她的创作，也比较地接近抒情艺术的本质。她写自己在这个激荡跌宕的历史波折中，个人的悲哀、惆怅、渴求、希望和欢乐。她从一只搁浅在礁岸上的小船，感受到现实和理想难以弥合的痛苦（《船》），在一片落叶中，体味到生命永远向上的主题（《落叶》），由一盏亮着的灯，寄寓着友情的温暖的力量（《当你从我窗下走过》），透过沉默如铁的礁石，激起追求和献身的

---

① ［德］黑格尔《美学》第 3 卷下册，商务印书馆 2011 年版，第 187 页。
② ［德］黑格尔《美学》第 3 卷下册，商务印书馆 2011 年版，第 192 页。

热情（《礁石与灯标》）……她的诗经常以爱情的外观出现，因为在爱情里最容易倾诉出内心的隐衷。但作者所要表达的又不仅止于爱情，而是她整个的人生态度。这一切都带着强烈的个性色彩和内心感受的特点，但犹如那枚鹅黄色的珠贝，透过她个人独特经历的感受，我们从中听到的是大海的涛声：呜咽或者呼啸。

这里我们还看到：当舒婷以一颗温柔善感的女性诗人的心去体味生活，并把自己体味到的这个温柔善感的内心世界倾诉出来，她的诗歌的外观往往比较单纯，她所蕴含的内心感情的层次，又往往极为复杂。以内心观照为特征的现代艺术——不仅是诗，几乎都具有这种特点。诗人选择作为具象来表现的，只能是内心体验到的生活的某一侧面，而他用来观照这一侧面的内心，则是"全方位"的；他被这一具体的生活侧面（题材或素材）所激起的心灵震荡，也是多层次的。这样，在舒婷（还有她同代的一些青年诗人）的诗歌里，就存在着单纯的外观和丰富的内涵这样的二重性。她写爱情，表达的是对人生关系的理想追求；她写友谊，激荡的是她对人的价值和尊严被漠视的愤懑；她写自己的寂寞和骄傲，同时也是倾诉一代人对于这种落寞命运的不满和抗争……诗人在选择某一具象为题材来倾诉自己内心时，也在超越这个题材本身的囿限，寻求自己内心世界尽可能广阔的"全方位"呈现。

在舒婷作品中，这种诗的外观和内涵的二重性，表现得最为复杂的莫过于《鸢尾花》。关于这首诗有两点值得一提的背景：一是它写于作者结婚前夕；二是围绕她诗歌的难以调和的争论已经进行了两年多。"我的名字像踢烂的足球在双方队员的脚边盘来盘去，从观众中间抛出的不仅有掌声，嘘声，也有烂果皮和臭鸡蛋。"[1] 她因激动而麻木的内心有一种山雨欲来的平静，在渴想静思之前便有一种表白的愿望。这样，这首写于她个人生活转折前夕的诗，便自然地以爱情的外观出现，但所要表达的却是超出爱情的整个人生，像她

---

① 舒婷：《以忧伤的明亮透彻沉默》，《当代文艺探索》1983 年第 4 期创刊号。

过去许多诗那样，她借助的只是爱情这种便于倾诉的蕴藉的抒情方式，而真正激荡在诗中的是她对自己这一代人经历的回忆，她的艺术追求、人生态度和献身激情。诗中一再出现了她过去作品里的许多意象，如永远清醒的"大海"（《致大海》），每天背起的"十字架"（《在诗歌的十字架上》），不在花瓶上摇曳的"三角梅"（《日光岩下的三角梅》），负着枪伤仍要横越冬天的"野天鹅"（《白天鹅》），留下脚印给后人签署通行证的"池沼"（《献给我的同代人》），应声而来让祖国重新命名的"女儿"（《遗产》）……这些意象的互文性，犹如古诗的用典，唤醒读者情绪上对那些作品的回忆而进入这首诗中，从而使这首诗有了更丰富、复杂的内蕴，有了主题的多向性和多义性。这样我们透过这扇以爱情为外观的感情的窗户，看到的是作者内心一个更趋完整的世界。舒婷诗歌的观照方式，便这样显示出它蕴含丰厚深沉的艺术魅力。

温柔宁静和骚动不安：舒婷诗歌形象的二重性

《鸢尾花》有着舒婷诗歌一贯温柔典丽的抒情风格：

> 在你的胸前
> 我已变成会唱歌的鸢尾花
> 你呼吸的轻风吹动我
> 在一片叮当响的月光下

这是一个温柔宁静的抒情形象，是舒婷在她过去作品中一再表现过的那个充满女性温馨的抒情主人公。聪明，机敏，蕴藉，体人，温柔中带点狂悖，优雅典丽的美有时因为淡淡的忧伤而更凄婉动人。如在《春夜》：

> 我还不知道有这样的忧伤，
> 当我们在春夜里靠着舷窗。
> 月光像蓝色的雾了，
> 这水一样的柔情，
> 竟不能流进你
> 重门紧锁的心房。

一种失落的空旷感衬托出心灵温柔的充实。《鸢尾花》也有这样的特征。和舒婷过去作品中表现过的爱情不同，这是一种实现了的（而不是失落了的或追寻中的）爱情，当诗中抒情主人公偎在爱人胸前，做着"宁静的""安详的"，甚至是"荒唐的"和"狂悖的"梦，享受着"呼吸的轻风"那最温馨的一刻时，心灵却在经历着一场风暴。不仅有不肯退却的"往事"，"小声而固执地呜咽着"，还有意识到的现实的使命感，和预感到未来必须付出巨大代价的悲剧感，在心头撞击：

> 等等？那是什么？什么声响
> 唤醒我血管里猩红的节拍
> ……
> 那是什么？谁的意志
> 使我肉体和灵魂的眼睛一齐睁开
> ……

于是，这个最宁静的时刻，同时变成了最不安的时刻，这个被爱的"宽宽的手掌"覆盖的温柔的形象，与柔情同时升起的，还有对时代和民族，对命运和未来勇于承担的自负和自许的激情。这两种相互抗衡的情绪，互为表里地统一在她的诗歌中，构成她作品很强的感情的张力。

舒婷诗歌的抒情形象，常常具有这样的二重性：在温柔宁静的外表中，涵盖的是一颗骚动不安的灵魂。温柔和宁静，只是这个抒情形象的外在情感形态，由历史和现实所唤起的内心崇高而痛苦的骚动，才是它的精神内蕴。

这是舒婷构成她诗歌抒情形象丰满的一种艺术手段，她很少简单地表现一种单一的情绪，即便是在比较纯粹的爱情篇章中，如《雨别》《自画像》等，也总是从相对立的另一种情绪的异向发展中，找到它们统一的焦点，在痛苦中写甜蜜，在相聚中写离别，从而使自己作品的抒情形象立体地站在读者面前。

这种我们姑且称之为复合的抒情风格，从舒婷最初的创作中便出现。《致大海》是舒婷发表较早的作品，这首多少还带有模仿痕迹的少女之作，继承前辈诗人吟咏大海的浪漫主义英雄主题，但坎坷的现实使这位早慧的诗人感受到的英雄情绪带有悲剧色彩。诚然，海是浩阔的，它引来无数英雄和诗人"由衷的赞叹"；但海同时是险恶的，引人讴歌的，海涛曾把无数青春的"足迹"和远征的"风帆"秘密埋葬。海在闪烁它的"光荣"和"伟大"时，并存着"血腥"和"罪恶"。这是舒婷当时感受到的现实，因此她写道：

> 从海岸到巉岩，
> 多么寂寞我的影，
> 从黄昏到夜阑，
> 多么骄傲我的心。

这里包含着两种对立的感情因素：寂寞和骄傲。寂寞是由于对时潮的不肯苟同，而骄傲则是对于不肯苟同的自己的自信和自负。它们忧伤但绝不颓唐地统一在舒婷诗歌的抒情形象里。

问题是应该怎样看待舒婷这一时期作品中常有的这种忧伤。舒婷这一辈作者，是带着他们这一代人的精神特征走向文学的。他们的青春开始在十年动乱之中，每个人都经历过自己从狂热的迷信到痛苦的觉醒，从苦闷的徘徊到勇敢的叛逆这样曲折复杂的心理历程。因此，他们开始于"四人帮"时期的创作，往往是从抒写自己青春的失落——同时也是国家和民族的失落和不甘于这种失落的追求开始的。有的人把这种情绪化为慷慨的高歌，有的人则将它咏为凄婉的忧郁，它们既是个人的，又是时代的，体现着在那个特定年代里或清警，或朦胧的觉醒。

这种复合着个人和社会双重因素的忧患意识，是这个时期舒婷诗歌形象最基本的感情内核，是她那颗骚动不安的灵魂最基本的思想因子。沿着"影"的寂寞和"心"的骄傲这条感情脉络，舒婷一方面抒发着她来自于现实的忧郁，另一方面又表达着她不甘于这种忧郁的追求。在其他作品中，无论是《船》里对不甘监禁的灵魂飞翔的向往，还是《呵，母亲》里对内心感情炽烈却又不能尽情倾吐的痛苦表白，抑或《秋夜送友》等无数题赠诗中，对那些才华卓著却又命运困顿的心灵的抚慰，都在这种复杂矛盾的双重情绪的对抗中，揭示出她诗歌抒情形象那既为个人不幸哀伤，又为时代命运感慨的忧患重重的内心。

1976 年 11 月，舒婷为悼念诗人郭小川的不幸去世写了《悼》，她用过去少有的明晰的语言写道：

> 请把你没走完的路，
>
> 指给我，
>
> 让我从你的终点出发；
>
> 请把你刚写完的歌，
>
> 交给我，
>
> 我要一路播种火花。

这是她创作的一个新的开始。这个给历史带来剧变的大悲大喜的金秋，也给她带来感情的深刻变化，使她那处于朦胧状态的个人和社会复合的忧患意识，和虽然仍困难重重但充满希望前景的现实结合起来，形成一种逐渐意识到的一代人的使命感。《悼》之后她又写了《这也是一切》（1977 年）、《祖国啊，我亲爱的祖国》（1979 年）、《遗产》（1979 年）、《一代人的呼声》《献给我的同代人》《群雕》《风暴过去以后》《土地情诗》《流水线》《在诗歌的十字架上》（以上均1980 年）、《礁石与灯标》（1981 年）等。在这些诗里，她努力把个人的悲喜、追求和对现实的感知结合起来，在国家和民族的历史发展中，寻找和确定个人的位置与价值。那首受到普遍赞扬的《祖国啊，我亲爱的祖国》，其思想艺术力量不仅在于作者以别出心裁的意象，出格而又入情地描绘了我们灾难深重、但充满新生希望的祖国，而且还在于作者是把自我摆在这历史与未来相交错的现实的复杂层次中，来进行思考。因此，这个为祖国"伤痕累累的乳房"喂养大的"迷惘的""深思的""沸腾的"抒情形象，便是一个超越了作者"自我"的，有着普遍概括意义的一代人的形象。

这仍然是一个复合着两种对抗情绪的抒情形象。历史与现实，古老与新生，失望与希望，贫困与富有，眼泪与笑窝……这一切都交织在这个充满理想主义信心的形象之中。虽然她也经历过风暴，但知道"不是一切大树都被暴风折断"，虽然她也曾面临深渊，但相信"不是一切深渊都是死亡"，她正是从这艰难的现实中"孕育着未来"的希望。这种清醒的认识，使这个充满奋斗激情的理想主义形象，同时弥漫着一种壮烈的悲剧感。这不是悲观主义，而是意识到在实现理想的过程中，可能遭到的挫折和必须付出的代价。这种复合情绪构成了舒婷后一时期诗歌抒情形象骚动不安的内心。她大量社会意识强烈的作品，都反复表现这样的主题，抒写抒情主人公这一复杂的感情层次。这种情绪越到后来越强烈。如果说在《一代人的呼声》，表现的还只是"为了祖国这份空白"和"为了民族这段崎岖"而"追求真理"的单纯愿望，到了《献给我的同代人》则意识到实现这一愿望可能必须付出的代价，诗中抒情主人公呈现出一种献身的激情：

> 为开拓心灵的处女地
> 走入禁区，也许——
> 就在那里牺牲
> 留下歪歪斜斜的脚印
> 给后来者
> 签署通行证

在《礁石与灯标》，这首无论从情致到意象都堪与《致橡树》相媲美的姐妹篇，感情的复杂层次不仅有以往爱情诗的温存、熨帖，也不仅有《致橡树》对人格独立与相互扶持的理想寄托，而且将这种寄托化为曲折境遇中的现实：

> 站在我的肩上，亲爱的——
> 你要勇敢些。
> 黑色的墙耸动着逼近，
> 发出渴血的，阴沉沉的威胁，
> 浪花举起尖利的小爪子，
> 千万次把我的伤口撕裂。
> 痛苦浸透我的沉默，
> 沉默铸成了铁。
> 假如我的胸口，不能
> 为你抵挡所有打击，
> 亲爱的，你要勇敢些。

当舒婷在倾诉这一缕缕庄严的，甚至悲壮的思绪时，她依然让自己保持着一贯温婉可人的抒情气质；她的抒情主人公依然是一个充满女性光辉的温柔宁静的形象。她不是那种冷峻的思想家，而是借助爱的温婉倾诉，和读者交流着久蕴心中的严峻忧虑和思考。

作为这时期总其成的《鸢尾花》具有上述形象的二重性。偎在爱人胸前娓娓倾诉的抒情主人公，那温婉而骚动的内心，不仅有初获爱情的纯真、甜蜜，还有来自个人和时代的忧患和坎坷，有意识到自己在历史发展中的使命："我的名字和我的信念/已同时进入跑道/代表民族的某个单项纪录/我没有权利休息/生命的冲刺/没有终点，只有速度"，还有预感到"扭动触手高声叫嚷：不能通过"的反复，和由此升起的准备"不当幸福者"的决心，与子弹飞来"先把我打中"而失去爱的痛苦，以及在更广阔、永恒的爱中获得再生的骄矜与慰藉。这种复合着爱的追求、忧患意识、使命感和悲剧感的献身激情，由于理想的照耀"升起一圈淡淡的光轮"，使这个温柔宁静的抒情形象那骚动不安的内心，呈现出一种崇高的美来。正是在这一点上，舒婷的诗歌才以它真挚、深沉而丰富的抒情形象，打动读者。

人的尊严和价值：舒婷诗歌感情的理性支柱

无论从艺术气质还是风格个性上说，舒婷都是一个情感型的诗人。她曾一再申明：我不是一个思想家。的确，逻辑的、思辨的理性思维，从来不是她创作的推动力。尽管后来，整个民族和它优秀的知识分子，都由于历史的大曲折，普遍焕发出理性思考的光辉，文学也进入了一个以反思为特征的历史新时期，舒婷在她的诗歌里，理性思辨的色彩由于这个潮流也有所加强，但总是使人感到有点捉襟见肘。这并不妨碍她有时也写出一些漂亮而深刻的句子，如《黄昏剪辑》的某些章节：

> 马尾松恳求风，
> 还原他真实的形状。
> 风继续嘲笑它。
> 马尾松愤怒地
> ——却不能停止他的摇摆。

这个意象包含着相当深刻的现实概括和哲理意味。但读者从这个形象体味出的深刻思想，仍然不是思辨的逻辑力量，而是对意象本身的领悟。也即是说作者深刻的思想内核依然是隐藏在意象本身的内在张力上，而不在形象外部明晰的逻辑中。这是舒婷的风格。对于她说来，珍贵的不是思辨的逻辑，而是审美的直觉。诗人对生活的评判和思考，都渗透在对形象的感悟中。她几乎从没有像公刘、白桦，像张学梦、骆耕野那样，依靠理性思维的逻辑，来激起自己的创作冲动。她以自己领悟式的情感思维，来进行对生活的艺术概括和艺术表达。她的艺术力量不在于理性思考的深刻和明晰，而在于感情内蕴的真挚和深沉。这是两种类型的诗人，两种不同的艺术个性和气质。

当然，感情要受理性的统制，任何一个情感型的艺术家，都会有自己的理性支柱。当舒婷以整个身心来感受生活时，她关切的中心是人，是在那个特殊年代里被漠视了的人的价值和尊严；她是通过自己对人的关切，来表达她对现实的关切的。她说过：

> 我通过我自己深深意识到：今天，人们迫切需要尊重，信任和温暖。我愿意尽可能地用诗来表现我对"人"的一种关切。①

这是舒婷的艺术信念，是她从自己成长的现实背景中找到的感情的理性支柱。这在她开始创作的那个不把人当作"人"看待的异常年代，无疑有着深刻的合理性和现实意义。

舒婷的这种追求包括"律己"和"待人"两个方面。舒婷诗歌的抒情形象，不论地位如何卑微、渺小，都竭力表现人格精神的高大，和对自己尊严和价值的自重与自爱。她在十年浩劫里留下的一则随笔中，富有象征性地描写了自己周围的生活环境，过了季节的菜地、安于觅食的小鸡和充满怀疑眼光的小狗，接着她写道：

> 是的，这里只有我一个，它们都不欢迎我，因为我是人。"人啊，为自己崇高的使命而自豪吧！"我想起了这句名言，不禁想笑，但又被这种凄凉的笑而惊嗔了。不，我要回到人群

---

① 舒婷：《诗三首》的小序，《诗刊》1982 年 10 月号。

里去。①

这是一种"人"的觉醒。无法苟合于当时环境，是因为"我是人"；苦恼和追求，也由于记起了"人"的崇高使命。像那枚鹅黄色的珠贝，卑微如大海的一滴眼泪，浩阔却"包罗了广渺的宇宙"。它渺小，是因为被波浪抛弃，海涛埋葬；而它高大，是由于意识到自己的力量。在这里，舒婷从肯定人的价值和尊严，来肯定自己诗歌的抒情形象，这是她"自我"的思想核心。正是从这个思想内核，辐射出舒婷对于人、社会和历史的多层次的把握和传达。

这种辐射，最主要的一个方面，是她从对人格尊严与价值的追求，来表达她对周围人的关切与爱护。舒婷大量的题赠诗，表现的就是这样一个总的主题。在这些诗中，活跃着两个抒情形象，一个是作为抒情主人公的诗人的自我形象，另一个是为这个抒情主人公所关切的对象——姑且称为"非我"的形象。这个在诗中经常以"你"出现的第二形象，往往是一个在困顿境遇中，命运和性格受到挫伤和扭曲的人物。诗中抒情主人公所要竭力唤醒的，便是他对自己受到漠视的人格尊严与价值的重新认识：

> 呵，友人，
> 几时你不再画地自狱，
> 心便同世界一样丰富广阔。
> 　　　　　——《春夜》
> 答应我，
> 不要流泪
> 假如你感到孤单
> 请到窗口来和我会面
> 相视伤心的笑颜

---

① 舒婷：《随笔三则》，见中国作家协会福建分会编：《榕树文学丛刊》第1辑，福建人民出版社1979年版。

交换斗争与欢乐的诗篇
——《小窗之歌》

正是通过这种关切，我们才更深切感受到诗中抒情主人公那颗温馨挚爱的心。

但是，舒婷诗歌感情支柱的这个焦点，同时也是舒婷的弱点。诚然，对人的关切可以是创作的出发点，也可以是舒婷一部分诗歌具有恒久动人的魅力之所在。但是，当舒婷想要超过这个主题，走向更深广的社会和历史时，便捉襟见肘，出现思想力量的不足了。《风暴过去以后》和《遗产》是舒婷两首社会意识较强的作品，这两首诗在当时许多同类题材的创作中之所以具有特色，是因为舒婷找到了一个属于自己的角度——对人关切的角度，来表现她对"渤海二号"和张志新事件的关注。

"七十二名儿子/使他们父亲的晚年黯淡/七十二名父亲/成为儿子们遥远的记忆"，这样来表现那在曲折铅字中穿行的，死去的七十二颗灵魂的呼吁，无疑是十分动人的。但当诗人要进一步解剖悲剧的社会历史原因，回答"他们像锚一样沉落"的生命，留给我们"粗大的问号"时，这动人的爱的武器，就显得力量不足了。诗人"请求人们和我一道深思"，但她并没有多少更深刻的思想能够给予读者，只有一个一厢情愿的无力的祈祷：

> 我希望。若是我死了
> 再不会有人的良心为之颤栗

但是，历史的发展并不以人的良心发现为动力。同样，在《遗产》中，诗人以张志新作为抒情的主体来揭示英雄的精神境界。这位惨遭"四人帮"杀害的母亲，留给孩子的是超越个人的恨，和"比恨百倍强烈、千倍珍贵"的"不变质的爱情"："爱给你肤色和语言的国土"，"爱给你信念使你向上的阶级"，……这是舒婷的动人之处。但是当这位英雄母亲要求孩子继承她"空出来的岗位"这份真正的"遗产"时，诗人除了动人的爱的抚慰和叮咛之外，就难再有更深刻的思想了：

> 孩子呵，
> 抬头望望月亮吧！
> 她温柔而宁静地
> 凝视着你……

这个带有舒婷抒情特征的走上天空的张志新形象，恐怕很难是那个直面现实、疾恶如仇的斗争英雄的形象，这种叮咛也就显得苍白。它使我想起舒婷在《读给妈妈听的诗》里曾经写过的两句话：

> 愿所有被你宽恕过的
> 再次因你的宽恕审判自己

这个同样走上天空了的"妈妈"，相信的是人的良心自我发现和道德自我谴责的力量。这正是舒婷思想的弱点。人只有在改造外部世界的斗争中，才能真正实现并且不断提高人自己的价值和尊严。把改变人的不合理现实处境的希望，寄托于良心的自我发现和道德的自我完善，便会使这种自爱和爱人带有宗教的味道。这里我们看到，当舒婷把寻求人的价值与尊严，作为诗歌感情的理性支柱，来表达她对不合理现实处境中人的关切时，是深挚而动人的；但当她进一步扩大为对社会与历史的剖析和动力，就感到仅有这一思想武器是不够的。别林斯基曾经希望"所有的诗人，甚至包括伟大的诗人，都必须同时是思想家才行"[1]，即使是一个情感型的内向诗人，他也应该有更宏大的思想支柱，才能构筑他辉煌的艺术大厦。舒婷在进一步提高自己的创作时，首先遇到的障碍将可能是来自理性方面的。这是已经暴露出来的矛盾，并且将会越来越尖锐。

---

① ［俄］别林斯基：《别林斯基选集》第3卷，满涛译，上海译文出版社1980年版，第568页。

寻找自己和超越自己：舒婷创作的昨天和今天

舒婷的创作，是从"寻找自己"开始的。这作为她这一代人走向艺术的共同特点，对于当代诗歌的发展，无疑是有意义的。

中国新诗有着广阔、多样的艺术传统。但是，20 世纪 50 年代中期以来在我们社会生活中愈演愈烈的极左思潮，对诗最大的破坏之一，便是窒息了这种富于个性创造的传统。诗人在越来越狭窄的道路上，戴着假面跳舞。不仅政治概念是统一的，连思维方式也越来越模式化，以至于这本来最充分显示诗人精神个体性的抒情艺术，也出现了"样板"。诗人回避表现个性，回避表现对生活的独特感受和独特创造。难怪有人要带点夸张地说，60 年代以后写诗，要从学会"隐藏自己"开始。舒婷这一代诗人的出现，是这股极左思潮的反动；他们是那个扼杀文化的"大革命"意外的文化产物。他们开始于"四人帮"时期的创作，便具有下列特点：第一，他们不是为发表而写作。诗是他们生活的一部分，他们写诗就为了表达他们对自己青春和国家命运的忧虑、郁愤和追求。因此，他们并不回避个性，不回避自己对生活独特的，在当时可能被视为叛逆的感受；这样的诗当然无处发表，但他们通过彼此的交流，形成了一个属于他们自己的民间的诗坛。第二，因此，当他们寻求艺术地表达他们从这个异常年代感知到的情绪时，当时诗坛流行的那些艺术模式就难以适应了，他们必须同时寻找自己独特的思维方式和艺术方法。鉴于当时的政治气候，他们普遍走向了运用意象手段的暗示和象征。第三，在那个历史大转折的时期到来以后，他们意外地成了新时期文学崛起的一支青春力量。他们在运用文学来思考历史的同时，对受制于这段历史的文学本身，也进行思考。他们无意的文学尝试，逐渐变成一种自觉的从艺术思维方式到表现手段的文学创新。集中到一点，便是寻找自己：自己对生活的独特感受和自己艺术地把握生活的独特方式，使诗回到充分的个性创造的轨道上来。

舒婷的创作便是这个新的诗歌潮流的一朵浪花。她在"寻找自己"中，揭示了内心世界那个独特的又是普遍的情感历程，她也在"寻找自己"中，找到了适宜自己的，表达这种独特心灵感受的抒情方式。"寻找自己"不仅对于刚刚开始走向艺术的舒婷是重要的，而且对于我们丧失了个性的诗歌恢复自己的艺术传统，也是十分重要的。正是在这点上，新时期诗歌才呈现出令人感奋也令人一时眼花缭乱的多元化的艺术意向。

但是，诗人心中的这个"自己"——诗人的自我，并不是先验的、凝固不变的。它同时是受孕于客观现实的产儿。因此，诗人的自我也必然会在现实生活的历史发展中不断丰富、充实、提高和更新。近两年的新诗，正经历着这样蜕变的过程；当舒婷从她搁笔三年的平静中，重新回到未曾平静过的诗坛时，她应当可以发现，新时期初期诗歌那种"基于个人身世之感推衍而出的心灵对于现实生活的感应"（谢冕），已渐渐不居于主潮地位。面对着一个更加开放也更具前瞻的现实，富于创造的诗人在新的层次上重新集合。他们从两个相反的方向，对这一现实做出回应。其一是在寻求超越具体现实的前提下，力图对人类生存历史的全部复杂经验，进行更宏观的、抽象的艺术把握，以现代人的眼光对东方民族的文化心理，进行纵深的开掘，透过凝聚着深厚民族意识的古老素材、形象，在世界文化的横向参照中进行再创造，从而建立自己民族史诗的宏伟构筑。这种追求主要来自新时期诗歌最初涌现的那一批作者之中。他们从自己最初的反思作品中进行再反思，深感到那种依托在十年浩劫中心理历程前后对照的历史感，依然是缺乏深厚穿透力的。于是他们向人类生存发展的历史和民族的深层心理溯本寻源，使自己的诗走向宏观的把握，也走向超越具象的空灵。其二，是寻求对现实的更加贴近，更加具象地来描绘现代人的感情、感觉、观念和心灵世界。这种追求主要来自比舒婷更年轻一辈的诗人。他们的青春开始在一个复苏的、开放的年代，他们无须像舒婷那一辈诗人那样，怀着感情的负载，从叹息失去的青春中来映照今天的现实。他们开放的思维方式和生活实践，使他们在感知今天这个提供给他们比较充分发展机会的现实时，更敏锐，也怀有更大的热情；他们也不必像舒婷那辈诗人那样，从对神的否定中来肯定人的价值，他们是在一个开放和创造的社会环境中，来寻找人的价值和位置，以一种新的价值观念来更新自我。他们的作品不以历史感召人，而以贴近现实的当代感，使人置于生活新鲜的洪流中。

来自当前诗歌这两极的新的艺术追求，都共同地表现出诗人"超越自己"的趋向。这是新时期诗歌在找到"自己"之后的"超越"，是诗歌运动发展的必然。

三年之后回到诗坛的舒婷，处在这样一个新的艺术发展趋势的面前。她已经发表的少数作品，部分地传达了她静思之后艺术追求的信息。正如她在《以忧伤的明亮透彻沉默》的文章结尾所说的："让我从三年前那段尾声开始吧！"组诗《你们的名字》基本上延续了她过去的人与环境寻求一致而又难以完全协调的复合主题。但作品的抒情主人公不是生存在孤独的心灵里，而是生活在嘈杂现实环境中，在这一点上我们看到了舒婷切入现实的努力。当然，每个诗人都只能根据自己生活的经验和情感的素质，来确立自己的艺术趋向。在当前出现的某些新的艺术追求，并不是谁都能跟上去的。我也无意让舒婷放弃她固有的风格和目标，但是在新的现实面前，如何做出富有个性创造的回应，却是共同的。在这个意义上，舒婷也面临着如何"超越自己"的课题。十年浩劫中留存下来的感情积累，用来回应今天更具前瞻的现实，已经不大够用了。舒婷要超越自己，除了前面提及的那个理性问题之外，最主要的恐怕还是生活问题。一个情感型的诗人，她仍然必须从现实生活中，来积累和丰富自己的感情库存，以自己开放的心灵，全方位地感受今天的或奋发，或抑郁，或激进，或受挫的生活信息。

（原载《文学评论》1985 年第 6 期）

追寻中国海外移民的民间记忆

——关于"过番歌"① 的研究

一段因缘：荷兰汉学家的收藏和我的童年经验

1989 年夏天，法国远东学院院长龙巴尔教授及其夫人、法国社会科学中心克劳婷·苏尔梦教授来福建社会科学院访问。龙巴尔和苏尔梦在 20 世纪 60 年代中期曾就读于北京大学历史系，惜因"文革"中辍学业，但并未停止对中国的研究，只不过更多转向对中国与东南亚关系的关注。此时龙巴尔已是国际知名的东南亚研究专家，我曾听过他在福州的一次讲座，从地缘政治地理学的角度论析环南

---

① "过番歌"是产生于闽南并广泛流传于台湾、东南亚一带的长篇方言说唱诗。目前发现的有清末厦门会文堂的木刻板《新编过番歌》，1922 年厦门博文堂的石刻本《特别最新过番歌》，厦门周家辉搜集、校注的《过番歌》和安溪吴圭章、杨世膺校注的署名"安溪善坛钟鑫著"的内部刊印本《过番歌》，以及新加坡口述历史馆收藏的《过番歌》抄本等多种。

中国海诸岛屿和半岛国家的政治、经济、文化及其与中国的关系，其视野之开阔和新颖给我留下很深印象。而苏尔梦似乎执着于东南亚华侨与华人的历史和文化研究，在法国有关部门的支持下，多年长居印尼进行田野调查，做了大量极为细致和有效的工作，举凡华人在印尼的庙宇与墓葬，都有十分详尽的图文述录，并由此切入华人移民史和移民文化的研究，出版了多种专著。此前她曾多次来闽，并带来了一本厦门会文堂刻本的长篇说唱《新刻过番歌》，因其系用闽南方言写成，让我帮忙翻译和注释。据苏尔梦称，这是她的同事、荷兰籍著名汉学家施博尔教授从台湾搜购而得。后来我查阅台湾陈建明《闽台歌仔册纵谈》一文，亦曾提及此事。该书称："原籍荷兰，现任法国巴黎大学高级研究院的施博尔先生，曾于民国五十二年到五十三年间，利用到台湾研究道教经签科仪之便，到各地以高价搜购福建及台湾的俗曲唱本，并于民国五十四年十月发表一篇《五百旧本歌仔册目录》在《台湾风物》十五卷四期。施氏后来又在高雄县弥陀乡向金莲兴皮戏班及阿莲乡皮戏班搜集到台湾皮影戏抄本多达 198 种。"[①] 我曾数度访问台湾，也多次听到佛光大学前校长、台湾道教学院教务长龚鹏程教授谈及施博尔先生对道藏典籍的研究，称道其对中国文化的研究与贡献，为当今国际汉学界所罕有。2001年，听说福州大学邀请到荷兰皇家科学院院士施舟人先生及其中国籍夫人袁冰凌博士来闽定居和任教，并为其建了西观藏书楼，收藏施舟人多年收集的大量中西图书文献。始料未及的是此施舟人正是当年在台湾发表《五百旧本歌仔册目录》的施博尔。想到这些资料应都藏于西观楼中，同居一城，请益有时，欣喜之余，不免感到世界实在太小，犹如闽南俗语所说"船头不见船尾见"——虽然至今我与施舟人先生仍然缘悭一面。

1989 年 8 月，我陪龙巴尔、苏尔梦夫妇到《过番歌》的诞生地闽南地区作为时 20 天的调查，访问了泉州、漳州和厦门的一些市县

① 　陈建明：《野台锣鼓》台湾稻乡出版社 1989 年版，第 71 页。

镇村，搜集到不少"过番歌"的相关材料。在泉州听说安溪的善坛乡有一批五六十岁的老人能演唱长篇说唱《过番歌》，便急急驱车赶了几十公里山路，来到安溪的善坛，果然亲耳聆听这批老人一板一眼互相提示地演唱《过番歌》长达一个多小时。只不过这不是施博尔先生从台湾搜购到的那篇题为"南安江湖客辑"的《新刻过番歌》，而是流传在安溪的另一种版本。老人们演唱的唱词中最后有两句称："若问此歌谁人编，就是善坛钟鑫仙。"据老人们回忆，写有这两句唱词的抄本，保存在善坛乡土塘村的林泰山手里。可惜林泰山老人已经作古。陪同我们到善坛访问的这部《过番歌》的校注者之一杨世膺先生曾到土塘查寻过，传说中林泰山的这个抄本，经过"文革"的波折也已渺无下落了。

此事使我感触良深。"过番歌"在闽南的广泛流传并非偶然。闽南是著名的侨乡，自19世纪中叶以来，便有大批人口迫于生计漂洋过海下南洋，或被作为"猪仔"贩卖到了美洲。"过番歌"以闽南歌仔的通俗演唱形式，在民间保留下这段辛酸的记忆。我的家庭也是"过番"的一族，犹如那篇"南安江湖客辑"的《过番歌》所唱，从我曾祖父那辈人起，也是三步一回头地沿着"过番歌"所唱的出洋路线，由南安到厦门候船出洋的。经过几代人的迁徙，我们家族也从南安的码头乡移居到厦门。当时厦门是出洋的主要港口。我童年记忆中的厦门鹭江道，集中了与此相关的许多行业：码头、海关、客栈、批馆……鹭江道的热闹泰半由麇集在此候船的"番客"（或准"番客"）而来。尤其每当夜色垂临，鹭江道上灯火辉煌，点着"臭土灯"（电石灯）的各种小食摊、水果摊、打拳卖膏药的场子、拉大广弦卖歌仔册的地摊，挤挤拥拥，使整条滨海而建的鹭江道人声鼎沸、踵武杂沓。童年的我也曾蹲在拉大广弦的地摊前，听民间艺人演唱"过番歌"。当时由厦门起锚前往东南亚的海轮，在各个国家的港口停留卸客、卸货，因此俗称"十三港"，航行的时间长达十天半月。寂寞旅途无以消遣，便常有人以俚曲小调演唱从鹭江道地摊上买来的各种歌仔册以解烦闷。这也是闽南刻书坊乐于印行歌仔册并能流传到台湾地区与南洋的原因之一。中国的海外移民虽可远溯至唐宋，但彼时中国的大国政治、经济和文化，使因宣扬国威或经商贸易而滞留海外的华人，享有较高的地位。只有到了清末民初，迫于生计而外走异邦的华侨，才真正体验到国贫民弱的屈辱和谋生的不易。产生于这一海外移民高潮中的大量"过番歌"，便成为这一时期社会的情状和心理的记录。研究"过番歌"，实际上是从另一个民间记忆的侧面，研究中国的海外移民史和侨乡社会史。

这是一段缘分，从《过番歌》唤起我的家族记忆，并由此引发我对"过番歌"研究的浓烈兴趣与期待。

发现和存疑：关于《过番歌》的几种刊本

1991 年，我曾于《福建学刊》第 1 期上发表了《〈过番歌〉及其异本》一文，就我对《过番歌》的初步考察做了一些分析，现据此再做一点介绍和补充。

施博尔先生搜购自台湾的《过番歌》，全称为《新刻过番歌》，小 32 开本，为木板刻印竖排。封面 3 行文字，中间为书名，右上角署有"南安江湖客辑"，左下角署有"厦门会文堂发行"，没有出版年月。内文第一页首行则为"新刊手抄过番歌"，下面注明"厦门会文堂藏版"。全部唱词共 344 行，每行 7 字，用闽南方言撰写。它讲述清末南安县境一个穷困农民，为生计所迫漂洋过海到"番平"实叻（今新加坡）谋生的艰难过程，是一部适宜用闽南俚曲小调演唱的带有劝世意味的通俗唱本。

初读这部《过番歌》，引起我注意的是：

一、刊本称"新刻"或"新抄"，想必还可能有"旧刻"或"旧抄"的刊本或抄本，只是目前我们尚未收集到。但它说明，这部

《过番歌》的产生和流传，应当在此刊本发行之前。

二、该书没有作者，只署"南安江湖客辑"。不曰"著""编"，只称"辑"，显然并非作者的原创，应该是从民间流传的口头说唱或手抄传本上辑录、整理。辑录者"南安江湖客"的真实姓名已无从查考，但其为南安人氏，与唱本中主人公的籍贯一致应无疑问。由此可以推论这一唱本可能是辑录者从自己家乡过番的乡亲那儿收集而来加以整理的。在会文堂刊行的歌仔册中，就我所见，"南安江湖客"编撰的唱本还有《新刻梁士奇新歌》《新刻金姑看羊刘永新歌》《新刻詹典嫂告御状新歌》等多种。显然，这位"南安江湖客"很可能是会文堂专门聘请来编写通俗唱本的落泊文人。由于此类唱本被视为难登大雅之堂之作，便隐匿真实姓名而以落泊江湖的化名自嘲。

三、尽管这部《过番歌》未署发行年月，但考察会文堂的存在年代，亦可大致推断它的出版时限。会文堂是厦门一家历史悠久的刻书坊，现存英国伦敦牛津图书馆中的歌仔册《绣像荔镜奇逢传奇》系会文堂在道光丁未年（1847年）的刻本。在施博尔先生的《五百旧本歌仔册目录》中，尚可看到会文堂最晚于1914年发行的《新样手抄打厄歌》《新样手抄打某歌》《新样手抄死某歌》（三种合订一册）和《最新张秀英林无宜相褒歌》《最新摇古歌》等，不过均为石印。那么，木板印刷的《新刻过番歌》当在这些石印出版物之前，也即当在1914年之前发行应无疑问。因为石印的推广远在木刻印刷之后，有了石印技术，除非是旧有藏本重印，一般不会再用木板印刷。另一个可资证的材料是《新刻过番歌》开篇第一句就说"现今清朝定太平"，点明了故事主人公和演唱者的年代背景，其最后唱词中又说："唱出此歌乎恁听，万古千秋永传名。诸君此歌看一备，尚有新歌梁士奇，又要典嫂告御状。"末二句预告"新歌梁士奇"和"典嫂告御状"两部新书，可见《新刻过番歌》的发行早于这两部歌仔册。如果会文堂的印本最晚在1914年（即民国三年），那么这部《过番歌》应早于这个时间，即在清末当可确定。

20世纪90年代初，我在搜寻中发现了与厦门会文堂本不同的另外四种《过番歌》刊本和抄本。它们是：

一、厦门博文斋于民国十一年（1922 年）发行的石印本《特别最新过番歌》。

二、署名"周学辉搜集校注，吴圭章编"，由安溪县民间文学集成编辑委员会于 1987 年 9 月印刷的内部铅印本《过番歌》。

三、署名"安溪善坛钟鑫著，吴圭章、杨世膺校正注释"，作为"善坛风物"资料之四的铅印本"征求意见稿"《过番歌》。

四、由新加坡一林姓华侨于 1983 年带回安溪、由安溪县侨联陈克振先生保存的钢板刻写蜡纸油印本《福建最新过番歌》。

在这四种刊本和抄本中，厦门博文斋的《特别最新过番歌》与厦门会文堂《新刻过番歌》为同一个本子，只不过会文堂本 344 行，而博文斋本 342 行，系在第 63 行下脱落 3 行，而在第 89 行后增添一行。所有增删的这 3 行都不碍全书内容。另外博文斋本比起会文堂本有许多错字，明显是在抄版制作过程，书工的疏误。此类讹误不胜枚举，仅第 1 页 52 行中，就有 8 处错字，大多是字形相近的误抄，如"番平好趁咱无望"错成"番下好趣咱无望"等。从会文堂和博文斋的刻书历史看，会文堂全盛于 19 世纪中叶的清代晚期，至民国以后已渐式微，而博文斋的繁盛则在民国以后。从现存博文斋印行的大量唱本看，大都出在 20 世纪 20 年代，还有迟至民国二十四年（1935 年）的。罗时芳《近百年厦门"歌仔"的发展情况》一文，称在光绪年间开业的博文斋书局，早期还向会文堂购到藏版来印售。由此可见，出版于 1922 年的博文斋本《特别最新过番歌》，很可能是向会文堂购取此前印行的《新刻过番歌》的藏版，重新抄写石印发行的。

另外三种刊本和抄本为另一类型。它的故事框架虽然也是讲述一位贫苦农民迫于生计漂洋过海到番平艰难谋生的历程，但故事主人公由原籍南安移到了安溪，其一路触景生情地倾诉怀乡思亲和过番艰辛的出洋路线，也随着主人公籍贯的改变而有很大不同，全书受戏曲的影响较深，叙事细腻，重于抒情，因此篇幅上也比会文堂本《新刻过番歌》多出一倍，达 760 行。如果将以南安籍为主人公的会文堂本与博文斋本，称为"南安本"，那么，这三个同为安溪籍主人公的刊本和抄本，则可称为"安溪本"。

这三种刊本和抄本，实为同一个本子。其中，周学辉搜集校注本和署名"安溪善坛钟鑫著"的吴圭章、杨世膺校注本，无论从故事情节、唱词、方言用字、注释和印刷版式，几乎完全一样，应是在同一次排版印刷中加以不同装帧、署名和附加其他内容。周学辉本在正文之外有《前言》《后语》和 20 位侨界人士有关《过番歌》的赋诗。吴圭章、杨世膺校注本则有杨世膺在正文之前所撰的《〈过番歌〉作者小考》一文。略有差异的是新加坡林姓华侨 1983 年带回安溪的钢板刻写油印本，主要是：一、新加坡本比周学辉本多出 4 行无碍大局的唱词；二、新加坡本一贯到底，周学辉本则将 700 多行唱词依内容划分为"禀过父母""告别贤妻""别家出门""渡海漂洋""到达实叻""往别州府""返回唐山" 7 个段落，这显然是搜集整理者后来所加；三、新加坡本在方言记录的用字上与周学辉本有较大不同。如新加坡本遇到某些与普通话义同音不同而又无通用的方言字可用时，一般以普通话的同义字来记录，如"失志无面可见人"的"可"字，闽南方言读作"tang"（与"窗"的闽南音同）。新加坡本仍取其义作"可"，周学辉本则取其音作"窗"。类似的例子很多。

这里有几个问题至今我仍存疑问，值得提出来讨论。

第一，关于新加坡流传的版本。周学辉在他搜集校注本的《前言》中称"这首歌曲在五十多年前就流传于闽南侨乡"，以它出版这部《过番歌》的 1987 年倒推，"五十多年前"应在 20 世纪 30 年代。作者又称："这首《过番歌》在数年前，经我搜集整理校正，寄给新加坡乡亲陈裁衣老先生后，他在新加坡安溪会馆文艺活动时演唱，倍受华裔欢迎。于是这首歌便不胫而走，广为流传。新加坡口述历史馆已将其收编，报纸做过专题介绍，电台还聘请陈裁衣老先生前去演播"。1987 年的"数年前"当在 20 世纪 80 年代初。这里所说的事，当都发生在 20 世纪 80 年代。根据这段叙述，新加坡安溪会馆演唱的《过番歌》和新加坡口述历史馆收藏以及报刊介绍、电台播演的《过番歌》，应是周学辉的搜集整理本。但新加坡林姓华侨带回的钢板刻写油印木，显然不同于周学辉的搜集整理本。从钢板刻写风行于五六十年代，而这个油印本又于 1983 年带回，及其未经分段一贯到底的记录形态，显然要比周学辉的搜集整理本更为原始。因此可以推测，新加坡可能有不止一个版本的《过番歌》流传。它有两种可能，其一，或许周学辉就是根据这一抄本重新整理的；其二，周学辉是根据别的传唱或抄本整理的，与这一油印本无关，二者都独立存在。2003 年 11 月厦门大学出版社出版了周长楫、周清海编著的《新加坡闽南话俗语歌谣选》。其中收有安溪本的《过番歌》和作为附录的南安本《过番歌》。[①] 据编著者在正文前的"说明"中称："这首长篇歌谣，是我们在新加坡安溪会馆向郑文松（76 岁）、柯长源（65 岁）两位老先生采访时收集记录的。""除第七段'槟城险厄'是柯长源先生说唱的外，其余段落都是郑文松先生说唱的。"其中有些遗漏的唱词，是根据新加坡口述历史中心由林其楠先生演唱的录音补充进去的。这段记述加深了我们对周学辉搜集本《前言》中所说的《过番歌》在新加坡安溪会馆和口述历史馆播唱的印象。只不过我们无法分清周学辉将他的搜集本寄给新加坡乡亲的陈裁衣老先生并在安溪会馆和电台演播，和为周长楫说唱《过番歌》的郑文松、柯长源两先生，以及为新加坡口述历史中心录音的林其楠先生是什么关系。比较周学辉本和周长楫本，由于周长楫先生是研究闽南方言的专家，在方言用字的记录上更为规范准确；但在内容上，除了增加了"开篇"的四句唱词和"返回唐山"中多出的四句唱词外，与周学辉的搜集整理本没有什么不同。包括整理的分段，基本上和笔者在周长楫教授赴新加坡之前提供给他的吴圭章、杨世膺校注的

---

① 详见周长楫、周清海编著：《新加坡闽南话俗语歌谣选》，厦门大学出版社 2003 年版，第 403—455 页。

《过番歌》相似，只在分段的标题上有所改动。吴圭章本和周学辉本均分为七段，周长楫本分为九段，新增"开篇"四句为第一段，将全文的最后十二句单独折出作为第九段"尾声"，其核心部分仍为七段。每段标题与周学辉、呈圭章本文字略有不同，对照如下：

周长楫本：禀告双亲　　　周学辉本：禀告父母
　　　　　夫妻惜别　　　　　　　告别贤妻
　　　　　踏上征途　　　　　　　别家出门
　　　　　涉洋过番　　　　　　　渡海漂洋
　　　　　实叻遭遇　　　　　　　到达实叻
　　　　　槟城险厄　　　　　　　往别州府
　　　　　返回唐山　　　　　　　返回唐山

　　两相比较，周长楫本的标题更文人化，周学辉本的标题更口语化，这是整理者的风格不同。如果这些分段和标题不是周长楫先生所作，而是原来的演唱就有，那么就更加说明了周长楫根据郑文松等演唱的记录本，很可能与周学辉寄给新加坡乡亲陈裁衣而后在安溪会馆演唱、电台播送和口述历史馆录音收藏的《过番歌》，有一定关系。它进一步证明了《过番歌》在新加坡广泛流传的事实。

　　第二，关于作者问题。吴圭章、杨世膺的校注本曾提出《过番歌》的作者为安溪善坛钟鑫，并为此写了《〈过番歌〉作者小考》，其最主要的根据是"土塘林泰山保存的几十年前的《过番歌》的传抄手稿，歌词的末两句是'若问此歌谁人编，就是善坛钟鑫仙'"。遗憾的是这部传抄手搞已经遗失，连杨世膺也未曾亲见，只能是"事出有因，查无实据"。但从杨世膺调查得来的钟鑫生平的介绍，与这部《过番歌》主人公经历十分相似。据云：钟鑫字文玉，1879年生，读过 6 年私塾（因此能作歌编诗），22 岁（即 1901 年）迫于生计到实叻（今新加坡）、槟榔屿（槟城）谋生。历尽艰辛，两三年后空手归来。此后在家务农，常思过番时的艰辛，便编歌劝世，谓"番平好趁是无影，劝您只路呣窗行"。每写成一段，必向乡亲好友反复吟唱，不断修正。因此有抄本流传，至今善坛 60 岁以上的老人，还都能唱。这段记述虽不能完全确认钟鑫就是《过番歌》的原创作者，但至少说明《过番歌》在流传过程中，尤其是在安溪善坛的流传中，钟鑫是发挥过作用的。因为《过番歌》作为一种民间说唱，是在流传过程中经过无数传唱者根据个人的生活体验不断补充、修改而后完成的。钟鑫如果不是此歌的原创作者，但至少也是《过番歌》的传播者或补充修改者。

第三，南安本和安溪本究竟是两部各自独立的作品，还是同一部作品在流传过程中出现的异本？虽然两部作品有许多差异，主要是：1. 在篇幅上，南安本 344 行（以会文堂本计），安溪本 760 行（以周学辉本计），多出的篇幅不是故事情节的不同，而主要用于细腻的叙述。2. 南安本的主人公是南安籍人士，其离乡过番途中触景生情的唱词便是从南安到厦门候船沿途的地名和景物，而安溪本主人公原籍安溪，其出洋途中触景生情所唱自然改为安溪境内的地名和景物。3. 在经历上，南安本主人公在番平的谋生虽然艰辛，最终还是小有积蓄才返回故乡；而安溪本主人公虽多遭槟城的困厄，最后仍两手空空回到故里。4. 叙述风格上南安本行文简洁紧凑，但也略显粗疏；而安溪本较为细致，重视内心抒发和氛围渲染。但两个本子无论故事情节、人物命运、叙事逻辑还是作品的劝世主题，都是一样的，一些重要唱词也大同小异。因此，我倾向于认为这不是两部各自独立的作品，而是一个本子在传唱过程中出现的异本。那么，究竟是南安本脱胎自安溪本，还是安溪本脱胎自南安本呢？这只有再从两部作品的比较中来辨识。1. 从传唱的时间上看，南安本应先于安溪本。如我们前面所分析，南安本中的博文斋本发行于 1922 年，而早于博文斋本的会文堂本，虽没有标明出版年月，但其刻书历史先于博文斋，而且唱词中有"现今清朝定太平"，点明了故事产生和演唱者所处的年代和背景，至晚也应是清代末期。安溪本最早的刊本（周学辉本）是 1987 年，而新加坡林姓华侨带回安溪的油印本没有注明年月，但按钢板刻写的盛行于 20 世纪 60 年代前后，都大大晚于南安本的印行年月。即使"善坛风物"本称其为钟鑫所著，考钟鑫生于 1879 年，死于 1933 年，22 岁即 1901 年过番，两三年后空手返回故里，感念番平谋生艰难，发愿编歌劝世，每一成段就唱与乡亲修改，这"耗尽了他后半生心血"的 700 多行长歌，并非短时可成，而是整个"后半生"的心血。因此，它的完成也应在钟鑫晚年，至少已入民国。所以从时间上看，南安本应早于安溪本。

2. 民间口头流传的说唱文学，不同于文人创作，没有专属个人的著作权，往往在流传过程中，演唱者和听众都可以根据自身的生活体验或听众的需要，进行补充、修改或重写，从而出现异本。而且一般说来，异本比起原本，是由简到繁、由粗疏到细密，篇幅也会变得更大。我们可以做这样推想，当南安本流传到安溪之后，触发同样有着酸辛过番经历的安溪乡众的心事，为了更切近自身经历和安溪乡众的经验，便会有某个具有同样经历的番客（如钟鑫）或说唱艺人将其改编，这是口头传唱的民间文学创作的一般规律，安溪本《过番歌》的产生也具有这种可能。当然这只是一种推想，有待我们进一步去搜寻证据。

第四，在分析会文堂本和博文斋本孰先孰后时，我曾提出会文堂本为木板刻印，而博文斋本为手抄石印，以木板印刷先于石板印刷作为判断先后的佐证之一。但近读一些相关文章，都认为会文堂本的《过番歌》也是石印。因我手上只有一个复印件，而无清晰的原件可辨认。而且在会文堂本的封面上，印的是《新刻过番歌》，但在正文的首页引题上，又写着"新刊手抄过番歌"，这一"手抄"如果不是指民间的"手抄本"，而是指石印中的手抄写，那么这部《新刻过番歌》也可能是石印的。但由于封面的"新刻"与首页的"手抄"存在矛盾，又使我想到，会文堂是否还曾有过一个更早的"刻本"，而我所依据的施博尔得自台湾的本子，如果是石印的话，会不会是"刻本"废了之后的"新刊手抄"？这一问题希望能够得到行家的指点。

从《过番歌》到"过番歌"：潜藏民间的历史记忆

在搜集长篇说唱《过番歌》的各种刊本中，我注意到民间有大量反映"过番"的歌谣存在，长篇《过番歌》只是其中的一个代表。在某种意义上可以说，正是这些反映了侨乡社会各种情状和侨客、侨眷复杂心理的大量"过番"歌谣存在，才为长篇《过番歌》的产生奠立基础。

从我最初接触《过番歌》以来，十余年有心的关注和无意的发现，在各方面朋友的帮助下，陆续收集到数百首"过番"歌谣，有长有短，有叙事有抒情，有喜悦有怨叹，更有一些近乎契约文书的记载可作文献的参证。最初主要来自闽南，继之延及福建全省乃至广东潮汕地区和嘉应客属地区，最后拓展到海外。其中十分珍贵的一份材料是晋江县（已改市）文化馆的曾阅先生所提供。曾阅兄一生坎坷，但即使在运遭厄星而流落民间中仍孜孜以写诗和记录民间歌谣为乐。在他提供的二十多首"过番歌"中，最早的搜集于1956年，稍晚的则在80年代，其中亦有收集于60年代和70年代的，说明这三十年来他始终坚持这项工作。而且每首都有详细的演唱者姓名、身份、采集时间、地点，以及搜集者的姓名、身份等，并对方言做了详尽的注释，工作十分规范，让人很为感佩。当然，如曾阅这样长期的有心人并不多见，但1980年关于民间文学"三套集成"（故事、歌谣、谚语）的任务提出，借助行政力量的推动，使民间文学的搜集工作掀起一个高潮。各省、市、县都成立了相应的"三套集成"领导班子和编辑委员会，广泛发动搜集并最后结集成书，其面之广前所未有。我后来读到的"过番歌"，大都来自于这一时期的搜集。

原先我以为，"过番歌"主要产生在闽南，其实不然。就我搜集到的资料看，闽南显然最多，包括泉州地区的晋江、石狮、惠安、南安、永春、安溪以及漳州地区的龙海、长泰、诏安、云霄等。但同为侨乡的福州五区八县及宁德的寿宁、屏南、古田等和闽西的龙岩、永定等，三明的永安等，闽北的光泽等，都有"过番歌"的流传。各个地区的"过番歌"所反映的"过番"情况以及演唱的艺术风格也有明显的差异。

这里尤为引人注意的是流传于寿宁的一首长篇说唱《下西番》①，长达576行。与闽南"过番"大都指的是南洋不同，该长篇歌谣演唱的是清末年间（光绪辛丑年）闽人被骗卖"猪仔"到美洲作劳工的事件。闽东是天主教势力侵入最早也最深的地区之一，教堂、牧师和教友是这起"骗工"事件的牵线人，其开出的经济诱惑很迷人。歌谣中唱道：

> 不论谁人就肯去，
> 起身就发十元钱。
> 若还哪个去番边，
> 约定总要做五年。
> 逢年月月会清楚，
> 每月六元做工钱。
> 恐有死在我番界，
> 二十四两身价钱。
> 此去住行食我的，
> 船价盘费不要钱。
> 等你快来落姓名，
> 每月再偿二元钱。

---

① 《下西番》又名《过番歌》，1997年采录于寿宁斜滩、南阳，钟增贵、范世武演唱，郑锦明记录。

这里开出的"卖身价"和阿英编入《反美华工禁约文学集》① 中的《苦社会》② 等小说所描写的在广州"骗工"的伎俩完全一样,说明当时骗招华工的"买猪仔"不仅在广州,而且福建的厦门与福州,都是劳工的重要出口地。然而,从"五月时节雨纷纷,齐人都到福州中",由"马尾坐条落洋船"出发,灾难便接连而来,先是"各人都入船肚里,舱面钉钉又加封","半食半饿真彻苦","屎尿急来无处通"。这种"好比牛猪入栏中"的海上航行,长达四五个月,途中饿死的、寒瘀逼死的,其至"病势见危未断气"的,"身尸通盘抄海中"。从福州马尾港出发时"中国开来人千个",到"九月时节是重阳,车船驶到大西洋"后,"算来末剩一半人"。这个千人过番,半死途中的噩耗传回原乡,激起极大民愤:"一条老命与你搏,何怕番仔有威风","恨杀白驴不过意","青肉咬来不要炖"。其咬牙切齿的痛切情状,穿透纸背,历历可见。这首长歌与阿英编选出版的《反美华工禁约文学集》所反映的事件与主题一样。不过,阿英收集的作品侧重于文人创作,分为诗歌、小说、戏曲、事略、散文五卷。来自民间的作品仅有"诗歌"卷中《抵制美货》(佚名作)长歌一首,直到后来由广东省中山图书馆参考研究部编选而列于其后的"补编"中,才在"讲唱"的栏目下选入木鱼书《金山客叹五更》、南音《华工诉恨》、粤讴《除是有血》《拒约会》《好孩儿》等五首,不过多为广东的民间之作。此篇《下西番》,无论所提供的历史事实,还是表现的社会情绪,以及作品的艺术特色,都不在上述诸篇之下,应当成为反映这一事件的一个可供互证的重要民间文学文本。

2002 年,笔者前往柏克莱大学出席第二届世界华人文学研讨会,有幸在旧金山参访了以拘禁华人移民闻名的"天使岛"小木屋,并购得了由麦理谦、林小琴、杨碧芳编选翻译的《埃仑诗集》③。所谓

---

① 阿英编:《反美华工禁约文学集》,中华书局 1960 年版。

② 收于《反美华工禁约文学集》中的"小说"卷中,无作者姓名,漱石生在《叙》中称"是书作于旅美华工,以旅美之人,叙旅美之事"。

③ 《埃仑诗集》,华盛顿大学出版社 1991 年版。

"天使岛"（Angel Island），即华人移民口中的"烟治埃仑"，是旧金山湾内的一座小岛。1910 年在这里设立移民拘留营，对欲进入美国的亚裔移民（主要是华裔）进行身份甄别审查。从 1910 年 1 月启用至 1940 年 11 月焚于大火废弃，先后约有 17.5 万名华人移民在这里拘押过。有的长达数年，少数幸运者获准入境，多数却遭遣返。怀着梦想而来却无端被羁押和遣返的华人，愤而在拘留营的板壁上题诗，用刀刻、用墨写，表达了内心愤恨、悲郁、无奈、抗诉的复杂心情。这些拘留营里的题诗，很快就被传出，引起美国华人社会的极大震动。这是延自 19 世纪后期以来对华人"禁约"的歧视性移民政策导致的事件，在史实的链接上紧扣着"反美华工禁约文学"所反映的历史。1980 年，三位"天使岛"华人移民后裔深入遗址发掘调查，配以当年美籍德裔摄影家简德留下的移民营照片和移民营幸存者及其后裔的访谈，连同附录，共收诗 135 首，以中英双语的方式，正式出版了《埃仑诗集》，使"天使岛"移民营成为美国华人移民史上最初一片充满屈辱与抗争的重要记忆场域。

从《反美华工禁约文学集》到《埃仑诗集》，这些资料的获得，使我对于"过番歌"所折射的华人移民史的考察，从主要是"下南洋"扩展到充满血泪的美洲。视野的扩展不仅是量的增加，重要的是它提供给了我们一份从 19 世纪中叶到 20 世纪中叶，一百年来中国人的世界性生存体验。如果说，1840 年的鸦片战争，是新崛起的西方帝国主义以现代科技所带动的"坚船利炮"，打开一向以"天朝上国"自居的封建帝国紧闭的国门，以外来的强力逼迫中国的封建统治者睁开睡眼张望一下已经变样了的世界，开始感受到处于西方列强包围和瓜分中的生存危机和屈辱。这是一份被迫接受的前所未有的中国的世界生存经验；那么，在被迫打开国门之后，大量受到诱惑或迫于生计流向国外的移民，则以亲身的经历，从民间的角度，提供了同样一份中国人在全球各地的屈辱生存经验。这些经验既唤醒了中国封建统治者沉迷千年的"天朝之梦"，也催生了中国人世界性生存的危机意识，从而激发了晚清以来企望与世界列强比肩的现代性追求与变革。包括反美华工禁约文学和天使岛诗抄在内的所有"过番歌",正是在这个意义上,为中国的现代性的萌生提供了一份具有文献价值的史料。

至此,"过番歌"研究在我已不仅是面对几册薄薄的民间唱本,而是面对一份充满血泪的 19 世纪中期以来中国人的世界性生存经验。我企望将之与相关历史文献对照,作为中国海外移民的一份民间记忆来追索和建构。通过"过番歌"所折射的海外的移民经历,探寻移民者和移民眷属的艰难历程和复杂心态,探讨其劝世主题的价值和局限,以及从海外生存经验所激发的国家意识、民族意识、自强意识和乌托邦理想,并且在比较相关"过番"题材的文人文本和民间文本的特征和差异中,确认这些来自民间的文学记忆的历史价值和文化意义。这或许是一份奢望过大的计划,不过,自童年时代便开始积累起来的那点情缘,激励我努力去接近它。

(原载《福州大学学报》2005 年第 4 期)

《过番歌》及其异本

会文堂本《过番歌》

　　《过番歌》是 19 世纪末、20 世纪初流传于闽南、台湾及东南亚华侨社区的一首长篇方言说唱诗。60 年代初，原籍荷兰、后在法国从事东方文化研究的施博尔教授，曾利用到台湾考察道教经签科仪的机会，广泛搜购留存于民间中的福建及台湾的俗曲唱本。1965 年 10 月，他在《台湾风物》第 15 卷第 4 期上发表了《五百旧本歌仔册目录》一文，记载他所收集到的部分俗曲唱本，引起台湾文化界的极大关注。《过番歌》即为其目录所开列的一种。

　　这本搜集自台湾的《过番歌》唱本，全称是《新刻过番歌》，为木版刻印，封面右上角署有作者名字，曰"南安江湖客辑"，左下角是出版者"厦门会文堂发行"，没注明出版年月。内文第一页标题则为"新刊手抄过番歌"，下面注明"厦门会文堂藏版"。全文 344 行，每行7字，用闽南方言撰写。它讲述清末南安县境一个穷困农民，为环境所迫，漂洋过海到"番平"实叻（即新加坡）谋生的艰难过程。是一部适宜用俚曲小调演唱、带有劝世意味的通俗唱本。

初读这部《过番歌》，有以下几点值得我们注意并作出进一步推断的：

一、这部《过番歌》的故事背景和产生年代都在清代。《过番歌》开宗明义就唱道："现今清朝定太平，一重山岭一重洋，前朝后代唱不尽，说出番邦只事情"。由演唱者开篇的这四句"定场诗"，既说明了故事发生的时间背景，又交代了演唱者（或是它最初的创作者）所处的年代，这是很明确的。从历史上看，新加坡的开发当在19世纪初叶，此后新加坡才逐渐有大量华人移入，并由于其地理位置的重要和自然条件的优越，迅速发展起来。到《过番歌》所描述的主人公登岸时，已是相当繁荣的港口城市了："实叻景致真正好，也有牛车共马驼，也有番仔对番婆，也有火车相似雷"。唱词中还多次提到"唐人虽多难方便"，"平平唐人免受气"等，说明此时移居实叻的华侨已为数不少。由此可以推断，《过番歌》所称的"现今清朝"当在19世纪中叶以后的清朝后期。

二、这部唱本的全称是"新刻过番歌"和"新刊手抄过番歌"。既曰"新刻"或"新刊"，便可能还有"旧刻"或"旧刊"的刊本抄本，只是我们尚未发现。但至少说明它的流传，当在这部《过番歌》的刊印之前。

三、由于这部唱本未署刊行年月，无法确定其具体出版时间。但发行这部《过番歌》的厦门会文堂，是一家历史悠久的刻书坊。现在英国伦敦牛津图书馆收藏的《绣像荔镜奇逢传奇》，即为会文堂道光丁未年（1847年）的刻本。那么，会文堂的历史当还在此之前。从施博尔发表的他所收存的五百唱本目录中，还可看到会文堂于民国三年（1914年）刊行的《新样手抄打厎歌》《新样手抄打某歌》《新样手抄死某歌》（三种合订一册）和《最新张秀英林无宜相褒歌》《最新摇古歌》等，不过均为石印。《过番歌》的刊印，当在这两个年限之间。

四、《过番歌》署名"南安江湖客辑",不曰"著""编"而称"辑",说明它不是作者自己的原创,而是从民间流传的口头说唱或抄本中辑录整理的。"江湖客"的真实姓名已无从查考,其籍贯南安则没有疑问。《过番歌》所述的主人公亦为南安人氏,他从南安到厦门搭船过番所经的地名如溪尾(今南安县城所在地)、尾岭、官桥、安平等,都准确无误,均系闽南著名侨乡。此歌可能是辑者从自己家乡,或者是自己过番的乡亲那儿搜录而来的。"江湖客"在会文堂刊行的唱本中还有《新刻梁士奇新歌》《新刻詹典嫂告御状新歌》《新刻金姑看羊刘永新歌》等。由此推想,他很可能是当时会文堂专门聘来编写通俗唱本的文人。由于此类唱本被视为不登大雅之堂,作者或整理者往往隐匿自己的真实姓名,而以身陷"江湖"自嘲。

博文斋本《过番歌》

1989 年秋天,笔者到《过番歌》产生和流传的祖地厦门、泉州一带调查,寻访中发现与会文堂本《过番歌》不同的另外几种刊本和抄本。其中较有代表性的有以下四种:

一、厦门博文斋于民国十一年(1922 年)发行的石印本《特别最新过番歌》。

二、厦门周学辉搜集、校注,吴圭章编,安溪县民间文学集成编辑委员会于 1987 年 9 月内部铅印的《过番歌》。

三、安溪吴圭章、杨世膺校正、注释,署名"安溪善坛钟鑫著",作为"善坛风物"材料之四,内部铅印的"征求意见稿"《过番歌》。

四、由新加坡林姓华侨带回安溪,现由安溪县侨联陈克振先生收藏的钢板刻写蜡纸油印本《福建最新过番歌》。

以上四种刊本和抄本，厦门博文斋本的《特别最新过番歌》与会文堂的《过番歌》几乎完全相同，属于同一类型；另外三种则与会文堂本有很大差异，为另一种类型。这里分开予以介绍。

说博文斋本与会文堂"几乎完全相同"，是因为两种刊本虽一为木刻版，一为石印，但两个本子的内容和唱词一样。只是一则，会文堂本共 344 行，博文斋本 342 行。所少的两行，系在第 63 行下脱落 3 行，第 89 行后增加一行。所增删的这几行都不影响全文内容；二则，博文斋本比起会文堂本有许多错字，明显是在抄版制作过程中的笔误。此类讹误数不胜数，仅第一页 52 行中，就有 8 处错字之多。如把"厝边亲堂劝不通"，错成"厝乎亲堂劝不通"；把"番平好趁咱无望"，错成"番下好趣咱无望"等。

会文堂和博文斋本都为当年正式刊行而在坊间流传的唱本，其孰早孰晚为我们所特别注意。博文斋本在封面有"民国十一年石印"的字样，而会文堂本未署明刊刻年月，似难确定。但从下面几点分析则不难推断：

一、会文堂本系木刻本，而博文斋本为石印本。木版印刷是中国传统的刻书技术。福建很早就有刻书的历史。据谢水顺先生在其《清代闽南刻书史述略》一文中考述，福建的刻书业始于唐而盛于宋。至明弘治十二年（1499 年）称誉一时的闽北刻书中心麻沙一场大火，所藏典借书版尽付一炬，自此一蹶不振，闽南刻书仍长盛不衰。而石印技术是 19 世纪以后才从西方传入，普遍推广则在民初以后。在石印技术普及之后再用雕版印刷，显然没有必要，尤其是这类发行量相当大，也无须讲究版本价值的通俗唱本。若说会文堂的木刻本在博文斋的石印本之后，显然是不可能的。

二、会文堂印书的历史早于博文斋。从现存资料分析，会文堂的繁盛时期在 19 世纪中叶的清代后期，民初以后便逐渐式微了。我们看到的会文堂最晚的刻本是民国三年（1914 年），而博文斋的繁盛时代在民初以后。从现存博文斋印行的大量唱本看，大都出在 20 世纪 20 年代，还有迟至民国二十四年（1935 年）的。近读罗时芳先生所著《近百年厦门"歌仔"的发展情况》一文，称在光绪年间开业的博文斋书局，早期还向会文堂购买版本来印售，则更明确博文斋本，是来自于会文堂本的。

三、较之会文堂本，博文斋存在着大量讹误。这些讹误是属于对会文堂刻本某一些字迹辨认不清，或抄写者的粗心所致。如博文斋本常把"趁"误写成"趣"，把"边"误写成"远"，把"全"误写成"生"等。

据此，我们可以作出这样的判定：会文堂本出现在前，博文斋本是在会文堂式微之后，将其《过番歌》的刻本拿来重新石印发行。因此会文堂本封面称"新刻过番歌"，博文斋本则称"特别最新过番歌"，"最新"是相对于实际上已经不新了的"新刻"而言。而内文的标题仍然保留"新刊手抄过番歌"的相同字样。

安溪的三种刊本和抄本

寻访中获得的另外三种刊本，与会文堂本有很大差异。虽然在故事的基本框架上也是叙述一个贫苦农民漂洋过海到番邦谋生的艰难历程，但故事主人公却由南安移到安溪，其一路倾诉艰辛和思乡之情的出洋路线，便也随着主人公籍贯的改变而有很大的不同，在规模上也比会文堂本更长，达 760 行。这是和会文堂本不同的一种异本。如果依照主人公籍贯把会文堂和博文斋本称作"南安本"的话，那么这三个刊本和抄本，则可称作"安溪本"。

在这种刊本和抄本中，周学辉搜集、校注本和吴圭章、杨世膺校注本完全一样，连方言用字、注释和印刷的版式都相同。它们实际上就是一个本子，同一次印刷，只是封面署名不同。周学辉本标有"搜集校注",并有"吴圭章编"字样。而吴圭章、杨世膺本只标明"校注"未有"搜集"两字。可能他们所用的即是周学辉搜集的原稿,而共同参与了校释工作,因不同的需要在同一次印刷中,分别附加别的材料和用上不同的署名。当然这只是推测,关于谁是这个刊本的搜集整理者,不是本文讨论的内容。略有差异的是来自新加坡的蜡纸刻写油印本,但这差异也只在某些方言的用字上,而并无内容的不同。这三个本子实际上是一个本子,或来自同一本母本。

值得注意的是周学辉在他的搜集、校注本的"前言"中,介绍了该本的整理和流传情况。他还提到,曾将这首《过番歌》寄给新加坡乡亲,而成为新加坡安溪会馆经常演唱的节目,此后不胫而走,又为新加坡口述历史馆所收编,并在电台演播。根据这段介绍,新加坡安溪会馆演唱的《过番歌》,和新加坡口述历史馆收录的《过番歌》,就是周学辉先生提供的这个搜集整理本。

但是,新加坡蜡纸刻写油印本的出现,又使我们对这一推断有所疑虑。据提供这一抄本的陈克振先生说,这一抄本是1983年一位年逾花甲的新加坡林姓华侨回安溪探亲时带来的。比较这一抄本和周学辉搜集、校注本,内容一样,只有少许差异:一、新加坡抄本比周学辉搜集、校注本多出四行无碍大局的唱词;二、新加坡抄本一贯到底,不加分节,周学辉搜集本则按内容分为"禀过父母""告别贤妻""别家出门""渡海漂洋""到达实叻""往别州府""返回唐山"七节,这显然是搜集整理者后来所加。三、新加坡抄本与周学辉搜集本的方言记录方式有所不同。新加坡本遇到某些与普通话意同音不同,且又无通用的方言字可以记录时,一般就用普通话的同义字来记录。如第十四行"失志无面可见人"的"可"字,在此处闽南方言读作 tang("窗"的闽南话读音),新加坡抄本仍取其义记作"可";而周学辉搜集本则记作"窗",用的是借用汉字方言读音法。类似的例子还有新加坡本的"不"字,周学辉本记成"唔";新加坡本的"识"字,周学辉本记着"捌"字,等等。从整理和记录方式的不同显然可见，这一新加坡抄本不是周学辉先生提供给新加坡乡亲和口述历史馆的那个搜集整理本，在时间上怕还要更早一些。这有两种可能：一、新加坡本来就有一个或多个《过番歌》的抄本流传，或许周学辉先生就是根据这一抄本并参照其他人的抄本或传唱整理的，整理中将他本流传，或许周学辉就是根据这一抄本并参照其他人的抄本或传唱整理的，整理中把他认为不合式的某些用字改过来并按内容加以分节。因为周先生在《过番歌》的"后语"中还说明，这首《过番歌》，"经本人校正二百三十余处，注释一百四十七处经校注的《过番歌》比原来的《过番歌》音调更接近闽南方言"。二、周学辉的搜集本与此抄本无关。他是根据别的抄本或传唱整理的。这也证明这一抄本的独立存在。

吴圭章、杨世膂的校注本提出一个重要的线索，即《过番歌》的作者为"安溪善坛钟鑫"。杨世膂先生在附于唱本前面的《〈过番歌〉作者小考》一文中，对此作了专门考述。他的最重要而且直接的证据是"土塘林泰山保存的几十年前的《过番歌》的转抄手稿，歌词的末两句是：'若问此歌谁人编，就是善堂钟鑫仙'。"据此，他深入调查了善堂钟鑫的后裔乡亲，得知钟鑫字文玉，1879 年生，读过 6 年私塾，22 岁时迫于生计到实叻（今新加坡）与槟榔屿（今槟城）谋生，历尽艰辛，二三年后空手归来，此后在家务农，常思过番时的辛酸，便编歌劝世。"每吟成一段，必向乡亲好友反复吟唱，不断修改"。至今善坛乡能唱《过番歌》的老人还很多。对照《过番歌》，其主人公的经历及出洋时沿途所经的路线、地名都与钟鑫的经历十分相似，由此进一步作出这一结论。遗憾的是，笔者在杨世膂的陪同下，曾到善坛寻访，亲耳聆听了善坛十数位老人吟唱的《过番歌》，却未能看到土塘林泰山保留下来的那份写有"若问此歌谁人编，就是善坛钟鑫仙"的转抄本，口碑中钟鑫创作的另外一些山歌抄本，也均被岁月淹没而不得寻见。杨世膂先生也只是从群众流传中得知土塘林泰山抄本中有这两句的。因此，吴圭章、杨世膂的校注本也非根据林泰山的抄本而来，所以也无这两句唱词。钟鑫是不是《过番歌》的最初创作者，目前尚缺乏更有力的证据。但如果从《过番歌》作为一种民间口口相传的集体创作这一特点去认识，钟鑫在《过番歌》流传过程中，至少在它于安溪善坛一带的流传中，曾发挥过某种作用，则是可以肯定的。

南安本和安溪本的比较

南安本《过番歌》（即会文堂本和博文斋本）与安溪本《过番歌》（即另外三种刊本和抄本），二者之间存在什么关系，是我们所关心的。

把南安本和安溪本看作是《过番歌》流传过程中的异本，而不作为两部独立的作品，是因为这两部《过番歌》无论从内容、主题、结构到其劝世的创作和演唱的目的，都基本上是一样的。它们都叙说一个贫苦农民离家别亲远涉重洋到番平谋生而后返回故乡的酸辛历程。在结构上都从辞家别亲写起，再写离家后路途的艰难与思念，接着写番平谋生的无着和失望，最后写不堪乡思的折磨而重返故里。其目的都在于用"亲身经见过"的事实，告诉人们："番平好趁是无影"，"劝恁只厝若可度，番平千万不通行"。两种本子的唱词，有不少是相同的。

但是，南安本和安溪本也有较大的差异，主要是：

一、在篇幅上，南安本 344 行（以会文堂本计），安溪本 760 行（以周学辉本计）。如果我们按照情节内容的发展，把全本分成"辞乡别亲""过番途中""异邦谋生""返归唐山"四大段落，若将每个段落各占行数的作对比，可以看出，南安本描写的重点在第三段"异邦谋生"上（158 行）；而安溪本描写的重点在第一段"辞乡别亲"上（276 行）。

二、南安本的主人公是南安县人氏，因此唱词中提到过番途中的地名，是从南安离乡出洋路途中的地名。演唱者就是借助所经的每一个地方来表现主人公的情感。途中所经的每处地方便成为初离家门的漂泊者一步一回头、三步一感叹的抒发情感的桥梁。南安本和安溪本的差别，主要不在于他们所表现的主人公感情和命运的不同，而是由于主人公籍贯的不同，而使沿途即景抒情的唱词，有了很大的变动。

三、在异域谋生的经历上，南安本和安溪本主人公的遭遇有一些不一样。这是两种异本最重要的一处差别。南安本的主人公在初抵异邦后，曾过了一小段漂泊无着的日子，而后去做了苦力，受尽工头的欺压和老板的盘剥。在小有积累后受不住诱惑去看戏、嫖妓，甚至染上性病，几至破产才有所收敛，将辛苦累积的一点钱用来开店做生意，三年后积有数百元，便把生意承盘回到唐山。他不算发迹的番客，但对比起出洋搭船时的穷酸汉形象，已是今非昔比了。相形这下，安溪本的主人公谋生异邦的境遇似乎更为不好。虽然他初出洋时，多少还有一点盘缠。但抵达实叻后却一直漂泊无着，先是去做"龟里"（苦力），扛炭背米，沉重辛苦，生活不惯。继而转移到槟榔屿，不幸又染上"船毒"（可能是疥疮一类的皮肤病）。他是被失望和乡思所深深折磨而毅然决定返归唐山的。归来时两手空空，充满怨叹。两种本子所反映的主人公的经历都是现实的，具有不同的代表性。相比起来，南安本主人公在番平的生活经历更长更多样，其所反映的彼时新加坡的社会生活和经济情况，要更丰富一些。而安溪本的唱词大都在抒发个人孤独、命蹇和乡思，其对彼时番平社会生活状况的反映，就显得较为单薄，但他从自己命运遭遇所流露的对过番的失望情绪，则更加浓烈。

四、在艺术上，南安本基本是演唱者的叙述，行文比较简洁紧凑，但也略嫌粗疏。安溪本则较为细腻，注意进行内心情感的抒写和氛围的渲染。在南安本和安溪本之间，有无承续的关系，目前尚无直接的材料可以证明。不过，从下面几个方面分析，还是可以作出某些推断的。

1. 如果本文第一、二节关于会文堂本先于博文斋本的论断可以成立的话，博文斋本发行于1922年，会文堂本在较此年份更早的清末或民初。而会文堂本曰"新刻"，又称"新刊手抄过番歌"，那么应当还会有"旧刻"，或在刻行之前就已存在手抄本流传。"旧刻"或手抄本应在更早无疑。而安溪本的正式刊行本在1987年，前此仅以手抄本流传。周学辉在其搜集、校注本的"前言"中说："这首歌曲在五十多年前就流传于闽南侨乡。"依此推算，约在20世纪30年代，显然比南安本要晚许多。又如杨世膺所提出的，假设安溪本《过番歌》诚为钟鑫所作，钟鑫生于1879年，22岁出洋为1901年，二三年后归来为1903年或1904年。钟鑫死于1933年。这首"耗尽了他后半生心血的"长达七百余行的长篇说唱，当也不可能是归来之后很短时间就可以完成的。它的出现时间最早在民国前后，仍只可能在南安本之后。

2. 民间流传的口头创作与文人创作有一个重要的区别是，民间创作不像文人创作那样属于个人的，有明确的著作权。在其流传过程中，群众和演唱者往往可以根据需要进行修改或补充，使其成为群众性的集体创作。南安本的《过番歌》在其以手抄本和刊印本流传，或民间艺人的演唱过程中，为安溪侨乡人民根据自己的经历、体验加以改造、补充或重新编写，而成为目前流传的安溪本，是完全可能的。杨世膺认定为作者的钟鑫，可能也是在这一阶段中发挥过作用。

3. 民间创作在其流变过程中，一般是由简到繁，由粗疏到细致。安溪本较之南安本，在规模上和艺术表现上都要繁富细腻，这是进一步加工的结果。

4. 南安本开篇第一句就点明"现今清朝定太平"，规定了故事产生和演唱者所处的年代背景，安溪本没有这样的唱词，很可能是异本的出现和流传时，改编者或演唱者所处的年代变了，不便再这样唱。

由是我以为可以确认南安本早于安溪本；安溪本是南安本在流传过程中出现的异本，或者仿本。

异本或仿本的存在，说明此一作品流传的地区之广，时间之长，影响之深。它使《过番歌》变得复杂，也变得丰富起来。相信在民间中还可能有其他的抄本存在，希望新的发现能对本文上述大多仍属推断的结论，提供新的佐证、补充或修正。

（原载《福建学刊》1991 年第 6 期）

《过番歌》的产生和流播

一

　　一部能在很多地区广泛流传的长篇民间创作，必然有它从产生、流播到定形和变异的繁复过程。像《过番歌》这样一部长达数百行并有着不同异本流传的长篇说唱，也不可能是某个作者个人才智的表现，而是群众集体智慧的结晶。弄清《过番歌》的产生和流变，对于我们理解这部作品出现的时代及其影响和意义，是极为重要的一环。

　　中国自唐以来就有不少人出于政治的或经济的各种原因，漂洋过海进入东南亚一带居住。南宋以后，由于商品经济的发展和航海技术的进步，以及沿海土地的大量开发带来人口的激增，华侨出国定居已成为比较常见的现象。不过此时中国的经济、文化发展，处于亚洲的领先地位，最早出国的华侨大多是随着宣扬王朝威仪和海上贸易的船队，在途经地区留居下来的使臣、商人和水手，他们依凭国家的政治、经济影响，在居留国的社会地位，一般相对的要优于当地的土著居民。鸦片战争以后，中国面对东、西方殖民者的弱肉强食，加之国内战乱不断，政治腐败，农村水旱灾害频仍，经济破产。与此同时，西方殖民宗主国对东南亚资源的掠夺性开发，使东南亚的殖民垄断资本主义经济得到一定的发展，而开发所需的大批劳动力，对中国沿海由于农村破产所造成的失业大军具有很大吸引力。大批华侨便是在这一时期大量出国的。他们到侨居国之后的政治、经济地位，也就显而易见地与宋明时期由经商而侨居国外的华侨有着天渊之别。

在这一时期出国的华侨，主要来自广东、福建两省，据 1935 年的统计，闽粤两省的人口合计 4400 万人，而华侨达 780 万人，约占两省人口的 1/6，若再以两省的侨乡（广东的四邑、潮梅、海南和福建的漳泉）人口对照，出国的人则要占 1/3 左右。再从新加坡的资料统计看，新加坡从 19 世纪 40 年代到 20 世纪 40 年代 100 年间，华侨人口的增长在 100 倍左右，具体列表如下：

年份	新加坡总人口	华侨人口	华侨在总人口中所占百分比
1830	16634	6555	39.4
1840	35389	17704	50.0
1860	81734	50043	61.2
1871	97111	54572	56.2
1881	139208	86766	62.3
1891	184554	121908	66.1
1901	228555	164041	71.8
1911	305439	222655	72.9
1921	420004	315877	75.2
1931	559946	419564	75.0
1939	725564	565182	77.9
1947	940824	730133	77.6

（注：以上资料转引自陈碧笙主编的《南洋华侨史》）

从上表可以看出，新加坡华侨增加最激的，一是在鸦片战争之后的 20 年间：翻了三番；再是在辛亥革命以后的二三十年间，每 10 年都以 10 万左右的绝对数增加。这两个时期，恰是中国战乱频仍、灾祸丛生、农村破产的年代。据 1947 年马来亚各邦的人口调查，新加坡 73 万华侨中，广东籍 40 万，约占 54.8%，福建籍 31 万，约占 42.5%。而 31 万福建华侨中，28.9 万是闽南人（厦、泉、漳），占华侨总数的 39.6%。闽南华侨大量出国的原因，除了地理环境靠海，历史上与海外联系较为密切等客观原因外，从根本上看则是因为帝国主义殖民经济的入侵，对原料和市场的掠夺，造成传统农业和手工业经济的衰退；加之军阀混战、匪患不断、社会秩序不安定，给生产力带来严重破坏，致使大量破产了的农民被迫远离家园过番谋生。1938 年著名社会学家陈达在侨乡的一份社会调查中，分析了 905 户华侨家庭出国的原因，由于经济压迫和天灾而出国的，达 664 户，占 73.37%；因为原有的东南亚关系而出国的 176 户，占 19.45%；企图事业发展的 26 户，占 2.87%，而由于行为不端流亡海外的 17 户，占 1.88%。新加坡华人学者杨松年在《战前新马文学作品所反映的华工生活》一书中，借助文学作品描述的主人公经历，对华侨南徙的原因作了 7 种归纳，其占首位的也是"家乡兵匪骚乱，民不聊生，因此南来"。出于这些原因被迫远走东南亚的华侨，其经济基础单薄，文化水平不高，谋生条件并不好。过番之后遭遇之坎坷，社会地位之低下，便也可想而知。据 1947 年马来亚的人口调查，260 余万华侨按其谋生手段划分，90% 以上是受薪者（工人）和个体劳动者，他们大都是在林场、橡胶种植园和矿山从事沉重的体力劳动和一部分走乡串户的小商贩及商店小伙计。他们常常因为生活无着、谋生不易而失望返归原乡。这也是这一时期华侨人口流动较大的原因之一。

这就是《过番歌》产生的那个迫使许多破产农民漂洋过海的彼时中国社会的现实，和大多数华侨漂落异邦之后困顿的人生境况。产生在这样背景下的《过番歌》，便不能不含有太多的艰辛、酸苦和失望的人生慨叹，以至要奉劝世人："劝恁只厝（这里）若可度，番平千万不通行。"

二

当然，并不是一开始就有像《过番歌》这样长达数百行的长篇说唱出现。民歌作为人民群众的情感寄托，往往是一种即兴的、抒情的、因而也往往是比较短小的篇章。但由于浸透着人生的爱恨忧惧，便也成为时代和生命的记录。而叙事性较强的长篇说唱，往往需要经过较长时间的积累和加工。一些与华侨生活有关的民间歌谣，它们都从不同侧面抒写了漂洋过海谋生域外的这一族群的遭遇、感慨，和他们留居家乡的眷属的悠长的思念。例如这首流传于晋江的《过番》：

> 在厝无路，想卜离祖，
> 欠缺船费，典田卖租；
> 静静出门，心头艰苦；
> 一到海墘，从省搭渡；
> 不怕船小，生死有数；
> 自带干粮，番薯菜脯；
> 到达番邦，无依无靠。

反映了"在厝无路"的穷困农民"典田买租"过番谋生的艰难境况。另一首同样流传在晋江的《相邀到番邦》则进一步描绘了过番后的人生的艰辛和积郁的痛苦：

> 相邀到番邦，
> 目滓流归（全）港；

出外无好赚，

无去不知空（不知道）。

一日过一日，

婵仔（小孩）变大人；

批信不敢寄，

心头挂石枋（石板）。

还有一首《客头招咱做华工》，则描写被骗华工的绝望和痛苦：

客头（蛇头）招咱做华工，

落船才知不是人；

猪仔营中受刑罚，

某（妻）子不知一半项；

十八地狱有人过，

也无像咱障（这般）苦痛；

叫天天不应，

叫地地不动。

更大量的民歌则表现在家亲人的思念，也从另一个侧面反映出番客的艰难。如《六月思君》：

松柏开花心长长，

想着我君心头酸；

可怜家内无米煮，

才给我君去化（这么）远；

算君一去成十年，

批信一张也无瞯（望）；

早知番邦这般样，

就是三天叫两顿，

也不让君过水门（南洋）。

这些民歌以其抒情的特征打动人心。但所有的抒情主人公同时也是叙事的主人公，因为在这些情感的抒发背后，都有一个基本的事件作背景。因此，这些只从某个局部和侧面反映华侨及其眷属生活的抒情短章，综合起来，也可以看作是一首叙事的长歌，它们几乎触及了《过番歌》所有的生活内容和主题。大量反映过番题材的民歌的存在，是长篇《过番歌》产生的准备和基础。因此也可以说，《过番歌》的最初作者，是众多亲历异邦生活并深知其苦的"番客"及其眷属，是侨乡下层的民众。

三

从抒情的民歌短章到叙事的长篇说唱，其间的发展，民间方言说唱的流行是一个重要的推动因素。

讲唱文学自宋元以来在华南地区就有着深长的历史传统。发展到清时，闽南的民间方言说唱有两种性质，一是艺人的说唱，包括盲艺人的走唱，打拳卖药的说唱和沿街卖艺乞讨的乞唱；二是群众自娱性的演唱。由于艺人的演唱难以登上文人士子的大雅之堂，只能在下层民众中进行，而他们说唱的曲调，大都来自民间的山歌、茶歌，因此他们对群众自娱性的演唱，就有着直接的影响。这种影响主要是形式和内容两方面。从形式上看，民间说唱的曲调是由闽南歌谣发展而来的，主要的基调是锦歌，如七字为一句、四句为一苞的"四空仔调"，或称"七字仔调"；字句不拘的"杂碎仔"，或称"杂念仔调"；七言两句互相对答盘唱的"褒歌"等。这些民间谣曲经过不同艺人的演唱，又发展成为他们各具特色的"乞食调"（包括打响鼓、抽签仔、摇钱树、跳宝等）、卖药仔说唱等，有时还糅合外来的民歌、曲牌如"苏武牧羊调""孟姜女调""花鼓调"等。这种说唱的曲调为群众所接受，并反转来成为群众自娱性演唱的方式。

在内容上，由于专业演唱的需要，把四句一苞的民歌连缀成为便于叙说故事的长篇说唱。演唱的内容大致有四大类：

一、根据小说、戏曲或民间故事改编的长篇说唱，如《昭君和番》《陈三五娘》《詹典嫂告御状》等，这类说唱数量最多；

二、针对现实发生的事件编写的说唱曲目，有针对时事的，如《十九路军抗日大战歌》，有针对某个命案或灾祸的，也有针对某些具有普遍性的人生际遇的（《过番歌》当属于这一类型）；

三、表现世俗风情，带有劝世、讽喻或调侃的特征，如《戒烟歌》《赌博歌》《览烂歌》《打某歌》《打厄歌》等；

四、表现男女情爱的说唱，有些比较健康，有些则带有色情的成分。这些内容通过专业艺人的演唱和抄本、刊本在民间中流传，便也成为民间自娱性演唱的内容。它自然也就会影响群众性的民歌创作，逐渐由抒情短章过渡到长篇叙事说唱的创作。

至于《过番歌》如可由抒情短章发展到长篇叙事说唱，在尚未找到确切的证据确认《过番歌》的具体作者之前，我们只能做这样两种可能的假定：它或者是由某个熟悉侨乡下层生活的民间说唱艺人，根据侨乡有关的民歌和具体人的经历整理编写的；或者是由有着切身过番体验的异邦归来人，在有关民歌、民间说唱和唱本的影响和启发下，依据自身经历和周围人的体验编写的。

四

但这只是《过番歌》的雏形。厦门会文堂本《新刻过番歌》署名为"南安江湖客辑"，这个化名为"江湖客"的南安人，显然是从民间中或说唱艺人中流传的《过番歌》辑录而来，并加以整理定型，使这个仅具雏形的《过番歌》得以用刻本的形式，更广泛地流传开去。在《过番歌》产生、流播和异变的过程中，刻本的出现，是重要的一环。

闽南的雕版刻书业，源自宋代。明弘治以后，蜚声海内的建阳麻沙刻书，由于一场大火，所有典籍书版尽付一烬，自此一蹶不振；而闽南的刻书业却在此时异军突起。彼时，刻书多与仕途科举结合在一起，除刻印文人墨客的专集、别集之外，大量刊行的是经、史、子、集、时务、策对，乃至三字经、识字贤文等，以应读书人仕途之需。但因为闽南自南宋以来，经贸发达，鸦片战争之后，厦门又辟为五口通商城市，市井繁荣，居民众多。书坊便同时刊印各种居家必备的医书、历书、风水、命相及话本小说、戏曲说唱等通俗小册子，很受一般市井小民的欢迎。清末科举废除，供应仕途之需的经史子集销量骤减，书坊便转向大量刊印各种话本小说、戏曲说唱和居家必备的通俗小册子。目前坊间较易搜集到的通俗唱本，便大多是清末至民初的这一类印本。

刻书业的这一转向，为民间方言说唱的创作和流行，提供了一个机会。彼时，书坊大都聘有一些文人，为他们捉刀编写。这些埋名隐姓的落魄文人，或者根据传统的小说、戏曲编成唱本，或者从民间搜集已经流行的抄本整理加工，或按照现实的需要自己创作。用今天的话说，他们是这些书坊的专业编辑和作者。《过番歌》的搜集整理者"南安江湖客"，可能就是由会文堂聘用的这样的文人。从我所接触到的书目看，他在会文堂辑编的尚有《新刻金姑看羊刘礼新歌》《新刻梁士奇新歌》《新刻詹典嫂告御状新歌》等。如前所说，"南安江湖客"在《过番歌》产生和流变过程中的头一个功绩，是使流传民间的口头传唱本或手抄本，经过必要的文字加工和整理，以刊印本的形式定型下来。

当然，刊印本更主要的意义在于促进作品的流播。一曲《过番歌》，过去只能依靠口口相传，在有限的地区流播，刊印本的发行，则使它可以越出本地区随着刊印本所到之处流传开来。同是闽南方言区的台湾，自早就有这些书坊的发行处；而据厦门博文斋的后裔说，在博文斋的全盛时期，在马尼拉、新加坡都设有博文斋分店，专售他们刊印的各种通俗小说和唱本等。因此，今天我们能在台湾地区、新加坡找到《过番歌》的最早印本和抄本，便不奇怪了。

五

在《过番歌》的流播过程中，还有一个现象颇值得注意。清末民初，从厦门到南洋，一般要在海上航行七八天。沉闷的海上生活没有什么文娱活动。穷困的过番客便每每在厦门上船之前，就从街头买一些通俗小说、唱本带到船上阅读、演唱，以消磨时间。这些过番客不仅把《过番歌》这样一些通俗唱本带到异邦，而且还从《过番歌》中体验了他们未来的人生。后来，当他们经历了《过番歌》所描写的那样酸辛的异域人生之后，他们不仅感慨于《过番歌》真实地表达了自己的不幸，还在不断的演唱过程中，以自己的经历、体验，来补充、修正原本的《过番歌》，使之产生新的异本。这种情况在民间文学的流传和异变中，是常见的。安溪本的《过番歌》可能就是这样一次再创作的产物。

据安溪吴圭章、杨世膺《过番歌》校注本关于作者钟鑫的考证，钟鑫字文玉，1879 年生于安溪善坛，小时候读过 6 年私塾。22 岁时迫于生计，辞别父母兄弟妻室，到马来亚的实叻坡（即新加坡）和槟榔屿（即槟城）等地谋生。扛木炭，背米包，历尽艰辛。两三年后不堪失望和思乡之苦，空手返回故里。此后据说他常常忆及这段辛酸历程，便常在深夜灯前，噙泪吟哦。每成一段，便向乡亲好友反复吟唱。善坛过番的人多，许多人都可以从唱词中听到自己的心声，便竞相转抄传唱。我们曾到善坛访问，亲见一群五六十岁的老人演唱《过番歌》的盛况。杨世膺先生将钟鑫的经历与安溪本《过番歌》的内容进行对照，认为歌词内容是作者钟鑫生平的真实写照。其与南安本不同的过番路线，恰是从安溪善坛到厦门的路线；而读过六年私塾，平时爱唱民谣并编过一些歌谣的钟鑫，也具有一定的文字能力进行这样长篇说唱的创作。尤其是杨世膺先生从调查中听说土塘村林泰山的转抄本中末尾有"若问此歌谁人编，便是善坛钟鑫仙"两句，便确认安溪本《过番歌》为钟鑫所作。虽然，在吴圭章、杨世膺的校注本中，没有传说中土塘林泰山抄本中关于作者的两句唱词，致使这最直接有力的佐证未能在唱本上体现出来。但其所作的分析并非没有说服力。我们假定安溪本《过番歌》的作者为钟鑫这个论断可以成立，但安溪本较之南安本《过番歌》晚出，是我们在《过番歌及其异本》① 一文中对这两本刊本进行比较就已得出的结论。那么，钟鑫在《过番歌》产生、流播和异变的过程中，并不是最初的作者，而是在其流播过程中，根据自己经历、体验，对原本《过番歌》进行补充和修改，使之成为另一种异本流传的作者。钟鑫对原本《过番歌》的补充和修改，主要是：一、出洋的路线由南安经厦门搭船，改为由安溪经厦门搭船；二、增加了在槟榔屿的一段经历；三、在唱词上加强了辞家别亲的亲情抒写，使整个唱本在规模上超出原本一倍以上。这显然有钟鑫个人的经历和感受在起作用。但就其整体看，无论从整部说唱的主题、结构、基本内容和劝世的意蕴，都没有脱出原本《过番歌》的范畴。

　　刻本的刊行，扩大了原来依靠传唱和手抄的说唱流传的范围。明显有着地区局限的内容不能满足不同地区的演唱者和听众，激起他们将自身经历、体验，加入到原唱本中去的创作冲动。异本便是在这种扩大流传的过程中，由不同身份、经历的演唱者、听众加入到创作中来的结果。即使前面假定的钟鑫作为安溪本作者的论断不能成立，那么，仍然会有另一个作者——或者是如钟鑫那样的有着异邦经历的番客，或者是民间说唱艺人，在这一异本的产生中发挥

---

　　① 载《福建学刊》1991 年第 6 期。

作用。《过番歌》除了安溪这一个异本之外，是否尚有别的异本，目前虽无材料证明，但不能排除这种可能。

我们在漳州长泰县访到一首《过番邦歌》，据说是由一位 79 岁的老人卢富仔口述整理的。卢富仔在年轻时候曾为生活所迫，漂洋过海到缅甸等地谋生。但终因走投无路，最后求乞返乡。他的经历也相似于《过番歌》所描述的经历。由他口述的这首《过番邦歌》计 64 行，为便于分析比较，全歌抄录如下：

> 厦门水螺响三声，轮船开动起锚行，
> 离乡万里番邦去，想赚番银来养家。
>
> 一对时久到香港，看见街道闹葱葱，
> 男女老少满街走，大半都是中国人。
>
> 香港四面全是海，水中石壁浮起来，
> 岛上洋楼几十层，还有楼阁和亭台。
>
> 香港自古属中华，南海一朵牡丹花，
> 可恨割给英国管，腐败清朝大傻瓜。
>
> 香港过了大海洋，想着家中亲爹娘，
> 茫茫大海无边际，未知何时再回乡。
>
> 轮船走驶到安南，看见港口一片忙，
> 安南自古好厝边，现时属于法国人。
>
> 安南过去实叻坡，实叻过去槟榔屿，
> 番话全然不会讲，不懂番话着认输。
>
> 轮船一时到仰光，看见番人心茫茫，

没有一人是相识，好像哑巴话不通。

离开仰光去红营，出世头次坐火车，
车内的人归大阵，说话半句不晓听。

一时烦恼饭难吞，倒在车内人昏昏，
想念双亲如刀刈，眼泪流下做饭吞。

下了火车到红营，小心问路找叔爷，
找到叔爷心欢喜，介绍饼店做伙计。

饭店做工很无闲，日供三餐养本人，
工钱一分没领到，竹篮提水一场空。

红营失意回仰光，去到布店做杂工，
饭店做工很无闲，想着父母真凄惨。

一时想要过番邦，赚钱回家救亲人，
没想番郊钱难赚，决心离开回中原。

过番吃苦一年外，双手空空无半项，
船上帮工抵船票，一路乞食受拖磨。

我去番邦吃苦头，编这番歌劝世人，
出外历尽千船苦，试过咸水才知难。

在这首《过番邦歌》里，虽然主人公的经历略有不同，是去到缅甸谋生。但我们仍然可以看到《过番歌》的影子。那种从头到尾的叙述顺序，沿途见闻的描写与感慨，谋生无着的失望，以及编歌劝世的目的，都与南安本和安溪本的《过番歌》相似。虽然不能如安溪本那样，肯定这是《过番歌》的又一异本（因两本的篇幅相差太大），但却不能排除接受过《过番歌》影响的可能。或许是年轻时听过《过番歌》的演唱或读过唱本，留下深刻印象，以致一结合自己的身世创作，便不能白已地要纳入《过番歌》的模式。这种现象的存在并不奇怪。对于一首来自生活底层深处的民间说唱，众多异本或仿本的出现，恰恰证明它的真实基础和生命活力。

（原载《福建论坛》（文史哲版）1993 年第 6 期）

长篇说唱《过番歌》^① 的文化冲突和劝世主题

一

　　19 世纪后半叶至 20 世纪上半叶，是中国向东南亚移民最集中的时期。

　　以新加坡的人口发展为例，1819 年，英国殖民者占领新加坡时，其人口尚不满 5000 人。1821 年的人口统计资料表明：彼时新加坡人口仅 4727 人，其中华侨人口 1159 人，占总人口的 24.5%。此后，新加坡人口开始激增，到 1840 年，新加坡人口达 35389 人，华侨 17704 人，已占总人口的 50%。随后更急剧发展，至 1947 年，新加

---

　　① 长篇说唱《过番歌》是清末民初产生于闽南，广泛流传于台湾和东南亚的一部长达数百行的"歌仔册"。

坡人口达 940824 人，华侨（含侨生）人口 730133 人，已占总人口的 77.6％。[①] 可见，新加坡人口的增加，绝大部分来自华人。从 1819 年到 1947 年，不足 120 年，新加坡的华侨人口增长近 700 倍，平均每年以 6000 人以上的绝对数字递增。其中特别是鸦片战争后和辛亥革命后两个时段，为华侨人口移入最快的时期。究其原因，一方面是这一时期，列强瓜分中国，使曾经辉煌的封建王朝分崩离析，在清末民初政权更迭转换中，战乱频仍，灾祸不断，致使沿海诸省大量困顿、破产的农民和城镇贫民，为谋生计而选择离乡别亲、远走海外，形成了中国海外移民的巨大"推力"；另一方面，西方殖民者占领南洋以后，出于开发的需要，急需大批劳动力，而华人的刻苦、勤俭和聪慧，是他们认为最理想的劳动力资源，这形成了海外移民市场的巨大"拉力"。"推力"与"拉力"的合力作用，使清末民初成为中国东南亚移民最重要的时期。

在 19 与 20 世纪之交，华侨来到东南亚，意味着资金、技术和劳力资源的进入。对一个急待开发的地区，理所应当受到欢迎。1819 年代表英国占领新加坡的莱佛士认为，在所有的外国侨民中，最具有重要性的"无疑是华侨"。然而出于其统治的需要，他将华侨分为三个等级：一为商人，商人的到来，意味着资金的进入；二为有手艺的工匠，代表的是技术；三是出卖劳力的农民。西方殖民者首先重视的是被视为第一等级的商人，赋予少数有钱的华侨商人以管理华侨的权力，成为华侨的首领；其次才是有手艺的工匠；而那些只靠出卖劳力谋生的贫困华侨，则被视为第三等级。然而华侨中的商人毕竟少数，因农村破产而离乡漂洋的农民和城市贫民数量最多，这是华侨中的最大群体。1938 年，著名社会学家陈达在汕头调查 905 户华侨家庭所得的资料表明，因经济困顿（无业、失业或收入少、人口多无法维持生活者）以及因天灾导致破产而出国的达 667 户，占出国家庭的 73.38％；而追求事业发展前往海外经商者，仅

---

① 转引自陈碧笙主编：《南洋华侨史》，江西人民出版社 1989 年版。

26 户，占 2.87％。这些被西方殖民者归为第三等级的贫困农民或城市贫民的出国者，在海外谋生中，大多只能依靠廉价出卖自身劳力。在 1947 年马来亚的人口调查中，260 余万华侨按其谋生方式划分，90％以上的华侨皆为受薪者和个体劳动者。他们之中除部分怀有手艺的工匠外，大多仍为生活在社会底层的廉价体力出卖者，其职业大多也是在林场、矿山或种植园从事沉重的体力劳动。他们从国内地主经济的剥削中转移到海外的另一轮资本主义殖民经济的剥削之下，生存境遇并没有太多改变；加之异域生存的文化陌生，离乡别亲的孤单寂寞和出国之前怀揣的淘金梦，相去天渊，致使产生怨叹。许多人归乡无望，只能老死他邦；而侥幸得以还乡者，面对持续不断的出国潮，便以切身经历，编歌劝世，留下了他们在异域的一段噩梦般的人生记忆。

这一时期中国的海外移民，存在三种类型：一是所谓知识移民，即 20 世纪初期出现的留学浪潮。这些在当时背景下怀揣"救国"目的而留学海外的一代学子，无论走向欧美还是驻足东洋，也无论学成归国还是滞留不返，知识（求知）是他们出国的目的，也是他们滞留异邦的谋生手段。他们不同于另外两种主要以出卖劳力为谋生手段的移民，大都来自大中城市的中等以上人家，都有较好的经济基础和文化背景，留学海外的语言交际能力和学识专长，形成了他们在异邦较好的生存条件和谋生技能。不过，这一类型的移民，在东南亚很少。第二种类型是契约劳工，即俗称的"卖猪仔"。他们在出国前即已签订的形同卖身的契约，使他们在海外的生存丧失了部分的人身自由，遭受更加沉重的经济剥削与政治压迫，即使在契约期满之后也难于摆脱生活在底层的厄运。第三种类型为自由移民，这是一个包含十分广泛的概念，从投资创业的商人、小贩、手工业者到出卖劳力的"龟里"。其中以出卖劳力者为多数，他们大多出身于农村或小城镇，因生活困难而无奈出国谋生。他们虽也号称"自由"移民，但对于缺乏资本和技艺的他们来说，这种"自由"是相对有限的。正是他们在域外艰辛的谋生环境中，最初的淘金梦破灭之后，或者抱恨终老异邦，或者无奈返回故土。中国的东南亚移民，大多属于这一类型，而尤以出卖劳力者为最多。

产生和流传于清末民初的长篇说唱《过番歌》，所反映的便是这一时期中国东南亚移民中这一类型移民的海外生存经验，是经济困顿而无奈出国的穷困华侨流落异邦的一段底层人生的经历和感受，是他们归乡之后对于噩梦般的异国人生的一份民间记忆和评说。

二

对于辞乡别亲、远走异邦的贫困华侨来说，从他们过番的那一天起就注定要面对两道人生难题：一是离乡背井的亲情疏隔和骨肉离散；二是立足异邦的文化陌生和谋生艰难。随之还必须经受出国之前怀揣的黄金梦面临破灭的巨大心理落差和压力。这一切的背后，都潜藏着深刻的文化冲突。

彼时中国，是一个以儒学为道统的宗法社会。自给自足的农耕经济，强调了人对土地的依赖，这是因为土地开发的长期性和从播种到收获的周期性，使人不敢轻易离开土地；而建立在这种人地关系基础上的血缘宗族制度，又强调了个人对于家族的归附。它们共同形成了中国人安土重迁的文化心理和以纲常伦理为核心的儒家文化传统。中国的许多格言、俗谚，如"父母在，不远游"，"在家千日好，出门时时难"，"金窝银窝，不如自家草窝"等等，都从各个侧面强化了这种固守家园的文化心理，甚至成为一种约定俗成的行为准则和规范。然而，当生存压力超过了这种固守家园的可能限度，即在原有的土地（所谓"家园"）因种种原因，例如战争、灾祸或有限的土地无法满足过多人口的生存需求时，人们便不得不走上离乡别井的道路，寻求新的生存空间，这就是移民。从安土重迁到离乡别井，生存方式的改变，潜隐着文化心理上的巨大落差和激烈的冲突；而"离乡"就意味着"别亲"，因为这种迁徙很少是整个家族（家庭）的行为，而大多是个人的漂离。"别亲"必然造成对传统孝悌观念的背离，更加深了"离乡"所诱发的心理矛盾和文化冲突。

如果把"安土重迁"视为是传统农耕文明背景下的一种精神守成，那么，移民海外则是现代工业文明背景下带有海洋文化精神的一种对外突围，蕴涵着更大范围的文化冲突。虽然不能说《过番歌》就充分表现了这样的主题，因为它的主人公只是迫于经济困境而选择海外谋生的普通农民，而非 19 世纪锐意向海外发展的革新派人物。但《过番歌》主角所伴随着的这股海外移民浪潮的兴起，则是在传统与现代、大陆与海洋这两种文化的冲突背景下出现的，不能不在某种程度上反映出这两种文明的差异和冲突。主人公的身份虽然普通，但所面对着同样是陌生的异邦文化和难测的现代文明。置于这样背景下的移民，漂洋过海来到异邦，潜藏着前途未卜和文化陌生的恐惧。其所引起的周围人际关系的阻挠，当会更大。过番者便也不得不在这一连串尖锐、对立的矛盾之中犹豫、挣扎和选择。

长篇说唱《过番歌》所表现的，首先便是这种离乡别亲的人生漂移所诱发的外在矛盾和内心冲突。这也是《过番歌》开篇便一再强调的主题。如果我们依照作品的叙述内容，将《过番歌》划分为四个大段落，南安本和安溪本各段落所占的行数如下：

	南安本	安溪本
一、辞乡别亲	44 行	276 行
二、过番途中	78 行	140 行
三、异邦谋生	158 行	188 行
四、返归唐山	64 行	156 行

其中第一段描写过番前的犹豫、挣扎和艰难决定，第二段表现过番途中对家园和亲情三步一回首的留恋与怀想。两段合计，南安本共 122 行，占全篇 344 行的 35.5%，安溪本共 416 行，占全篇 760

行的 54.7%。可见，表现移民复杂的内心矛盾与思想冲突——其背后潜隐的是文化观念的矛盾和冲突，是《过番歌》——尤其是安溪本，最重要的内容，也为过番者后来返归唐山埋下伏笔。

噩梦般的过番首先是巨大的生存压力所招致的。"在咱唐山真无空（贫穷），朋友相招过番邦"，这两句看似平淡的唱词，开宗明义点出了过番的动机和过番者穷困的身份。安溪本对过番者生活困境有较详细的描述：

> 侵欠人债满满是，被人辱骂无了时；
>
> 年年侵欠人钱米，咱无家伙（家产）受人欺；
>
> 那（若）是不敢出处趁（挣钱），欠债何时窗（可）还人？

物质上的"侵欠人债满满是"带来精神上的"矢志无面窗见人"，二者所构成的物质与精神的双重压力，使过番成为拼死一搏改变家庭境遇和挽回精神面子的唯一选择。

然而，离乡别亲的过番并不只是过番者个人所能决定的行为。中国家族社会的构成使每个人都生存在家族和社会的复杂网络之中，牵一发而动全身，触及的是与覆盖于这个网络之上的传统观念的激烈冲突。首先是父母，在儒家礼教里，侍奉双亲是子女天经地义的责任，"父母在，不远游"是为孝道，弃家辞亲则为不孝：

> 父母听说想无步，说汝大汉（长大）心肝粗，
>
> 如今二人年又老，汝要出外是如何？（安溪本）

其次是妻子，不孝有三，无后为大，不能生儿育女延续香火，也被视为不孝：

> 夫君汝说都也是，但碍未有男女儿，
>
> 那有生男共育女，许时只去也未迟。
>
> 伏望夫君汝主意，想着日后接宗支。（安溪本）

浓浓的亲情和沉沉的传统观念的压力，以及社会普遍对漂洋过海谋生异邦存在的怀疑和恐惧，形成了巨大的舆论包围：

厝边亲堂劝不通，亦着在家想作田。

番平好趁是无影，田螺含水罔过冬；

亲戚朋友来相劝，此去番平水路长；

做人若肯勤苦去，在咱家乡亦可安……（南安本）

番平虽然恰好趁，一条水路十外工。

过番牙（的）人有块（在）讲，比咱唐山恰重难。

番平好趁亦好开，是你无去恰不知。（安溪本）

　　这一切强大和庞大的传统观念和人际网络，动摇着、牵绊着过番者在犹豫、挣扎中做出艰难选择的决心和信心。然而，现实巨大的生存压力，又迫使穷困、破产农民无可奈何地只能选择出走的道路。传统观念的拉力和现实困境的推力，使大多数过番者处于这种两难的矛盾和选择之中。19 世纪末 20 世初中国海外移民的相当大一部分人，便是在这种文化矛盾和思想冲突中勉强踏上异邦谋生的道路，也把这种矛盾和冲突渗透在自己跌宕起伏、怨悔参半的异域人生中。

三

　　移民是一种生存方式的改变。

　　具有 1000 多年历史的中国海外移民，近代以来出现了一些深刻变化。如果说，自唐至明的海外移民，主要是随着宣扬天朝威仪和进行海上贸易的庞大船队出现。那时客居异邦的使臣、商人、水手，可以凭借中国高度发达的封建政治、经济和文化，相对于东南亚各地尚处于部族社会和经济的发展阶段，居于强势地位。那时的文化冲突，虽然也存在着移民自身所携带的中华文化与侨居国文化的差异和认同问题，但更多地还是表现为建立在先进生产力基础之上的中华文化，对相对发展较为迟缓的东南亚侨居国文化的影响和融入。18世纪以后，随着西方殖民势力的东扩，东南亚地区陆续沦为西方殖民国家的殖民地和贸易中继地，使这种文化对抗的强弱态势发生了逆转。在社会经济发展上出现了两种差距，一是继续着原先存在的中国封建地主经济与东南亚各地封建领主经济之间的差距；二是中国封建地主经济与西方殖民者所带来的资本主义殖民经济的差距。这两种差距逐渐以后者成为主要矛盾。特别在鸦片战争之后，中国也陷于西方殖民者虎视眈眈的弱肉强食之中，战乱频仍，灾祸不断，使这一时期为穷困所逼而无奈出国的华侨，成为移民主体，在殖民经济面前，已不代表先进生产力。因此，这些大多来自下层社会以出卖劳力谋生的贫困华侨，在受到西方殖民经济主导的侨居国，已非昔日可比，相对而言，都处于弱势地位。为了谋生和减少异族势力的排挤，他们往往聚居一处，互相依靠，慢慢形成了以祖籍、方言、信仰为核心的华人聚居区，继而发展成为带有宗亲、乡缘性质乃至行业性、商贸性的华人社团；而华人聚居区滚雪球般地逐渐扩大，又形成了孤岛般存在于异域社会的"唐人街"或"中国城"。在那些渐成规模的华侨聚居区中，保存着浓厚的中华文化传统和生活习俗，把部分华侨一定程度地与异邦文化区隔开来，减缓了与异质文化冲突和融合的速度与力度。但从另一方面说，华人社区的存在也延伸着国内固有的经济矛盾与文化冲突，使谋生异域的华侨，实际上处于更为复杂的两种文化冲突的交错之中。既无可避免地要面对异域环境的文化包围，又要面对来自华人社会传统文化固有的矛盾。二战以后，摆脱了殖民势力统治的东南亚诸国相继独立，随之兴起的文化本土化运动，进一步加剧了这一文化冲突和文化融合的进程。海外华侨面临双重国籍的难题，而必须重新选择自己的国籍归宿。而国籍归宿的确定并不完全等同于文化归宿的确定。从华侨到华人再到华裔和华族的身份变化，其背后的一系列文化差异、冲突和融合，成为20世纪华人社会一个普遍性的问题，被尖锐地提出来。

当然，《过番歌》作为较早表现这个特定时期的一个特定的作品，不可能全面地反映这一时期华侨社会的全部矛盾和冲突，特别它是一部分贫困华侨过番数年不堪遭遇之后返回故乡编歌劝世的民间作品，题材的特殊性和作品"这一个"的限定性，使它在表现华人在海外生存的文化矛盾和冲突有一定的限定。但字里行间的文化蕴涵，仍然清晰而深刻。

首先是作品对于过番途中心理矛盾的细致刻绘：

> 忽听水螺哮三声，一时起碇就来行；
> 船今行去紧如箭，有人眩船叫苦天；
> 也有眩船兼呕吐，也有眩船倒在埔；
> 想起过海拙干难，咱厝小可周去趁；
> 一日若是食二顿，也不来此受干难；
> 船今行来到汕头，冥日眩船目滓流；
> 汕头停脚一二工，入货却客过番邦；
> 客今再却几百名，随时起碇再开行；
> 水路行程有几时，一日来到七洲洋；
> 看见海水大似山，日来刈肠冥刈肝；
> 看见海水到拙乌，心头想起哀哀苦……（南安本）

这是夹杂在怨悔声中对漫长、艰辛海途的描绘，仍延续过番之前和过番途中犹豫与懊悔的矛盾。一方面，所有海上的经验，对于一个刚从封闭的传统农村走出来的农民来说，都是新鲜的：海是那样黑、那样险，船是那样大、那样快，入货却客是那样多，途经的港口是那样陌生……另一方面，所有这些新鲜感受，给他带来的是对未来无可预测的异邦人生的茫然和惊惧，以及对于故园的怀恋和过番的反悔。过番的命运便交错在这五味杂陈的惊异与惊惧中忧心忡忡地展开。

其次，异邦生活的文化陌生与孤独无助，给了过番者巨大的精神压力。

初踏上岸，面前展开的是另一番陌生的文化景致：

> 看见搭客争上波，焦我心内主意无；
> 实叻景致真正好，也有牛车共马驼；
> 也有番仔对番婆，也有火车相似雷；
> 番邦生成恰如鬼。（南安本）

同样的景致在安溪本的描绘中，有了较多的细节：

> 实叻景致真是好，亦有番人共番婆；
> 身穿花衫戴白帽，口吃槟榔甲荖蒿；
> 脚下穿裙无穿裤，上街买卖赖赖梭。（安溪本）

这是惊鸿一瞥的最初印象，后来有更细致的描写：

> 番平景致难说起，千万物件真齐备；
> 埠头算是日日市，店中烛火吊玻璃；
> 也有查某会盘（演）戏，比咱唐山有拾奇；
> 车子马车满尽是，胜过仙景一般年；
> 凡是番平讲情理，红毛只是得天时。
> 游到埠头看景致，唐人看见退一边；
> 或是做人欠情理，马踏重鞭就打伊。（安溪本）

19世纪中叶以后的实叻（新加坡），在西方殖民者的经营下，正处于上升时期。现代的生活方式和生产关系开始进入东方的传统社会。这里所描写的情景，保留了十八九世纪新加坡社会的某些形态，既是物质性的工业社会初建的情形，也有精神性的洋人、土人、华人的文化共存与融合，更有资本主义殖民经济关系带来的新的经济剥削与压迫。对一个刚从传统农村走出来的过番者，处于孤独和无助之中，是为必然：

> 伊有亲人焉因兜（他家），焉去吃饭共剃头；
> 咱无亲人无处投，行到日罩变无猴；

　　伊有亲人真正好，焘伊敕桃食西刀；

　　咱无亲人满街梭，卜去浪邦也是无，

　　卜去山顶不识路，实叻路途真生疏；

　　坡中连带四五工，看无一个咱亲人；

　　心中想起哀哀苦，无个亲人引头路。*（南安本）*

　　中国家族社会的聚居传统，使中国人把社会网络中亲人、朋友的存在关系，视为头等重要的生存环境。即使面临再大的经济困境与压迫，也能从亲朋的抚慰中获得精神的体贴和力量。而来到异邦四顾陌生的国度，举目无亲和求职无门，便是最为可怕的两件事。那种完全失去生存保障的孤独和无助，既是精神的，也是物质的，几乎可以使刚踏上异邦的过番者，完全崩溃。殖民统治下的东南亚，是带有资本主义性质的殖民经济。刚从对封建地主经济关系的依附中出走的贫困、破产农民，重新陷入对新型资本主义经济关系的依附之中。名为"自由"的移民，在没有资金和技术的情况下，只能"自由"地成为资本的雇佣，依靠出卖自身廉价劳力"自由"地被再剥削。这是甚于"要作不作由在咱"的农耕生活更加悲惨的境遇：

　　灵圭报晓天未光，四点翻身就起来；

　　想起檬肉真干苦，无灯无火暗暗摸；

　　早饭食了天未光，工头就来叫出门；

　　头前先到通食烟，尾后即到无宿困；

　　能个龟里锯柴科，袂用龟里拙草埔；

　　有个升苦不肯拙，工头就骂无吧哭……*（南安本）*

　　而工资待遇更是受尽克扣：

　　别人一月发四摆，汝今不发说我知；

　　汝且去问大头家，我今存银有若干？

　　头家听说就应伊：汝今无银在公司。

　　龟里再问大头家：有做无银是若何？

　　头家就共财副说：做人忠直即有银……*（南安本）*

梦想与现实的巨大落差，唤起过番者无尽的怨悔：

> 实叨居了无几时，冥时眠梦返乡里。
>
> 看见父母及兄弟，亦有叔侄及厝边，
>
> 一斤牙人满满是，声声说咱（勿会）趁钱；
>
> 恫去着惊搭领醒，醒来想着泪淋啼……
>
> 哪知命歹会变款，前日咿窗来过番；
>
> 山川河水都隔断，何时回归咱中原？（安溪本）

　　这份短暂的异域人生，交错在精神寂寞的文化陌生和谋生艰难的生存压力之中。从过番前的期待到过番后的失落，现实给了过番者一个无情的回答。如安溪本所唱的："独自青山看世景，看了世景就烦心"，"外乡虽是好景致，不及在家当初时"。过番者谋生不顺的经历中不断涌起的思乡怀亲之情，使他做出一个违反自己初衷的决定：返回唐山。

四

　　劝世是《过番歌》创作和演唱的动机和主题。

　　一个贫困农民，为生活所迫，选择了过番谋生的道路。没有资金，没有技艺，也没有可以投靠的亲戚朋友和背景，孤身一人没头苍蝇般地在异邦陌生的生存环境和文化环境中闯荡，注定了他生活道路的艰难。在忍受不了异域生活的艰辛和怀乡思亲之苦这来自物质和精神的双重折磨之后，出国三五年后就毅然决定返乡，并以亲历现身说法，编歌劝世，告诫世人："劝恁只厝若可度，番平千万不通行"。

　　《过番歌》创作和演唱的这一动机和主题，值得深入分析。

首先，这是一个贫困农民负面的海外生存经验，当然不是所有过番者拓展海外的全部生存经验。《过番歌》的叙事主人公身份和经历的特殊性，代表了相当一部分与他有着共同经历——甚至更惨的过番者的生命体验，作品的典型意义不容置疑。在他们孤独无助地挣扎于谋生线上而又彻底失望的时候，重新选择返回故乡，有其值得同情的必然性，由此唱出"番平千万不通行"，就"这一个"而言，也有其合理性。然而，特殊性的遭遇不能等同于普遍的结论。"番平千万不通行"所表达的只是部分的海外生存的负面经验。对于另外一些海外移民者，"番平"恰恰提供给了他们由谋生到创业的一个契机和平台，是他们打破农耕文明对土地仰赖的束缚，走向现代文明的一片新天地。其实，作品主人公在说出这一结论时，其观察和叙说，尚属客观。南安本唱道：

> 我今说话乎恁听，番平好趁有影代，
> 也有艰苦无头路，也有趁钱无到开；
> 有个钱银入手来，荒花留连数十载；
> 有个办单不肯去，终日赛马拔纸牌；
> 番平若是于好趁，许多人去几个来？（南安本）

辩证地看待"番平千万不通行"的主题，是超越《过番歌》的思想局限所必需的。

其次，《过番歌》虽然从经济逼迫的现实角度，提出了安于穷困与改变命运的文化冲突命题，但综观整部作品，却是站在维护传统消极苟安的生存观念来编写和演唱的。过番之前所有的劝阻和言说，都从维护传统的角度来预设；不幸的是却又都为过番者后来的遭遇所证实。从千百年封建阴影下走来的小生产者脆弱的文化心理和惰性的生存惯性，无力抗衡新的生存选择带来的物质和精神的挫折和压力，于是只有返回原乡，回到千百年来一贯固守的生活原点上来。作品以一个过番者的现身说法作注解，以底层农民这种消极应世、忍困苟安的生存观念，来消解过番前好不容易有的一点改变命运的突破，强调了"劝你只厝那可度，番平千万不通行"的主题。在《过番歌》这部作品所表现的安土重迁与拓展海外的文化冲突中，显然是以后者的失败告终。

第三，《过番歌》描写的一个过番者经历奋斗和挫折，而后空手而归的不堪人生，这是相当一部华侨用自己生命写就的血泪史。但《过番歌》在诠释这段历史时，往往把它归于命运，使宿命论成为这部作品的思想基调。它渗透在过番前后的几乎所有叙述之中，尤以安溪本为突出。家境不堪而选择过番，皆因"是咱字运未到时"；而对于过番充满期待："只去那卜字运是，望卜双手遮着天，黄河也有澄清日，做人岂无得运时"；初尝过番的艰难险途，只能埋怨"想来想去自恨命，今日只路才着行"；到达异邦的举目无亲，都是"生咱歹命唔长进，无亲无戚窗牵成"，所有这一切，都怪自己"就是命底无登带，今日才会只路来"……然而似乎总得不到命运的关照，失望归来的过番者最后的结论如南安本所唱的："富贵贪贱总由天，我今死心不欣羡"。宿命是农耕社会无力抗争自然力的一种诠释和自我宽慰，同样在面对社会现实压力和激烈抗争时，也是弱势者的归咎于天（命）的一种消极诠释和心理安慰。以突破宿命观的拓展海外的积极人生态度开始，最后又回到安于困顿的消极宿命之中，《过番歌》劝世主题的复杂文化意蕴及其可能的消极影响，值得我们深入分析。

（原载《华侨大学学报》2014 年第 2 期）

第二辑

台港澳文学与中国现当代文学史写作

——谈 20 世纪中国文学的整体视野

"遭遇"台港澳文学

面对越来越明显的由市民休闲型阅读逐渐进入学者研究型阅读的台港澳文学的升温，相当一部分从事 20 世纪中国文学教学与研究的学者，难免有时会遭遇某种尴尬。对台港澳文学的陌生，使他们无法面对学生或读者的某些提问。这当然没有什么可奇怪的，因为对个人来说，学问不必什么都做，有懂，也可以有不懂；但对一个学科而言，比如我们现在所讲的"20 世纪中国文学"，那就是另一回事了。因为文学史的叙述，所需要的正是整体的观照和全景的描述。因此，没有台港澳文学的"20 世纪中国文学"，就很难说是一个完整的 20 世纪中国文学的发展图景和经验总结了。

这一遗憾由来已久。事实上迄今我们出版的大多数文学史著作，对 20 世纪中国文学的叙述，基本上只是对中国大陆地区文学的叙述；这种情况，犹如已有学者指出的，我们对中国文学的研究，基本上只是对中国汉族文学的研究一样，都是一种缺失。如果说，在中国文学的发展描述中，忽略了兄弟民族文学的存在，这可能与我们观念中把中国文学看作是汉语（或曰华文）文学的传统认识有关——这在我们这个多民族的国家，当然不应该；那么，对于同样用汉语创作的大陆以外一再被我们强调属于中国一部分的台港澳地区文学的忽略，则恐怕有着更为复杂的原因了。

首先无可回避的是政治和意识形态的原因。有很长一段时间，我们对文学的要求是革命的、无产阶级的和社会主义的，这种观念使能够进入文学史视野的作家和作品越来越少。大陆地区如此，更何况台港澳。台湾自 19 世纪末沦为日本的殖民地，战后回归，又在国民党政权的统治下与社会主义的新中国对峙。政治的对立及其所造成的疏隔，使我们根本看不到台湾有文学，即使有也是"反动的"、"资产阶级的"。香港的情况稍有不同，抗战期间及战后不久，大批内地进步作家避难南来，使香港一度成为中国南方抗日和反蒋的文化中心之一。这一段历史作为中国抗战及战后文学的延伸，被纳入文学史的叙述之中。但自新中国成立前夕进步作家北上以后，在政治上，香港成为冷战时期西方世界对新中国和社会主义阵营包围的一个链环，在文学上，与进步作家北上同时，是一批对新中国政权持怀疑或异议态度的作家南下，并主导了五六十年代的香港文坛。因此，在以革命为定义的文学叙述中，作为西方"自由世界"橱窗的香港，自然没有文学，即使有也是"资产阶级的""颓废的"。

这种状况随着"文革"结束、中国开放、港澳回归和两岸关系走向和缓的进程，应当说已经基本改变了。但为什么台港澳文学仍迟迟难以进入中国文学的叙述范畴呢？其中必还有另外一些观念和认识上的障碍。诚然，中国大陆地区的文学一直是 20 世纪中国文学发展的主体和中心，无论地域之广、作家之多、读者之众，或者作品的经典价值，都是位处边缘，而且在其发展之初不同程度受到大陆文学影响和推动才成长起来的台港澳文学所难以比拟的。但大和小、多和寡、中心和边缘，是一对共容互补、在一定条件下互相颠覆和置换的范畴。对于文学来说，大和多并无绝对意义，只有作家和作品才是构成文学中心的要素；而在考察文学的发展时，文学的运动方式，以及它所呈现的形态，是我们关注的两个焦点。恰是在这个意义上，台港澳文学——特别是它在 20 世纪下半叶的发展中所呈现出来的迥异于中国大陆地区文学的运动方式和文学形态，是 20 世纪中国文学在大陆地区以外的另一份经验，理应受到 20 世纪中国文学叙述的重视与接受。承认了这点，就必须承认 20 世纪中国文学的发展——无论其运动方式还是文学形态，以及作家和作品的类型，都不是单一的、唯大陆式的，而是多样的、包含着台湾和港澳的方式。在这个认识上，不能说所有的文学叙述者都是一致的。

当然还有一个虽然次要但却使我们无法操作的原因，这就是长期的疏隔，使我们对台港澳文学缺乏了解；而缺少资料和对个案（思潮、论争、流派、社团、作家和作品）深入的研究和学术积累，也有碍于我们对台港澳文学作整体深入的把握，这使我们即便愿意将台港澳文学放在 20 世纪中国文学的发展中来叙述，也存在着一些实际困难。不过这一问题已在逐步解决之中。艰难走过 20 年的内地台港澳文学的研究，有了一些初步的成果和资料积累。问题在于内地这些台港澳文学的研究者，大多虽是从事现当代文学研究出身，但除少数外，目前已基本不再从事现当代文学研究了；而从事现当代文学的研究者，除少数外，也基本上不接触台港澳文学。二者之间存在的这道虽不算太深的鸿沟，却实实在在地阻碍了我们对 20 世纪中国文学发展的全景性认识和多元化的总结。

我在一篇文章中曾经说过："八十年代以来的当代文学研究，其一个重要方面的收获是注意到了在大陆之外，还有着另外一个无论在运动方式和表现形态上，既与祖国文学有千丝万缕关系，又呈现出明显不同的台湾文学、香港文学、澳门文学的存在。"并且认为，"这既是一种视野的扩大，也是一种观念的改变。它带给当代中国文学研究的，并不简单只是一个量的增加，而是一种结构性的变化"①。
我想这一评价应当不会过分。认识到问题的存在，也就是解决问题
的开始。它已经把台港澳文学摆到 20 世纪中国文学的研究者面
前了。

"历史命题"和"文化命题"

把台港澳文学纳入 20 世纪中国文学的叙述，视为是对当代中国
文学研究的一种结构性改变，其理由，不仅因为在 20 世纪中国文学
叙述中台港澳文学的缺席，更重要的是因为台港澳文学所提供的，
是不同于大陆地区文学发展的另一种模式和形态。

这是一个历史的命题，也是一个文化的命题。

近代以来的中国社会，在西方列强的侵略下，出现了局部的
"碎裂"。1840 年鸦片战争造成英国对香港的割据；1895 年甲午战争
又带来日本对台湾的殖民；而在此之前，澳门早于 16 世纪中叶就为
葡萄牙以租借的名义而长期占领。台湾、香港和澳门虽都只是中国
大陆南部边缘的岛和半岛，远离中国大陆的中心，但却是外来势力
进入中国的门户和跳板。东西方殖民者挟其强大的军事力量，在向
中国内地扩张其政治、经济、文化的同时，也极力按照他们的意愿
来改造这些被他们占领了的地区，以适应他们的统治。这种改造是
政治的，也是文化的，即不仅按照他们的政治模式来建立他们对这
些地区的统治，也企图按照他们的文化样式，来改变这些地区的社
情、民性。这就使台港澳社会在殖民政治和文化的长期强媾下，出

---

① 《分流与整合：二十世纪中国文学的整体视野》，《文学评论》2001 年第
4 期。

现了某种畸形和异态。一方面是占这些地区人口绝大多数的中国人，以及他们所代表的中华文化，构成台港澳社会形成和发展的主体与基础；另一方面却是外来的殖民者及代表他们利益与意志的异质文化（东洋的、西方的），企望成为这些地区社会发展的主导。这种"主体"与"主导"的分离甚至背离，以及"主导"企图对"主体"进行的改造，由此所引起的种种冲突、对抗、融摄和转换，是构成这些地区社会发展的基本矛盾。它导致了这些被分割的地区中断了与内地社会的同步发展，而有了自己渗透在殖民与反殖民历史中的特殊进程。相对于中华传统社会，这种异态，是近代以来中国历史的遭遇，给一个完整统一的国家和民族留下的伤害。回到文学上来说，中国局部社会的这种分割和疏离，也使秉承共同文化传统的文学，在这些地区出现分流。这种分流，并非是文化发展的必然，而是一种历史遭遇的偶然，是历史逼迫文学接受的一种现实。因此，它是与文学分化的"文化命题"相对立的另一道"历史的命题"。

然而问题的复杂和微妙还在这里：社会的分割和疏离造成不同的文学生成和发展的文化环境，它使从主体分流出来的这些地区的文学，虽然与主体拥有共同的民族文化与文学传统，却因不同的社会文化环境的影响，而呈现出不同的文学进程与形态，并拥有某些新的文化内涵。这就使最初因为社会的"碎裂"而造成文学分流的"历史命题"，重新成为一道"文化命题"。台港澳地区文学的发展，就是在这种复杂的"历史命题"与"文化命题"的交错遇合中，呈现出多元的形态与轨迹的。因此，如我曾谈过的，对于文学因社会外力的分割而带来分流发展的"历史命题"的考察，同时也应当是对于社会分割之后文化环境变化和文学自身新质成长的"文化命题"的考察。这是一个问题的两面。"历史命题"和"文化命题"的遇合，既是台港澳文学发展的一种客观事实，也是我们研究的一种策略。它既深入了历史源头，也肯认了现实意义；既探索了台港澳文学与中华文化母体和文学传统的关系，也突出了它的独特因素在20世纪中国文学发展中的地位和价值。

尽管 20 世纪中国社会的"碎裂"只是局部的、边缘的，并不影响中国社会发展的整体性。对文学而言，这局部的"碎裂"所造成的文学分流，却意味着 20 世纪中国文学发展的多元性、多轨性。这是一个一分为二（多）而又合二（多）而一的辩证的矛盾运动。作为一种思路和策略，分流与整合的研究，既是深入对分流地区文学的探讨所必需，更是旨在建立一个能够整合所有分流地区文学创作和经验的 20 世纪中国文学的整体视野和架构。

在这里，同一性是分流的前提。所谓台港澳文学与祖国大陆地区文学的分流，是拥有共同文化背景和文学传统的文学，因不同社会环境的影响而出现的同质殊相的现象。没有这个"同质"——民族文化的同一性，也就无所谓分流，而是另一种文学；同样，也是这个"同质"——民族文化的同一性，才有整合的基础。因此，所谓分流也就是文学发展的"同"中之"异"，而整合，则是寻求文学发展的"异"中之"同"。当然这里所说的"同"中之"异"和"异"中之"同"，都不是在同一平面上低层次的展开，而是在事物发展的螺旋式深入中，寻求民族文化和文学更高一个层次的升华。这是我们对分流的文学进行整合研究的预期。

在台港澳文学的发展中，有多方面因素对其特殊进程和形态的形成具有重要影响。这些因素，不仅提出了台港澳文学的某些特殊性问题，也对 20 世纪中国文学发展中的某些共同性问题，作出带有它们特殊经验的回答。我在前面提到的拙文中，曾对这些影响台港澳文学特殊性格的因素作了一点概略的分析，这里不嫌累赘，再作一点引申。我认为它主要来自三个方面：一是对文学本土性格的强调；二是带有殖民色彩的外来文化的影响；三是社会发展的不同形态和进程。在这三者中，本土性格也即近年有关台港澳文学评论时常提到的文化身份，或文学的台湾性、香港性、澳门性。一方面，这种"本土性"，其实质只是中华文化母体和文学传统在这些地区延播时所形成的区域形态和性格，是一种次生文化或文学的地方特征，而不是一种具有独立性质的文化或文学；另一方面，在长期被迫疏隔于母体的情况下，对自身文化身份和文学性格的强调，对抵御带有殖民色彩的异质文化的侵蚀，发展民族文化和民族文学，有积极意义。它表现出文化人和写作人的一种文化自觉和文学自觉。在台港澳文学的进程中，尤其是日据时期的台湾，都曾经发挥过重要作用。但是也应当看到，对它的过分强调，以致把"本土性"和"民族性"对立起来，则又可能成为分离主义者的一种借口和手段，近年台湾有些人由文学的"本土性"进而主张脱离母体的"自主性"，便具有这种性质，这是需要警惕的。其次，所谓带有殖民色彩的外来文化，也是这样一把"双刃剑"。一方面它是伴随殖民政治而来的体现殖民统治者意志的一种文化手段，对民族文化抱有歧视、敌对，甚至企图替代的态度；另一方面，外来文化的异质性及其某些积极成分，又为社会的发展和民族文化的演进提供条件和契机。这种两重性纠葛在台港澳文学的历史进程之中，如我们常说的台湾文学的日本影响，香港文学的西方影响和澳门文学的葡国影响，其正负两面的价值和意义，都需要我们仔细地分析和清理。最值得重视的是第三方面，即台港澳的社会不同于大陆社会的进程和形态，它所构成的殊异于大陆的文化环境，是孕育台港澳文学特殊进程和形态的温床。特别是20世纪下半叶以来，殖民链环的松弛和经济建设的起飞，使台港澳社会获得了更多自主的发展空间，才使这种独特形态与进程得以呈现。其突出的一个表现是较早实现了社会的都市化，这是20世纪中国走向现代化的一个目标。伴随都市化而来的，是社会教育的普及、现代资讯手段的提升、文化工业的发展，以及文化消费观念的形成，等等。在这一切表象背后，是奠基在现代经济基础之上的都市文化价值观的确立，它相对于建立在自然经济和宗法社会背景上的传统文化价值观，是一次严峻的挑战。台港澳社会的现代化进程，直接为台港澳文学的现代发展，提供了经济基础和技术手段，创造了读者市场，培育了作者队伍，并赋予了新的文学价值观。这一切自然对台港澳文学崭新品格的形成，具有重大意义。

其实由上述这些因素所导致的台港澳文学发展的"异"，并没有脱离中国文学的历史大框架。20世纪的中国文学的发展，在整体的意义上体现着中国从传统的农业社会向现代工业社会转型的历史进程与文化精神。文学的现代化，实质上是文化的现代化——即从传统的农业文明向现代的工业文明转化的过程。20世纪中国文学的发展，无不浸淫着这一文化变迁的脉迹和灵魂。台港澳文学的发展，或因历史的波折而受到阻碍，或因客观的机遇而获得推动，无论是早是晚，是快是慢，都体现着这一历史的走向和精神。这一文化变迁的文学体现，是20世纪中国文学发展的共同走向，也是我们文学得以整合的背景和基础。

既然，中国社会局部的"碎裂"和走向统一，是历史遗留下来的一道政治命题，便只能交由历史和政治去解决；而文学的分流与整合则是伴随历史遭遇而来的一道文化的命题，一方面，它既来自政治，它的解决也必然受到政治的制约；但另一方面，文化是一种更为深入社会和民心的普遍而稳定的因素，它既包含着政治，也受制于政治，在许多情况下，又往往可能超越政治的囿限，而走在政治的前面，成为解决政治命题的前提和助力。由历史命题而引发的文化命题的这种二重性，提示我们：整合虽然会有种种困难，但它是可以期待的。我们努力促进的文学的整合，是文学自身发展的必须和必然。把台港澳文学摆进20世纪中国文学的发展中来叙述，正是这种"必须"和"必然"的体现。它的意义在文学自身，却又可能超出文学之外。

"纳入"和"融入"

如何把台港澳文学摆进20世纪中国文学发展的叙述之中，这是一个随着认识和研究的深入而渐进的过程。它大致经过三个阶段。

　　首先是把台港澳文学放在中国文学发展的历史大框架中来定位和叙述。这主要是指对于台港澳文学的研究。20 年来，大陆的台港澳文学的研究者基本上都是这样做的。无论是对于思潮、流派、社团、论争、作家和作品的个案剖析，还是对于文学发展作整体性的历史描述，如 80 年代后期以来陆续出版的多种台湾文学史、香港文学史、澳门文学史，研究者都不把台港澳文学作为偶然的、孤立的现象来对待，而是把它放在中国文学历史进程的大背景中来透视和叙述，既揭示其与母体的文化精神与文学传统的渊源关系，也肯认其在特殊环境中的发展对中国文学的价值和意义，并注意把它们与大陆文学进行对照和比较。论者所讨论的对象虽是个别的，或台湾，或香港，或澳门，但所持的立场和视野却是全体的，是以整个中国文学在 20 世纪的发展作为背景的。笔者曾经把这样的研究称为具有开放性视野的整合式研究。"它既是对台湾文学有了整体把握之后的一种研究，也是对在中国历史大背景下中国文学分流的客观事实，有了整合认识之后的一种研究。"①

　　其次是纳入式的文学史书写。或许是受到始自 80 年代初期大陆的台港澳文学研究的推动，80 年代末以来出版的若干现当代文学史，也尝试把台港澳文学摆进 20 世纪中国文学发展的叙述之中。不过，也许因为对台港澳文学的不太熟悉和具体操作上的困难，往往只是在讲述了大陆文学之后，另辟一个或几个章节，来讲述台港澳文学的发展。最早的尝试来自 1988 年张毓茂主编的《二十世纪中国两岸文学史》②。虽然号称"二十世纪"，其实只是传统说法的现代文学部分。该书在第一编（五四和第一次国内革命战争时期的文学）的第八章，第二编（第二次革命战争时期的文学）的第十二章和第三编（抗日战争和解放战争时期的文学）的第十章，都以"沦陷区文学"

---

① 参见刘登翰：《走向学术语境——祖国大陆台湾文学研究二十年》，《台湾研究辑刊》2000 年第 2 期。

② 张毓茂主编：《二十世纪中国两岸文学史》，辽宁大学出版社 1988 年版。

为题，来讲述台湾和东北地区的文学。此一作法虽表现出作者"注意把我们的探索收获纳入书中，特别是关于台湾文学、东北沦陷区文学的研究成果，现在用文学史教材的形式把它们肯定下来"① 的意图，但并不成功，还只能算作一种尝试。笔者与洪子诚在 1993 年人民文学出版社出版的《当代中国新诗史》，也是采取这种"纳入"的办法，在对当代大陆新诗发展的叙述之后（卷一、卷二），以卷三的形式介绍了台湾诗歌。较为全面和充分地把台港澳文学纳入中国文学叙述的是 1997 年由华艺出版社出版的张炯、邓绍基、樊骏主编的《中华文学通史》，其在"清代文学"中就有"台湾明遗民诗文和宦台诗作"的专章；在"近代文学"中也介绍了王韬（香港）、郑观应（澳门）和丘逢甲（台湾）等；至"现代文学"，在"沦陷区文学及其他"的标题下有"台湾文学"一节；到了"当代文学"部分，则分别在诗、小说、散文、儿童文学和文学理论批评的文体叙述中，较为充分地介绍了台港澳文学的情况。尽管编者做了许多努力，但这种相对游离于文学主体之外的"纳入式"的叙述方式，立足的视点依然只在大陆，其不足之处和编者的勉为其难，都为我们所理解。

我们期待的是一种把台港澳文学真正"融入"20 世纪中国文学叙述之中的整合。这首先需要立足点的转变，即不站在某一地区而站在整个 20 世纪中国文学发展的更高立场。这样做并不容易，因为：一、20 世纪离我们太近，我们很难脱开具体的历史事件的影响，拉开距离地用一种比较纯粹的学术的或文体发展的眼光，来审视 20 世纪文学的历史；二、台港澳文学与大陆文学的分流本来就为不同社会文化环境所孕育，它导致 20 世纪中国文学发展的多元化和多轨性，其本身或许就很难做到一元化的叙述。在这个意义上，那种"纳入式"的叙述方式也有其合理之处，至少在我们尚未找到更完善的叙述方式之前是如此。不过，我们仍然把"融入式"的文学叙述，

---

① 张毓茂主编：《〈二十世纪中国两岸文学史〉前言》，辽宁大学出版社 1988 年版。

作为我们新的一个阶段研究的预期。

笔者虽然曾经与朋友们合作，主编过《台湾文学史》《香港文学史》《澳门文学概观》，但深知要把它们整合起来融入 20 世纪中国文学发展的叙述之中，实在不易。多年思索，并无结果。融入台港澳文学的 20 世纪中国文学史的撰写，目前或许时机尚未成熟，但这并不等于我们不必努力。1999 年 9 月华东师范大学出版社出版的由陈辽、曹惠民主编的《百年中华文学史论》，虽然不是文学史，但其在分区的描述的基础上企望进行整合研究的意图是明显的。该书在引论"逼近世纪末的思考"之后，分别从纵的历史轨迹、横的文学话题和综合性的理论积淀三个方面，分列成编，来寻求建立整合海峡两岸暨香港澳门地区、兼容雅俗的 20 世纪中国文学的整体架构。这一尝试，虽在史论，对文学史的写作，仍有启发。如何建立一个包括台港澳在内的 20 世纪中国文学的叙述框架，我并无成熟思考，只有一个朦胧的意图。这个粗略的想法包括：一、叙述者的立足点，是整个中国文学，而不在某一个地区。二、其关注的焦点，是文学运动展开的方式和由作家和作品所体现出来的文学存在的形态。文学史是文学发展的历史，而不仅仅是经典作家和作品研究的汇编。因此在文学史的叙述中，经典作家和经典作品的审美价值是重要的，但不应是唯一的。文学史包括文学运动发展方式，在体现各个发展时期特征的创作中，其作品可能不那么"经典"，却代表着某种突破的特殊性，也应当是文学史关注的对象。三、其倚重的内涵是文化。这是一个广义的文化概念，包括社会和政治作用于文学，和文学反作用于社会和政治的文化关系，以及社会的转型所带来的传统、现代、后现代的一系列冲突，等等。这实在是无论大陆，还是台港澳文学都无法规避的问题。四、在时期的划分上不必太细，既以文学自身的发展为主线索，也综合考虑社会、政治、经济、文化的各方面因素对文学发展的影响。大致的想法是分为四个时期：

一、"五四"到 30 年代中后期；

二、抗日战争时期；

三、新中国成立前后至 70 年代；

四、80 年代以后。

在这个分期中，新中国的成立依然是划分 20 世纪中国文学发展最重要的界石之一。它所带给中国文学（包括台湾香港澳门文学）的影响是广泛而深刻的。既有政治权力通过各种形式对文学运动直接的左右和潜在的引导，还有文坛构成的变化，作品题材和主题带有导向性的发展，以及社会风气和经济发展所培育出来的读者阅读习惯和市场消费需要与局限，等等。这一切都与 20 世纪中期中国社会的政治转折息息相关，在这个意义上，把 20 世纪中国文学划分为现代和当代两个大的阶段，并非毫无道理。在新中国成立之前，也即传统分期的现代阶段，从"五四"到 30 年代中期，是新文学从发生、发展到走向成熟的 20 年，台港澳文学同样受到"五四"新文学运动的影响，虽起步稍晚，但基本上与大陆文学同一姿态和步骤发展，这是一个阶段。抗战八年是文学发展的一个特殊时期。战争是当时文学面对的第一现实，无论在抗日前线、敌后还是沦陷区，战争的因素从根本上改变了文学的运动方式和存在形态，使包括台港澳在内的中国文学，有了一个文化内涵比较一致的基调或变调。二战后的半个世纪，以新中国诞生的前后为起点，也可以大致划分为前后两个时期。前一个时期从 40 年代中后期到 70 年代中后期，约 30 年，是中国大陆地区文学和台港澳文学从政治的分野到文学的分流最为突出和尖锐的时期。对立和疏隔使本来互有往来与影响的文学，呈各自独立发展的态势。台湾和香港寻找自己文化身份的文学自觉，也源自这一时期。尽管中国大陆地区与台湾、香港、澳门在文学运动方式和存在形态不尽一样，但其所面临的文学发展的一些深层问题，几乎并无二致，比如政治与文学的纠葛，文化传统的现代转型，文学的民族性、区域性和世界性的关系，等等，都是大陆与台港澳文学进程中所必须面对的。事实上它们也都以各自的经验和教训对这些问题做出回答。这也就昭示着 20 世纪下半叶一个新文学发展阶段的到来。把 80 年代以后的文学，划为另一个时期，即出于这个文学发展的实际。这里有政治方面的原因，也有经济方面的原因，还有文学世代更替及其所带来的观念改变的原因，这自然要影响到文学发展进程及其表现形态。特别是在恢复与世界对话和沟通中国大陆地区与台湾、香港、澳门地区的文学交往之后，疏隔的打破使分流的文学出现走向整合的迹象。在无论中国大陆还是台湾、香港、澳门地区的这一批有着相近知识背景的年轻文学世代中，他们的创作表现出某种趋近世界文化思潮的共同性，使我们有时候甚至对他们的身份难以分辨。我曾经提出整合有两重境界，一是通过对于分流文学的整合，形成一个共享的文学空间；二是在重构中整合，这是更高境界的一种整合。新世代作家的某些共同性，表现的正是这种重构中整合的迹象。

对于上述分期，如此三言两语是无法说清的，何况它还只是一个很粗略的构想。它只表明笔者将台港澳文学融入 20 世纪中国文学叙述的一种愿望，更细致的考虑还有待于另外的专文来进行论析。

（原载《复旦大学学报》2001 年第 6 期）

特殊心态的呈示和文学经验的互补

——从当代中国文学的整体格局看台湾文学

　　由于自然的、社会的、民族的阻隔和差异，人类文化的发展呈现出明显的区域性。它阻碍文化的交流和同步进行。然而，正由于这种阻隔和差异，才造成了人类文化千姿百态的灿烂奇观。它们互补地表现人类在不同时空环境中的心理状态和精神需求。从整体角度来审视局部性文化，我们不仅注重其与整体的认同，还辨析其与整体的差异。认同确定归属，是研究的前提；而辨异是确定其在归属后于整体中的价值和位置，是研究的深入和对认同的进一步肯定。在这个意义上，特殊性的认识比普遍性更为重要。

　　台湾文学的发展有着特殊的历史背景。17 世纪中叶以来，台湾一直是外国殖民主义者骚扰、掠夺的目标，其间曾两度沦为荷兰殖民者（1624—1662 年）和日本帝国主义（1895—1945 年）的殖民地。尤其是后一次，正值中国社会发展最急剧的转折时期，却为日本割据长达半个世纪之久，进一步扩大了台湾与内地的差异。长期的殖民统治，不能不给台湾人民打下耻辱与痛苦的精神印记，造成特殊的社会情态和心态。1945 年抗战胜利，台湾终于回归祖国。但随着国民党政府迁台，台湾再度与大陆分离，并长期处于严峻对峙之中。这种特殊的历史命运，使今日台湾，无论从社会性质、经济结构、政治制度、意识形态等，都走上与大陆不同的发展道路。它必然要影响到文学的发展，使台湾文学呈现出和内地不同的形态与过程。

乡土与现代：文化冲突的文学体现

乡土文学与现代文学，是台湾文坛最重要的两种文学思潮和两个时有交错的文学流派，也是台湾文学进程中两种重要形态。尤其是乡土文学，经历了从二三十年代到六七十年代两次勃兴，几乎贯穿了整部台湾文学史；在某个时期，甚至涵盖了那一阶段的整个创作。这种情况，在中国新文学史上是极为少有的。而五六十年代在台湾出现并风靡起来的现代派文学，实际上又是中国新文学发展上那股时起时落，但始终未能成为大气候的现代潮流，在祖国大陆隔海一隅的继续。对于 70 年代后期以来大陆走向开放的新时期文学，它又为中国文学在接受西方现代主义思潮留下可资借鉴的经验和教训。因此，如何看待这两个文学思潮，必然成为认识和评价台湾文学的关键。

二三十年代台湾的"乡土文学"运动，不同于通常所说的"乡土文学"，它实质上是一个民族文学的口号。一般概念的乡土文学有着明显的题材框限，即总是和描写中国农民的历史命运与中国农村的社会变迁联系在一起的，但台湾"乡土文学"的提出却是另一种政治文化背景的产物。

台湾的新文学是在日本殖民主义强制同化与台湾民众反同化的复杂文化斗争背景下发生和发展的。日本据台以后，在残酷军事镇压和疯狂经济掠夺的同时，在文化上推行强制同化政策。从最早赤裸裸的差别教育，到废弃汉文教学、取缔汉文报刊，以至更服改姓、禁止一切与汉族有关的宗教、民俗活动的"皇民化运动",目的在于灭绝汉族文化,代之以殖民者的文化。作为与这一文化灭绝主义相抗衡的是,20世纪初期台湾掀起一个遍及全岛的汉学运动。吟诗结社,设帐课徒;同时,传统的宗教、民俗活动异常活跃,使台湾在七年武装反抗失败后进入一个非武装的文化抗争时期。这一运动发展到20年代初期,虽然其末流与内地遗老一样,走上吟弄风月,甚至媚事权贵的歧途,成为五四新文化运动的障碍;但另一方面,此时在台湾出现的汉学运动,有力地标示着台湾人民的斗争精神与民族文化意识的崛起。20年代中期从大陆引来星火的新文学运动的传播者,也因此处于比内地更为复杂的文化斗争环境之中。但他们正确地接过五四反帝、反封建的旗帜,把反对封建的斗争纳入反对殖民主义侵略的斗争总目标之中。在文学主张上,把"为人生"具体化为表现备受殖民侵略屈辱和封建压迫痛苦的台湾社会现实的文学要求;在语言形式上,把提倡白话文导向关于"台湾话文"的讨论,并且从论争中提出了"乡土文学"这一口号。1930年,黄石辉在《怎样不提倡乡土文学》一文中说:

> 你是台湾人,你头戴台湾天,脚踏台湾地,眼睛所看的是台湾的状况,耳孔里所听见的是台湾的消息,时间所历的是台湾的经验,嘴里所说的是台湾的语言。所以你的那支如橡健笔,生蕊的彩笔,亦应该去写台湾的文学了。①

这里"乡土文学"的概念,包括内容和形式两个方面,即用台湾的语言,描写台湾的事物,表现台湾的经验,三者都立足于台湾的时空。因此,"乡土"在它最初倡导者心中的含义亦即"本土","乡土文学"即"本土文学""台湾的文学"。在这三个要素中,语言是载体,对此虽有"白话文"与"台湾话文"之争,但争论双方都站在民族语言的共同立场上,反对日语化(即殖民化):核心是"台湾的

---

① 转引自廖毓文:《台湾文字改革运动史略》,参见《日据下台湾新文学·文献资料选集》。

经验"，对此并无明显的分歧。所谓"台湾的经验"，著名的乡土文学评论家叶石涛后来解释说："既然整个台湾的社会转变的历史是台湾人民被压迫、被摧残的历史，那么所谓'台湾意识'——即居住在台湾的中国人的共通经验，不外是被殖民的，受压迫的共通经验；换言之，在台湾乡土文学上所反映出来的，一定是'反帝、反封建'的共通经验以及筚路蓝缕以启山林的，跟大自然搏斗的共通纪录。"①即使是描写台湾的事物，也是作为一种民族文化的存在来表现的。这样，"乡土文学"在台湾，从它提出之始，就明显具有如下特点：一、它是和日本殖民统治者鼓吹用日文写作、体现统治者意志的"皇民文学"相对立的一个民族文学的斗争口号；二、它是一体性的本土文学，即城市和乡村统一、历史和现实统一、时间和空间统一的"台湾的文学"。无论其内涵或外延，都应和一般意义上的乡土文学区分开来。事实上，在台湾新文学最初阶段，从二三十年代至抗日战争时期，几乎所有表现出鲜明民族、民主倾向的作品，无不涵盖在"乡土文学"这一宽泛的潮流里。人们讲"乡土文学"，实际上讲的是这一时期不甘屈服于殖民文化的"台湾的文学"。正如后来一位评论者所说："因为在日本统治下，不能讲民族，所以就讲乡土。"②

这一性质的确认，对我们理解和评价台湾文学有重要意义，新文学运动在祖国大陆，主要是新旧文化之争，在台湾则同时表现为民族文化和殖民文化的抗争。台湾的"乡土文学"是这种异常政治背景的产物，民族文化在外来文化的奴役面前表现出的强大凝聚力和排他性，就突出体现在"乡土文学"这一民族文化的立场上。

六七十年代是台湾乡土文学的第二次勃兴。促成这次勃兴的原因是多方面的，但从根本上说，仍然是这股民族文化思潮的继续。

---

① 叶石涛：《台湾乡土文学史导论》，尉天骢主编：《乡土文学讨论集》，远景出版事业公司 1980 年版，第 73 页。

② 任卓宣：《三民主义与乡土文学》，尉天骢总编：《乡土文学讨论集》，远景出版事业公司 1980 年版，第 295 页。

只不过它所面对的是另一种新的，更为复杂的政治、经济背景和外来文化现实。因此，第二次"乡土文学"的勃兴便有着比第一次更为多重的动因和内涵。

一方面，从 50 年代开始，迁台的国民党政府对美国从政治、经济到军事的全面依赖，造成台湾社会崇洋媚外的殖民地半殖民地意识，文化上的"西风东渐"便是这种"西化"意识的反射的结果。20 世纪以来西方现代主义思潮的各种派别，几乎都同时在台湾登场。从民族文化的立场上看，它自然是伴随政治、经济和军事入侵而来的异质文化的入侵。民族文化对于外来异质文化的抗御与反拨，再度集中于"乡土文学"的倡扬上，它使第二次勃兴的"乡土文学"继续成为一个民族文学的口号。

另一方面，五六十年代西方文化思潮的活跃，一定程度上又是为这一时期台湾社会、经济结构的变动所呼唤的。50 年代中期，台湾开始进入由农业社会向现代工商社会过渡的经济转型期，至 60 年代中期基本实现这一转变。它带来两个结果：一、加剧台湾社会城市化的进程；二、促使人口结构中一个处于较高文化层次的"中产阶层"的诞生。伴随城市化进程活跃起来的具有现代意义的城市文化意识，必然带来对于传统文化意识的猛烈冲击。这种冲击首先表现在，现代城市中心的出现打破了传统农业社会以家族为本位的结构模式，从而带来对建筑在宗法自足经济基础上的价值观、伦理观、生活方式与行为规范的冲击。人从对于封建宗主关系的依附中解放出来，转向对于商品经济关系的依附。自由发展和剧烈竞争的资本主义经济，进一步鼓励人对个性自由和自我扩张极度的追求。因此，相对于封建宗法关系下对人的贬抑，现代城市文化意识表现出对人的价值更充分的认识和肯定。其次，以现代科技进步为后盾的城市经济，在推动社会发展的同时，也带来造成社会极大困惑的诸如自然生态破坏、人性异化等等问题。尤其在台湾，城市化的急剧进程包含着某种程度的殖民化色彩。伴随外国政治、经济势力而来的，还有从性到暴力的种种西方文化的消极因素，它进一步造成人的焦虑、不安、孤独、绝望的心态。现代城市文化意识在肯定人的价值的另一极上，又表现出人对于生存现状的极大困惑与焦灼。这种与生活环境难以协调的焦躁不安心态，与传统文化意识中宁静、和谐、融情于自然的"天人合一"境界，又形成对比十分强烈的反差。这一切都构成了与传统文化意识相背弃的新的城市文化意识。台湾现代主义文学思潮，便是适应这一现实背景的心理需要出现的。它是现代科技进步与经济发展使传统文化失去固有的平衡之后，出现的另一种新的文化补偿。

60 年代初期，当由于政治原因和语言障碍而处于抑制状态的台湾老一辈乡土作家结束了自己的"休眠期"，并且和战时出生的新一代初踏文坛的本省籍青年作家联合起来，形成一个堪与现代派文学相抗衡的新的"乡土作家群"时，他们面对的便是这样一种经济现实和文化现实。他们在创作实践和理论批评中所表现出来的，对于含有殖民色彩的资本主义经济与西方文化思潮的批判态度，以及对于"乡土文学"内涵宽泛的理论概括，都表明他们重新扬起的"乡土文学"旗帜，仍然具有第一代"乡土作家"所主张的鲜明的民族文化立场与本土性的特点。

然而，历史不可能只是简单的重复。现代城市文化意识的活跃冲击着传统意识和传统文化，它必然激起传统文化在被取代的危机面前重新振奋起来，表现出对于往昔的缅怀和眷恋情绪。同时，现代城市为满足经济需要而建立起来的结构，又常常造成对于城市人的全面精神需求的压迫；而传统文化恰恰成为满足这种精神需求的补充。因此，历史上任何一次城市文化的勃兴，都会伴随着出现一个对于传统文化的眷恋和回顾的热潮。这两方面的作用，都成了台湾第二次"乡土文学"勃兴的另一方面的动因；使"乡土文学"在反帝（反殖）的、民族的主题之外又出现了一个对于传统的农村文化回顾和眷恋的主题。黄春明 60 年代的创作正是在表现这种与城市生活相抗衡的"现代乡愁"上，才被称为"标准的乡土作家"的。他以充满同情和眷恋，但又含有几分无可奈何的神情，描写了现代科技进步和资本主义经济发展，对于传统农村社会中的人际关系、自然关系以及价值观念的破坏。无论打锣的憨钦仔（《锣》）、做"三明治人"①的坤树（《儿子的大玩偶》），还是为反对把祖辈的甜水泉辟成游泳池而自溺的阿盛伯（《溺死一只老猫》），他们困惑的悲剧，都来自于经济的发展和科技的进步。作者是在悲悯他们传统价值观念的丢失中，来创造自己文学的审美价值的，这种对于传统文化的回顾、眷恋情绪，在后来进一步发展成为文学的寻根趋向。包括现代主义文学在经过乡土文学论争，省思自己背离传统的某些偏误之后，也表现出对于民族文化的重新认同。而同时乡土文学在更广泛地介入现代城市题材之后，也吸取现代艺术的某些观念和方法，从而使不同文化的历史性冲突，转化为共时性胶着的状态，构成台湾多种文化意识互相冲撞、流动、排斥、交融的社会景观和文化景观。

漂流与寻根：社会心态的文学呈现

如果把乡土文学和现代文学的先后出现与抗衡所蕴含的文化背景的冲突，看作是台湾文学外部进程的特征；那么，漂流意识和寻根趋向，则是台湾文学题材内涵的另一特征。台湾几度漂离祖国大陆的历史，造成社会普遍的漂泊心态。无论乡土派还是现代派，都不能无视历史这一精神负载，各以自己的感知方式和艺术方式，使社会这一特殊情态和心态成为台湾文学繁衍不息的母题之一。

中国历来就有乡愁文学的传统。特别在古代，以思乡怀人为特征的乡愁文学，表现了儒家思想对和谐稳定的田园生活与人伦关系

---

① 指为商家做宣传，而作为小丑扮成"三明治人"。因人身体前后各挂一片广告看板，似三明治，故名。

的眷恋与追求，是中国知识分子在离乡背井、劳燕分飞的坎坷仕途和沉浮宦海中不断生发的人生感遇。当这种感遇只和个人忧患联系在一起，它往往停留在个人本位上，表现为纯朴的乡土意识。而当历史处于民族分裂或政治动荡的年代，个人忧患和国家、民族命运息息相关，这种基于个人感兴的乡愁便走向国家和民族的本位，表现出强烈的政治意识和民族意识。历史赋予台湾文学这一主题的是后一种时空条件。它基于两个背景：一、迁徙台湾的大陆移民对原乡的怀念，其中，相当一部分移民是由于政治原因漂离故土的，他们的乡愁不能不含着历史的内容。二、历史上不断出现的殖民占领和政治疏隔使台湾数度脱离祖国或漂离大陆，造成国家的分裂和社会的对峙。前者是个人的遭遇，后者则是民族的不幸。二者交合在一起，这就使台湾文学浸透着浓厚的漂流意识和回归意念。当一个严肃的作家，面对个人的经历和具体的乡土，他同时也面对着民族的悲剧和领土的分裂，他的个人忧患和际遇，同时也映射着时代和民族的内容。正是在这一点上，台湾的乡愁文学有别于历史上的乡愁文学；台湾文学的寻根趋向，也不同于新时期来内地文学的"寻根"热潮。

半个多世纪来，漂流意识和寻根趋向成为台湾文学的精神象征。它经历了两个历史阶段，在不同的时期有着不同的内涵和形态。

日据时期，漂流是异族侵略的结果。但异族侵略的实现，又与当时腐败的政权漠视台湾人民的命运不无关系。1895 年，台湾是作为甲午战败的赔偿割据给日本的，因此，渗透在老一代乡土作家作品中的漂流意识，突出地表现为一种处于狭缝之间的孤儿心态。对于当时满目疮痍的祖国，台湾是腐败统治者的一个"弃儿"；而对于异族殖民者的残暴统治，台湾又是一个失去母亲、备受凌辱的孤儿。这种特殊的地位，反映了那个时代台湾历史悲剧的复杂原因，正如台湾老一代诗人巫永福在《祖国》一诗中所写的：

> 战败了就送我们去寄养
> 要我们负起这一罪恶

有祖国不能唤祖国的罪恶

祖国不觉得羞耻吗

祖国在海那边

祖国在眼眸里

亲与仇，爱与怨，感情的正面和负面交织在一起——早期台湾文学在揭示这种"弃儿"兼"孤儿"的两难窘境中，表现出可贵的民族意识和爱国思想。

最典型描绘这一社会心态的作品，是吴浊流的著名长篇《亚细亚的孤儿》。作者在小说中塑造了一个经过复杂感情历程走向觉醒的台湾青年知识分子吴太明的形象。造成这个出身世家望族的青年命运悲剧的是历史，而促使他反抗性格最后完成的也是他无法拒绝的历史。一方面，他从传统家教中接受了浓厚的民族意识；另一方面，殖民地现实的差别教育又使他只能在日本式的师范教育中完成最后的学历。这使得他得以立足台湾的知识社会，却又使他加倍领略到"二等国民"的屈辱。他想逃避人生，但传统文化中老庄哲学的超然态度却无法排解现实的苦难，于是他毅然返回大陆寻求扎根；但黑暗的大陆政局，仅仅因为他是"台湾人"就无端受到怀疑，身陷囹圄，不得已回到台湾；却又由于曾经回过大陆而受到殖民当局的跟踪、监视。由于战争更加尖锐化和表面化了的"孤儿"兼"弃儿"的尴尬困境，几乎陷他于无可容身之地。但也正是这无可选择的历史，才逼使他做出人生最后的选择：在几被逼疯的情况下偷渡回到大陆，投身抗日战争的洪流。他的性格也在这最后选择中完成。这个故事框架所包含的历史内容和寄寓的民族意识，使这一形象成为台湾青年的典型；也使这部作品所表现的漂流心态与回归意向，成为台湾文学的象征。因此，这部曾先后用《胡志明》（小说主人公最初的名字）、《被弄歪了的岛》、《孤帆》、《孤帆远影》等不同书名出版的长篇，最终仍以最能概括台湾心态的《亚细亚的孤儿》作为书名载入史册，并且承前启后地影响着有关日据题材的创作。50年代以后，我们从钟肇政的《台湾人》三部曲、李乔的《寒夜》三部曲等作品中，都可以看到吴浊流的影响。在这一系列作品中，漂流是不甘屈服于异族统治的一种心态，而寻根则是漂泊的必然发展。它不是个人对于乡土的眷恋，而是被分裂的民族和领土对于祖国的回归。民族意识既是作家创作的动力，也是作品从情节到性格构成的主要内涵。

1949 年以后，台湾再度漂离大陆，不同于日据时代的民族矛盾，这是国内革命局势发展的结果。新中国的诞生，结束了国民党在大陆的统治，使迁台的国民党政权带有政治流亡性质；同时也使随之流寓台湾的数百万大陆人员处于政治漂泊的动荡之中。比起以往来到台湾的大陆移民。他们的离乡背井并非出于自愿，大多是无可奈何的政治选择或政治裹挟的结果。30 多年海峡两岸的严峻对峙、彼岛政治日趋黯淡的前景和难以拓展的经济格局，使他们日益意识到归乡无望而充满必将终老他邑的惶惑。这一切都使漂流意识再度成为台湾文学的重要主题，并让他们成为漂流文学新的主人公。

50 年代以来，台湾文学的漂流主题大致经过两个阶段的发展。第一阶段，主要表现大陆寓台人员充满历史失落感的流亡心态。其表层，是描写这些滞台人员"有家归不得"的"大陆乡愁"。这些以思乡怀旧为特征的"乡愁"作品，最初常常掺杂着"追回失去的天堂"的政治意念。这种意念随着国民党"反攻大陆"政治幻梦的破灭而逐渐淡薄，日益为悲观情绪和越来越浓烈的乡土情思所代替。这是 50 年代台湾以"闺秀作家"为主的乡愁文学兴起的直接原因。其深层，则是通过这些去台人员——从最高层的政治核心人物到最底层的士兵职员，揭示出蕴含在他们悲剧性格与悲剧命运之中的历史必然性。正是在这一点上，白先勇的《台北人》在当代中国文学中有着难以替代的价值和位置。他不仅触及了当代作家不易涉及的那个步入政治末途，流落在海峡彼岸的特殊阶层的人物世界，而且相当细致真实地描绘了这些旧时显贵积郁半个世纪历史兴衰变化而倍感凄凉冷落的心灵困境，从而使小说成为一代历史人物的衰落纪录。被称为"台北人"的这一系列从将军部长到士兵职员、歌姬舞女，没有一个是真正的台北人。这具有反讽意味的小说总题，揭示出一种无可奈何的历史结局：他们都是为历史浪潮冲刷并注定要终老在这海疆小岛上的过时人物，这决定了作品总的情调：怀旧。而怀旧又是在黯淡现实的映照下对往昔显赫的追索，它又使作品笼罩在一片悲凉无望的历史衰亡感之中。尽管作者对这个旧时显贵阶层及其附丽者充满同情，但他无法改变历史的结论，只能唱一曲哀婉的悼歌。

台湾文学漂流主题发展的第二阶段，是从表现第一代"政治移民"的流亡感，延伸向他们的后辈，这就是"留学生文学"的出现。60年代台湾出现的"留学狂潮"有极为复杂的政治背景和心理背景。历史上的留学生，不论他们出国的目的如何，或为求知，或为镀金，留学都只是一种手段，回国才是实现目的的归宿。这一时期台湾的"留学热"，却大多以离开台湾、移居国外为直接目标。其最初，是以出生在大陆，随父母来到台湾的第二代青年为主，逐渐扩大至台湾省籍的青年。它一方面反映出台湾社会普遍崇洋媚外的殖民地意识，另一方面更主要地表现出一代知识分子对台湾政治前途和经济前景的不满与失望；同时，这种"离去"情绪还积郁着他们流寓台湾的父辈渴望摆脱困厄孤岛窘境的心理要求。因此，他们到了国外（主要是美国）大都成了"留"下不走的"学生"。有一个资料表明：从50年代到80年代，台湾留美学生达70余万人，学成返台的只占10.58％，尤其在60年代，比例最低，仅占3％左右。比起他们流寓台湾的父辈，他们才是真正漂洋过海的"流浪的中国人"，是继他们父辈"政治放逐"后的一种"自我放逐"。他们在国外，要经受重重政治上、经济上、心理上乃至文化认同上的压力，无论读书、就业、婚恋、社交都处于茫然无着的孤寂中。即使学有所成，狭窄的台湾不愿回，神往的大陆不敢回，而寄居的美国又是别人的，这种心理困境造成这代台湾留学生迥异于前的漂流心态。他们成了漂流文学新的表现对象，从他们当中产生出一个卓有成就的"留学生作家群"。最先关注这一现象的於黎华，把留学生的困境概括为"失根的痛苦"，她主要通过留学生的生活艰辛，来表观他们身处异境的失落感、陌生感、孤寂感和幻灭感，使"无根的一代"成为典型的代名词。在后来的留学生作家中，则更侧重揭示留学生的精神困惑，即所谓处于"历史的夹缝，文化的夹缝，时代的夹缝……"（从甦），而在白先勇后来结集为《纽约客》的一系列小说中，则几乎都是绝望的，带有他在《台北人》中所描绘的那个旧时显贵阶层沉重的历史包袱。无论"失根""夹缝"，还是"绝望"，都牵连着历史。在这代台湾留学生个人生存困境和命运曲折背后潜在的是一个国家和民族分裂的不幸。从失根到寻根，这一个特定背景下出现的"留学生文学"的特殊意义，便也在这里显示出来。

70 年代末期以来，随着中国形势的变化，在海外定居下来的台湾"留学生作家"，大都已不再局限于"留学生文学"的主题，也不再单纯以台湾作为自己作品的描写对象和接受对象。特别在近年，文学的寻根意识发展为海外作家直接的寻根活动，心理屏障的拆除和对大陆现实的重新了解，开始使他们的创作进入一个更广阔的领域。事实上在於黎华、陈若曦等人的若干新作中，已看到这种变化。他们的人物活动在台湾地区、祖国大陆和海外的三重空间，作者视角和人物的心理情绪，也不再单纯从台湾出发。因此，这些作品也很难再纳入台湾文学的范畴。他们横跨台湾和祖国大陆的文学活动，起着沟通海峡两岸文学的桥梁作用；他们的创作，也将成为一个新的单独的分支，引起人们的关注。

开放和回归：文学两极的互相挫动

前面我们侧重于对台湾文学的形态特点，从当代中国文学的角度作横向对比的审察；如果我们再把台湾文学近三十余年来的发展，与中国当代文学的历程作一个纵向的动态对比，则可以发现，海峡两岸的文学都有一个重要的转折点：在大陆是 70 年代后期以粉碎"四人帮"为标志的"新时期文学"的开始；在台湾，则是 70 年代后期成为焦点的"乡土文学论争"的高潮。这个时间上的巧合，使"七十年代后期"成为我们透视海峡两岸文学的一个支点。在此之前，台湾文学经过一度"西化"的迷津，通过论争的重新省认，走向对于传统的回归；而大陆文学则在极左思潮发展到极端之后，以政治和经济的改革为先导，走向开放。一个复归，一个开放，艺术两极的这种方向相反的互相挫动，使海峡两岸文学在走向世界的文化重建中，互相趋近了。

致使文学出现这种迂回的原因是多方面的。但归结到文学自身，核心是如何对待文学发展中的传统继承与外来借鉴，亦即"中化"或"西化"问题。这实在是影子一般纠缠中国新文学每一步发展的无可回避的问题。它们在共时态的环境中互相排斥，却又在历时态的进程上，互相吸收和转化。海峡两岸文学的曲折进程，无不交错着这一轨迹。只不过由于问题提出的背景不同，也就有着不同的形态和特点。

50 年代台湾文学接受西方现代主义思潮的影响，除了大的时代原因外，还有两个具体的背景：一、与新文学传统的断裂。迁台初期惊魂未定的国民党政权，把五四以来几乎所有进步的文化成果，都视为洪水猛兽。余光中说："五四以来的新文学作品，除了徐志摩、朱自清等极少数例外和迁台名作家的一些，几乎完全成了禁书。……这种与昨日脱节的现象，在文学史上虽不乏前例，毕竟是罕见的。"[1] 当时走向文学的青年，要么回头从古典去找传统，要么朝外向西方文学去开眼界。而古典离现代太远，西方文学则伴随社会经济的全面附庸潮水般涌来。在这一情况下，如陈映真所说的，断裂

---

[1]　余光中：《〈中国现代文学大系〉总序》，中国现代文学大系编辑委员会编，巨人出版社 1974 年版。

了传统的台湾文学，"不向西方'一面倒'，才是不可能的"①。二、跟现实的背离。由于台湾国民党当局的"反共"政策，50 年代初期的文坛充斥着"反共"八股的宣传。它引起作家和文学青年的极大厌恶；加之对于 30 年代革命文学的戒心，"一般作家甚至对一切直接反映现实社会的文学，都起了反感，至少起了怀疑。余下来的一条路，似乎就只有向内走，走入个人的世界，感官经验的世界，潜意识和梦的世界"②。两方面的因素，都促成台湾文学的"西化"。因此，西方现代主义文学思潮在台湾最初的出现，并非一般情况下过于强大的传统因袭，困围了文学的发展，才促使对于外来文化的借鉴和吸收；恰恰相反，是由于传统的过于稀薄乃至断裂，导致对于西方现代文学的依凭。同时，也并非社会发展进入新的阶段，要求文学相应出现具有现代意义的变革（60 年代以后台湾社会经济结构的转型，使现代派文学适应这一要求，那是稍后的事）；恰恰相反，是出于作家对现实规避的愿望，导致文学进入内心的领域。这些因素构成台湾现代派文学的风貌。一方面，对于 50 年代初期沉腐、死寂的台湾文坛，它无疑注入一股新鲜的生命；在以后的发展中，伴随社会经济变动作为正在勃兴的现代城市文化形态受到现实的呼唤，确实给传统文学带来了更具开放性的现代的眼光；无数作家的实践，也从艺术把握方式的更新上为当代中国文学留下有益的积累。另一方面，毋庸讳言，台湾文学这一现代思潮，也带着胎生的弱点：首先是传统的稀薄，使它缺少在民族基因上吸收和融会异质文化的重构的力量，从而创造出民族文学新的生命形式；其次是与现实脱节，使它难以植根自己的土壤，结出更有自己特色的果实，而大多只能如陈映真所批评的作为"西方现代主义的亚流"，停留在对西方作品生吞活剥的过程中。这两方面的不足，使台湾的现代主义文学运动，

---

① 陈映真：《文学来自社会，反映社会》，《陈映真文选》，三联书店 2009 年版，第 107 页。

② 余光中：《〈中国现代文学大系〉总序》，中国现代文学大系编辑委员会编，巨人出版社 1974 年版。

虽然具有形式和规模的完备，却缺乏内涵上构成民族现代文学新格局的能力。而且，从它兴起之初，便以脱离现实和背弃传统为"西化"的两大诟病，潜伏着乡土文学再一次勃兴的契机。

较之台湾文学的现代主义思潮，祖国大陆新时期文学开放观念的提出，有着不同的背景和内容。首先，开放是文学运动自身的要求。新中国成立以来的文学，极为强调的是五四革命文学的战斗传统。它在内容上表现为对现实（主要是它的政治层次）积极介入的战斗精神，在形式上提倡民族化、大众化和现实主义创作方法。因此，与台湾的"西化"不同，它不是传统的稀薄，而是对传统片面的理解，相对贬抑了人的全面精神需求和艺术把握世界的多种方式，进而发展为极左的文化禁锢，造成传统的断裂。开放是对封闭性的文学八股的反叛，也是对传统的重新认识与衔接。其次，开放是作家深入把握现实的艺术要求。事实上，即使到了十年后的今天，中国社会也未出现产生西方现代主义那样典型的现实土壤。新时期最早一批接受西方现代文学影响的探索者，几乎都是在表现中国当时现实的特殊需求上，对西方现代派作品作剥离其内容的艺术借鉴。它不是如台湾的西方文学朝圣者那样，为了对现实的规避，而是为了对现实的介入。因此，新时期文学接受外来影响，有两个特点：一、它是从对艺术形式、方法的借鉴与吸收开始，才进入具有现代意义的艺术观念的更新；二、它是作为文化重建中诸种文化的选择之一，加入了当代中国文学的多维结构之中的。作为一种外来的文化参照，许多作家都是在接触西方的同时，重新认识和发现传统，并且很快出现了艺术趋向上的分化的。因此，被陈映真称为"在台湾绕了个小圈"的从"西化"到"回归"，在新时期文学中虽然同样出现，但其过程却极为短暂，甚至几乎是同时交错出现的。当一批真正具有现代意识的作品刚刚出现，同时却有另一批作家从西方文化的鉴照中回到传统文化来"寻根"了。与现代意识几乎同时出现的"寻根"热潮，同样是在构建中国现代文化的前提下，对于中国古代文化的一种选择、认同和再创。"寻根"不是复古，而是从现代意识出发的对传统的重认和更新。它们共同构成了新时期文学多种文化意识参照、流动、冲撞、沟通的多维格局。因此，从整体意义上看，对于新时期文学"西化"或者"复古"的担心，似乎都不必要。尤其是新时期文学中的现代主义倾向，并不具备完整的形态和过程。具有现代意义的艺术观念的觉醒，迟缓于对于西方现代艺术方法的借鉴，便说明这一过程的不足。

70年代台湾乡土文学论争中出现的文学思潮向传统的回归，是对五六十年代台湾文学"西化"的反拨，所针对的也是"西化"中背弃传统和脱离现实的两大弊端。因此，"回归"便也主要包含这两个层次的内容：文化传统的重认和社会意识的加强。二者在台湾多事的70年代政治、经济背景上（这一时期台湾由钓鱼岛事件为导火线爆发了涉及广泛的反对美、日政治经济侵略的群众性运动），共同地体现为鲜明、强烈的民族意识的觉醒。所谓"传统"，除了语言、形式等比较明确的民族因素外，还包含五四以来新文学（台湾文学是其一部分）关怀人生、参与现实的积极精神。因此，社会意识和现实精神的高涨，实际上是这一"回归"的核心。文学重心的这一转移，带来了文学创作在题材、人物、主题和艺术方法上的新变化。作家从狭小的个人空间跨入广阔的社会领域，揭露社会矛盾和经济大国资本入侵的批判性主题，关怀在社会压迫与资本主义关系下挣扎、抗争的中下层人物，缅怀已经破碎的传统的农村社会，成了文学普遍关注的中心。它显示了台湾文学的历史性的进步和现实主义的必然发展。但是，另一方面，乡土文学思潮主要是作为前一阶段文学运动缺陷的纠正与补充，在另一极上的崛起，是对于被忽略了的传统的"回归"。因此，它同时也流露出对前一阶段文学运动所偏重的艺术探索的忽视，加之论争中难免的情绪对立，使之对前一阶段艺术探索中积极的艺术经验，表现出某种轻蔑（在诗歌中尤为明显），从而使乡土文学思潮陷入另一种偏颇之中。在这一点上，新时期文学的"寻根"，也不同于台湾文学的"回归"。"寻根"不是对文学开放的否定和替代，而是作为另一种文化的选择和参照，互补地和其他文化选择处于当代中国文学共建的多维结构中，其重心不在于回归或认同，而在于从现代意识出发的再造。

不同环境下文学发展的差异性，都是它自身历史的必然，同样，也有它自身的文化成果和艺术积累。源于一个共同的文化母体，却在政治制度、经济结构、意识形态等等方面与大陆有着很大差别的海峡彼岸的文学，正是以自己独特的过程、形态和积累，加入到当代中国文学的整体中来。忽视了它们的特殊性，也就意味着忽略了它们的存在价值。因此，对于这一部分财富的认识，应当唤起当代中国文学研究者的注意。

（原载《文学评论》1987 年第 4 期）

论 20 世纪五六十年代的台湾文学及其对海外华文文学的影响*

在台湾二战后半个多世纪的文学发展中，如果以 20 世纪 70 年代中期的乡土文学论争作为分界，大致可以划分为前后两个时期。在前一个时期还可以分出一个小段落，即从二战后台湾回归到 1949 年国民党政府撤迁台湾。这是台湾文学结束其殖民地文学形态回归祖国文学的一个重要历史转折。如 1949 年新生报《桥》副刊展开的那场"如何建设台湾新文学"的讨论所提出的命题那样，以台湾本土作家为主导，联合关切并参与台湾文化重建的大陆文化人一起，力图在清除殖民文化影响的同时，把台湾新文学纳入到五四以来中国新文学的发展轨道之中。1949 年局势的变化，改变了台湾文坛的结构和走向，实际是把自 30 年代以来由左右两翼的思想分野并日益体制化的"解放区文学"和"国统区文学"延伸为海峡两岸的文学对峙。

五六十年代的台湾文学便是在这一背景下发展的，它一方面以国民党政权体制为主导，推行了这一时期台湾文学极端的泛政治化倾向；另一方面则又在规避或抵御泛政治化文学的抗争中，借鉴和

---

* 本文与刘小新合作。

吸收西方现代主义文学的思想和艺术方式，或重新发掘本土文学资源，实现了回到文学自身的多元化发展。从而使这一时期的台湾文学在中华文化的逻辑发展上，呈现出与同时期大陆文学不同的运动轨迹与存在形态，形成台湾文学现代性的独特性格，并为此后台湾文学的发展提供了新的基础和范式。这样，五六十年代的台湾文学便以其复杂的社会政治文化背景，充满张力的多元文学呈现，殊异于祖国大陆文学的特殊进程和形态，奠立台湾文学自身的发展模式，受到了研究者的关注和重视。这是我们把"五六十年代的台湾文学"作为一个单独的命题提出来讨论的原因之一。

重视五六十年代台湾文学的另一个原因是，这一时期的台湾文学对海外华文文学的发展产生了重要影响。随同中国海外移民的播迁而萌生于 20 世纪初叶的海外华文文学，其文化背景和文学资源主要来自于自己的母国。因此，五四以来的中国新文学，与这一时期常常被视为"侨民文学"的海外华文文学最初的生成和发展，有着极为密切的关系。20 世纪中叶以后，由于中国政治形势的变化，在冷战格局中受到包围的新中国政权，基本停止了海外移民，被迫相对削弱或松弛了与海外华侨华人社区及其文学发展的联系。相对而言，这一时期撤迁台湾的国民党政权，利用其冷战格局中的区位优势和传统联系在大量移民海外的同时，大力加强与海外华侨华人的联系，客观上使这一时期的台湾，成为中国海外移民的主要移出地和中国文化与文学的海外辐射中心。五六十年代台湾文学对海外华文文学发展的影响，便是这一特定历史环境所带来的。

当然，五六十年代的台湾文学所以能够对海外华文文学发生重要影响，与这一时期台湾文学自身的发展密不可分。这是台湾文学所以能够对海外产生影响的基础和前提。一方面是通过知识移民和经验传播而实现的"文学输出"，另一方面是带有鲜明台湾背景的海外华文文学常被纳入在台湾文学框架中讨论（如留学生文学），从而丰富了台湾文学自身，二者相辅相成的密切关系，也是使我们把这两个问题放在一起讨论的根本原因。

五六十年代的台湾文学

　　1949 年新中国成立和国民党政权从大陆退迁台湾并形成此后半个世纪的两岸对峙，使 20 世纪 50 年代以后的台湾成为中国一个特殊政治地域，它也赋予了台湾文学发展的一个特殊文化空间。如果说战后初期的台湾文学，主要表现为汇入祖国大陆文学的整合走向，那么，五六十年代的台湾文学则在中国文化发展逻辑上表现出更多迥异于大陆文学的分流状态。正是在这个意义上，台湾文学才呈现出它特殊的价值。

　　五六十年代的台湾文学的分流，其原因是多方面的。首先，国民党政权退迁台湾所形成的两岸对峙，是造成文学分流的根本原因。入台初期的国民党政权，吸收其在大陆失权的教训，力图把文学纳入反共的政治体制之中，企望以体制的力量主导台湾文学的发展。其最典型、集中的表现就是从 50 年代初就开始倡导的"反共抗俄"的战斗文学。这种过度政治化和意识形态化的工具性文学观念和路线，消解了文学的审美性，导致文学界化，使文学变成非文学。但是二战后台湾无论是国际环境还是社会环境所出现的多元化取向，又成为抵御和消解政权当局单向度主导文学的政治化倾向的强大力量，使五六十年代的台湾文学发展充满了对抗性的张力。主要表现在三个方面。

　　第一，是作家构成的多元化格局。二战后在不同时间，以不同背景、原因进入台湾的大批大陆文化人，改变了台湾文坛以往以本省籍作家为主体的格局。但入台的大陆文化人中，除了随同国民党政权撤迁台湾的御用文化人外，还包含了多种文化成分。如战后初期渡海参加台湾文化重建的大陆文化人台静农、黎烈文等，他们在

50年代后虽然大部分沉入教育界和学术界，但他们的存在，成为沟通台湾文学与五四文化精神的桥梁。又如以胡适、雷震、殷海光，稍后还有李敖等为代表的自由主义作家群，他们绍续了五四以来现代中国的自由主义文学观念。尽管雷震主编的《自由中国》和以李敖为主将的《文星》受到台湾当局的压制并最终停刊，自由主义文学并未得到充分发展，但其文学观念却有力地挑战了国民党的文艺政策和非文学化的"战斗文艺"。1958年5月4日，胡适在"中国文艺协会第八届会员大会"上的演说中指出："我们希望要有自由的文学。文学这东西不能由政府来辅导，更不能由政府来指导。"① 可以看作是自由主义作家对体制化的政治文学反叛的宣言。在抵抗和规避文学的政治化中，女性作家是一股不可忽视的力量，张秀亚、谢冰莹、林海音、孟瑶、郭良蕙等的创作使文学的情感本质、感性特征和柔韧的人性表现得以凸显，她们那种情绪化的乡愁书写显然构成文学性抵抗工具化的一块飞地。而被裹挟在政治浪潮之中随国民党政权涌入台湾的一个年轻的文学世代，则更多地从西方现代主义文学中吸取营养，在不无"西化"弊端中，推动文学回到自身的美学运动，从而消解了工具论文学观念。以台湾大学外文系为中心的学院派作家群，从《文学杂志》到《现代文学》，广泛翻译介绍了西方现代主义文学，并且进行了各种各样的小说艺术实验；纪弦承续了30年代中国新诗的"现代"精神，把现代主义诗歌艺术引入台湾，开了现代主义诗歌的风气之先；以覃子豪、余光中为代表的"蓝星"诗人和以洛夫、痖弦为首的"创世纪"诗人，尽管在具体的诗歌观念上各有差异，但却共同推动了台湾诗坛的现代主义诗潮。创作主体的多元构成是台湾五六十年代文学在极端政治化的客观环境中仍然能取得突出成就的一个重要因素。

　　第二，多元的文化背景和开放的文学视野。五六十年代的台湾

---

　　① 　胡适：《中国文艺复兴·人的文学·自由的文学》，《文坛季刊》复刊2期，1958年6月1日。

社会处于一个文化的现代转型期，其复杂而多元的背景和动力必然带来这一时期文化思潮的复杂性和多元化。一方面工业化加速了台湾社会普遍的都市化进程，"农村文化"开始向"都市文化"转换，市场意识形态和消费主义深刻地影响了作家的创作心态，造成文学的雅俗分野和都市新感性的生成以及乡土和现代的价值冲突；另一方面，台湾当局的文化政策存在封闭和开放的两重性——对内严厉控制的文化禁锢，既切断台湾文学与五四以来新文学尤其是左翼文学传统的关系，又压制日据时代以来具有抗争精神和左翼思想的本土作家的创作，客观上造成现代文学传统的中断；对外则取完全开放的态度，导致西方文化挟持政治和经济的力量大面积涌入。这种对西方文化的不设防状态产生了双重影响：其一是恶性西化，其二是使一向较为封闭的传统文化观念在西方文化的冲击下，逐渐走向吸纳外来文化、更新传统观念的开放状态。英美各种现代主义流派、儒家文化、自由主义、白璧德的新古典主义、存在主义等互相混杂，为五六十年代台湾文学的发展提供了开放的视野和充满张力与矛盾的文化气候。

第三，历史的坎坷和跌宕所带来的丰富人生体验。活跃在五六十年代的台湾作家大多具有交错在坎坷、跌宕的历史经验中的丰富人生体验和感情。战争和国家的分裂与国民党政治的重大失败，裹挟在政治放逐之中的离乡与羁旅的漂泊，殖民地的历史伤痕与回归祖国的巨大喜悦以及对快速到来的国民党专制统治的重大失望，台湾社会的工业化及其带来的都市文化与乡土文化的矛盾冲突，西化与传统、政治与审美、个人主义与社会关怀、儒家教化与自由主义、多元文化的冲突与文化认同的困惑等等，历史的跌宕和社会巨大转型所产生的复杂多元，既互相冲突又犬牙交错的文化思潮和人生体悟，为文学创作提供了丰富的素材和资源。

这些复杂因素赋予了台湾文学超越台湾本岛的巨大思想文化、历史背景和发展空间。在多元的发展中，其中最为值得重视的是，现代主义文学在台湾的经验。在 20 世纪中国文学史上，现代主义文学思潮并不是此时才第一次在中国出现，但却是第一次在台湾形成规模最大、发展最充分最具文学实绩的运动，它以现代主义的中国化实践对推动汉语文学的美学革命起了重要的作用。

19 世纪末 20 世纪初在西方流行并逐渐成为西方社会精神象征的现代主义，对为摆脱传统思想束缚和古典语言局限的五四新文学运动曾经产生了深刻的影响。各种现代哲学和艺术思潮都可能汇成冲击封建主义的力量，因而现代主义和现实主义、浪漫主义一道被引入中国，成为"走向现代"的文学革命的思想和艺术资源之一。鲁迅的《野草》的象征主义意蕴，郭沫若自称为"表现主义者"，茅盾早期心仪于"新浪漫主义"。20 年代出现了李金发的法国式"象征派"，30 年代又出现了戴望舒的"现代"诗和施蛰存、穆时英的"心理分析派"。但五四文学的现代取向显然不同于西方现代主义文学纯粹从人的精神价值出发，而首先是从社会救亡图存的需要出发，努力将艺术的独创意识和美学革命服膺于社会使命的需要。源发于西方资本主义社会文化危机意识的现代主义，与负有沉重社会使命的中国文学与中国社会的发展难以完全契合。因此，这股在中国新文学发展中曾经存在着的现代主义思潮，始终未能酿成堪与现实主义或浪漫主义相抗衡或分踞天下的大气候。相反，随着民族战争和社会革命的深入，现代主义越来越为居于主导的政治意识形态排斥而逐渐式微。在中国现代文学史上，现代主义的发展无疑是不充分的，其形式实验精神、艺术独创意识以及个人主义主观化的美学表现都没有得到充分全面的表现。另一方面，现代主义是从西方引入的艺术样式和文学思潮，它在中国的存在和发展显然要经过漫长的中国化历程，才能真正融入民族文学之中。40 年代的"九叶诗派"的诗歌创作以及张爱玲的小说创作等，已经显示出现代主义中国化的倾向。然而，这种尝试刚刚开始就中断了。50 年代以后，这种有益的探索完全停止了，现代派被视为"资产阶级颓废主义"而遭到了排斥和批判，人们普遍把现代主义视为资产阶级的洪水猛兽。茅盾的《夜读偶记》不仅确立了现实主义的绝对权威，而且把现代主义彻底打入冷宫。在他看来，现代主义的形式是"抽象的形式主义"，其哲学基础则是非理性的"主观唯心主义"，而且是 19 世纪末以来"主观唯心主义"中最反动的流派。许多事实表明，在中国现代文学史上，现代主义的命运是极其坎坷的。正是在这个意义上，台湾五六十年代的现代主义文学运动，便有着十分重要的意义。

现代主义在五六十年代的台湾发展成为一个几乎涵盖整个文学艺术领域的完备的运动，有其特殊的历史原因。首先，五六十年代台湾文化和精神生活上的西方化，是这一时期台湾社会依附性畸形发展的反映。台湾对美国为首的西方政治、经济的仰赖，带来西方文化的长驱直入。也使台湾作家广泛接触到西方现代文学艺术的各种成果，为现代主义在台湾的发展提供了外部条件；其次，战争体验和母体文化的断裂使文学青年逃入纯粹主观的内面世界，而已成八股的"战斗文学"也促使一部分作家因不满现实却无法直言而走向规避现实的隐喻世界，这成为现代主义在台湾发展的精神土壤；第三，台湾社会的现代转型为现代主义的后续发展提供了现实背景。这些因素使在中国新文学史上一直未能占据要津的现代主义文学，意外地获得一次充分发展的机会。这种充分性具体表现在：首先，现代主义大面积占领所有重要的文学文类，它以现代诗为滥觞，推衍到小说、戏剧等其他文类，甚至有效地侵入新文学史上最难以现代主义化的散文领域。其次，这一时期的台湾文学具有一种彻底的现代主义艺术取向，纪弦提出了现代主义的"六大信条"，宣称："我们是有所扬弃并发扬光大地包含了自波德莱尔以降一切新兴诗派之精神与要素的现代派之一群。"① 强调"横的移植"，反对"纵的继承"，把反叛传统作为现代诗的一个重要标志。这种彻底的姿态在新文学史上从未出现过。《现代文学》则有系统地翻译介绍西方近代艺术学派和潮流，并尽可能选择其代表作品，推出了卡夫卡、汤玛斯、劳伦斯、福克纳、卡缪、伍尔夫、乔伊斯等一系列专辑，并"依据

---

① 《现代诗》第 13 期，1956 年 2 月 1 日。

'他山之石'的进步原则"，"试验、摸索和创造新的艺术形式和风格"，以表现"作为现代人的艺术感情"。白先勇、王文兴推进了中文小说的现代主义进程，前者延续了张爱玲古典与现代结合的传统，后者是一个艺术的世界主义者，甚至把现代主义的实验精神推向某种极端，创造了中文小说极端现代主义类型。台湾五六十年代的现代主义文学实践和理论论争在台湾汇成了中国新文学史上未曾出现过的现代主义文学大潮。

现代主义作为一种外来的文化影响，在台湾社会经济的发展中，找到其存在和发展的精神土壤和现实土壤，成为台湾社会转型后的某种精神文化象征，并且在不断与传统文化的碰撞中，经过批评、论争和省思，逐渐寻求与传统的沟通，使借鉴自西方文学中的这一现代文化思潮，获得它的民族化体现，又推动着传统文学进入现代化的更新。这一全面输入西方现代主义从而革新传统终又融入传统的文学实验，完成了三四十年代中国文学刚刚开始的现代主义中国化尝试，创造出一种"中国性现代主义"、一种东方现代主义。

从"翻译的现代主义"到"中国化的现代主义"的建构，五六十年代台湾文学在三个方面完成了这种转换：（1）经验、想象与美学表现的合一。现代主义在台湾存在着一个从自发的生涩模仿到自觉的艺术创造的过程，存在着一个从形式、技巧和经验、想象分离到经验想象与美学表现合一的过程，存在一种形式与意识形态的剥离到建立"形式的意识形态"的过程，并且最终创作出一批以中国经验为素材的现代主义作品。这是白先勇所谓的"我们自己的现代主义"的根本含义。（2）中西艺术精神的锻接和融会。痖弦说："从未产生过一个没有脐带的作家。任何人都有着他的血系。"台湾的现代派作家一直寻找现代艺术与传统美学的内在关系。白先勇的作品绍续了从《离骚》到《红楼梦》的苍凉美学，把民间佛教的无常感与存在主义巧妙地结合起来。他认为："中国文学的一大特色，是对历代兴亡感时伤怀的追悼，从屈原的《离骚》到杜甫的《秋兴八首》，其表现的人世沧桑的一种苍凉感，正是中国文学的最高境界，也就是《三国演义》中'青山依旧在，几度夕阳红'的历史感以及《红楼梦》'好了歌'中'古今将相在何方，荒冢一堆草没了'的无常感。"洛夫的诗歌融会超现实主义和佛禅美学为一体，"我发现唐宋诗词中，也早有超现实主义手法的运用，西方的超现实主义正如宋朝严羽所言'无理而妙'，还如苏东坡所说的'反常合道'"①。文学语言古典与现代的锻接，发展出一种成熟的富有表现力的白话文。五四以来文学语言的革命一直是新文学革命的一项重要任务，冰心主张"白话文言化""中文西文化"，周作人提出：以白话语为基本，再加上欧化语、古文、方言等分子，杂糅调和，用知识与趣味的两重统制，创造出雅致的俗语文。台湾的现代主义文学尽管仍然存在一些生涩的欧化语言和一些极端个人化的语言实践，但许多现代派作家发展完善了五四文学的白话文传统。白先勇"糅合文言白话或化文言为白话"，"开始我受的训练是中国古典唐诗宋词，但接触了西方现代主义之后，就像开了扇门，念了一些现代文学的经典，受他的影响很大。但我在写作时，有意无意间会做融合。到今天为止我还是很不喜欢西方式的中文句子。我一向不喜欢西化句子，像巴金、鲁迅也有一些西化句子。所以我在文字上会非常的中国。但现代主义对个人的存在、内心的世界、对文字小说形式上的创新，对我的启发很大，所以说是融进去了"②，表现出了台湾现代主义作家语言民族化、中国化的追求。

---

① 转引自张葆莘：《白先勇的文学生涯》，《文汇增刊》1980 年第 5 期。
② 曾秀平：《白先勇谈创作与生活》，《中外文学》第 30 卷第 2 期。

五六十年代的台湾文学与欧美华文文学

五六十年代台湾的海外知识移民（二度流放的台湾留学生文学）形成了这一时期最有影响的一个海外华文文学作家群。他们身上的中华文化传统、从大陆到台湾的人生经验、海外的文化际遇，共同形成了这一时期海外华文文学的重要特点，成为这一时期海外华文文学的重要收获和代表，深远地影响了欧美华文文学的发展。

中国自有留学生开始，就有留学生文学。五四前后是青年知识分子留学域外最活跃的时期，留学欧美和日本的文学青年后来成为五四新文学运动最重要的推动力量。但现代文学史上并未出现"留学生文学"概念。这一特定概念是在五六十年代台湾留学热中形成的。50年代中期开始，台湾兴起了留学美国的热潮。赵淑侠在《从留学生文艺到海外知识分子》中说："50年代的知识青年，已把出国留学当成人生的最大目标，一年比一年有更多的留学生到海外深造，目的地是美国。"留学生文学是这股留学热潮的产物，它对世界华文文学的意义至少有如下几个方面。

一、台湾留学生文学形成了世界华文文学的一个特殊的文学现象和范畴，既丰富了华文文学的文化形态和美学样式，也提供了一个考察和阐释20世纪汉语文学与西方文学互动关系的独特视角和重要概念。从五四前后开始，此后从未断流的留学域外的中国青年知识分子的创作，其对中国文学发展的影响，首先是由于他们融会西方文化思潮的文学主张和艺术创造所给予文学新的美学理念和艺术方式，而非仅仅因其作品所反映的域外人生经验。五六十年代台湾"留学生文学"使这一现象特殊的文学与文化意义进一步凸显出来，在某种意义上启发了人们对20世纪中国文学域外经验以及中国文学与海外华文文学互动关系的研究。90 年代以后，这一概念越来越引起学术界的关注和重视。"20 世纪中国留学生文学大系"已经出版，"20 世纪中国留学生文学史"正在成为现当代文学研究的一个重要领域。留学生文学的越界书写、文化想象、民族国家论述、身份焦虑以及对世界华文文学现代性建构的意义，逐渐成为文学研究的热点。毫无疑问，在这一新的研究热点的深入中，台湾旅外作家从留学生开始的创作，提供了重要经验和典型个案。

二、台湾以留学生身份移居海外的作家，构成这一时期美华作家的主干，他们丰富的创作成果是这一时期海外华文文学最重要的收获和代表。五六十年代美华文学有三个作家群存在：一是以林语堂为中心的作家群。1952 年，林语堂、林太乙和黎明创办《天风》月刊，延续其在中国创办的《论语》和《宇宙风》的风格，提倡"幽默和性灵"，但只办几期就停刊了，实际影响不大；二是以胡适为中心的"白马文艺社"，成员有周策纵、林振述（艾山）、唐德刚、黄伯飞、黄克孙、吴纳孙（鹿桥）、王方字和杨浦丽琳（心笛）等，自称为"中国文化第三中心"。他们的文学创作具有明显的学院派色彩和自由主义意识形态，这一群体的文学创作除了后来走向学术的周策纵和转向口述历史的唐德刚，以及少数如《未央歌》（鹿桥）这样的长篇外，至今还没有引起华文文学界足够的注意和重视；三是以留学生身份移居美国的台湾作家群。由于战后中国新政权与美国的意识形态对峙，使得台湾成为这一时期中美文化交流的最重要的通道。这一时期移居美国的华人主要来自台湾，因此所谓台湾留学生作家群便成为人数最多的一个美华作家群。其作品大量书写交错在中国历史跌宕之中的大陆—台湾—美国的现实人生经验，形塑了美华文学新的人物形象、美学范式和艺术高潮。较之前两个作家群体，无论从作家数量、创作质量和社会影响，都成为这一时期主导美华文学发展的代表。当二战后一度活跃的东南亚华文文学创作，在 60 年代前后普遍出现的"民族化"和"本土化"浪潮中，随着华文教育和华文传媒的受到遏制，华文文学也遭受严重的挫折。而美华文学在这一时期的异军突起，使台湾旅美作家也成为这一时期海外华文文学无可替代的代表和最重要的收获。

三、这一时期的留学生文学创造了一种"无根一代"的文学范式和漂泊离散的美学形态。不同于父辈由于政治的原因从大陆流寓台湾，他们是真正漂洋过海的"流浪的中国人"，是一种相对于父辈"被迫放逐"的"自愿的放逐"。离乡去国，在中西文化的巨大差异和冲突中，成为一群充满了飘零感和失落感的"边际人"。以於梨华为代表的早期"留学生文学"就成为"无根一代"的文学代言。放逐文学所形成的离散美学和文化乡愁，与传统的更深层次的民族情感和寻根意识息息相通。从"无根的情结"到存在主义的"孤绝"，从失根到寻根，从个人本位到民族本位，从文化认同的焦虑到自我认同的建构，这一时期的留学生文学细腻地再现和铭刻了一代旅美华人文化心态的复杂性和历史流变。

於梨华是"留学生文学"最早也最典型的代表作家。在《又见棕榈，又见棕榈》中，於梨华成功塑造了牟天磊这个"无根的一代人"的典型形象。这一形象不仅传达出一代台湾留学生普遍命运的典型情绪，由陌生感、寂寞感、幻灭感、飘零感等等构成的失落情结，而且传达出 20 世纪中国特殊的历史所造成的时代情绪。这无疑超出了留学生的范畴，而其在中国历史跌宕的落差中由大陆—台北—美国的叙述，构成了放逐诗学空间形态的雏形。白先勇《纽约客》和《台北人》把於梨华的情绪书写上升到历史、文化、人性的更深层面。"今昔之比"、"灵肉之争"和"生死之谜"构成了白先勇小说叙事互相缠绕的三个维度。历史的巨大转折，"来自中国传统文化的沧桑感"渗入"纽约客"和"台北人"的生命体验和人性内面，形塑了放逐文学的生命悲剧情调和历史文化维度。而聂华苓的《桑青与桃红》，以身体叙事、精神分裂的描绘与历史、文化和政治的合一，提供了华裔"离散美学"更内在更本能的女性形态。如果说白先勇的放逐书写更接近于中国古典文学的放逐感伤传统和佛教的人生观念，那么，丛甦和马森则从存在主义角度把放逐书写抽象化和哲学化。丛甦也写人物自杀，但不同于白先勇笔下的吴汉魂和李彤之死——他们的死具有历史和现实的具体性，而丛甦的《在乐园外》《想飞》的人物之死，更多出自对生存的本体意义上的绝望，是加缪那种存在主义之死。马森的《孤绝》《夜游》《海鸥》等深受萨特、加缪、贝克特、尤涅斯科的影响，着力描写"现代人"孤绝和疏离的心境。丛甦和马森提供了存在主义版本的"离散美学"。放逐书写的抽象化和哲学化。也意味着美华放逐文化范式和漂泊离散的美学形态的终结。它逐渐被多元的身份观念和"流动的现代性"所取代。

四、正如赵淑侠所描述，从留学生文艺到海外知识分子的身份转换，五六十年代的留学热演变成为一种知识移民。许多留学生作家加入了外籍，他们的文学创作逐渐扩展了题材领域，更多地关注海外华人融入美国社会的生活经验和新的社会矛盾。"留学生作家"概念也逐渐被"台湾旅外作家"或"美华作家"所替代，在海外华文文学史上形成一个规模浩大、影响深远的华人知识分子作家群。粗略地看，当代美华文学由三个群体构成："草根"作家群、台湾作家群和大陆新移民作家群。作家格局和构成的多元化无疑丰富了美华文学的多元化面貌和声音。归宗于唐人街的"草根"作家执着于书写文化守成的底层人生经验，追求现实主义美学；大陆新移民作家把大陆当代史背景、当代文学经验以及改革开放以后的"西方想象""美国想象"带入当代美华文学，使美华文学产生了一种新的美学元素和艺术经验；而从留学到移居美国的台湾作家群，则构成了当代美华文学的美学规范和创作中坚力量。台湾诗人非马曾经提出一个文学的"中产阶级"概念，他在《我们需要诗的中产阶级》中认为："在一个社会里，如果中产阶级人口占大多数，这个社会通常比较稳定。我想我们的诗坛也需要这样一个中层阶级。这个处在两极之间的诗人群，将遵循中庸之道，用扎实的创作成果构成诗坛的主流。主流之外，当然也需要勇于冒险敢做试验的前卫诗人群。但前卫诗人群只是也只能是少数，而且他们必须出身于诗的中产阶级。"① 有学者从中获得启发，把台湾旅美作家群称为"中产阶级"作家群；"'诗'的'中产阶级'不只指优裕宽松的生活环境孕成的自由洒脱的创作心灵，也是指平衡协调于相异的文化走向自信自立的创作姿态。美华文学中的'中产阶级'正是这样一种文学实体。"② 的确，台湾旅美作家已经形成了一种平衡、稳健、自由的艺术风格和创作心态。这与来自美国底层社会的"草根"作家群、大陆新移民作家群构成了某种差异。然而，中产阶级是一个社会学依据收入标准的分层概念。美学意识形态上的"中产阶级趣味"往往是一个批判性概念，他们"专注于技术完善、个人升迁和业余消遣，以此补偿精神懈怠与政治消极……这个最先进入现代社会的阶级还得浑浑噩噩地当一阵'政治后卫'"（C. 赖特·米尔斯语）。所以，与其把台湾作家群定位为美华文学中的"中产阶级"，不如把他们称为知识分子学院派作家群。他们的创作仍然葆有知识分子的人文精神和社会关怀意识，又具有学院派从容的艺术探索和自觉美学实验精神以及中西文化融会的底蕴。这一飘离中国社会动荡历史而逐渐融入美国主流社会的人生转换和文化立场的逐步转移，形成了他们创作的鲜明特色和在美华文学中所占据的重要地位。

五六十年代的台湾文学与东南亚华文文学

20世纪五六十年代台湾与海外华人华侨社区有着密切的文化联

---

① 黄万华：《文化转换中的世界华文文学》，中国社会科学出版社1999年版，第127—138页。

② 黄万华：《文化转换中的世界华文文学》，中国社会科学出版社1999年版，第127—138页。

系和文学互动。这一情况以东南亚最为突出。一方面是数量众多的东南亚华裔青年学生到台湾留学,在台湾接受文学教育,并参与了五六十年代台湾的文学运动;另一方面是这一时期台湾作家、学者不断应邀到东南亚华人社会进行访问、讲学,参与讲习班、文学营等活动;再一方面是文学出版物的传播,东南亚一直是台湾文学出版物在海外最重要的市场,形成了一个相当广泛的东南亚的台湾文学读者群。三者分别从文学人才的培养、文学经验的传播、文学市场的拓展,扩大了台湾文学对东南亚的影响,形成了东南亚华文文学发展中的台湾文学经验。

这三个方面中,"侨生文学"是五六十年代以来台湾文学对东南亚华文文学产生影响的最重要渠道。

海外侨生赴台升学始于 20 世纪 50 年代初。二战后初期东南亚各国中小学华文教育蓬勃发展,华人创办的南洋大学难以满足华裔子弟的需求,因此,侨生纷纷到中国留学深造。1950 年台湾当局出台了《华侨学生申请保送来台升学办法》,凡志愿来台升学的海外侨生均可申请保送。自 1951 年起,每年在香港设档招收,按成绩和志愿颁发大专院校肄业证书。1954 年,在美国的支持下,台湾"中美华侨教育委员会"制定更具吸引力的教育援助方案:规定每招收 1 名华侨学生,可获得美国华侨教育专款新台币 2 万元。1954—1963 年间,台湾各大学共得到美援经费新台币 3.2 亿多元……这些措施极大地促进了台湾海外华文教育的发展。海外侨生人数逐年上升,1954 年在校侨生达 1289 人,到 1960 年则上升至 8218 人。资料显示,1951—1960 年 10 年间赴台留学的侨生累计达 15621 人。

海外侨生赴台就读的专业涉及文、理、工、商各科,但文学始终是他们无论业内还是业余最乐于参与的活动之一。五六十年代是台湾文学最为蓬勃活跃的时期,缤纷林立的民间文学社团,前仆后继的同仁文学刊物,追逐新潮的文学作品和此起彼伏的文学论争,都深深吸引和影响了这些海外来台的青年学子以及东南亚的华文作家,他们或者参与到竞逐激烈的文学社团和流派,如来自菲律宾的云鹤和蓝菱，都曾经作为创世纪的同仁而在台发表作品；或者自己成立文学社团，创办刊物，最典型的是 1964 年创办的星座诗社，以留学台湾的新马侨生王润华、淡莹、林绿、陈慧桦（陈翔鹏）为核心，吸引了同为侨生的翱翔（香港）、黄德伟（香港）、许定铭（香港）、陌上桑（新马）、林方（新马）、洪流文（婆罗洲）等，持续 5 年出版《星座诗刊》计 13 期；稍后还有以温瑞安、黄昏星等新马侨生为核心成立的"天狼星"诗社和"神州诗社"。这些留学台湾的海外侨生，在返回所在国之后，活跃于当地华文文坛。他们留学台湾期间所获取的知识背景和文学经验，以及和台湾文坛的密切联系，都成为当地华文文学发展的重要资源。新马学者柳舞曾经指出："新马文艺界断了中国大陆的'母奶'。从 60 年代到 70 年代末期，年轻的文艺青年主要依赖西方的'牛奶'。不谙英文的文艺爱好者，由于'母奶'难得，就从台湾、香港的'冻奶'中寻取养料。"① 陈慧桦在《写实兼写意——马新留台华文作家初论》中，提及从台湾文坛走上创作道路并成为重要作家的新马留台学生，计有毕洛、张寒、孟仲季、林绿、潘雨桐、王润华、李有成、冷燕秋、陌上桑、淡莹、郑百年、钟夏田、李永平、周唤、赖敬文、方娥真、陈强华、张贵兴、商晚筠、黄昏星、温瑞安、陈慧桦等二十余人。陈慧桦未曾提及的留学台湾的新马作家还有黄怀云、洪而亮、赖观福、赖瑞和、林凌、杨升桥、张逸萍等。仅从这份不完全的名单上，便可看出留学台湾的侨生所构成的新马华文作家的壮观队伍。他们大都毕业于台湾的高等院校和研究所，或者毕业后再度赴欧美攻读硕士、博士学位，具有中西兼具的较高学历和文化底蕴；大都均参与台湾的文学社团、刊物（或自己创办社团、刊物），成为台湾文学运动的直接参与者，并都有作品——诗、小说、散文、论著在台湾发表和出版。他们以亲历者的身份对五六十年代台湾的文学经验有着切身的感受，在返

---

① 柳舞：《寄厚望于中国作家》，《东南亚华文文学研究集刊》第 1 集上册，厦门大学出版社 1995 年版，第 45 页。

回所居国之后，自然成为沟通当地华文文学与台湾文学关系的重要桥梁和中介角色，使台湾文学风气和经验成为促进当地华文文学发展的重要因素之一。

　　旅台侨生文学现象是二战后台湾文学在东南亚的影响的一个重要体现。仍以新马为例，旅台作家的文学书写、论述和活动已经深远地影响了当地华文文学的进程。这一影响体现在三个方面：（一）旅台侨生文学深受五六十年代台湾现代主义文学思潮的影响，这种影响迅速在新马等地大面积扩散，促使新华文文学思潮的转换。战前新马华文文学以左翼现实主义为主潮，与中国新文学的现实主义思潮遥相呼应、同步同构。60 年代至 70 年代，新马华文文学出现了第一次现代主义思潮。这次思潮由两股力量共同推动：一股是以陈瑞献为核心的新马作家，通过翻译从西方引入了现代派文学。据梁明广回忆："60 年代，我主编南洋商报的副刊《文艺》时，发表的第一首诗，是巴斯特纳克的《星在疾行》，是陈瑞献的译品，也是《文艺》花园中第一粒现代诗种籽。……他译的《星在疾行》一诗，可以说是为《文艺》宣扬现代文学创作开了山。"[①] 从陈瑞献个人的创作看，他的现代主义是"翻译体"的现代主义，带有西化色彩。另一股力量是以毕洛、王润华、淡莹、温瑞安、林绿等为核心的旅台侨生作家，从台湾文坛输入了现代主义。他们的现代主义文学实践本身构成新马华文文学现代主义的主体，是促使新马华文文学思潮转换的重要力量。（二）台湾文学从"翻译的现代性"到"中国性现代主义"建构的美学转换也对旅台侨生文学产生了不可忽视的影响，造成旅台文学的艺术和文化取向与陈瑞献的"西化"有所区别，而与白先勇、洛夫、余光中、杨牧等的中国性现代主义息息相通一脉相承，和中国古典美学有着一种自然而亲密的血缘关系。就像温任平曾说的那样，现代诗的传统其实可以追溯到楚辞中去，屈原在河

---

　　① 张锦忠：《陈瑞献、翻译与马华现代主义文学》，《中外文学》2001 年第 8 期。

的上游，马华现代主义在河的下游，这种源流关系深深地影响了当代马华文学的现代主义运动；这种对现代主义的民族化体现、融现代于民族美学传统的艺术追求，在王润华、温瑞安等作家的创作中都有着突出的表现。（三）南洋性的再发现。当代台湾是一个喜欢另类文化消费的社会，旅台作家的南洋情调往往成为打入台湾文化市场的最佳卖点。潘雨桐、张贵兴、李永平等人一再描绘渲染南洋热带雨林的神奇和异国情调，以"他者"身份和"另类"美学成功介入台湾文学市场。台湾文学场域的结构张力促使旅台文学发掘南洋想象资源，也把马华新文学史的马华文学独特性和南洋色彩论述往前推进一步，从而走向一种"地方知识"的建构。如同马华学者张光达所说，台湾文学影响下的旅台侨生文学，"在地理位置的双重边缘/弱势化可以衍生为特殊的发言位置与论述实践，丰富了马华文学的多元化面貌和声音，也为本地学者提供并拓展马华文学/文化研究的范围"[①]。

（原载《台湾研究集刊》2003 年第 3 期）

---

① 张光达：《马华旅台文学的意义》，《南洋文艺》2002 年 11 月 11 日。

论台湾的现代诗运动

——一个粗略的史的考察*

　　1982 年 5 月，台湾出版的《中外文学》杂志以全部 260 码的篇幅，编辑了一期"现代诗三十年回顾专号"。其实，这种"回顾"活动并不自此时才有。60 年代初，在台湾现代诗尚处于勃勃发展的头一个十年，就由"创世纪"诗社的张默、痖弦编选出版了一部《六十年代诗选》，收 26 家约 200 首作品，作为对现代诗运动最初十年的一个小结。继而又出版了余光中英译的《中国新诗选》，收台湾现代诗人 21 家作品 54 首向西方介绍。到了 1972 年，现代诗已处于尖锐批评之中，白先勇主编的《现代文学》第一次以全部篇幅请诗人叶珊（即杨牧）主持，编辑一期总结、展览性的"现代诗回顾专号"，由几个主要的现代诗社著文回顾、检讨自己的发展路线，并集中发表了一批新作，作为对批评声中的现代诗的一种声援。同时，余光中等主编的《中国现代文学大系·诗选》也于此时出版，"收二

---

　　* 这是笔者撰写的有关台湾文学的第一篇文章，提供给 1984 年在厦门大学举行的第二届台湾香港文学研讨会；同时收入笔者于 1984 年编讫，拖至 1987 年才由春风出版社出版的《台湾现代诗选》，作为附录。文中一些看法比较简单，或许也有偏误。后来笔者撰写《台湾文学史》的诗歌部分和《中国当代新诗史》的台湾诗歌部分，已作若干修正。此处照原稿移入，权作纪念。

十年来各阶段七十位诗人的作品”，洋洋洒洒两大卷，目的当然也是希望通过对台湾二十年的现代诗运动来一番总结，并展示一下现代诗的赫赫成果，以壮声威。张默等人主编的《七十年代诗选》也在这段时间问世。相比之下，1982 年的“三十年回顾”则具有另一种性质了。虽然在此之前，有过张汉良、萧萧合编的《现代诗导读》（五卷本）和林明德等五人合编的《中国新诗赏析》（三卷本）等综合性的选集出版，但侧重点都在对历史的回顾而不是对现状的评论。这一切都反映出台湾现代诗运动的一种颓势，它说明在台湾当代诗歌的发展中，现代诗的第一个浪潮已经涌过，正成为一个争议纷起却不容否认而留待总结的事实了。

在当代台湾文学的发展中，西方现代主义文学思潮的影响，是个重要的因素。这个思潮最初就从现代诗发端，并以现代诗表现得最充分，受到最多尖锐的批评，也最早显示出自我批判的趋向。因此，剖析一下台湾的现代诗运动，对于台湾当代文学的了解，甚而对于我们当前大家关心的新诗发展方向的讨论，都将会是有益的。

台湾现代诗产生的历史渊源和现实因素

“现代主义”作为一种美学观念出现在文坛上，是 19 世纪下半叶的事。在西方批评家的眼中，“现代”一词指的是：“自现代以排斥过去的现时意识”。因此，在 19 世纪，所谓的“现代风”具有两种不同的含义：首先是指给资本主义带来经济繁荣和社会急剧变动的科技跃进与工业革命，其次才是指随着工业文明发展造成日益尖锐的人的异化，而产生的一种新的美学观念。这种“现代”的美学观念，建立在前一种“现代”经济发展的基础上；并且是对前一种“现代风”的反动。它以“排斥过去的现时意识”为标榜，一开始便具有反传统、反功利、反理性的特点；由于它对现实的不满，便在孤绝中走向内心，企图"从诗里去再造一个和外在世界完全不同、甚至隔离的"属于自己的世界；同时又由于对包括浪漫主义在内的一切一成不变、讲究完美的古典观念的不满，便以摧毁偶像的姿态，在艺术上不断翻新，一个世纪来几十年间走马灯似的出现各种炫目的不同流派，从象征主义、立体主义、未来主义、意象主义、达达主义到超现实主义等等。这个被称为现代主义的文学思潮，相当广泛地影响着 20 世纪以来西方文学的进程。台湾的现代文学研究者曾经把西方的现代主义运动称为欧洲文学的又一次"革命"，并企图将它与几乎同时发生的我国五四新文学运动进行比较，说明二者都具有共同的"现代取向"，但所涵盖的内容却完全不同。用这位研究者含有贬义的表述是："中国现代风的新观念，又在不同程度上继承西方'中产阶级'现代风一些司空见惯的观念：进化与进步的观念，实证主义对历史前进运动的信心，以及科技可以造福人类的信仰，以及广义的人文主义架构中自由与民主的理想。"[①] 作者企图得出的结论是：现代主义未能在中国五四新文学运动中占主导地位，是两种不同文化的"自然时差"和"质差"现象；它在 50 年代以后的台湾出现，则是一种文学的进步和历史的必然。这一结论我不敢完全苟同。因为，从根本上说，五四新文学运动的性质，乃是由于中国社会的基本矛盾和革命任务所决定的。五四时期最早觉醒的一辈作家，以鲁迅为代表，从半封建半殖民地的中国现实所感受到的压迫，与西方由于资本主义工业文明的发展所造成的人性的压抑，本质上是不同的。因此，当他们把目光投向西方去寻找可以借鉴的文学武器时，首先接受的必然是欧洲的进步文学，从歌德、易卜生、托尔斯泰、契诃夫到高尔基，也就是从浪漫主义、批判现实主义到刚刚诞生的苏联的革命现实主义的积极影响，这正是五四新文学运动的

---

① 李欧梵：《中国现代文学的现代主义》，台北《现代文学》第 14 期（1981年 6 月）。

性质所决定的。

当然，作为一种有广泛影响的文学思潮，现代主义也不能不对五四新文学的发展发生作用。以新诗而论，在它的前三十年，就时断时续存在着一脉相承的现代潮流。其中，影响较大的有三次：一是 20 年代中期以李金发为代表（包括王独清、穆木天等）从法国带回来的象征主义；二是 30 年代初到抗日战争爆发前，以戴望舒为代表的现代派；三是 40 年代中期从昆明到上海围绕《中国新诗》和《诗创造》的一群现在被称为"九叶派"的年轻诗人。在这股时断时续的现代浪潮中，李金发是始作俑者，戴望舒则在表现那一时期惶惑的知识分子普遍存在的幻灭感中，在意象的经营、象征的运用和语言的音乐性上，有更多成熟的创造；而 40 年代中期以后的那群青年诗人，借鉴更多的现代手法，将个人的现代感受与社会现实结合，使他们的作品有着更多的现实意义。但是无论哪一次，在中国新诗的发展上，现代主义都未曾占据过举足轻重或分庭抗礼的地位。这主要源于中国社会革命中政治对艺术的选择。它们或者随着历史的发展无声消失，或者走向了与中国苦难深重的历史现实相结合，从而使自己艺术发生某些质的变化。前者如李金发，完成《食客与凶年》之后，他就再也难以为继了。后者包括戴望舒、冯至、卞之琳乃至早期的艾青，他们都经历了从现代主义出发，不同程度地走向现实主义的过程。中国新诗前三十年的历史说明，陆续存在过的现代主义潮流，由于未能在中国社会找到适宜它生存和发展的土壤，因此始终没有能够成为一种大气候。①

但是到了 50 年代以后的台湾，情况有了很大不同。现代主义在祖国领土隔海的这一隅，由诗开始，发展成为一个波及整个文学艺术领域的、普遍而完备的运动。一方面，这有它文学自身的历史渊源。仍以诗为例：台湾的现代诗运动一般都以 1953 年纪弦创办《现

---

① 这是一个需要详细说明的复杂过程。可参阅本书《中国新诗的现代潮流》一文。

代诗》为发端。纪弦原名路逾,30 年代曾以路易士的笔名在《现代》上发表诗作。1936 年还和戴望舒、徐迟合办《新诗》月刊。在它出版的三期里,集中发表了包括冯至、梁宗岱、孙大雨、卞之琳等在内的一批现代诗人作品。因此,台湾评论界都认为纪弦的《现代诗》是承继戴望舒《现代》的传统的。他的艺术观念也来源于戴望舒的现代主义纯诗理论。李欧梵说:"诗比小说抢先一步成为台湾现代主义的主流,原因很明显。纪弦为戴望舒所主持下的气数不佳的《新诗》杂志的同仁之一,在 1953 年创办的《现代诗》杂志,显然又使 1930 年代那点微末的遗绪复活起来。"① 1956 年,纪弦组织"现代派",并提出"现代派六大信条",主要的艺术观念也源自《现代》,"读起来真像是其先驱者宣言的承续"②。只不过它把戴望舒的"纯诗"理论推向更极端,导致了台湾现代诗坛的混乱。

当然,仅只有这样的文学渊源还是不够的。从根本上说,台湾现代诗能够发展成为一个影响广泛的文学运动,还是源自于台湾社会的某些现实因素。首先,从政治背景看,50 年代从大陆迁台的国民党政权,从政治、军事到经济对美国的全面仰赖,造成了台湾社会普遍的崇洋媚外心理。陈映真说:西化是 30 年来台湾精神生活的焦点和支柱,由政治、经济对西方的依赖,而使文化日益成为西方的附庸,便是很必然的了。正是在这种背景下,西方现代主义文学作品和理论大量涌入台湾,成为知识界追慕的目标。其次,从经济情况看,由 1953 年到 1965 年的美援,和在此之后美、日以投资形式的资本入侵,使台湾经济有一个迅疾的"起飞"。畸形的经济发展主要集中在少数一些大城市里。随着这些城市的繁荣,都市生活的西方化,也日益成为竞相追逐的目标。西方社会能有的东西,几乎在这里也都存在。自杀、奸杀、凶杀、抢劫、风化等成为严重的社

---

① 李欧梵:《中国现代文学的现代主义》,台北《现代文学》第 14 期(1981 年 6 月)。

② 余光中:《〈中国现代文学大系〉总序》,中国现代文学大系编辑委员会编,巨人出版社 1972 年版。

会问题。而农村自然经济的解体，大量劳力流入城市，中国传统的价值观、道德观、伦理观也处于崩溃的边缘。这样，西方现代主义文学所有流行的主题，从虚无、孤独到性和暴力，都可以在台湾找到现实的影子。第三，从文化环境看，50 年代的台湾当局，禁绝了五四以来所有留在大陆的进步作家的作品，人为地切断了台湾文学的发展与五四文学传统的联系。被割断自己文学血脉的作家，余下的只有朝后望，钻进故纸堆里，或者向外看，从西方现代文学中去找滋养。然而，正如叶维廉所说："古代已经离我们很远了，而现实的世界已经是支离破碎——我们的希望要放在哪里呢?"这是台湾作家普遍的困惑。于是，"在离开母体文化的背景下，很容易就进入一个内心的世界，去肯定一个主观的世界"①。西方现代文学便成为解脱这一困扰的途径。第四，从社会心理看，台湾社会孤悬海外的政治现实，不仅使离家去国、随军渡台的老一代作家，也使在台湾长大的新生代作家，普遍存在着一种失落感和流亡意识，这种悲苦寂愁的情绪和现代主义传统的孤绝主题一拍即合。"于是，"余光中说，"以表现个人的内在世界为能事的意识流小说和超现实诗，似乎为作家提供了一条出路，不，'入路'。从这条路进去，作家找到了一个现实与梦交织的世界，一切事物解脱了逻辑的因果，不同的时间压缩在同一的平面上……"② 这个世界也就是现代主义的文学世界。

台湾的现代诗运动，就是从这样的现实背景里滋生起来的。它是中国新诗发展上那股时断时续的现代潮流，在 50 年代以后台湾这一特殊社会历史环境里的一种延续或发展。

---

① 杜南发：《叶维廉答客问：关于现代主义》，台北《中外文学》第 10 卷第 12 期（1982 年 5 月）。

② 余光中：《〈中国现代文学大系〉总序》，中国现代文学大系编辑委员会编，巨人出版社 1972 年版。

"现代诗"、"蓝星"和"创世纪"：台湾现代诗的全盛时期

台湾现代诗的最初浪潮从纪弦开始，到 70 年代经过"乡土文学论战"提出文学的民族归属，这是一个从发生、发展到逐渐式微的过程。其发展时期，影响最大的是"现代派""蓝星""创世纪"三个诗社。

"现代派"正式成立于 1956 年 1 月，但一般认为它的活动始自 1953 年 2 月《现代诗》的创刊。当纪弦在他成功中学的教职员宿舍里，着手编辑这份自己既是发行人兼社长、又是编辑人兼经理的刊物时，台湾诗坛正处在一片"反共"八股的喧嚣中。萧萧在《现代诗史略述》中说，那时能够发表"以抒情为正宗的新诗"的地方，除覃子豪等借《自立晚报》副刊编的"新诗周刊"外，再也找不到了。因此，当纪弦的《现代诗》以薄薄的 32 开版问世，便很快在它周围集合起一批现代诗作者。到 1956 年 1 月，《现代诗》从月刊改为季刊出满 12 期，纪弦发起召开第一届现代诗人代表大会，正式宣布成立"现代派"，加盟者达 83 人，后又增至 103 人。几乎包括了台湾当时绝大部分"现代诗人"。

在这次大会，纪弦提出纲领性的"现代派六大信条"，并印在作为"现代派诗人群共同杂志"的《现代诗》第 13 期封面上。他首先宣称："我们是有所扬弃并发扬光大地包容了自波特莱尔以降一切新兴诗派之精神与要素的现代派之一群。"（第一条）这是一句很拗口的、连语法都西化了的口号。它的具体追求，在第三、第四、第五条上，即创新（"诗的新大陆之探险、诗的处女地之开拓、新的内容之表现、新的形式之创造、新的工具之发现、新的手法之表明"）、知性和诗的纯粹性。如果说这些具体追求，还应当有所分析地对待

的话，那么，纪弦把这一切从内容到形式的要求，都归结为对外来文化"移植"的结果，如第二条说的："我们认为新诗是横的移植，而非纵的继承。"并举出中国新诗，称之为"移植之花"，则不仅在理论上，而且在文学史常识上，都是完全错误的了。这一观念相当深刻地影响了台湾现代诗的发展。尽管它从一提出，就受到各方面的反对，并且成为日后对现代诗诟病指责的焦点，但它实际上反映了台湾现代诗发展的一个总的取向。在50年代的台湾，西化是台湾社会生活从政治、经济到文化的全部事实。纪弦不过是把这一事实在文化上的反映，以一种明白无误的语言表露出来而已。包括那些持不同意见，力图修正这口号的现代诗其他团体，他们实际上走的也是这样一条"横的移植"的道路。

事实上，"现代派"只是一个松散的、形式上的"联盟"，成员之间的风格和追求也很不同，"更没有谁严格地遵守这些信条去写诗"（张默语）。就是纪弦自己，他的创作也往往与自己倡导的理论相悖，除少数作品外，基本上都是他所反对的"浪漫主义情绪之告白"。它体现了厌倦于台湾诗坛"反共"八股的一批现代倾向的诗人，强烈要求表现自己内心和个性的一种共同的追求。因此，洛夫在评价"现代派"的功过时认为，它的意义不在于第一、第二条空洞的宣言，而在于提出了"新诗现代化"这样一个"庄严的口号"，"其严肃性在于它那破旧创新、绝对开放的精神"①。这种精神的确曾经给台湾僵固的诗坛带来活跃的气氛，也从某些方面丰富了新诗艺术的表现手段。但是，"创新"是一个必然受它所表现的社会内容所制约的概念，而不仅只是一种抽象的精神。无视传统和实践的"绝对开放"，最终也必然导向"横的移植"。事实上，台湾现代诗，并不仅是一句空洞的"横的移植"，而是包括所有"创新"实践在内的一个总的艺术取向。1959年纪弦在重重批评的包围中把《现代诗》

① 洛夫：《诗坛春秋三十年》，台北《中外文学》第10卷第12期（1982年5月）。

移交给黄荷生主编，随后不久又著文宣布解散"现代派"。当然台湾的现代诗运动，作为一个发展的过程，并不因为纪弦的宣告而结束，只是台湾现代诗最早出现的一个有影响的组织确实由此而衰落，最后于1963年以《现代诗》停刊而告消失。

稍晚于"现代派"出现的另一个重要诗社，是1954年3月由覃子豪、钟鼎文、邓禹平、夏菁、余光中等人发起的"蓝星诗社"。覃子豪是台湾现代诗坛另一个能与30年代新诗联系起来的重要代表。他早年与贾芝、贾植芳同学，并结伴留学日本，参加过雷石榆、林林、柳倩、王亚平等人的"新诗歌运动"。作品最初受19世纪浪漫派诗人影响，后倾向象征派诗人波特莱尔、凡尔哈仑、马拉美等。但仍主张诗的社会功用和抒情职能，他认为"凡属有永恒性的艺术必须蕴藉人生"，必须"启示人对人生和世界的直觉"，"最理想的诗是知性和抒情的结合"[①]。因此，当纪弦创办《现代诗》，提倡"横的移植"和"知性"时，由覃子豪等发起次年成立的"蓝星"，如余光中所说："我们的结合是针对纪弦的一个'反动'。纪弦要移植西洋的现代诗到中国的土壤上来，我们非常反对。……纪弦要打倒抒情，而以主知为创作的原则，我们的作风则倾向抒情。"[②] 因此，在中国新诗发展中的这股现代潮流里，"蓝星"被认为是"摄取了'现代'派较温和的一面，合并大陆当时较抒情的'新月派'的风格，倡导了与'现代诗'不同的诗型"[③]。"蓝星"的作品以其稳健的风格获得较多的读者。

从组织上讲，"蓝星"更是一个松散的团体。余光中说："我们

---

① 覃子豪：《新诗向何处去?》，《覃子豪全集》第2卷。

② 余光中：《第十七个诞辰》，谢冕总主编，刘福春分卷主编：《中国新诗总系·史料卷》，人民文学出版社2009年版，第343页。

③ 笠诗社：《〈中国现代诗的历史和诗人们——华丽岛诗集〉后记》，载《现代诗导读·理论、史料篇》，巨人出版社1972年版。

要组织的，本质上便是一个不讲组织的诗社。"① 不仅没有像"现代派"那样的纲领和领导，成员间除了大致共同的抒情倾向外，诗观和风格也颇不一致。"夏菁深受荻瑾生、弗罗斯特与其他美国诗人的影响，吴望尧表现了由中国传统抒情诗到达达主义的各个风格，惯用具有超现实主义的激情而施以古典的抑制，覃子豪的句法基本上是纯中国的，但对题材的处理则倾向于法国的象征主义……"② 这种不一致还表现在他们同一时期各自主持的几种不同的"蓝星"诗刊上。最早是覃子豪主编的《蓝星周刊》和《蓝星诗选》（季刊），同时有余光中、夏菁和罗门轮流主编的《蓝星诗页》（月刊），余光中同时还负责《文星》和《文学杂志》的诗栏，力量分散，风貌各异。倒是不断出版的"蓝星诗丛"和"蓝星丛书"，先后印行三四十种诗集，引进了不少新人。因此洛夫说："蓝星同仁个人的成就大于他们对诗坛整体的影响。""蓝星"因覃子豪 1963 年去世，其他成员出国的出国、退隐的退隐，在罗门、蓉子夫妇编完最后一本《蓝星一九六四》诗选以后，也宣告星散了。

把 50 年代台湾现代诗，持续推向 60 年代去的，是"创世纪"诗社。"创世纪"成立于 1954 年，由洛夫、张默和痖弦发起。不过，在"现代派"和"蓝星"最为活跃的 50 年代，"创世纪"并未引起注意。在它自称为"试验期"的头五年，提倡所谓"新民族诗型"。由洛夫执笔的这篇社论提出"新民族诗型"的要素是：一是艺术的——非纯理性的阐发，亦非纯情绪的直陈（这两点分别针对"现代派"和"蓝星"而发），而是美学上直觉的意象之表现，我们主张形象第一，意境第一；二是中国风的，东方味的——运用中国文字之特性，以表现东方民族生活之特有情趣。但是洛夫自己后来也承认，

---

① 余光中：《第十七个诞辰》，谢冕总主编，刘福春分卷主编：《中国新诗总系·史料卷》，人民文学出版社 2009 年版，第 343 页。

② 余光中：《〈中国诗选〉序》，谢冕总主编，刘福春分卷主编：《中国新诗总系·史料卷》，人民文学出版社 2009 年版。

当时这只是一个概念的主张，而无实践的办法，所以影响甚微①。到了 50 年代末期，台湾现代诗的第一个高潮已过，"现代派"和"蓝星"都呈颓落之势，"创世纪"便乘机跃起，借 1959 年 4 月改刊扩版的机会，吸收"现代派"和"蓝星"诗人，壮大自己阵营，使之成为继"现代派"和"蓝星"之后 60 年代台湾最有影响的一个现代诗社。改刊以后，"创世纪"抛弃"新民族诗型"的主张，认为这是一个"过于偏狭的本乡本土主义"，转而强调诗的"世界性""超现实性""独创性""纯粹性"，揭起"超现实主义"的大旗，认为梦、潜意识、欲望是探索人性最重要的根源，诗人不仅要有向上飞翔的超现实的能力，还要有往下沉潜的深入梦幻的对等过程。在艺术上则强调以"直觉"和"暗示"为前提的语言和技巧的多种实验，包括声音与色彩的交感，外在形式与内在秩序的调和，想象与听觉的开启及切断，象征的运用与捕捉，以及张力、歧义、矛盾情境的酿造等等。"创世纪"所提倡和实践的超现实主义，掀起了台湾现代诗运动的第二个高潮，把 50 年代由"现代派"的"主知"和"蓝星"的"抒情"互相牵制的现代诗推向另一个极致。有些现象，连余光中也难以忍受，他说："自从超现实主义的一些观念输入我们的诗坛以来，……诗思的质变使诗的语言忽然有了一个巨变。经验的绝缘化便产生了晦涩问题。前一时期的一些新古典倾向，例如纪弦理论上的主知主义和方思创作上的主知精神，到了这个时期，便在新起的反理性浪潮中湮没了。放逐理性，切断联想，扼杀文法的结果，使诗境成为梦境，诗的语言成为呓语甚或魇呼，而意象的滥用无度，到了汩没意境阻碍节奏的严重程度。"②

"创世纪"在台湾活动的时间最长，除了出诗刊，搞创作，还擅长于理论。此外，还举办各种诗的活动，如编诗选，颁诗奖，出诗

---

① 洛夫：《诗坛春秋三十年》，台北《中外文学》第 10 卷第 12 期（1982 年 5 月）。

② 余光中：《第十七个诞辰》，谢冕总主编，刘福春分卷主编《中国新诗总系·史料卷》，人民文学出版社 2009 年版，第 351 页。

丛，组织现代诗的"输入"（介绍外国现代诗作品及理论）和"输出"（向外译介台湾的现代诗）等。直到 1969 年才因经费问题而停刊，三年后虽再复刊，但台湾的诗歌运动已经进入另一个时期，影响已略逊于前了。

在五六十年代台湾现代诗的发展中，除了上述三个诗社外，还有羊令野与罗行相继主编的以联络各派诗人为目标的《南北笛》（1958 年创刊），以陈敏华和古丁主编的风格明朗、通俗的《葡萄园》（1962 年创刊）等，他们的影响都不如上述三个诗社。1965 年由台湾省籍诗人结合成立的"笠"诗社，展开了当代台湾诗歌发展的另一个侧面，这些我们留待后面再加以详细评述。

从人性的探求到乡愁的倾诉：台湾现代诗的"知性"内涵

"知性"是台湾现代诗最初提出的一个重要的艺术观念。它来自于浪漫派后期的巴那斯派（亦称高蹈派）。这派的创始人德·里列为了反对浪漫派以主观和热情来抒写个人情绪，而主张抑制自我，用冷静和客观的态度去表现事物，在科学和哲学中去探求真理。因此，他们追求结构的严密与完整，运用高度的技巧准确地刻画事物本身，而不施以主观的想象和感情。这一观念为 19 世纪末的象征派诗人所接受，他们在反对浪漫派艺术时，也如高蹈派一样主张"客观""冷静"和"无我"。只不过他们不像高蹈派那样认为世界是可以用科学去解释的。他们所追求表现的是科学所不能解释的神秘世界。因此象征派作品总是笼罩着一层神秘主义色彩。直接宣称自己是"自波特莱尔以降一切新兴诗派……之一群"的台湾"现代派"，从波特莱尔那儿首先接受的便也是这种"主知"的观念，从而使自己多少具有新古典主义的理性倾向。纪弦在解释"知性"这个信条时说："现代诗的本质是一个'诗想'。传统诗的本质是一个'诗情'。十九世纪的人们以诗来抒情，而以散文来思想；但是作为二十世纪现代主义者的我们正相反：我们以诗来思想，而以散文来抒情。"① 在这里，"知性"具有两个层次的含义。其一是作为方法论的诗的艺术观，其次是诗的思想内涵。首先，它作为"排拒抒情"的诗歌艺术观，不仅受到了以抒情为正宗的"蓝星"的反对，也遭到了以"放逐理性"为标榜的"创世纪"的攻击。覃子豪说："理性和知性可以提高诗质，使诗质趋于醇化，达于炉火纯青的清明之境，表现出诗中的含意。但这表现非藉抒情来烘托不可。……最理想的诗，是知性和抒情的混合产物。"② 这是"蓝星"代表性的论点。"创世纪"的理论家洛夫却认为：现代诗的艺术是"非纯理性的阐发，非纯情绪的直陈"，而是一种直觉的意象的表现。他把现代诗的发展划分为三个进程：第一是"富于古典趣味的抒情"；第二是"纯粹经验的呈现"；第三才是"调整知性与感情，表现生命的流动，既有真挚性而又含有超越性的诗"。这也就是"创世纪"所追求的，接受超现实主义美学观念和表现方法影响的诗，"是意识的，也是潜意识的；是感情的，也是知性的；是现实的，也是超现实的"③。在"知性"和抒情、理性和非理性等这些问题上，可以看出台湾现代诗三个主要诗社在诗观上的异同。

其次，"知性"作为现代诗思想内涵的概念，"现代派"、"蓝星"和"创世纪"又有比较一致的看法。他们都肯定诗的社会性，认为表现人生、探索人性是现代诗"知性"追求的主要内涵。纪弦说："一切文学是人生的批评，诗也不例外。无论传统诗或现代诗，都是为人生的。"④ 覃子豪也认为："所谓理性和知性，除了对人生的探

---

① 纪弦：《现代派信条释义》，《现代诗导读·史料篇》。

② 覃子豪：《新诗向何处去?》，《覃子豪全集》第 2 卷。

③ 洛夫：《中国现代诗人的成长——中国现代文学大系诗选序》，《洛夫诗论选集》。

④ 纪弦：《从自由诗的现代化到现代诗的古典化》，《现代诗导读·理论篇》。

索，理想的追求，还有什么意义呢?"① "创世纪"的诗人们有更进一步表白，他们认为现代诗不是一种文学形式或语言技巧的革新，"更重要的乃是一种批判精神的追求，新人文主义的发扬和诗中纯粹性的把握"②。洛夫还说，"超现实主义者自认为他们的艺术同时也是一种'求知的方式'。这种方式与一般科学和哲学不同，他们所追求探究的是无限的人性；梦、潜意识、欲望等是他们探索人性最重要的根源"③。

从表面上看来，争论不休的台湾现代诗的这三个主要诗社，在"探索人生"这一点上找到了他们共同语言。但深一层看，他们的差别也是显然的。"现代派"和"蓝星"比较侧重于所谓"人生境界"的体现，而"创世纪"则专注于"无限人性"的探究。"人生"和"人性"是台湾现代诗创作中最重要的主题，无论长诗或短诗，他们都努力企及这个主题。

这里有两点需要指出：一、台湾现代诗中的"人生"或"人性"，是一个超脱尘世的抽象的命题，是一种精神的象征。何谓"人生"? 人是社会关系的总和。每个人的命运，或者人类的命运，即所谓"人生"，都最终地、不可避免地要同社会的历史进程联系在一起，都要在不同程度上、从不同角度，或正面，或侧面，或直接，或隐蔽地反映出特定历史进程中的社会关系。在台湾现代诗里的这个"人生"或"人性"，却是一种建立在存在主义哲学基础上的精神追求。洛夫说："战争带给人们失败感，而产生空虚、彷徨、焦虑不安的心理。这是二十世纪中最为显著的共同人类经验。于是一种新的哲学思想和新的艺术形式便应运而生。前者就是存在主义，以其解释现代人的存在问题，后者就是超现实主义，以其表现现代人的

---

① 覃子豪：《新诗向何处去?》，《覃子豪全集》第 2 卷。

② 洛夫：《中国现代诗人的成长——中国现代文学大系诗选序》，《洛夫诗论选集》。

③ 洛夫：《超现实主义与中国现代诗》，《洛夫诗论选集》。

存在情绪。"① 在台湾现代诗中占有重要地位的"人生"主题，许多
都是这样的作品。从早期方思的《竖琴与长笛》、覃子豪的《瓶之存
在》，到后来洛夫的《石室之死亡》、痖弦的《深渊》、罗门的《第九
日的底流》等，都是企图从存在主义哲学来解释"人生"和"人性"
的。这些结构庞大的篇章，虽经他们之间不断的互相阐释，仍然因
其自身几近玄学的神秘色彩和艰深晦涩的语言技巧，难以为读者
接受。

其次，作为一种抽象的"人生"精神的追求，台湾的现代诗创
作者们强调必须"从生命的消极一面去了解生命的积极意义"，"从
残败的生命困境中"去"体认人生的意义"和"发现生命的真谛"。
洛夫说："我认为文学艺术中的'知性的深度'，不能完全从课堂或
书斋中求得，主要的是在经过生活的捶击，现实的熬炼，痛苦的鞭
挞之后，从生命中悟得。"② 它使台湾的现代诗，普遍存在着一种愁
苦悲绝的情绪，形成了台湾现代诗的孤绝主题。

就台湾的具体历史环境来说，这种主题有一定的现实意义。孤
绝感本来就是西方现代主义文学最富特征性的传统主题。它最初是
西方知识分子对资本主义工业文明的发展，带来人性压抑的一种精
神反馈，后来又是两次世界大战带给西方知识分子的一种破灭感。
直接秉承西方现代主义文学精神的台湾现代诗，当然不能不被这种
情绪感染。但对台湾现代诗人们来说，这种情绪并非只是"移植
的"，而且是"根生的"，是台湾政治现实和经济现实所形成的一种
社会情绪的反映。余光中在分析孤绝感时曾说："西方人的失落，大
半是因为机器声压倒了教堂的钟声。中国人的失落，恐怕在于农业
文化的价值面对工业文明的挑战所呈的慌乱。机器对于西方人的威
胁，似乎是时代的：面对自己创造出来的工业文明，西方人有作茧
自缚之恨；但它对于中国人的威胁，不但是时代的，还是民族的，

---

① 洛夫：《超现实主义与中国现代诗》，《洛夫诗论选集》。
② 洛夫：《超现实主义与中国现代诗》，《洛夫诗论选集》。

因为工业文明是外来的，意味着帝国主义的侵略，和西方文明对于中国文化的挑战。"① 这个分析是中肯的。30 年来台湾社会的发展，使政治、经济和文化都沦为西方的附庸。孤绝主题的存在，便表示着对于这个现实的愤慨和不满。它的积极发展，便是后来在一部分台湾现代诗中出现的对现实的批判主题。特别是对于渗透西方腐朽意识的都市文明和工业社会的批判，更包含着一种觉醒着的民族意识。它也促成了台湾现代诗风的转变。如早期以"枫堤"的笔名参加"现代派"，后来用真名写诗，并成为"笠"诗社骨干的李魁贤，他的诗风变化，便反映着这种认识发展的过程。他早期的两部诗集《灵骨塔及其他》和《枇杷树》，基本上是西方现代诗的模仿之作。出版于 1966 年的《南港诗抄》，则是他自工专毕业后到台肥公司南港厂任职时的生活体验，诗中对台湾工业社会的批判，使他获得"工业诗人"的称誉。

台湾现代诗孤绝主题的另一个来源，是 30 年台湾孤悬海外的政治现实，造成人们心理上一种失落的反映。洛夫说："创世纪同仁大多出身军旅，是三十八年漫天烽火中随政府来台，弃家离国，孑然一身，既有惨痛的战火伤痕，又无安身立命的社会条件，内心之郁苦空虚忠实地反映于诗中，不是很自然的吗？"② 这种孤寂情绪，有时由于政治原因，表现得很含蓄、晦涩，但只要联系到这个历史背景，便不难理解。商禽有一首诗《门或者天空》，被认为是"超现实主义"的，其实却是很"现实"的。它写一个人在一座岛上，像一个"被囚禁者"，被"没有外岸的护城河"和铁丝网围绕着。他在痛苦的寂寞中伐下一棵树，做成一扇"只有门框的仅仅是的门"，于是他每天推门出去，走了几步又回来，又出去，又出来。诗在一连串"出去。出来。出去。出来。……"中结束。这首看似十分难懂的

---

① 余光中：《〈中国现代文学大系〉总序》，中国现代文学大系编辑委员会编，巨人出版社 1972 年版。

② 洛夫：《诗坛春秋三十年》，《中外文学》第 10 卷第 12 期（1982 年 5 月）。

诗,写的是台湾的实际,是商禽自己,也是同商禽一样离家弃国、失落孤岛的所有人们的精神状态,是一种无望的、痛苦挣扎的破灭感。

这种失落情绪,它的进一步发展,便是后来在台湾诗歌中相当普遍的乡愁主题。

乡愁,本来就是中国古典诗词中的一个重要的传统主题。不过历代文人墨客的乡愁诗,除少数如屈原或安史之乱中的杜甫那样,能把个人的忧患和历史的命运结合起来之外,大部分作品,都停留在怀乡思亲的基础上,所表现的常常是一种朴素的乡土意识和个人情怀。历史为台湾的乡愁诗,准备了一个新的时空条件,使台湾的乡愁诗能够表现出一些新的特点。首先是台湾孤岛的现实和海峡两岸长达30余年的政治对峙,使隔绝在海峡彼岸的骨肉同胞,对大陆亲人故土的怀恋,和渴求祖国统一的愿望紧紧联系在一起。个人命运的祈愿,反映着历史发展的走向,便使这种原本只是基于个人情怀的乡愁,蕴藉着更深厚的历史内容。其次是对比着30多年来台湾日益西方化的现实,而升腾起来的对祖国悠久历史、灿烂文化和壮丽河山的怀恋、向往和讴歌,作为一个"龙的传人"的自豪和自许,使台湾的乡愁诗,从一般的乡土意识升华为洋溢着爱国主义感情的民族意识。正是在这个意义上,台湾的乡愁诗越来越显出它的重要价值。

在台湾的现代诗创作中,还有一个相当普遍的主题,是表现个人的爱情和亲情,即所谓"纯情"诗。这部分作品大都写得委婉细腻,真挚动人,尤其是一些女诗人的作品,常以其执着坚贞的感情,给人以强烈的感染。这类作品,艺术上也较完美,是台湾现代诗中值得注意的一部分。

一个再造的语言世界：台湾现代诗的艺术观念

台湾现代诗的艺术观念，主要也是来自于西方的现代主义文学思潮。它的一个基本出发点是：通过语言去再造一个世界。西方的现代主义文学认为，当人处于和自然与社会隔绝的时候（这种隔绝是现代主义文学产生的重要背景），人便只有转向自己内心，去再造一个属于自己主观的世界，以取得精神的平衡。这个再造的世界，是一种幻象（整个世界幻象，或者是从这个世界抽离出来的某些事物的幻象），它和外在的客观世界不同，甚至是互相隔离的。正因为如此，在波特莱尔的散文诗里，丑会焕发美的光辉，在马拉美的十四行诗中，象征理想的天鹅能泳翔在结冰的湖里……它们在现实中虽不存在，但在诗里存在。所以，象征派的理论家瓦莱利说："这样解释以后，诗的世界就与梦境很相似，至少与某些梦所产生的境界很相似。"① 这个诗的主观世界的再造，可以有各种手段，但主要是语言。瓦莱利说："在这些创造诗的世界并使它再现、使它丰富的手段中，最古老、也许最有价值然而最复杂、最难使用的一种，是语言。"② 因此，希望通过语言去创造一个包孕自己美学理想的，经过自己解释重新建立起来的世界，便成为一切现代派诗歌最重要的美学特征。

台湾现代诗的许多具体的艺术观念，就是建立在这样一个美学出发点上的。它一开始就使台湾现代诗的艺术追求，带有浓厚的主

---

① ［法］瓦莱利：《纯诗》，伍蠡甫、林骧华编：《现代西方文论选》，上海译文出版社 1983 年版，第 27 页。

② ［法］瓦莱利：《纯诗》，伍蠡甫、林骧华编：《现代西方文论选》，上海译文出版社 1983 年版，第 28 页。

观色彩。

首先是关于诗的本体论。这是台湾现代诗很重视的一个问题。他们从追求诗的"纯粹性"出发，要求划清"诗"和"散文"的界线，把"散文"逐出诗的圣坛。纪弦认为：这是现代诗对于过去一切诗歌最"本质"的革命，如何区别诗和散文？他们一再引用瓦莱利的一个著名比喻来说明散文的"具体指涉性"和诗的"无限暗示性"的区别。瓦莱利认为散文是走路，而诗是跳舞。走路有一个具体的行为目标，这个目的地达到了，行为也就完成了。而跳舞是一系列动作的编排，它自身构成一种秩序，一个属于自己的美感世界。它的目的和意义就在舞蹈本身之中。虽然它也行进，但不是要"跳"到某个地方去，它所追求的某个目标，不是一个具体的目的地，而是一个具有无限暗示意义的美感经验的目标。从这个观念出发，台湾的现代诗论者认为，诗的"纯粹性"首先就表现在它的"超越性"上，它没有像散文那样有具体的实用价值；其次是它的"暗示性"。诗虽然没有实用价值，却有人文价值，所谓"一般价值标准以上的价值"。洛夫说："根据我的看法，诗的价值是在'以有限暗示无限'，'以小我暗示大我'。所谓'以有限暗示无限'，就是时空的延伸。诗人可以在一粒灰尘中看出一个宇宙来。他在有限的时间里抓住一顷刻，在有限的空间中抓住某一点，然而通过意象世界使它延伸扩大，而达到普遍化和永恒化。"[①]

这些区别主要来自于语言。在他们看来，散文的语言，是一种工具性的表达，目的在于清楚明白地说明事物和事物的某种性质、意义、过程。因此，这种语言是演绎的，可以分析的，并且是允许互相替代的，"好比小姐的帽子，玛丽可以戴，琳达也可以戴"（洛夫语），这是一种只限于本身含义（字典上的含义）的知性语言。而诗的语言，"是感悟的，而不是分析的，是呈现的，而不是叙说的，是暗示的，而不是直接的，是生长的，而不是制作的"，这是一种超

---

① 　洛夫：《诗的欣赏方法》，《洛夫诗论选集》。

越本身含义的感性语言。他们极端地认为："如诗中仅有语言本身的意义，纵使这种意义具有深刻的哲思或道德的价值，但本质是非诗的。"（洛夫语）

台湾现代诗所追求的这种不受知性沾染的语言，就是意象的语言。意象，也是台湾现代诗的重要的艺术观念之一。它来自于 20 世纪初期意象派诗歌，但台湾的现代诗人们却从意象派的代表庞德追溯到中国古典诗歌和古典诗论，从中找到这个艺术观念和自己民族传统美学的联系。意象派主张以客观准确的意象来代替主观情绪的发泄，他们认为意象是一种"在一刹那间表现出来的理性和感性的复合体"。因此具有活力的意象，"在任何情况下都不只是一个思想，而是一团、或一堆相交触的思想"，作为诗人主观情绪对应物的这个意象，便具有丰富和广阔得多的暗示和象征意义。诗人只需通过意象的苦心经营，便能使自己有限的经验世界，上升为无限的精神世界。所以，这种意象的方法，就成为现代诗实现自己"纯粹性"和"超越性"目标的主要艺术手段，这种寓知性于感性，鲜活有力的意象语言，也成为现代诗的主要语言。

然而，还在 19 世纪，当瓦莱利倡导这种"纯诗"理论时，他自己就存在无法排解的矛盾，而认为自己追慕的这种"绝对的诗"是不可能存在的。台湾的现代诗人们也深深感到这种困惑。洛夫说："语言固然有其暗含的意义，同时也有它本身的意义，也就是字典中的意义。所以语言本身既是文学的，也是科学的，是抒情的，也是分析的，我们无法摆脱语言而谈诗。""一个作者可以任由心灵的流动，意象的迸发而不施以理智的控制。但对一个充满世俗经验，习惯于剖析推理的读者而言，又如何使他一方面开放感情的窗，另一方面关闭知性的窗？"① 于是他们只好陷入痛苦的二元论之中，一方面明知"纯诗"之不可实现，另一方面又把"纯诗"当作现代诗最

① 以上引文均出自洛夫：《中国现代诗人的成长——中国现代文学大系诗选序》，《洛夫论选集》。

高的美学目标来追求。其结果是进一步造成诗的虚脱和语言的晦涩。

对台湾现代诗创作另一个具有重大影响的观念是追求现代诗语言和形象结构上的饱和的"张力"。痖弦说过，现代诗人的艺术之一，就在于排斥散文的侵袭和保持作品的张力上。洛夫也说，诗的暗示性又产生于语言的张力。

那么，什么是"张力"呢？台湾的现代诗论者大都援引新批评派理论家阿伦·泰特的解释认为：在一首完整的诗里，存在着两种力量：外缘意（或叫外张力）和内涵意（或叫内张力）。前者指的是诗的外在的指涉意，而后者是它的内在的感知意。这两层意思本来是不协调的，但是他们在诗中构成一个矛盾的统一体时，便形成了一种张力。这个从物理学上借用来的张力的概念，在这里指的是诗的一种矛盾的构成，是存在于诗中的两种以上不和谐的因素，所构成的一个新的和谐的秩序。比如庞德一首曾经一再被引证的诗《在一个地铁车站》：

> 人群中这些面孔幽灵一般显现；
> 湿漉漉的黑色枝条上的许多花瓣。

这里幽灵一般显现的面孔和枯死的黑色枝条上芬芳的花瓣，无论词组的搭配、意象的对比、句与句之间的联结等等，都是由一系列不和谐的，不合逻辑的矛盾因素所构成的一种荒谬的情境，但是，它在表现作者刚刚看到从阴湿的地铁通道迎着地面的阳光走来的人群时，"那一瞬间"的感受，却是真实的。这种"既谬且真"的矛盾情境，以及由矛盾的句法、不合逻辑的比喻、互相冲突的意象等等联结形成的一个新的和谐统一的秩序，使这首诗存在着由强烈对比所产生的抗力，这便构成了这首诗的张力。

这种"张力"的理论，被很广泛地运用在台湾现代诗的创作中：首先，它表现在整首诗的构筑上。他们认为一首诗的创作应当做到像一座屋宇的建筑那样，诗中的每一部分，大到一个章节，小至一个意象，都应当由充满张力的钢筋联系着，不能随便从中抽取任何一句或一个意象的，否则就是一首失败的、散文化的诗；其次，张力还表现在整首诗的总体和它的每一个意象的联系上。犹如大宇宙和小世界。一首诗是一个大宇宙，它由许多意象的小世界组成，中间由张力联系着。离开了意象的小世界，诗这个大宇宙就不存在，而离开了作为整体的诗，单独的意象也就失去意义。同时，张力还存在于诗行和诗行、意象和意象的联结之间。它的表现形态是多样的，或许是矛盾的句法，或许是意象的对峙，或许是相克相生的情景，甚至声音和色彩的交感，想象和听觉的开启和切断，象征的运用与捕捉，歧义、反语等等。总之，随作者各自的创造和每首诗不同的要求而各呈异态。但目的都在从矛盾中求取和谐，在混乱里建立秩序，以荒谬达到真实，借单纯去表现繁富。它服膺于现代诗的一个总的美学目的，即从语言中去重新创造一个世界。

现代主义作为人类思维发展中出现的一种把握世界和再现世界的方法，是对浪漫主义和现实主义的艺术把握方式的扩展。台湾现代诗承袭着西方现代主义文学的许多艺术观念，一方面使它在内容上走向解索维艰的迷宫，另一方面又在一定意义上丰富了新诗的表现手段，提高诗质的密度，对整个诗歌艺术是一种发展。这是需要从具体作品出发，一分为二地具体分析、区别对待的。

关注现实和重认传统：对现代诗的批评及其新的发展趋向

台湾现代诗从它出现之日起，便一直处在尖锐的批评声中。30年来，发生过几次较大的论争，虽然每次论争的起因不同，但最终都归结到现代诗和传统以及现实的关系这两个根本问题上。

首先是50年代，当纪弦刚刚筹组"现代派"，提出现代诗"六大信条"时，就受到来自反对现代诗的人（如寒爵）和现代诗内部不同派别（如"蓝星"）的尖锐批评。这次论争主要集中在"横的移植"的口号，以及服膺于这一口号的现代诗某些艺术观念如"知性"上。在这场论战中，"蓝星"表现得最活跃。覃子豪、黄用、余光中等都写了一批重要文章，如《新诗向何处去?》《关于新现代主义》《从现代主义到新现代主义》等，"对于纪弦切断中国诗的传统联系表示强烈抗议"（痖弦语）。纪弦也著文反驳。由于派系偏见，使这场本来是严肃的理论分歧的争论，后来发展为情绪化十分强烈的混战，以致被讥为"现代诗人们的一次内讧"。

　　接着是 1959 年到 1960 年间，由台湾一些专栏作家如言曦、孺洪等发动，后来又有部分学者、作家如苏雪林等介入的对现代诗"晦涩难懂"的批评。这次主要的批评对象是刚揭起"超现实主义"旗帜的"创世纪"诗社。争论虽然从语言问题发端，实质上却涉及现代诗——尤其是超现实主义的许多根本观念，如"反理性""反传统"等，最终仍然归结到对于现代诗"师承西洋，背离传统"的责难。

　　这两次论争，对于台湾现代诗后来修正自己理论上的某些偏误，不能说没有益处。它使得现代诗人们不能不多少考虑一下究竟如何对待自己民族的文化传统，和在这基础上真正"有所扬弃"地借鉴西方的现代派文学。但是，从根本上说，在 50 年代台湾的社会条件下，西化是一种必然的现象。纵使如"蓝星"诗社诸人，在理论观念上反对纪弦的"横向移植"，在创作实践上仍然不能排拒西方文化的影响，而和"现代派"一样走同一"横"的取向。因此，发生在 50 年代的这两次批评，自然无法从根本上转变现代诗脱离现实、背弃传统的偏误。

　　进入 70 年代，台湾现代诗人又展开一场更大规模的论战。这次论战，无论从意义、时间和影响上看，都超过前后两次。它发生在台湾现代诗纪念自己诞生 20 周年之时。首先是关杰明一篇用英文写的《现代诗的困境》，接着是唐文标一篇未被"现代诗回顾专号"采用的全面抨击现代诗的长文《诗的没落——台湾新诗的历史批判》

在《文星》发表，揭开了被称为"唐文标事件"的清算现代诗弊端的论战；它同时也成了在台湾文学发展上具有重要意义的"乡土文学论争"的序幕。比起前两次批评，这场长达五年之久的论争，是在一些新的社会思潮下发生的。70年代初期在台湾发生的"保钓运动"，大大激发了台湾年轻一代的民族意识。由政治上的反美情绪，逐步发展为在经济上对美、日国际资本入侵的揭露和批判，进而在思想文化上，出现一个要求清除西方影响，寻找自己文化民族归属的思潮。台湾现代诗的问题，便是在这一思潮下被重新提了出来。对现代诗弊端的认识，就比前两次批评深刻很多了。陈映真在评述这场论争时说："在这个论战中，相对于'现代诗'之'国际主义'、'西化主义'、'形式主义'和'内省'、'主观'主义，新生代提出文学的民族归宿，走中国的道路；提出了文学的社会性，提出了文学应为大多数人所懂的那样爱国的、民族主义的道路。他们主张文学的现实主义，主张文学不在叙写个人内心的葛藤，而在写一个时代、一个社会。"① 这里不仅批评了现代诗背弃传统、隔绝现实和脱离群众的根本弱点，而且触及了台湾文学发展的爱国主义内容、民族化道路和现实主义方法等一系列重要问题。

在新的社会思潮和这场论争的冲击下，台湾整个诗坛不能不发生重大变化。首先是相对于现代诗，出现了一个以"笠"诗社为代表的现实主义诗歌潮流。"笠"诗社成立于1964年6月，由吴瀛涛、桓夫、詹冰、林亨泰、锦连、白萩、赵天仪、薛柏谷、黄荷生、王宪阳、杜国清、古贝等12位台湾省籍诗人发起。最多时成员达50余人，包括了从五十几岁到二十几岁的所谓"战前派"、"战后派"和"新生代"的几辈作家。本来，在日据时期的台湾文学中就存在着一股受五四新诗影响的现实主义诗歌潮流。到了50年代，这批诗人大都因为需要重新学习中文而中止了创作。在战后成长起来或走

---

① 陈映真：《文学来自社会反映社会》，尉天骢主编：《乡土文学讨论集》，远景出版事业公司1980年版。

向活跃的作家，如林亨泰、白萩、黄荷生等却因受时潮的影响，活跃于现代诗的各诗社中。到了 60 年代中期，"战前派"的作家在克服语言障碍以后大都重新开始创作，而林亨泰、白萩等也逐渐转变诗风，他们和在台湾光复后受中文教育成长起来的新一代作家一起，成了"笠"诗社的中坚。不过在初期，"笠"诗社所持的是"站在联结两极端"的"中庸之道"，这可见于他们在 1969 年编选出版的《华丽岛诗集》后记《中国现代诗的历史和诗人们》。① 但是到了 70 年代后期，当他们重新编选"笠"诗社同仁十五周年选集《美丽岛诗集》时，在序言就公开宣称他们是"以台湾的历史的、地理的与现实的背景出发的，同时也表现了台湾重返祖国三十多年来历经沧桑的心路历程"。因此萧萧评述"笠"诗社时认为他们具有三个特点："一是乡土精神的维护，二是新'即物主义'的探求，三是现实人生的批判。"② 现实主义已成为"笠"诗社创作的最大特色。

　　和"笠"诗社一起发展向现实主义诗歌潮流的还有 70 年代以后涌现的一大批青年诗刊。这些青年诗人大都有着和 50 年代现代诗人不尽相同的生活经历和文化背景：其一是他们都是在台湾本岛接受中文教育成长起来的，没有日据时期作家那种异族统治的压迫感，也没有由大陆流落台湾的作家那种失落的情绪和破碎的乡愁；其二，他们所面临的是台湾在外资入侵下由农业社会向工商社会转化的压迫和不满，是渐渐觉醒的民族意识；其三，在台湾局促的天地里更激发了他们对于祖国悠久历史、灿烂文化和辽阔河山的追慕和向往。他们诗歌创作的思想和艺术追求，便基于这个基础。其中可以"龙族"诗社为代表，由林焕彰、林佛儿、辛牧、施善继、萧萧等于 1970 年创刊的《龙族》，最初以"回归中国"为目标，企图力挽十多年来"横的移植"之偏差走向。一年后他们又以关怀现实、揭露生

---

　　① 笠诗社：《〈中国现代诗的历史和诗人们——华丽岛诗集〉后记》，载《现代诗导读·史料篇》。

　　② 萧萧：《现代诗史略述》，载萧萧著：《现代诗入门》。

活为主要抒写对象。他们曾以一期"龙族评论专号"发动对现代诗的批评，而引起社会注意。除"龙族"外，还有提倡"以乡土语言写乡土事物"的"主流"诗社等。就个人的创作看，吴晟的乡土诗集《泥土》，取得了较高的成就。

其次，从现代诗的内部看，70年代的论争，在一定程度上，推动了现代诗人正视自己的缺点，开始修正自己的错误观念。这种情况，在60年代末期已经出现。实际上进入70年代以后，台湾现代诗发展初期的几个诗社均已停止了活动。现代诗人成了"散兵游勇"。1970年，由原"南北笛"和"创世纪"的骨干，联络流散于各地的早期现代诗人，重新发起成立"诗宗社"，他们就以"对现代诗的再认"和"对中国诗传统的重估"作为自己的两大目标，表现出他们自我批判的倾向。不过，他们这种批判，主要是对"全盘西化"的修正，如痖弦所说的"现代中国诗无法自外于世界诗潮而闭关自守，全盘西化也根本行不通，唯一的因应之道是在历史精神上做纵的继承，在技巧上（有时也可以在精神上）做横的移植。两者形成一个十字架、然后重新出发。……把现代中国人表现感情的、思维的、生活的、哲学的、道德的方式传达出来"。这种认识的转变，是可贵的。倒是在创作上，出现了较大的变化：一部分现代诗人，转向了现实主义，比较明显的如白萩、杨牧、施善继等；普遍也都加强了自己作品的现实倾向，包括倡导超现实的张默、洛夫等；更多的是增强自己作品的历史精神，不仅是像早期有些诗人如郑愁予、周梦蝶那样，只是把古典的意象、句法和典故进行现代的转化，而是直接把古代的神话传说、故事、人物和场景，进行再创作，使自己作品洋溢着历史的感情和东方的情调；在语言上，也逐渐从"虚无""晦涩"转向"积极""明朗"（余光中语）。这一切都显示出台湾现代诗的一个新的发展趋向，对于民族文化的认同趋向。虽然还不能认为，现代诗在台湾已经失去它生存和发展的土壤，但就整个诗坛说来，50年代台湾那种现代诗一统的局面，确实已经结束了。现实主义诗歌正在成长。切断传统和隔离现实的现代诗日渐颓落，却是谁也不能否认的现实。对此，李欧梵在他的《中国现代文学的现代主义》一文中，认为："在过去几年提倡护卫乡土的反对力量逐渐增长时，台湾的文学，诗和小说都一样，似乎已经跨越其'现代主义'的时期。"所不同的是，在80年代以后的台湾诗坛上，重新崛起的现实主义诗歌，接受了现代诗的某些艺术方法，呈现出另一种新的艺术局面。

结　语

现在，当我们对台湾现代诗做了一番粗略的考察之后，可以获得如下几点认识：

一、台湾现代诗是中国新诗发展上那股时断时续的现代潮流，在50年代以后台湾特殊的社会历史条件下的一种极端的发展。现代主义在中国新文学史上虽然不断出现，但始终没有成为大气候；却在50年代以后的台湾发展成为一个普遍的、完备的文学运动。即不仅在诗，而且在小说；也不仅在文学，而且在其他艺术领域，都历经自己发生、发展的过程。在有些门类，例如诗歌，甚至成为一个时期的主流。因此，剖析一下台湾现代诗的历史，对我们认识现代主义，当是有益的。它的存在和发展，是一种现实的必然，应当成为我们文学的一种丰富，是我们一份与浪漫主义、现实主义具有同样价值的可贵的艺术积累。

二、30年来的台湾现代诗，割断传统和脱离现实，是它根本的两个弊端。前者最典型的表现是"横的移植"的理论倡导，后者最突出的代表是"超现实主义"诗歌的出现。它们都是从政治、经济到文化广泛接受西方影响的台湾社会现实，在诗歌中的反映。但是在台湾现代诗的发展中，也出现了一种趋势，即民族性和现实性的逐渐增强。这种情况和中国新诗发展上曾经出现过的现代潮流，有某些相似之处。三四十年代一度活跃的现代诗，由于时代浪潮的冲击，大都随着作者走向现实和投身革命，而增强自己作品内容的现实因素，成为他们现实主义艺术的一份营养。台湾现代诗70年代以后出现的重认传统和关怀现实，便反映着这种民族性和现实性的加强。尽管是有限度的，但值得重视，它预示着台湾诗坛可能的变化。

三、台湾现代诗的艺术观念，主要来自西方的现代主义文学。它和作品所欲表达的超脱尘寰的内容，是相适应的。但是，作为一种具体的艺术手段，在人们寻求多侧面地来表现世界，特别是人的主观世界时，现代诗的一些成功的艺术实践，是可以借鉴的。它对于提升诗的内涵，丰富语言的表现力，是有益的。当然这种借鉴同时也是一种扬弃，它必须是在表现自己富有民族特点的社会生活中，有选择地吸收。

四、从日据时期开始的台湾诗歌，在五四新诗革命的影响推动下，现实主义是它的主潮。虽然它在三四十年代，也曾受到日本现代诗的影响，但和整个新诗一样都未曾占据主导地位。只是到了50年代，由于政治方面的原因，台湾省籍诗人中的现实主义创作消竭了；而受日本现代诗影响的诗人，与大陆去台的诗人汇合一起，形成了占据台湾诗坛主导地位的现代诗潮，并一直持续到70年代以后。乡土文学论争进一步唤醒了台湾文学的民族意识，诗歌中的现实主义也重新崛起，并且形成了堪与现代诗相抗衡的现实主义诗潮。特别是七八十年代以后走上诗坛的青年诗人，在吸取现代诗某些艺术积累的同时，都具有比较强烈和鲜明的现实意识。它提示着台湾整个文学的新的历史走向。

（原载《第二届台湾、香港文学研讨会论文集》，福建人民出版社1984年版）

香港文学研究的几个问题

今年夏天，由于岭南学院现代中文文学研究中心提供的机会，使我有可能对香港社会文化环境和香港文学，做比较切近的观察和思考。在与各方面作家、学者的接触、交谈中，受到很多启发。我愿意将自己想及的问题，提出来向大家请教。首先必须申明的是，我对香港文学的接触才刚开始，研究尚谈不上，其中必有许多孤陋之见。不过我真诚地感到，对于香港文学某些带有前提性和普遍性的问题，不从理论上辨识清楚，让其成为盲点，必会障碍我们研究的深入——至少对我说来会是如此。因此我才不揣冒昧地提出来，以期抛砖引玉，求得行家的教正。

关于香港文学生成和发展的社会文化环境

文化是文学发生和发展的温床，不仅影响着文学的存在形态，而且影响着文学的运动方式。因此，对文学生成和存在的社会文化环境的考察，有助于我们对某一特定地区文学的认识。在当代中国文学的整体视野中，香港文学所以引起我们特殊的关注，恰是它迥异于大陆的特殊社会文化环境，赋予它特殊的性质和状貌。

无论从历史还是现实看，香港文化就其基本类型，是岭南文化的一翼。原生于五岭之南的百越先民，在秦之后才接受南来的中原文化的融合而成型的岭南文化，本身就具有边缘文化的非正统、非规范的远儒性；在历史的发展中，得益于背山面海的地理环境，率先与域外的交往形成了它文化的开放性和兼容不同文化的多元性特征；而与域外交往带来的商贸活动，又使它不同于稳固在小农自足经济基础上的中原社会，激发了与传统重农抑商相抵牾的商品意识，和区别于禁欲主义的讲求实惠的享乐精神。这一切并不以理性见长地存在于儒政经典之中，而浸透在市井小民感性的世俗生活里的文化特征，无不在香港近代以来的社会发展中，获得了充分的发挥。这是香港文化最基本的内核，是它派生出各种次文化现象的最潜在的基因。

另一方面，鸦片战争之后香港割让于英国，导致了一个半世纪以来英国文化和随之而来的西方文化的大量涌入。代表殖民者文化意识的西方文化，与以岭南文化形态出现的汉民族文化发生着激烈的碰撞。一方面，它以先进的科学技术和现代的经济观念，推动着香港社会朝着国际化的经贸大都会的方向发展；另一方面它又使传统的中国文化在外来异质文化面前，呈现出颇为复杂的状态，其开放的一面是吸纳异质文化的优秀成分在自身发展逻辑上朝着现代化的方向演进；而其保守的一面则是固守自身的文化传统以作为对异质文化的排斥和反弹。这就是我们今天看到的香港，它既不是一个完全西化的现代大都市，也不是一个中国传统的封建城郭；而是一个华洋杂处、东西并存、各守一方，也互相交会的，在中国传统基础上深受西方影响发展起来的现代金融、商贸中心。笔者在一首诗里曾经称它是"一支弹奏西方故事的东方古筝"。在这里，既可以看到最为西化的洋人生活方式和逐渐浸入了香港世俗生活之中的西方文化观念；也可以看到一个多世纪来几乎没有多少变化的沉潜于社会底层的生活习俗、民风世情。当你在一家跨国经营的现代大公司里发现敬奉着观音佛祖财神爷，和你在最古老的占卜跳神风水命相馆中看见用电脑测算一样，都不必奇怪。香港在飘散西方现代文化的空气中，也袅绕着阵阵中国古老的线香烛火。它出神入化地把二者弥合在一起，使这块既是西方政治、经济、文化势力入侵古老帝国的桥头跳板，也是中国传统文化最先迎受现代冲击的敏锐前沿，最充分地发挥着岭南文化开放性、兼容性和多元性的特色。

一个多世纪以来（特别是近半个世纪以来），香港所有的政治、经济、文化的发展与变化，几乎都可以从这一具有深刻历史蕴含的社会文化环境中找到它深层的历史原因和现实机缘。

如果说香港的政治、经济，更多地由于它受英国殖民统治和国际都市的外来影响，以西方的模式为主导；那么，我们往往也会存在一种误识，以为香港是个以外来的西方文化为主导的地方。其实并不，香港的文化发展更多地固守着东方的传统，在整体的走向上，并未逸出近代以来中国传统文化艰难向现代化过渡的历史框架。因为从客观上看，英国殖民者对于香港，并没有像对其他一些英联邦国家那样，从政治、经济到文化、教育，投以全面的关注，而比较侧重于香港这一东方现代大都市的经济价值。相对于其他英联邦国家，英国文化给予香港文学的影响也就有限。事实上，香港并没有几个作家，主要是接受英国文学的传统成长起来的。即使我们常说的外来影响，还有与英国文学等量齐观，甚至超乎其上的法国文学、德国文学、北欧文学、美国文学和近年的拉美文学等。相反的倒是在几乎所有的香港作家身上，都可以找到深厚的中国人文传统，成为他们文学创作的基因和表征。

这一与政治、经济相悖的文化情状让我们注意到，主导香港文学发展的，并非和香港政治、经济一样，是来自于英国或西方的模式与影响，而是中国的文化和文学传统。虽然我们同时也应注意到，相对于中国的内地文学，香港文学所受的外来影响，要更直接、大量和尖锐一些。不过它也和多元文化在香港社会的存在一样,中国传统与外来因素,或各自独立发展,或互相交融吸收,以文学的多种样貌,来反映香港社会的多样人生和文化的多元存在。

这是我们认识香港文学存在和发展的社会文化环境的一个最基本的方面。

关于香港的政治空间和政治文化对文学的影响

香港文化的多元性和兼容性,还表现在政治文化上,使香港成为一个容存着不同政治力量的多维的社会空间。

一个多世纪以来,英国对香港实行殖民统治,殖民政治是香港社会的主体。但在不妨碍殖民利益的前提下,香港当局对于不同政治势力在香港的存在和发展,保持着表面上相对超然和默许的态度。这就使得香港在很长时期以来成为国内政治斗争的缓冲地带和转移之地。特别是卷入政治斗争的文人作家,在政治形势不利时往往避风香港,利用香港相对自由的政治空间,继续进行文化活动。饶有兴味的是这种现象,在不同政治倾向的文人中都出现过。20 世纪 30 年代后期是内地文人大量避居香港的一次高潮。其原因是抗日战争的爆发,不愿当亡国奴的作家纷纷从东北、华北、东南、华南取道香港,或羁留,或转向大后方。40 年代后期是又一次高潮,其原因却是国共战争的开始,在白色恐怖中的国统区的左翼作家纷纷转入香港,等待新中国的诞生。40 年代末 50 年代初是再一次高潮。一方面是左翼文人离开香港北上参加新中国的建设;另一方面却是倾向国民党的文人作家为避开新的政权南来香港。每次文人来港,都沸沸扬扬地掀动香港的文化浪潮,既以他们自身的创作构成了香港文坛的特殊风景,也带动了香港本地的文学发展和作家的成长。这一特殊现象造成了难以界定的香港作家的流动性，和吸纳了大量内地人生经验和文学创作的香港文学的兼容性。

50 年代以后情况有所变化。一方面是东西两大阵营划分的世界局势，使处于西方包围中的新中国政权采取闭关政策，隔绝了与香港的各方面联系，客观上促使香港文学走上一条不完全相同于大陆模式的分流的道路。另一方面，利用香港介乎于大陆和台湾之间相对自由的政治空间，两岸都相继派出一些经济、文化机构，其实质仍是在大陆已经决出军事胜负了的国共两党斗争，借香港以经济和文化的形式继续展开政治角力。它造成围绕在两派周围的香港文化界的严峻对峙。特别是接受美国经济支持的所谓"绿背文化"（美元文化），更使在政治上倾向西方和台湾的文化人，格外活跃。

50 年代以来的香港文学就是在这样一个复杂且时有变化的政治环境中发展。一方面相对开放、自由的社会空间和较少的政治禁忌和文化设防，提供给了香港较为开阔的文化视野。香港作家有可能从不加设防的八面来风中，获得正在发生和发展的各种世界性文化和文学思潮的信息；同时也接触到两岸各有禁忌的五四以来不同的文学作品。这一点常使香港作家引为自豪。当大陆的文化政策将国门之外的几乎所有西方文化和文学，都视为洪水猛兽和文化垃圾而严加排斥时，香港作家却可能从中吸取营养，了解和努力跟上国际潮流。而当台湾当局出于恐惧和偏见，将五四以来所有左翼和留在大陆的作家及作品，统统列为禁书，而使台湾文学的发展一度和五四新文学传统断层时，香港作家却可以通过不同渠道，广泛读到五四以来的优秀文学作品，既有被台湾查禁的鲁迅、郭沫若、茅盾、巴金、老舍、曹禺、艾青、丁玲等的作品，也有在大陆受到批判或悄悄被抹去的周作人、林语堂、梁实秋、徐志摩、沈从文、张爱玲等的作品。这使香港作家在认识和接受五四文学传统时，避免了台湾出现的断层和大陆存在的偏颇。从对世界潮流的吸收，到对自身传统的承续，都得益于社会环境的开放，而获得较为开阔的文化视野。

　　然而，另一方面，共存于香港这一狭小空间的不同政治力量，辐射到文化和文学上来，在使 50 年代初期大批旅港的爱国文化人北上之后相对沉寂的香港文坛，重又热闹起来的同时，也给香港文学留下了相当深长的负面影响。其一是按照不同的政治态度给文学（包括作家、刊物、出版社）划分左、中、右。文学是作家认识世界和把握世界的一种艺术方式。它可能是政治的反映，也可能是对政治的超越。不过 50 年代介入文学的强烈政治意识，都力图把文学变成一种政治斗争手段。企望超越政治派系和意识而独立存在的文学，几乎不能存在。因此，只要你写稿、出书，不管你愿意不愿意，你都或深或浅要被纳入这种政治划分之中，且随着政治的变化，不断有新的分化组合。这在当时虽是一种实际情况，有着难以排拒的社会原因。但这种离开文学本位、以政治代替文学的风气，显然恶化了香港文坛的生态关系，造成了香港作家派系划分的对立和隔阂。虽然随着政治的逐渐淡化，这种划分也逐渐消失，但它遗留下香港文坛不够团结的病根，时至今日，仍难以完全消除。

　　其次，政治过多地侵入文学，削弱了文学自身的价值。作为 50 年代香港文坛的过来人，刘以鬯先生有一段论述可以佐证："……市场虽有过多的出版物涌现，大部分是廉匮的，'纯为政治服务'的东西。这些东西不但削弱了独立机构出版物的销售能力，也使纯商业机构的出版物受到排挤。'绿背'已变成吸铁石，作家们像小钉子被吸了过去。政治不断蚕食文学，文学几乎变成政治的一部分了。在那个时期，即使张爱玲那样有才华的作家，从上海来到香港后，也写了《秧歌》与《赤地之恋》：……在'绿背浪潮'的冲击下，作家们不但失去独立思考的能力，甚至失去创作的冲劲，写出来的作品，多数因过分重视思想性而缺乏艺术魅力。"[①] 这是就"绿背文化"所引述的例子，另一边的情况当然也是存在。

----

① 　刘以鬯：《五十年代初期的香港文学》，陈炳良编：《香港文学探赏》，三联书店（香港）有限公司 1991 年版。

其三，过分强化了的政治意识，淹没了作家以艺术为本位的流派意识。当时不同背景下的文学刊物和社团，程度不同地表现出他们各自的艺术选择和流派倾向。其中当然会包含一定的政治因素，例如左派的刊物和社团，大多标举现实主义，而"绿背文化"支持下的刊物和社团，更多注重对西方现代主义的提倡。但在强化了的政治意识中，将对不同艺术方法的选择完全归结于政治态度，客观上造成了作家流派意识的淡漠。从 50 年代以来，香港几乎很少出现对文学发展具有重要影响的属于艺术本身的论争。因为所有论争往往会被赋予一定的政治色彩而转移了它自身的文学意义。久而久之，为回避政治论争便也只好回避艺术论争的这种无奈的心态，造成了香港文学流派未获充分发展的缺憾。虽然香港有着接受世界文化思潮的客观优势，但一定程度又被这种过分强化了的政治意识所消解。外来艺术思潮往往只及个人，而较少形成一种流派群体的运动。50 年代香港在介绍和试验西方的现代主义并不迟于台湾（有的研究认为先于台湾），但它却未能出现如台湾那样影响深广的现代主义文学运动，其原因恐怕与此不无关系。

文学会受政治的牵制，但也存在着对政治的超越。不同政见的报纸、刊物在香港的频频创办，其目的当然是为了政治的角力。但它提供的文学空间，客观上使沉寂的香港文坛热闹起来。而一些刊物，例如左派的《青年乐园》和"绿背文化"支持的《中国学生周报》，都重视对青年作者的培养。而从这两个刊物成长起来的青年作者，并不全都卷入政治之中。它们共同地为香港文学培育了一个年轻的文学世代。其他如对现实主义和现代主义的提倡，也都有着它们作为艺术方法在政治之外的自身的意义。在我们较多地着眼于政治对文学蚕食的负面影响时，也不能不看到它同时存在着的客观的积极作用。

50 年代政治与文学如此密不可分的情况已成历史。问题是我们怎样来看待和总结这段历史。就我的寡闻陋见，在一些专著和论文中，述及这一时期的文学，大多只是就事论事地按照左、中、右的划分来分析当时的文坛现象，甚至站在某一派系的观点来介绍。将文学作这种政治定性的类别划分，是政治研究的命题，而不是文学的命题。文学有属于自身的艺术规律、价值标准和讨论范畴。如何从文学的立场出发，超脱于政治的划分之上，深入艺术本质地来论析这一时期的文学，将是进入香港文学研究最先要遇到的一个难题，也是我们迄今尚还存在的盲点。香港文学研究要有所突破，首当其冲也在这里。

关于香港文学的"本土性——香港意识"及作家分类

由于历史原因所造成的内地作家对香港文学的参与，带来了香港文坛与内地文坛一体化前提下作家互为流动的多元性。当然，构成香港文坛主体的还是来自华南同属于岭南文化圈的两广作家，此外才是在不同时期因不同情况进入并居住于香港的上海作家、北京作家、东北作家、福建作家、台湾作家等等。他们所带来的多元文化背景，对于开放的香港文坛应是一种丰富，是香港文学建构自己艺术大厦的文化优势。

不过，相对于这些作家的活跃，近一二十年才较多进入文坛的在本港文化和教育背景下成长起来的新一代作家，开始提出了一系列关于本土化的文学命题进行思考和求证，甚至有呼吁开展"香港文学本土化运动"的口号提出。香港作家的界定，香港文学的本土性——外来性，香港意识——中国意识——世界意识等等问题，便成为深入香港文学研究首先必须认真面对的问题。

香港文学由内地作家来共同参与，如同内地文学（例如广东文学）也有香港作家的参与一样，既有历史的原因，也是现实的必然。因为，正如冯伟才在《评"香港文学本土化运动"》一文中所说的：

"无论我们承认不承认，香港在地理环境、历史源流、文化根源各方面，都是中国的一支，它不可能脱离中国的母体而单纯地'本土化'。"① 由于中国文学一体性的原因，使得中国各个省区之间的作家和文学互相流动和参与，成为十分普遍和正常的现象，香港也不例外。至于所谓香港的"本土"作家，本来也就是居住在香港的中国作家；其所谓"香港本地的文化和教育背景"，实质上仍是中华民族文化在香港的存在和发展，最大的差别也只是在较多接受外来文化冲击和演进中，呈现出某些香港地区的特殊形态，并非是另一种性质的文化。而"本土"作家的成长和成熟，丝毫也离不开内地作家共同参与所形成的香港文学环境和传统的熏陶和影响，都是接受中华民族文化的哺育。所谓香港的本土，不论从地缘上、历史上，还是文化上说，也都是中国的本土。"香港文学的本土化运动"，不仅在理论上讲不通，实际上也不存在。

倒是关于"香港意识"云云，有必要做一些比较细致的分析。从一方面看，"香港意识"的提出，反映出要求文学更深刻切入香港社会现实发展的呼声。香港社会的成熟，是在它作为一个国际性的金融、商贸中心的现代化大都市的建成，它才从英国殖民体系中逐渐脱颖而出，并且以与中国社会发展的不同形态，取得在国际社会中的独特地位。"香港意识"既是对香港社会现实的关怀，也是对深蕴在香港坎坷历史中发展起来的社会特征和价值的认识。历史上由于种种原因进入香港的作家，往往只把香港作为过渡性的容留之地，虽然以自身的文化活动和文学创作，参与香港的文学建设，成为香港文学的一部分；但往往也由于这种"过客"心态，缺乏对香港社会的认同，只展现香港以外的经验，而较少对香港现实的切入。近二三十年来，香港进入一个相对稳定发展的时期，并逐渐体现出自己成熟的社会特征，这就要求不论是早期来到香港还是 70 年代以后才移民这里的作家，认同香港，更多地在关怀香港现实的创作中，

---

① 《文学·作家·社会》，波文书局 1985 年版。

表现出香港社会的独特性格及其价值所在。这实际上也是香港文学取得自己独特价值的关键。从这个意义上说，"香港意识"的提出，有其积极的意义。

但是从另一方面看，"香港意识"与"中国意识"并不是一个对立的范畴。相反的，"香港意识"是"中国意识"的一种呈现。因为，孕育香港社会发展的殖民背景，包容在近代以来中国备受侵略和屈辱的历史之中；香港文化的现代都市形态，也是中国传统文化的一种现代发展的类型；香港社会今日所取得的成就，是生活在香港的中国人的共同奋斗和创造。提倡"香港意识"，并不必要，也不应该把"中国意识"作为排斥的对立面，这是首先必须明确的。其次，从文学的存在看，文学艺术的终极关怀，是对人性和人类生存境况的关怀。区域性的特征，只是走向这一终极关怀的手段和色彩，而不是文学的根本目的；在这个意义上，作家创作中的香港经验、中国经验，或者其他域外经验，在价值上都是同等的。问题只在于作家从这些经验的开掘和阐发中，在走向对人类的终极关怀上达到何种的深刻程度和动人程度。就一个具体的文学环境，总体来说，作家创作所传达的人生经验，宽阔一些总比狭窄要好。不同的作家从自己不同的人生经历出发，表现出他有切身感受和认知的不同世界和不同层面的人生经验，恰好可以体现出这个文坛的开阔、繁复和多元。因此从这个意义上说，对于来自不同方向的香港作家，可以提出认同和关怀香港的要求，却不应当限制或贬低他对香港以外其他人生经验的表现。这是一种文化气度，失却了这种气度，也就谈不上博大的文学的现代性。

与上述问题相关联的还有对香港作家的界定和分类。不少论述者往往习惯于按作家进入香港的不同时间、不同情况和不同的原住地区来给作家分类和文学分派。如所谓本土作家、南来作家、新移民作家、海外作家等等。诚然，相似的文化成长背景和人生经历，会给作家带来某些相近的特点，但这并不是绝对的。作家的人生经历背景，并不等于就是他的创作实际。何况，情况都在不断变化中。

而最能体现作家风格独特性的，不是写什么，而是怎么写。同样是40年代末50年代初定居香港的刘以鬯、徐訏和李辉英，他们迥然不同的艺术风格，既可能带有他们本根文化的差异，更重要的恐怕还是他们个人风格和艺术追求的不同。因此按作家的不同来源来给文学分派并无多少科学性可言。我们注意到这种情况，并不是为了分类的简便，而是借此更充分地认识香港文坛构成的多元性和包容性，它可能给予香港文学注入更广阔的历史视野和人生经验，从而使香港文坛显得更加丰富多彩。

关于"载道"与"消费"的文学观念的转变

流行文化和通俗文学，是初到香港的人最瞩目的一种文化景观，也是对内地产生最大冲击力的一股文化浪潮。通俗和高雅、流行和严肃、肤浅和深刻、即时和长效等等，常作为一对相互联系又相互排斥的命题，出现在评论家的笔下，用来优劣、褒贬传统观念下的文学和此类新兴的文化现象。不过，无论你怎样轻视、贬低通俗文化和文学，它都以无可抗拒的巨大存在，越来越多地夺走了传统出版物的读者。这就使得我们不能不更深入一层地来思考它出现和存在的背后原因和潜在力量。你不能不感到，作为一种新兴的都市文化形态，它正在推动着传统文学观念发生根本的转变。

战后香港经济的迅速发展，使香港成为一个具有国际影响的金融、商贸中心。现代都市社会的成熟，也催动了新型的都市文化的发育，形成了都市社会中的"消费人"和"文化消费"性格。在充满竞争的商业社会中，精神压力巨大和生活节奏紧张的都市人，对于文化和文学的本能要求，是舒缓紧张精神和调节生活节奏的一种愉悦和消闲。而在价值规律统治一切的商业社会，一切都是商品，包括满足人们愉悦和消闲需要的文学作品，都可以经由商业包装进入销售渠道，提供社会服务。于是，人对文化产品的拥有，便由过去无偿的精神分享，逐渐转变成有价的物质交换。这种推及极端的文学商品关系，自然要动摇传统的文学价值观和作家的创作形态。

中国传统的文学价值观是建立在儒家传统基础上的"载道"的文学观。所谓文章是"经国之大业，不朽之盛事"，赋予了文学极为隆重的社会使命感。"言志"、"教化"和"载道"，分别从作品内容、社会功能和终极目的上，给文学作了规范。虽然，传统文论对文学的审美、愉悦功能，都有所阐述，但审美和愉悦，都只能从属于"载道"这个根本的目标。这是建立在小农生产方式基础上的中国宗法社会，从维护固有秩序出发对文学价值的认定。现代工商社会的发展，打破了传统农业社会的自足经济体系和宗法结构。从封建宗法关系中解放出来的人，重新依附于商品关系之中。商品的消费和交换特征，使得具有消费品格的都市"消费人"，成为一种"新人类"。"载道"是一种宣传，是人在处于高度精神亢奋中的崇高追求；而崇高精神追求的宣传是不能讲等价交换的。"休闲"是一种消费，是缓解精神紧张的更接近于生理本能的需要。它不一定有崇高的精神目的，却是可以作为商品来求售（既然需要就存在供求关系而产生商品价值）。这样，在进入了现代商品社会之后，若无特殊的情况，文学的价值便逐渐地要由"载道"第一，而让位于"愉悦"和"休闲"第一。从"载道"的文学观向"消费"的文学观转化，这是现代工商社会由传统的农业社会转化在文学上提出的最根本的挑战。

当然，香港还不是一个充分发育成熟的现代工商社会。与现代大企业并存的"山寨经济"和驳杂的文化形态，都使香港还带有转型期的过渡性质。香港的历史，香港现实社会存在的种种矛盾，以及香港与内地千丝万缕的政治、经济、文化关系，都使具有强烈社会使命感的文学创作，仍然是香港文坛上一股强劲的力量。但就文化发展的趋势看，濡染着商品气息的这种文学价值观的变化是十分明显的。近年来不少研究和创作者，对通俗文学拥有大量读者，而严肃文学相对失落，常常发出慨叹，甚至把香港视作"文化沙漠"，希望有一种"真正的香港文学"出现，正是对这种转变中的香港文学存在形态的不理解和不适应。殊不知这就是香港文学，或者说是香港文学的一部分。从文化的角度考察香港文学，它迥异于内地文学的重要特征，就是它提供了从传统农业社会的现代工商社会转型中，文学价值观念变化的一种文学存在形态。只要不拒绝这种社会的转型（谁又能拒绝呢？），便无法拒绝这种文学形态的出现。研究香港文学的价值和意义，其重要的一方面也在这里。

社会是一个自我调节的大系统，文学也是。通俗文学的大量流行，并不能替代整个文坛，更不能成为社会文化的主导。一方面，从文学的运动规律看，越是进入现代社会，越不会以简单替代的方式，由一种文学替换另一种文学，而是以扇面展开的积累的方式进行。文学存在形态的越来越多样，反映了人类精神需要的越来越广泛。尽管随着文学价值观发生变化，失去了"第一"或"唯一"地位的负有社会使命感的"载道"的文学，仍然为这个转型期中的社会所需要，存在于这个多元的文学结构之中。另一方面，满足消费需要的通俗文学的大量流行，在社会的文学品位低俗化之后，会出现对这种低俗品味的文化反弹或反叛。它首先存在于学院里富有前卫意识的作家及其探索性的创作中，所谓"前卫意识"，从原则上说，是对一切进入经典的艺术方式的不满和反叛，而致力于去寻找和创造新的审美经验和艺术方式。而流行文学的审美特征恰恰与此相反，是利用读者对于传统艺术方式的审美惯性，在不需多少阅读思考就能轻松地接受中，让传统的审美经验（例如相似的故事框架，同一个模子复印出来的人物，老掉牙了的伤感、滥情和煽情等等），在不断的重复中更加老化和低俗化。前卫艺术的探索性和创造性，自然扮演了反叛通俗文学的先锋角色——而先锋往往是孤独的。另一方面，这种反叛或反弹，也来自传统方面具有深长历史和传统积淀的文学，是一个庞大的存在，它保有客观影响和拥有的社会基础，并不会轻易消失。我们讲转化，只是就其趋势而言，并非是将被替代。一个值得注意的现象是，以"载道"为本的社会性文学，面对固有读者的流失，也转向对于通俗文学某些形式的借用，和前卫文学某些创新艺术手法的吸收，以崭新的面貌参与阅读市场的竞争。这一迹象也促进了传统文学从价值观念到审美方式的更新。再一方面，这种反叛或反弹，还出现在通俗文学自身。其实，在通俗文学领域里，也有高雅与低俗、精致与粗糙、严肃创作与粗制滥造之分。追求高雅精致的比较严肃的通俗作家，也注意吸收具有创新意识的艺术手段，同时也赋予通俗形式一定的社会生活内涵，从而在作品的社会价值和艺术品位上提高了通俗文学的档次。与此相对的是一批前卫作家和社会型的作家，也下"海"投入通俗文学的创作，客观上也起到提高通俗文学品味的作用。这就使得香港的文坛，出现了三个互有吸收、挫动和转移的前卫型、社会型和通俗型的创作层次与作家群，从而打破了文坛的单一性结构。

文化提供给了我们观察香港文学的一个新的视角，也使我们对文学的现代存在形态获得新的认知。但对这些问题的认识分歧还很大。这只要从对通俗文学普遍所持的批评和摒弃态度就可看出一斑。我无意笼统地肯定通俗文学，对其必须就具体作品作具体分析。但却主张必须承认和接受它的存在，并从它的存在中看到社会文化心理的变化及其给予文学的影响。这个问题若不辨识清楚，香港文坛可能会被削去一半，香港文学研究或香港文学史的撰写，就难免有片面和偏狭之嫌了。

关于香港文学史的撰写

经过了十年研究的积累，一些研究者已在着手香港文学史的编撰工作。特别在多部台湾文学史出版以后，这项工作更引起人们的关注，包括香港文学界的关注。然而香港究竟有没有必要撰写文学史，香港文学的价值、位置和意义究竟在哪里，这仍然是经常要听到界内和界外的朋友质询的问题。

首先，你怎样看待文学史？

我向来以为，文学史的编写，有两种性质和作用。一种是对前人所创造的文学经典的总结。进入文学史的作家和作品，都必须具有一定的经典性。这样的文学史，必须建立在一代代研究者对文学史料、规律以及经典作家和作品的充分研究基础上，既是前人研究心得的累积，又是编撰者在消化、吸收前人成果时，以新的历史眼光和价值观念重新所作的分析、归纳和评定，这样的文学史本身，自然也要求达到一定的经典性。另一种是为了帮助读者了解我们尚属陌生的文学状况，只是对于庞杂的文学现象和史料进行初步的梳理和描述，对在各个时期活动的作家给以初步的定位，从而为读者和研究者提供一个整体观照的视野和进一步深入研究的基础。这样的文学史，只是我们研究过程中的中间产品，是我们研究走向成熟的必经途径，也是我们研究尚未成熟的标志。两种文学史之间，有着各自的意义、作用和承续关系。严格来说，目前出版的台湾文学史、香港文学史，乃至当代文学史，基本上都属于后一种类型。倘若只从经典性来要求，不仅台湾、香港，还有大陆的当代作家和作品，能有多少可以进入经典（虽然肯定会有），恐怕还有待历史的检验。若此，很多文学史——尤其是被称为"当代"的包括大陆、台湾和香港的文学史，能否成立，都值得深究了。

正是从满足人们对自己尚属陌生的文学概貌了解的需要出发，我以为编撰香港文学史和编撰台湾文学史一样，都是正当其时。

香港文学和台湾文学都是近一个世纪以来，我们民族和民族文化坎坷多难而又发生骤变的历史见证，不幸的历史原因使它们从中国文学中分流出来，呈现出与大陆文学不尽相同的发展模式和存在形态，但却又紧紧根系在中华民族文化母体和中国文学传统的土壤之中。这都是香港和台湾文学价值的特殊所在。以我浅陋之见，香港文学有三个方面尤须在文学史的研究和撰写之中，予以深入剖析和阐明的。第一，香港文学是中国文化和文学传统最早和最多受到外来文化和文学冲击的部分。在八面来风的世界性文化和文学浪潮的猛烈激荡中，中国文化和文学传统怎样在碰撞中吸收，融合外来因素而获得适应时代发展的更新。第二，近半个世纪来香港文学在不同于内地政治、经济、文化环境中，逸出于内地文学发展轨迹之外的特殊存在形态和运动方式。第三，走向高度发展的现代都市经济和都市文化意识对文学的影响。文学为适应都市文化的需要，从文学价值观到题材的转移、主题的发展、艺术把握方式的变化，以及文学的雅俗分流与融合，等等，所出现的一切具有当代特有的发展特征。所有这些，都将呈现出香港文学发展迥异于当代中国文学的特殊意义，互补地丰富和完备了中国文学在当代历史中所拥有的一切经验、教训和艺术创造的财富。

撰写香港文学史是将香港文学纳入中国文学发展整体格局中有深刻意义的系统工程之一。没有香港文学的中国文学，不是完整的中国文学；而不以中国文学发展整体格局为背景和观照点的香港文学，也找不到它应有的位置。它们既是整体和局部的关系，也必是互相不可或缺的。从这一认识出发，我们期待香港文学史的问世。即使是最初的比较粗浅的描述都有它的意义；当然我们更企望一部能够深刻揭示传统与现代、东方与西方文化联系、冲突和更新，能够更好地表现香港文学特征的，客观、公允和翔实的香港文学史。

我们有待香港文学研究者的努力。

（原连载于香港《华侨日报》副刊《文廊》1994 年 10 月）

香港文学的文化身份

——关于香港文学的本土性、中国性和世界性

一

什么是香港文学？这是一个看似明白、实却难以回答周全的问题。关于"香港文学"的定义，曾经有过许多讨论，或从地域上予以圈定，认为凡是发生在香港的文学现象和文学创作，都是香港文学①；或从作家身份予以限定，认为只有香港作家的创作才能叫作香港文学，然而何为"香港作家"，亦是众说纷纭②；还有从文化内涵

---

① 参见刘登翰主编：《香港文学史》，香港作家出版社 1997 年版。

② 关于香港作家的定义，黄维梁的论文《香港文学研究》曾划分为四种类型：一、土生土长，在本港写作、本港成名的；二、外地生本土长，在本港写作、本港成名的；三、外地生外地长，在本港写作、本港成名的；四、外地生外地长，在外地已开始写作，甚至成名，然后旅居本港，继续写作的。认为一、二、三类均为香港作家，第四类则有的是，有的不是。（见黄维梁著：《香港文学初探》，香港华汉文化事业公司 1985 年版）刘以鬯在主编《香港文学作家传略》时提出一个香港作家的界定："持有香港身份证或居港七年以上，曾经出版最少一册文学作品或经常在报刊发表文学作品，包括评论与翻译"，作为入选香港作家传略的标准。（刘以鬯主编：《香港文学作家传略》，香港市政局公共图书馆 1997 年版）

上给予界定，认为只有表现出"香港性"的作品，才能称为"香港文学"，同样，何谓"香港性"，更是见仁见智。问题的难以一言蔽之，恰恰说明问题的复杂性和丰富性。无论从地域圈定、以作家身份限定，还是由文化内涵界定，都只能是从某一侧面或层面对这一问题在不同语境中的一种回答。全面的香港文学的定义，将是一个包括从语义学到地理学，从政治身份到文化身份，从作家创作主体的个人身份到文坛形成的历史传统的多元综合的论题。本文不是对这一问题的全面探讨，只是想从香港社会的历史背景出发，在确立香港文学在中国文学整体架构中的位置基础上，来讨论具有区域特征的香港文学的特殊性——即所谓"本土性"[①] 或"香港性"的问题。

20 多年前（1979 年），香港曾经有过"香港有没有文学"的讨论。那年刚刚创刊的《八方》文学丛刊以"笔谈会"的形式，在这一充满刺激性的论题下，集中发表了十几位活跃于当时文坛的作家和学者的不同意见[②]。当然这一问题的提出并非空穴来风。事实上，一直到 20 世纪 80 年代中期，把香港视同"文学沙漠"的"没有文学"论，仍是不时遮蔽在香港文坛上空的一个挥之不去的阴影[③]。因此，1985 年黄维梁出版他被称为"当代香港文学史上最早一本以香

---

① 所谓"本土性"其本义是相对于"外来性"而言。但"本土"也可以作为一种"地域"的自谓，是以局部相对于整体的特殊性。本文所谈的香港文学的"本土性"，指的是后一种意义。

② 于 1979 年 9 月创办的《八方》，最初由黄继持、郑臻、林年同、金炳兴、钟玲、古苍梧（执行）等为编委，聘戴天、胡菊人、文楼等为顾问，后成为以戴天、文楼为正副会长的香港文学艺术协会的刊物，由黄继持任总编辑。创刊号上"香港有没有文学"的专栏，发表了胡菊人、何达、罗卡、黄俊东、张君默、林年同、蔡炎培、淮远、何福仁、黄子程、泉王君、澄雨、钟玲玲等人的笔谈文章。

③ 1985 年 4 月香港《明报月刊》发表余英时《台湾、香港、大陆的文化危机与趣味取向》的文章，认为香港如有文化，"大约'声色犬马'四字足以尽其'文化'特色"。在此期间于内地和香港举办的有两地作家、学者参加的各种文学研讨会，都把"文化沙漠"作为一个重要论题讨论。

港文学为评论对象的专著"① 《香港文学初探》时，就特地把他写于
1982 年的一篇短论《香港绝非文化沙漠》选作代序，以示对这一
"不实之词"的回应。

从"香港有没有文学"到"什么是香港文学"，两个问题有某种
共同性，都是在同一时间轴上对不同时段文学发展的询问，其间跨
越了一个虽然不长但却十分重要的进程。70 年代是香港经济起飞的
重要时期。迅速发展的经济引发的过度消费，使大量通俗乃至庸俗
的文化泛滥成灾。它一方面"逼良为娼"地诱使文化人为了谋生而
投身其中，另一方面又使他们内心产生强烈的不满和妄自菲薄的复
杂心态，"文化沙漠"论便由此而生。然而，经济起飞在推动文化消
费市场形成的同时，也带动了教育、科技、文化的发展，为香港的
精英文化提供了新的生存与成长空间。因此六七十年代又是香港文
学发展的一个重要时期。一大批战后出生，在香港教育文化背景下
与香港城市发展一道成长起来的年轻作家进入文坛。他们的到来改
变了自 50 年代以来香港文坛基本上纠葛在内地延伸而来的左右对峙
的政治结构中，使植根于香港自身社会发展土壤中的都市文化意识
和文学自主意识，有了新的萌醒。要说"声色犬马""文化沙漠"，
并不唯 80 年代才有，但却在 80 年代才引起强烈的不满和反驳，恰
说明了这一时期香港文化人的强大和自觉，以及对于自己参与其
中的都市文化发展的自尊与挚爱。同样，由一个聚合起一批战后
出生的精英知识分子而在文坛深具影响的纯文学刊物，来提出
"香港有没有文学"的问题，其本身就是对这一问题最有力的肯定
的回答。

其实"香港有没有文学"并不是个问题，"什么是香港文学"才
是个值得深入的问题。当年香港文化人在回答前一个问题时实际上
已经涵盖了后一个问题的提出和讨论。黄维梁的"初探"发人深省

---

① 参见古远清著：《香港当代文学批评史》，湖北教育出版社 1997 年版。

的关注点是，他把一向为研究者所不屑的通俗文学——包括小说类的武侠、爱情、科幻以及拥有大量传媒读者的"框框杂文"，都从香港都市文化背景出发，纳入香港文学的研究范畴，在辩证地论析"通俗"与"高雅"的相对关系中，实事求是地给予通俗文学正面的肯定评价。而《八方》则在其数年的编辑实绩中，重视高品位的纯文学作品的发表和对世界前卫文学思潮的评介，同时发挥香港特殊的地域优势，把海峡两岸与香港都纳入一个统一的中国文学的架构之中。一方面在作品的发表上汇通海峡两岸暨香港的优秀之作，使刊物成为超越政治疏隔的海峡两岸暨香港共享的文学空间；另一方面在理论的阐发上，通过对一批曾被歪曲和忽略的作家的评论，参与了拨乱反正中的中国现代文学史的重写和当代中国文坛的重建；又通过一些富有见地的评析文章，介入了当代台湾文坛的思潮论争，并引诸反观香港自身。编者的这种魄力与识见，实际上体现了后来一些学者才提出的整合海峡两岸暨香港、澳门地区的"大中国文学观"和语系性的"世界华文文学"的概念。这些由回答"香港有没有文学"而引向深入的讨论和实践，或从都市文学的文化定位，或从大中国架构中的区域定位，都对"什么是香港文学"作出了虽然未及深入却带有实质性的回答。

因此，今天我们重新面对这一问题，既是对往昔讨论的继续和深入，也是更深认识今日香港文学发展所必须。把香港文学放在中国文学和世界文学的背景上，来认识香港文学的文化身份和地位，它所涉及的将包括：作为中国文学一部分的香港文学的中国性问题，在中国文学的整体架构中香港文学的特殊性、"本土性"问题，以及其有特殊色彩的中国文学的香港一翼，在世界文学——首先是世界华文文学中的价值与位置问题。

二

特殊性是相对于普遍性而言的，没有普遍性的前提作为基础和参照，也就无所谓特殊性。香港文学也是如此。它的特殊性指的是相对于多元化的中国文学普遍的民族性特征，而独具自己特定地域和历史的文化内蕴与存在形态的那一部分元素。因此，特殊性的讨论，只有放在普遍性的背景下才能透析清楚。

香港文学首先是中国的文学，这是它普遍性的前提。一方面，6000 年前就有大量文化遗存留下的新石器中晚期的先民活动，和自嬴秦以来便划入版图而为历朝所逐代开发的历史，使古代香港的发展不是孤立的，它是中国南方省份广东的一部分，纳入在中国历史发展的大框架之中；古代香港的文化，也不是一种独立的文化，而是中华文化在五岭之南的一个分支——岭南文化的一翼。尽管鸦片战争之后，香港遭受外来殖民者长达一个半世纪的侵占，但并没有从根本上改变香港这一纳入在中国历史框架和中华文化系统之中的客观现实。正是这一历史环境，孕育和产生了香港的文学。另一方面，香港文学的孕育和发展，是以中国古代和现代文学为精神传统和文体范式，在和内地作家与文学的互相流动与延伸中，汇入在中国文学的历史进程之中的。特别是 30 年代和 40 年代，在抗日战争和解放战争的历史背景下，两次内地文化人的大规模南来，极大地影响和提升了香港文学的发展和地位，使发生在香港的文学运动叠印在中国新文学发展的轨迹之中而具有全国性的意义，同时也成为此后香港文学发展的一个深厚的基础。因此，作为中国文学之一部分的香港文学，便程度不同地具有了中国文学一些普遍的基本的特质。比如以儒家学说为正统的文学价值观，以诗文为教化的文学功用观，以中和之美为最高追求的文学审美观，和艺术上"大音希声""大象无形""中师心源，外师造化"等一系列辩证把握方式等等，还有更深层地沉淀在汉语这一独特文学语码之中的民族心理、性格、情感、思维方式，以及浮现在语言塑造之上的道德规范、价值系统、民情风俗、宗教信仰等等。正是这些体现出中华文化特质的美学内涵，才使香港文学在世界文学之林中，具有了自己特定的民族形态，而不被不时汹涌袭来的西方文化浪潮所完全吞噬。

当然，香港文学毕竟不能简单等同于完全在中国文学发展轨迹之中的内地其他省区文学；香港文学有自己文化内蕴和外在形态上的某些特殊性，其根源来自它的地域的、历史的和现实发展的三个方面因素。

首先是地域的因素。如前所述，香港在中国大陆南部的边缘，属于岭南文化区的一翼。而岭南文化是原生于五岭之南的百越先民，在秦汉之后接受中原文化的融合、涵化，经过长期发展逐步形成的汉民族文化的一个区域文化类型。它既是一种感性、自然的原生型文化，也是一种包容广泛的移民文化。相对于中原内地稳固在农耕文明基础上的内陆型文化，它又是一个面对广阔域外世界的海洋型文化；相对于以达官显贵、豪绅地主、文人学士为自己主要文化形象的贵族文化、士人文化，它还是以市井社会的城市平民为自己主要文化形象的市民文化、世俗文化。岭南文化的本根性，使它在接受中原以儒家为正统文化的融合和与外来文化的冲击中，能够吸收各种养分来丰富和发展自己而又不失自己的本根形态和"土"味；它远离儒家文化中心的边缘性，又使它较少受到儒家正统文化的规范和约束，表现出更多非正统、非规范的叛逆性格和锐意开拓、进取革新精神；而得益于背陆面海的地理环境，率先与域外的交往，又形成了它文化的开放性和兼容不同文化的多元性，使原先比较单一的文化形态，呈现出丰富的色彩和多元的文化内涵。自汉唐就成为海上丝绸之路的起点而到宋明时期达致高潮的域外商贸活动，和在明清之季就率先发展的商品经济，激发了与传统农业社会重农抑商相抵牾的商品意识和新的价值观，同时也发展了迥异于玄学清流的经世致用作风，和区别于禁欲主义的讲求实惠的享乐精神。这一切不以理性见长地存在于儒家经典之中，却以实际行为渗透在市井小民感性的世俗生活里的文化精神，无不在近代以来的香港社会中，获得充分的发挥。这是香港文化最基本的内核，是香港文学发展具有特征性的文化基础与动力。它使香港这一处于中心文化边际和外来文化前沿的文学，在传统的农耕文明向现代的都市文明急遽转换之中，既有着守本的坚韧性，又有着应变的灵活性，从而呈现出从形态到内蕴的多元化特征。香港文学的特殊性，以及香港各种次文化、次文学现象的发生与存在，几乎都可以从它边缘性的地域文化中找到潜在的基因和必然。

　　其次是历史的因素。鸦片战争之后，香港为英国殖民者所占领。这一特殊的历史遭遇，使一个多世纪来西方文化的长驱直入，成为伴随香港社会从一个传统小渔村发展成为现代国际大都市这一曲折进程中所无法拒绝的现实。西方文化——首先是它的政治制度、经济制度和教育制度，成为西方殖民者企望用来主导香港社会发展的一种体现殖民者意志和形象的文化力量。然而，在香港的社会结构中，90％以上的华人人口成为香港社会的主体，同时也使以岭南文化为主要形态的中华文化，成为香港社会发展的文化基础。这样，代表殖民统治者文化意志的企望主导香港社会的西方文化，和构成香港人口主体与社会基础的中华文化，二者的差异所引起的冲撞、反弹、融摄和共处，便形成了近代以来香港社会独特的文化格局。前者以殖民主义为背景，有着强大的政治和经济的助力，后者则以其深厚、博大的历史稳固性和源源不绝的内地支援而难以动摇。这种不可调和与退让，使两种文化在各据一端同时也呈现出互相渗透的纠葛状态。这也是香港文学所植根的社会土壤和生存与发展的客观文化环境。一个多世纪来香港文学的发生与发展，几乎都可以从这具有深刻历史蕴含的文化环境中，找到它发生的深层文化原因和发展的现实机缘。传统的文学影响，赋予了香港文学固守东方的人文传统，而西方文化思潮的冲击，又推导着传统文学的现代转化。香港文学便在这中西文化的激烈碰撞中，突出了自己富于现代特征的特殊性。

第三是现实的发展因素。香港由一个传统的小渔村，经历了一个多世纪的发展，成为今天交通和资讯都十分发达的经济多元化的现代化国际性大都市。伴随经济的发展，也催生了一个庞大的都市文化工业体系（从新闻出版、影视制作、播映到各种休闲娱乐机制等），和一个日益发育成熟的同样庞大的市民阶层。都市现实的这一发展，使原本建立在宗法社会自然经济基础之上，反映农耕文明时代特征的中国传统文化和传统文学，在香港的延播中衍生出一种新的植根于香港自身发展土壤之中的都市文化意识和都市文学形态。正是六七十年代的经济飞跃发展和国际大都市的地位确立，才使香港从冷战格局中的被动地位摆脱出来，找到了独立发展的自我价值，也使香港文学从五六十年代左右对峙的政治纠葛中，萌醒了植根于自身都市发展现实的自觉意识，并以其都市文学的文化内蕴和多样形态，树立了自己独特的文学形象，对 80 年代以后处于转型之中的中国文化和文学，产生了一定的冲击。

普遍性是对事物一般本质的规定，而特殊性则是对事物具体个性的更深入认识。"同"（普遍性）是讨论的基础和出发点，而"异"（特殊性）则是在认同的背景上对事物个性的进一步分析，因此也是对"同"的进一步肯定。当事物凸显个性而引起普遍关注的时候，也就是该事物发育成熟的时候。"什么是香港文学"这一论题的提出和对于香港文学特性的深入探讨，实际上也意味着香港文学的发展进入了一个自觉地建构自身形象的成熟阶段。

三

那么，什么是香港文学？或者说什么是香港文学的特殊性和"本土性"，即所谓"香港性"呢？

其实，这是几个范畴并不完全等同的概念。香港文学有着更宽泛的外延。特别从香港特定的历史背景出发，在描述香港文学的发展时，我曾主张，凡是发生在香港的文学现象与文学创作，都应当纳入香港文学的范畴来予以叙述。这是由于香港在某些重要的历史时期，曾经汇纳了来自内地和海外的一批作家，从而不仅对香港文学的发展自身，同时也对中国文学的发展，都具有重要意义。它事实上也成为香港文学的一个重要特点。当然这一宽泛的外延，仍有两个限定，一是必须是中国作家，二是以中文作为语言媒介。而所谓香港文学的特殊性，是指在上述限定基础上能表现出香港文学迥异于内地文学、台湾文学，乃至海外华文文学的那一部分具有香港特征的作品，即具有"香港性"的作品。当然，同样表现香港特征的作品还有视角和立场的细微差别，即从香港之"内"，还是从香港之"外"来表现香港特殊性的问题，因此更狭义的"本土性"的概念，是指由香港"本土"作家创作的具有香港"本土"特征的作品。因此，广义的香港文学，不一定是具有香港特征的作品，当然更不一定是具有香港"本土性"的作品。但具有香港"本土性"的作品，则一定是具有香港特征的香港文学。"本土性"实际上是香港文学定义的狭小的内核，对其内涵的分析不可能不与另外两个外延更大一点的概念相重叠。因此很难，也没有十分必要一定得把这三个概念完全区分清楚。它们的关系就像中国传统的八宝盒，互相包容地层层相叠而逐步放大。我们的分析也就从那最细小的"内核"开始。

　　首先什么是香港"本土"作家？一般对"本土"的定义是"土生土长"。但香港是一个移民城市，香港居民大都有根或远或近地扎在祖国内地。因此从香港文坛的实际出发，大量作家并非"土生"——在香港本土出生，更难得的是世代"土生"；更多的只是"土长"，即在香港文化教育背景下成长起来。虽然根在内地，却在与这座城市一道成长的过程中，认同了这座城市，并以之作为自己的最终家园，从而获得了一种"本土"意识和身份。这里还涉及一批在不同时期进入香港的"南来"或"外来"（从海外来的）作家。早期的"南来"或"外来"作家，大多把香港作为短期过渡的暂时驻足之地，具有比较明显的"过客"意识。他们暂居香港时期的作品，或者回味自己在内地或海外的人生（典型的如萧红的《生死场》和司马文森的《南洋淘金记》），即或对香港的描写，也大多以一个外来者的身份对香港提供一份域外的观察和思考。但近期"南来"的作家，或早期"南来"由于各种原因在香港长期居留下来的作家，他们谋生于此，娶妻生子于此，甚或将要终老于此。为了生存的需要，他们必须融入这个城市，认同这个城市，与这个城市共命运，以之作为自己新的"家园"。虽然还有一个逐渐淡漠了的"故园"的影子不时牵挂心头，但他们已经不同于昔日的"过客"，在融入这个城市的过程中逐渐获得一种"本土"的意识和情感。他们中的一部分将会壮大"本土"作家的队伍。

　　其次，什么是香港特征或"香港性"？这可以从历史和现实的两个方面来认识。一方面是作品的深层所蕴寓的香港的历史和命运。香港是中国近代历史的发端，也是中国现代社会变革的先声，虽然在这变革中有着特殊的殖民侵入的背景。因此，迂回在中国近代以来历史夹缝中的香港百年沧桑，便交错着中国社会近代发展中诸如本族与外族、东方与西方、殖民与被殖民、传统与现代、发展与窒碍等等一系列重大命题。从香港沧桑命运的描绘中所获得的历史感：历史的观照意识、历史精神或历史感慨与启悟，必然成为独具的香港特色，使香港文学迥异于中国其他区域文学。另一方面是作品所表现的香港现实生活特征。经过百年坎坷而发展至今的香港是一座现代化的国际性大都市，与都市经济发展孪生的是都市文化的发育，它使香港文学以一种开放多元的都市文学的形貌，凸显在中国文学的广大沃野上。都市文学的种种特色，包括其深层所蕴含的文化冲突和其表层所呈现的多样形态，诸如从传统文学价值观的"宗经""征圣""载道"，到现代都市文化消费观的"休闲"与"娱乐"；从作家创作主体日趋"小众化"的精英意识，到读者接受客体日益通俗化的大众趣味；从拒绝都市的浪漫情怀和现实批判，到认同城市的现代无奈与后现代的思考；等等；都在香港这一既非中国传统的封建城郭，也不是典型的西方现代城市，而是夹杂着东西交汇、华洋并处、既有深厚的人文传统的承续，又背负一个多世纪西方殖民历史的都市现实中表现出来，成为香港文学的最具特色的一个符征。

因此，香港文学的"本土性"和特殊性，便对以下三个方面给予特别强调：

一、题材的关注点。题材的选择在很大程度上是作家人生经历和情感倾向的结果。"本土"作家"土生"或"土长"的人生经验和他对自己植根与认同的这块土地的情爱，使他往往首先选择他曾与之共过命运的"本土"的题材。而香港的历史与现实题材所包容的广阔空间，蕴寄着深厚的历史价值和人文价值，是足以让作家驰骋自己人生经验和思想情怀的领域。因此，具有香港"本土"特征的作品，往往在题材上都是具有香港特色的作品。

二、文化精神的弘扬。题材虽然重要，但题材并不是唯一决定香港特色的因素。与题材具有同等意义的还有渗透在作家整个创作之中的文化观念、视角和精神。如果说题材是影响香港文学特殊性的外在和显性的因素，那么文化观念、视角和精神则是决定香港文学特殊性的内在和潜质的因素。一直处于东西文化交会中心和冲突前沿的香港，其所形成的奠基东方而又博纳西方的文化价值观，往往成为香港作家在处理和发掘题材的一种文化立场、视角和精神。它固本但不守旧，开放却不忘宗，具有一种通脱、灵活、显示东方色彩的现代意识。即使面对非香港的题材，仍能以这种具有香港特色的文化精神，成为香港文学的特殊性标志。

三、活泼多样的存在形态。香港经济的发展和基础教育的普及，一方面培育了一批留学西方的精英知识分子，另一方面又形成了一个以市民为主体的广大读者层。前者发展了力图与世界文化思潮同步的香港的精英文化，具有前卫色彩的香港探索性文学，基本上就产生于这个精英文化圈里。后者则为大众化的通俗文学准备了一个广阔的文化消费市场，使从武侠、言情、科幻到香港独有的占据大量传媒"贩文许可区"中的专栏文章，在香港大为风行。而与此同时，五四以来关怀社会人生的文学精神，在香港曲折复杂的沧桑现实面前也有着深厚的承传和影响。于是，相对于很长时间来内地一元化的文学存在，多元化便成为香港文学的一种特殊景观。奇诡远思、特立独行是香港，通俗媚众、游戏人生也是香港，严峻凝重、直面社会还是香港。它们之间并立兼容而不互相排斥，却时有交错地拥有彼此的读者。文学存在的这种多元化的生态环境，不仅为各种不同类型的香港作家提供了让他们游弋其中的生存空间和创造空间，同时也反映出文坛背后较为宽松的文化环境，成为香港文学存在形态上的一种特殊性标志。

香港文学的"本土性"和"特殊性"，存在于千人千面的作家的具体创作之中。从作家的艺术个性到作品的艺术体现，具体作品的具体分析，才是回答这一问题的根本。上述提出的几个方面，只是作为考察这一问题的一些思考方向，并不是这一问题的完善解答，或有轻重，或有疏漏，都有待回到具体作品的分析中去弥补。

四

香港的国际性大都市的地位，也把香港文学推到世界文学的背景上。

文学的走向世界，或者说区域性文学的世界意义的获得，是本来疏隔的世界各民族之间交往日益频繁的结果。正是在这个意义上，歌德才敏锐地发现，打破各民族疏隔的全球性世界文学即将出现；[①]马克思和恩格斯也才在他们的学说中，强调世界市场形成对于精神生产的影响：各民族之间的经济交往，打破自给自足的封闭状态，它们之间的精神交流必将为世界文学的再现扫除障碍。香港是地处东方海路要冲的金融与商贸中心，也是中国开向世界的窗口与通道，这一客观的国际地位使频繁的经济、政治和文化交往，也把香港文学带到一个八面受风的世界文学的浪潮中来。什么是香港文学的世界性，便成为生活在这一背景下时时感受到世界文学风潮来袭的香港作家从现实出发的必然追问。

然而，感受到"世界"向我走来是一回事，而真正"走向"世界又是一回事。文学的"世界性"意义的获得，是以作品所产生的世界性影响为基础的。在这一点上，包括香港文学在内的中国文学还有待努力与机遇。这个"有待"是双方的，一方面是中国作家的努力，为世界文学奉献出有广泛意义和艺术价值的作品；另一方面是以"欧洲中心主义"为主导的目前的世界文学格局，摒弃偏见和跨越语言障碍，真正进入中国的文学世界。包括香港文学在内的中国文学走向世界，并非遥远的梦想，已是当下的一种现实。比如金庸的小说，在全世界拥有的读者就其数量而言，绝不下于西方任何一位重要作家。当然今天读金庸，主要还是全球各地的华人，西方读者对于金庸小说的接受还略有障碍，除了语言的原因，主要是对金庸所创造的那个有着浓厚中国文化积淀的"武林社会"的陌生。因此这种障碍，主要是文化的障碍。但它的价值，首先也是文化的价值。随着中国文化的世界性影响的进一步扩大，金庸的影响，也

---

① 参见歌德：《世界文学杂论》，任一鸣译，《文艺理论研究》1988 年第 6 期。

必将随同《水浒》、《红楼梦》、鲁迅、巴金等一起，为世界所接受。

这也提示我们，香港文学的走向世界，首先是以它中国文化的独特性，亦即民族性，或曰"中国性"，凸显在世界文学的大背景上的。文化价值的不同才使不同民族的文学各以独特的个性——民族性，汇成了世界文学的宏大图景。当然，文学走向世界还有另一个方面的命题：文学的人性意识或人类意识。不同民族的人都有一个基本的人的共性，才使人类成为一个整体而可以彼此理解。香港作家在描写他所熟悉的香港的——中国的情事时，完全可以超越自身和地域的囿限，把自己作为人类的一分子，把香港的——中国的情事作为世界进程的一部分，从而表现出一种人类的或世界的眼光。香港特殊的历史背景、地理环境和文化氛围，有条件使香港作家更自觉地拥有这种世界意识，从而使香港文学进入世界。

如果说这还是一个可能的现实，那么，香港文学在全球华人世界中的影响和地位，则是一个已经存在了的不容忽视的现实。香港庞大的出版工业，极大地支撑着香港文学，使它成为与内地、台湾并立的世界最大的三个华文出版中心之一；而香港的特殊地位，又使它能够汇通大陆和台湾，将包括海峡两岸暨香港的优秀之作，输往世界各地，同时也将自己的创作，打入戒备森严的内地和台湾。这一出版优势，使香港的作家比较容易地进入世界各地的华人社会。不仅是最初的通俗类作品，还包括稍后的探索性文学和社会意识较强的写实主义作品。从金庸、梁羽生的武侠，亦舒、林燕妮、李碧华的言情，卫斯理、张君默的科幻，到刘以鬯、西西、也斯等的现代和后现代，董桥和学院派的散文，以及舒巷城、侣伦、海辛和南来作家群的写实之作，都已逐渐为包括内地、台湾和海外的华人世界所熟知。香港文学对于世界的影响，正逐渐由华人世界拓展开去。另一方面，香港特殊地位，使它成为沟通海峡两岸暨香港和世界华文学的一个重要的中介。这是20多年前创办的《八方》文学丛刊就开始实践，而又为后来如《香港文学》等许多刊物共同努力的一个方向。香港提供给了我们目前尚存一些阻隔的中华民族一个共享的文学空间，也推动了刚刚兴起的整合全球华人文学创作的语系性的世界华文文学运动。香港文学就从创作和运动两方面，体现出了它的"世界性"意义。

（原载《福建论坛》（文史哲版）2000 年第 3 期）

香港新诗发展的历史脉络

香港新诗发展的社会文化环境

1840 年鸦片战争之后，香港沦入英国殖民者的统治之中。100多年的历史沧桑，香港由一个小小渔村成为一座被誉为"东方之珠"的国际性大都市。历史的变迁给香港文学/香港诗歌提供了一个既传承自祖国内地，又迥异于祖国内地的社会、文化环境，也为香港文学/香港诗歌的发展，赋予了不完全相同于祖国内地的历史进程和发展形态。

这些差异性的变化，有着多方面的社会、政治、经济、文化的原因。

首先是香港社会的都市化发展。弹丸之地的香港，不同于祖国内地的城市，淹没在茫茫的广大农村和传统农业生产方式的包围之中。虽然后来陆续被租借的九龙和新界，相对于香港本岛，是较迟开发的"乡下"。但"都市化"是香港唯一的社会走向,迅疾由本岛而延及全境。不同于祖国内地文学,香港文学和香港诗歌都没有太多的乡村叙事,少量表现"农村/都市"冲突或身份转换的母题,也大多呈现为香港急速的都市化进程对根基并不深厚的乡镇的迅疾瓦解和都市的建构中对传统农业社会的转变。都市工业的发展,都市商贸的繁荣,以及最能体现都市国际化的跨国金融的建立,带动了香港都市文化产业的提升。这一切建构了香港居民的都市生活方式和都市文化消费观念。面对香港的都市文化环境和都市生存实际,从总体上说,香港文学或香港诗歌,是一种都市文学或都市诗歌。在现代性的进程中,无论现代主义对都市罪恶的批判,还是后现代思潮对都市的认同与书写,都体现出香港诗歌的都市特质。这一特殊性别开生面地丰富了祖国内地文学和内地诗歌的内涵,也为内地较为滞后发展的都市文化和都市文学、都市诗歌,提供了有益的经验。

其次,在文化生态上,中华文化和以英国殖民当局为代表的西方文化,处于一种既互相对峙又互相包容、融摄的多元和开放状态。一方面,作为殖民者统治意志的体现,以英国文化为代表的西方文化,100多年来,通过殖民当局所推行的政治制度、经济制度、法律制度和文化政策,成为香港社会的主导文化。然而,香港毕竟是一个以华人人口占绝大多数(90%以上)的中国社会,中华文化是香港社会建构和发展的基础。因此,中华文化也必然成为香港社会的主体文化。于是,代表殖民当局统治意志的西方文化主导,和体现社会绝大多数人口意识的中华文化主体,二者之间的分离、对峙、冲突、融摄和共处,既构成了香港社会文化矛盾的基本形态,也形成了香港社会特殊的文化生态环境。前者以其殖民背景获得政治和经济的巨大支持,后者则以其广大群众基础和源源不断的内地支援而从不退让。它使香港这样一个华洋杂处的社会,东方文化和西方文化既相峙又相容,还一定程度上互相吸收和融合,从而形成香港社会特殊的文化环境。随着香港日益国际化的趋势,这一文化的多元化和包容性呈更加开放的状态。不仅以英国文化作为西方文化的代表，战后涌入的美国文化对香港有着越来越大的影响。而伴随贸易的国际化和国际人口的频繁流动，西方其他文化和东方的日本文化、东南亚文化、印度文化和阿拉伯文化，也相继涌入香港。而早期中华文化在香港是以岭南文化的地域形态为代表，香港社会的开放也带来了中华文化各具特征的其他地域形态，如江浙文化、北方文化、八闽文化等的进入。文化的多元性、开放性和包容性，开阔了香港的文化空间，使孕育其中的文学——新诗，呈现出多种样貌和多元发展的可能。

第三，与文化生态多元化密切相关的是政治生态的多极化。香港受英国的殖民统治，按照西方文化建构起来的政治制度，在不危及殖民当局的根本利益前提下，有着相对自由和民主的宽容度。而香港紧连祖国内地，却又逸出中国政治中心的边缘地理区位和政治区位，使香港在中国历史转折时期常常成为接纳内地不同政派力量的一个相对自由的空间。不仅辛亥革命时期的先行者曾以香港作为推翻清朝统治的据点；五四时期不满新文化运动的一批守旧的文化人，也曾聚集香港进行反击；抗日战争和解放战争期间内地进步文化人大量转移香港避难抗争；而新中国成立前后也有一批对新政权持反对和疑虑态度的文化人退居香港，在当时冷战格局中，随着美国反华势力和国民党迁台政治势力的介入，香港在一段时间里，成为在中国大陆已经决出胜负了的国共斗争，在香港延续的一个新的政治和文化的角力场所。20世纪五六十年代香港文坛的左、中、右划分，便是这一政治背景下的产物。

香港文化生态的多元化和政治生态的多极化，在一定程度上，给香港文学带来了一个相对宽松、自由的发展空间。首先，逸出中国政治和文化轨迹的香港文学，呈现出与中国文学既建立在共同的中华文化基础之上，又有着不同形态的发展进程。一方面香港新文学（新诗是其首要实绩）的发生是五四新文学的影响和推动，在某些时期（例如抗日战争期间）香港文学曾经叠合在中国文学的发展轨迹之中；另一方面，香港特殊的地域政治和文化形态，又使香港文学逐渐脱离中国文学的轨迹，发展出自己独特的文学形态和文学运动方式。特别是随着都市的发展而形成自觉的都市文学品格，丰富了20世纪中国文学的都市经验，成为中国文学整体格局中的一个特殊部分。其次，文化的多元存在，特别是西方文化在香港拥有的地位，使近半个世纪来的香港文学，在祖国内地文学处于文化闭锁的状态时，广泛接触并吸收借鉴外来文化，在表现香港的都市经验中，形成了多样的风格。香港诗歌对现实的关注和批判，是祖国内地诗歌写实与浪漫传统的延续；而意象超拔、语言灵变的都市想象和书写，却受到从现代主义到后现代的世界艺术思潮的影响。它们共同构成了香港诗歌的丰富性。再者，文化的多元性与政治的多极化，使战后香港文坛出现了不同政治背景的分野和对立，给香港文学的发展带来不利的因素；但不同倾向和派别的文学分野，也为不同风格的艺术提供了各自展示的舞台。政治生态上的包容性，客观上也为文学的发展提供了一个相对宽松的生存与发展的环境。

香港新诗发展的历史脉络

20世纪香港诗歌的发展，无论从诗歌的社会内涵，还是诗歌的艺术形态，抑或是诗人的构成和变化，都呈现出了以50年代为分界的两个大的发展阶段；而20世纪50年代以后的诗歌又可划分为前期和近期。

一、20世纪20—40年代：香港诗歌的前期发展

香港新诗的发端，肇始于20世纪20年代后期。彼时受到五四新文学运动的推动，香港新文学开始呈现勃发之势，新诗为其最早的实绩之一。从20年代末到30年代初，较为活跃的诗人如灵谷、

华胥、隐郎、侯汝华、陈江帆、刘火子、李育中、鸥外鸥、侣伦、易椿年、张弓、柳木下等，他们的作品既发表于当时开始刊登新文学作品的香港报纸副刊和香港文学青年自己创办的杂志和辑集的书刊，如：《伴侣》《岛上》《铁马》《缤纷集》《小齿轮》《时代风景》《诗页》《今日诗歌》《红豆》等；也投稿于内地的刊物，如上海的《现代》、北京的《水星》、南京的《橄榄》等。从20年代后期出发的香港新诗，表现出三个特点：一、接受了五四新诗写实、浪漫和现代的多种影响，呈现出向不同风格发展的走向。既有五四时期白话诗清新、抒情的写实作风，还有早期印象派如李金发等带有朦胧、感伤的情绪；特别是30年代初期，香港青年诗人不断在上海戴望舒等主持的《现代》杂志上发表诗作，表现出对中国新诗流脉中现代走向的情有独钟。二、与内地诗歌的密切联系。香港新文学的发展，本来就在中国文学的框架和五四新文学的轨迹上运行。不仅在文学潮流的沟通上，融为一体，而且在作家队伍的构成上，常常互有交杂。尤其是"省、港"本为一体，不少诗人往返于穗、港之间，在两地居住，也在香港和内地同时发表作品，以致有的诗人连他们的身份也难以区分。三、表现出对都市的特别关注。香港的都市文化环境，使成长于斯、歌哭于斯的早期香港诗人，笔触所及，离不开都市时空。他们关于都市想象和都市书写的尝试，是五四新诗并不多见的一份积累；这也是香港诗人接近《现代》的原因。尤其是当时居停于香港的鸥外鸥，其从形式到内容都充满都市精神的开创与探索之作，无论对于香港还是对于中国新诗，都是重要的收获。这些都深长地影响了香港诗歌后来的发展。

20世纪30年代后期以来，形势的变化，使香港文学的发展经历了两次特殊的时期。

第一次是1937年抗日战争爆发。日寇的残暴入侵，迫使大批内地人士避难香港，其中包括许多著名作家、诗人和文化人士，如蔡元培、陶行知、郭沫若、茅盾、巴金、邹韬奋、范长江、夏衍、萨空了、金仲华、戴望舒、林语堂、欧阳予倩、蔡楚生、萧红、端木蕻良、施蛰存、郁达夫、叶灵凤、徐迟、陈残云、司马文森等。他们或借道香港，转入西南大后方，或驻足坚持，利用香港的特殊环境，宣传抗日。他们的到来，使香港文坛活跃起来，成为重要的抗日文化中心。从 1937 年到 1941 年，4 年间在香港出版的各种文化/文学杂志达 22 种之多，报纸也不断增辟新的副刊。直到 1941 年 12 月 24 日香港沦陷，这批文化人士才撤离香港，转入西南后方或流入南洋。少数滞留下来的，也坚持抗争。正是在日寇占领的血腥岁月中，戴望舒在香港写下了《狱中题壁》《我用残损的手指》《等待》等著名诗篇，预示着诗人思想和艺术的转变。

第二次在解放战争时期。生活在国统区白色恐怖下的进步文化人再度南来，其中有郭沫若、茅盾、冯乃超、叶圣陶、郑振铎、夏衍、钟敬文、邵荃麟、臧克家、胡风、黄药眠、袁水拍、吴祖光、徐迟、邹荻帆、吕剑、黄秋耘、周钢鸣、司马文森、陈残云、秦牧、沙鸥、楼栖、章泯、韩北屏等。他们的到来，使战后香港沉寂的文坛再度活跃起来。直到 1949 年新中国成立前后，这批文化人在有关部门的安排下，陆续离港北上，参加新中国的文化建设。

两次南来的文化人中，都不乏著名的诗人，诗歌创作和活动也成为南来文化人创作和活动的重要部分。

这是香港文学发展的两个特殊时期，对香港文学有着特殊的意义。一方面，它密切了香港文学与祖国文学的关系。南来文人在香港的创作，不仅活跃了这一时期的香港文坛和诗坛，整体地提升了香港文学的水平和地位，同时也使这一时期的香港文学，叠印在祖国文学的发展轨迹之中；另一方面，两次内地文人南来，都在特殊的历史时期。无论抗日战争中的河山沦落、国难当头，还是解放战争中的阶级对抗、民主诉求，都使香港文学的主题和重心发生变化。它客观上中断了 30 年代前期正在形成的香港诗歌的都市特征和发展轨迹；面对庞大的内地文人成为香港文坛的主导，难以比肩的本土作家和诗人只能退居其次，甚而停止创作。而当形势变化，南来文人的相继离去，又导致香港文坛一时的空疏和沉寂。

20世纪50年代香港的新诗，就是在这样一个曾经辉煌然却现状沉寂的背景上出发。

二、20世纪50—70年代：香港诗坛的沉寂和重组

20世纪50年代，香港诗坛也和整个香港文学一样，面临沉寂和重组。这主要是40年代后期曾经活跃在香港的南来诗人，如戴望舒、臧克家、力扬、吕剑、沙鸥、邹荻帆、袁水拍、林林、韩北屏、陈敬容、金帆、陈残云、黄婴宁、楼栖、芦荻等，均陆续返回内地。薛汕主编的《新诗歌》（丛刊）和黄婴宁主编的《中国诗坛》也已停刊或迁回内地。左翼文化人创办的报纸刊物和社团也多被停刊或取缔，培养香港文学青年的达德学院已被关闭。香港文坛和诗坛，顿时空寂下来。

与左翼文化人北返的同时，一批对中国新政权持反对或疑虑的文化人由内地转入来香港，他们作为第三波南来的内地作家，填补了香港文坛这一空疏。朝鲜战争爆发后，美国加大了对亚洲的控制，在美援主导的亚洲基金会的经济支持下，成立人人出版社和友谊出版社，先后创办了《人人文学》《中国学生周报》《海澜》等刊物。而左翼文化人在《大公报》《文汇报》和新创办的《新晚报》副刊也重新活跃起来，使50年代的香港文坛和诗坛，形成左右对峙的局面。尽管50年代的第三波南来诗人，其创作水平和艺术影响，远不能与40年代后期南来的这批诗人相比，但这一时期的香港诗歌，仍然获得多元的发展。

这一时期香港的诗坛，主要由1950年前后从内地来港的诗人和香港本土背景下成长起来的诗人两部分组成。前者在50年代前期起着主导作用，后者则从50年代后期逐渐成长为香港诗坛的中坚。从艺术倾向上看，南来诗人以其在内地的人生经历和文学经验，较多地承续着五四以来新诗写实和浪漫的传统；而本土诗人在香港开放的文学环境中，受到西方现代文学思潮的冲击，较多地表现出对现代主义诗歌艺术的钟爱和探索。当然这种划分只是大致而言，不能一概而论。比如曾经主编《文艺新潮》而被视为这一时期香港现代

主义文学主要倡导者的马朗，是 1950 年才从上海移居香港的，亦属南下作家之列。而曾经以犀利的现实批判锋芒，剖析香港都市社会的舒巷城，则从小在香港长大，30 年代后期就开始在香港写诗，是典型的本土作家。这种交错说明了香港诗坛多元化的艺术，存在着复杂的社会文化背景和诗人精神个性的原因。

　　50 年代初期南来的诗人中，以力匡、何达、马朗的成就和影响最大。力匡以及曾经受到冰心扶植的女诗人李素，和以写小说为主兼及诗的徐訏、徐速、夏侯无忌（孙述宪）等，围绕《人人文学》和《海澜》等刊物，形成了 50 年代初期香港诗坛最早的一个诗人群落。1955 年 8 月由林仁超、慕容羽军、卢干之、吴灞陵等成立的"新蕾诗坛"，曾借《华侨日报》副刊编辑"新蕾诗坛"专页，并以"雅集"形式举办了多次新诗讲座，也是以南来诗人为主的较早的一个诗歌团体。这群南来诗人在时代大潮冲击下漂落香港的历史失落感，和充满"重门关锁"的怀旧、思乡的缠绵情绪，使他们的诗笼罩着一种悲慨郁结的氛围；与这一抒情格调相一致的是在形式上大多选取五四新诗较流行的四行一节，隔行押韵，带有宣叙意味的"半格律体"。

　　代表另一倾向的是何达和舒巷城。何达从新中国的革命和建设中汲取诗情，以欢快、高昂的激情和明朗、自由的节奏，延续着抗战以来自由诗的传统。他把自己作为一个时代音符，"倾泻着我的响亮的生命"的朗健诗风，与新中国诗歌所倡扬的革命英雄主义和革命浪漫主义有着更多直接的联系。舒巷城则借助抗战期间，在祖国内地辗转流浪的丰富人生经历和文学经验，在战后返回香港后目睹香港都市社会日益尖锐的两极分化，以冷峻的现实主义批判精神，剖析着都市繁荣背后的贫富不均、物欲横流、拥挤污秽和人际冷淡与隔膜，以及都市发展对传统农业社会与大自然的瓦解与破坏。从思想倾向看，作为 50 年代香港诗坛代表的力匡、何达和舒巷城，他们的身份、立场和关注点各不相同，但在艺术上都延续着五四诗歌写实与浪漫的传统，是五四诗风在香港的承继和发扬。

　　1955 年 8 月，王无邪、昆南、叶维廉等合办的《诗朵》出版，其主要作者还包括刚在诗坛崭露头角的杜红（蔡炎培）、卢因、蓝子（西西）等。这是香港本地第一个现代诗刊，也是香港本土诗人第一次带有流派性质的集结。半年之后马朗主编的《文艺新潮》创刊。这本坚持了 3 年多、出版 15 期的综合性的文学杂志，在诗人马朗的主持下，"以诗的收获最大"。连同随后出现《新思潮》《好望角》《香港时报》副刊"浅水湾"以及《中国学生周报》所编的《诗之页》等，从理论到创作，在更为广阔的背景下推动了香港现代诗的发展。其中除了马朗、李维陵和贝娜苔（杨际光）等稍为年长，是曾经有过一段内地的人生经验和创作经历外，王无邪、昆南、叶维廉、卢因、蔡炎培、金炳兴、西西、温健骝、李英豪等，都是在香港文化教育背景下成长起来的 20 岁左右的文学青年。以这些充满创造活力和艺术潜质的现代主义探索者构成香港现代主义诗人的基本阵容。他们接续了香港 30 年代初期的现代主义流脉，极具潜力地把香港的现代文学运动的艺术实践和理性思考，从香港与台湾不同历史与经验中，较早地对现代诗存在的不足进行审思。它奠定了香港现代诗的基础，也深长地影响着香港现代诗的后来发展，对推动香港文学走向艺术的自觉，都具有重要的意义。

　　在这个现代浪潮中，马朗是至为重要的一个代表。原籍广东中山的马朗，40 年代后期毕业于上海圣约瑟大学，彼时就与新月诗人邵洵美和后来驰骋台湾现代诗坛的纪弦（路易士）结为忘年交。他的一些重要的作品，实际上写于上海时期。面对中国历史的巨大转折，由上海来到香港的他，希望在这个"热辣辣"时代的"悲剧阶段"，寻求属于自己的"第三岛屿"。他创办《文艺新潮》，便是在"彷徨迷失"的"黑暗年代"和物欲横流的世界里，以现代主义的文学理想来拯救心灵。他在《文艺新潮》的发刊词，以及创刊号上发表的两首长诗《焚琴的浪子》和《国殇祭》，都体现了自己这一追求、失落、彷徨和矛盾的心态，以及灵魂救赎的寄托。尽管马朗的经历和主张，不一定都为香港现代诗人完全认同，但在他的倡导下，香港现代主义诗歌，还是表现出对时代和社会的鲜明介入倾向。

在香港现代诗的浪潮中，还有一股影响是由在台湾读书的香港学生所带来。他们以叶维廉、戴天、蔡炎培、温健骝等为代表。叶维廉和戴天，都是 50 年代白光勇创办《现代文学》时的成员。原籍香港的叶维廉还加入"创世纪"诗社，并被遴选为台湾"十大诗人"。虽然台湾毕业后到美国留学并滞美任教，但仍不时短暂返回香港，并时有作品寄回香港发表。曾经是毛里求斯侨生的戴天，于 60 年代初来港定居。他们和本港成长的蔡炎培和温健骝等，在台湾读书时都参与过 50—60 年代的现代诗运动，将处身香港，切身体验中国历史变迁的复杂感受，融入带有象征主义感伤和超现实主义空灵超拔的精神之中，以鲜明的中华文化元素，既吸取了台湾的现代主义艺术经验，又迥异于台湾现代诗某些背弃传统和脱离现实的弊端，表现出港、台两地现代主义运动的互动、影响和差异。

三、20 世纪 70 年代后期以来：香港诗坛的多元发展

20 世纪 70 年代后期以来，香港社会经历了许多变化。首先是中国终于结束了长达十年的"文革"动荡，走上改革开放的新的发展时期；其次，香港从 60 年代开始的经济起飞，带动了香港教育和文化事业的发展，使香港确立了作为国际性大都市的重要地位；第三，香港进入"九七"回归的过渡期，百余年来的耻辱终将雪清，在香港各种不同倾向的社会人群中，引起十分复杂的反应。这一切都对香港诗坛，无论在诗人群体的构成、诗歌表现的重心、艺术风格的变化、还是诗对香港现实的切入程度等方面发生影响，都表现出它自觉地建构都市文学品格的一个新的发展阶段。

诗坛的构成发生了变化。随着主导五六十年代诗坛发展的那批跨越现代和当代两个时期的诗人，因年龄关系逐渐淡出，这一时期诗坛的主体由三方面组成。

一是随着 60 年代香港学校"文社潮"的发展，一群在香港文化、教育背景下成长起来的青年诗人成为诗坛的中坚。这个新的诗歌世代包括 60 年代中期开始出现，主要于 70 年代活跃诗坛的西西、

也斯、羁魂、黄国彬、古苍梧、陆健鸿、何福仁、关梦南、李国威、淮远、马若、叶辉、康夫、叶辞等，80 年代的王伟明、胡燕青、温明、凌至江、郑镜明、陈德锦、陈昌敏、秀实、钟伟民、王良和、罗贵祥、洛枫、吴美筠等，还有 90 年代更年轻的一批作者，如樊善标、刘伟成、杜家祁、蔡志峰、梁志华等，数量之多，为以往香港文坛所未见。他们大都在战后出生，随同香港社会的发展一起成长，普遍在香港、台湾或国外受过较为完整的高等教育，有着比较开阔的艺术视野和对世界艺术思潮的了解，因此在创作上更多地表现对香港现实的热切关注和艺术实验的前卫精神。

二是从内地新移民中脱颖而出的诗人。他们除少数在内地有过一小段创作经历外，大部分是抵港后才进入创作的。少数如蓝海文、陈浩泉、施友朋等 60 年代即已来港，大量是在七八十年代以后才进入香港的，如碧沛、黄河浪、傅天虹、张诗剑、王一桃、晓帆、秦岭雪、舒非、王心果、梦如、盼耕、李剪藕、路羽、孙重贵、谭帝森、夏智定、林子等。数量之众，堪与本土诗人相比。他们内地的文化教育背景和从内地到香港的双重人生经验，使他们更多地以社会批判的眼光切入香港的现实，抒写自己复杂的人生感喟，表现出对新诗写实传统的继承和与内地诗坛更密切的联系。

三是在这期间自台湾、澳门或海外移居或客居香港的诗人。如来自台湾的余光中、钟玲，来自澳门的韩牧，来自新加坡的原甸，来自印尼的犁青和来自越南的陶里等。他们不同的文化背景和异域色彩，不仅丰富了香港诗歌的内涵，而且扩大了香港诗坛的空间。余光中对港台诗坛的沟通，犁青利用自身特殊地位对华文诗歌的推动，以及后来返回新加坡的原甸、移民加拿大的韩牧和定居澳门再移居加拿大的陶里等，在促进香港与澳门、东南亚和北美的诗歌联系，都发挥了重要的作用。

这种诗坛的分野，在 20 世纪 90 年代后期更年轻一辈的诗人，如来自内地的黄灿然、来自马来西亚的林幸谦等，与香港本土的青年诗人打成一片，已无太多隔阂。

其次，随着诗人自觉的艺术追求和群体意识的加强，这一时期诗歌社团和刊物显得特别活跃，成为联结诗人群体的重要平台。进入 70 年代以来，较为重要的诗歌刊物有延续"文社潮"的《焚风》（1970—1978 年）和《秋萤》（1970—1978 年），其间曾几度停刊或改换版式，黄国彬、羁魂等创办的《诗风》（1972—1984 年），陈德锦等青年诗人创办的《新穗》（1981—1982 年，1985—1986 年），蓝海文创办的《世界中国诗刊》（1985— ），在原来《诗风》部分成员基础上由羁魂、王伟明等创办的《诗双月刊》（1989—1995 年，1997 年复刊，2002 年改为《诗网络》），由更年轻一辈的诗人吴美筠、洛枫等创办的《九分一》（1986—1992 年），傅天虹主编的《当代诗坛》（1987— ），刘伟成等创办的《呼吸诗刊》（1996— ），我们诗社编辑的《我们》（1996— ），秀实等创办的《圆桌》（2003— ）等。此外，这期间先后出现的一些重要文学刊物也经常刊发诗歌作品。这些刊物虽历经周折，或办或停，此起彼伏，倾向不同，风格各异，但从总体上都给香港诗歌一个比较充分地展示各自面貌的舞台。

第三，香港诗歌都市文化性格逐渐成熟。香港近百年的历史发展，作为一个国际性的大都会，已渐趋成熟，特别是 20 世纪 60 年代以来的经济起飞，迅速使香港的都市化程度获得很大提升。在这一背景下，一方面是诗人对香港自身关注的加强，成为这一时期香港诗坛的重要特征。本土诗人的"草根性"，使他们以自己的香港身份，来观察、思考和抒写自己文化视野中的香港经验；而另一部分以香港作为自己新的"家园"的南来诗人，也在双重人生经历的对比和映照下，把关注的重心逐渐落在自己生活其中的香港现实，抒写由此新的生存环境所获得的认知和感兴。二者共同地构成了这一时期诗歌日益鲜明的"香港性"。另一方面，香港在与内地、台湾、澳门以及其他各地华文诗坛的交往与对比中，拥有着一种独立性格和地域上的中介地位，增强了香港诗人建设自己独特的文化性格的艺术自觉，也使香港成为华文诗坛的沟通桥梁。所谓香港诗歌的独特文化性格，包含着香港承自母体文化的深厚传统和伴随经济发展所出现的香港的都市品格，以及敏锐感应现代精神的广蓄博纳的艺术开放系统。这些都共同建构了香港诗歌独特的都市文化性格和艺术探索精神。

在香港本土诗人中，从 20 世纪 70 年代出发而延入 21 世纪的也斯、羁魂、黄国彬等，具有重要的代表性。也斯写小说、散文，还从事理论研究，但诗仍是他重要的业绩。他的诗体现了从现代主义向后现代主义过渡的脉迹，面对错杂繁复的香港都市社会，他既不控诉诅咒，也不盲目拥抱歌颂，而是在理解与认同中，深入其里，去发现生活本身的韵味，冷峻中保持热烈的关注和思考，体现了自己区别于浪漫、写实和现代诗人书写都市的立场和姿态。在留学美国和后来浪游世界的创作中，离开香港这一固定视点，进入人类生存更广阔的空间，也超越纯文字的媒介，进入图像和光影等更多样的艺术空间。在感觉差异和寻求融通的艺术实践中，整合全球性的文化空间和多媒体的艺术经验，借助蒙太奇的综合手段，剪接洒落在不同文化时空中的光斑和影像，在具有后现代的平面世界的逡巡中，将传统与现代、东方与西方互相转化和组接，力图超越"平面感"走向历史的深度。不同于也斯的羁魂，更为典型地表现了现代主义诗歌在香港的实践和成绩。早期留有洛夫等超现实主义诗歌的痕迹，而后来深受余光中的影响，走向更接近传统的"新古典主义"。黄国彬的创作，则是在对现代诗"意象支离，晦涩而不可解"的批评中，强调诗与现实的关系。他把写实分为狭义和广义的两种，狭义指艺术方法，即客观世界"透过作者想象成为艺术"的创作过程；广义则指诗的艺术精神。他认为"描写民间疾苦、社会黑暗固然是'实'，反映个人心态、宇宙万象何尝不是'实'"。他的创作大体包容在这一认识之中，一部分表现时代、历史、国家、民族的宏大叙事，如追悼周恩来的两首长诗《丙辰清明》《星诔》，纪念唐山大地震的《地劫》等。另一部分则描写个人感情生活中的乡情、亲情、友情和人情，语言朴素而感情真挚，于恬淡中见神采。同为香港本土诗人，也斯、羁魂、黄国彬分别代表了三种不同的艺术倾向。

在内地南来的诗人中，犁青是受到较多评介的一位。严格说来，犁青并非"南来诗人"。他虽于 20 世纪 40 年代从家乡福建来到香港，不久即移居印尼，80 年代初才重返香港。他因往内地投资与内地诗坛及香港南来诗人关系密切，而被视为其中一员。他自称"我大部分的诗都是跟自然风光或跟时事政治有关"。他的"跟自然风光"有关的"山水诗"，并非传统的吟咏自然；比起大自然，他更钟情于人化的"山水"，即作为工业化时代瑰丽景观的"新山水"。他影响较大的是国际题材的"政治诗"。他把目光凝注在我们这个多事之秋的星球的各个角落，从柏林墙倒塌前的柏林，到海湾战争的开罗，从解体之前的南斯拉夫，到以色列战火燃起前夕的耶路撒冷……他都亲临实地，目睹事件的酝酿、发生和变化，以开阔的国际视野和充满人性关怀的巨大热情，关注人类的历史命运。曾被译成多种文字，在不同场合上朗诵过的长诗《石头》，是作者为 1992 年出席以色列世界诗人大会而作。这块在以色列土地上随处可见的"石头"，承载着 600 万惨遭法西斯屠杀的犹太人的记忆，也迸发着他们对土地、独立、和平、繁荣的人性呼吁。因此，渗透着诗人主体意识的"石头"，既是历史的、政治的，也是文化的。作者以审美方式表达内心对世界的关切时，也力图传达出这些地域和民族的文化精神与心态。与犁青略有不同的是，大量南来诗人，以其内地成长和教育的文化背景，及自身新移民艰辛的人生经历，形成了对香港一个特殊观照的角度。双重不同的生存体验和文化差异，使他们诗歌情感和理性的焦点，大多集中在对百味人生的现实关注上，诗歌的艺术倾向上也更多接续来自内地的现实主义风格。较突出的如傅天虹，以人生逆旅的坎坷经历和不屈于命运自强精神，使作品不仅成为抗逆命运的个体生命体验精神纪录，也成为一个夹杂着从内地到香港双重人生体验的这一艰难时代的历史见证。经历了"初到贵境"艰辛人生的南来诗人，在由"客寓"逐渐获得"定居"的身份认同之后，也将抒写的重心由个人的生存境况转向对于香港的都市观照，或者继续以犀利的批判锋芒切入香港的都市现实，或者在双重的人生体验中重新审视内地的人生经历和文化经验，抑或更多样地展示诗人丰富的内心，如以"复眼观照世界"的女诗人梦如那样，在抒写诗人心灵复杂的体验中，"以诗的完美抗衡人生的不完美，以诗的真实抵换现实的荒谬"。

在境外客寓香港的诗人中，余光中无疑是影响最大的一位。不仅以其自身的创作，成为香港诗坛的一道特殊的风景线，而且以自己的影响，带动了香港一种诗风（有人称为"余风"）和一群青年诗人（有人称为"余派"）的成长。莅港之前，余光中正经历自己诗观的转变，寻求在纵的历史感和横的地域感，以及纵横交错的现实感所形成的三度空间中，拓展新的艺术境界。而香港毗近祖国大陆的地理区位和心理区位，进一步推动了他这一诗观的完成和实践，使香港十二年成为余光中诗歌历程中具有重大意义的一个时期。在香港创作出版的《与永恒拔河》《隔水观音》《紫荆赋》三部诗集中，表现出新的特点：一是对祖国大陆的关注。无论是对"文革"的批判，还是"浩劫"结束之后对"新时期"的期盼，都表现出诗人关切祖国的一颗殷望之心。二是为中国文化造像。虽身邻祖国大陆，却不得其门而入，拳拳的恋国之心便转化为对中国文化的历史孺慕，通过历史文化的造像来表达自己精神上的文化归依。三是对香港前途的关怀。余光中客居香港，正是香港回归的过渡期。尽管其对回归后的香港前景，尚存某些难免的犹豫，潜藏着的依然是一颗挚爱和关怀的心灵，是这一时期一部分港人普遍的情绪。

进入 21 世纪以后，香港诗坛在延续上一世纪的传统基础上，在新人的出现和新的诗风的发展上，留给了我们许多新的期待。

关于本书的编选

香港虽然不大，但积近百年之久，新诗创作数量仍然浩如烟海。如何从这数以万计的诗歌作品中，遴选出堪以代表香港的佳作，是件颇费踌躇的事。作为诗歌选本，一般有两种选法，一为少而精，再是兼顾面略广一些。考虑再三，我们在重视质量的前提下，略为偏向后者。香港地域和政治的特殊性，使香港开放的文学空间，呈现为多元包容的状态。不仅诗歌的艺术流派，还包括不同社会政治背景的诗人及诗人群体，在这片号称"东方之珠"的广袤的诗歌原野上，都有各自不同的贡献。我们希望这部诗选，入选的诗人和作品适当地多一点，以俾能够体现香港文坛的多元性和包容性。在这一指导思想之下，我们从近百年来香港的诗歌运动中，首先确定入选的诗人，然而循着诗人，遴选他们的代表性作品。限于篇幅，只选短诗，长篇诗作只能割爱。由于各人的艺术倾向不同，水平也略有高低，作品发表的早晚和历史背景也各有差异，这些复杂的情况使不同的作品很难完全放在同一平面上去比较。每一作品都有它特定的创作背景和影响，不能纯以艺术表现为唯一选项。面对香港诗坛曾经存在过的种种状况，我们希望能更多地为香港诗坛保留一点记录。

本书的选编，因种种原因，历时数年。我们曾经向部分诗人发出邀稿信，承他们热情支持寄来诗集，或自己挑出部分作品供我们选择，对诗人们的热情支持我们表示衷心的感谢。在选编过程中，我们还参考了郑树森、黄继持、卢玮銮三位教授编选的《早期香港新文学作品选（1927—1941 年）》和《香港新诗选（1948—1969）》，本书早期香港新诗的作品，大部分选自这里；此外还有陈智德编的《三、四〇年代香港诗选》、钱雅婷编的《十人诗选》，姚学礼、陈德锦编的《香港当代诗选》等等，都给我们的选编工作，提供许多方便和帮助，对此我们一并表示衷心感谢！对于我们在选编过程中所有不尽如人意和欠缺之处，谨以十分诚挚的心情表达我们深深的歉意！

（本文为一部未出版的《香港诗歌选》所写的导言。后收入自选集《华文文学的大同世界》，花城出版社 2012 年版）

台湾作家的香港书写

——以余光中、施叔青为中心的考察

台湾和香港的文学结缘

　　无论从哪方面说，余光中和施叔青都是完全不同的作家。余光中被称为台湾诗坛的"祭酒"，创作的最大成就首在诗歌，当然在散文、理论和翻译方面也有优异的成绩；而施叔青则是台湾小说界的"异数"，17 岁以一篇《壁虎》登上文坛，备受推崇。虽然后来也涉猎散文和戏剧、艺术理论，但小说毕竟是她创作的根本。余光中人生经历里的大陆经验和牵挂，是他挥之不去的创作情结；而施叔青则是从台湾古城鹿港走出来的本土作家，对于她数代以前的先人如何筚路蓝缕渡海来台几无印象。他们不约而同地都于 20 世纪 70 年代先后移居香港，也有各自的原因。余光中是受聘香港中文大学的教职，于 1974 年来港，一住 11 年，1985 年始返回台湾；施叔青则是随其供职银行的美国夫婿调任香港，而于 1977 年来港，一度担任

香港艺术中心的亚洲节目策划主任，17 年后才于 1994 年回到台湾。在香港，他们也有各自的社交圈和生活方式。余光中寄身九龙沙田的大学文化区，可谓"谈笑有鸿儒，往来无白丁"；施叔青则住在香港半山区，出入华洋杂处的上流社会和文化圈子。这些都为他们提供了不同的人生经验和观照空间，使他们进入了各自创作历程的一段极为重要的时期。这样，他们偶然地会聚于香港，却又必然地以他们共同来自台湾的文化身份，和交错着台湾与香港的文学经历、体验、视野和成就，成为诠释台湾与香港文学结缘的代表，进入我们讨论的中心。

台湾与香港，本来就有着相似的历史命运。他们都是中国大陆的离岛，并且相继于 19 世纪中期和晚期，沦入英国和日本的殖民统治。不过，只隔一道窄窄的深圳河与内地相望的香港，属于岭南文化区，历来通过广州与上海和内地有着十分密切的联系；而遥隔海峡的台湾，却是以福建沿海移民为主的闽南文化传承之地，其经济与文化流向，主要通过福建进入祖国大陆。由于两地的文化差异和英、日殖民势力范围的不同，在二战以前，台湾和香港在文化和文学上，基本上没有太多关系。如果一定要追溯，可以举出一个许地山。这位出生在台南的五四新文学骁将，3 岁时（1895 年）就随着不满日本据台的父亲、台湾近代著名诗人许南英举家内渡福建，寄籍龙溪。他是在祖国大陆长大并成为五四新文学运动的重要作家，1935 年他应聘担任香港大学文学院长，对香港新文学的推动，不遗余力，功绩卓著。但他带给香港的，是大陆的新文学经验，与台湾实无太多关系。

台湾与香港的文学结缘，主要在二战以后，特别是 40 年代末以来。中国社会的政治变局，使香港成为延续在内地已经结束了的国共政治、经济、文化斗争的一个新的角力空间。政权更替之交，香港左翼文化人北上，而对新政权持反对或疑虑态度的内地文化人南来，重新调整了香港文坛的政治格局。在整个 50 年代，甚至更长时间，香港文坛的所谓"左""中""右"，实际上是在冷战格局中以对东方和西方、大陆和台湾的不同政治态度和意识形态取向来划分的。因此，50 年代开始的台湾与香港的文学结缘，带有强烈的政治意蕴，是台湾在西方世界支持下，借由文化和文学，通过香港对大陆的一种政治参与，并以此影响东南亚和其他华侨和华人社会。

但这只是一方面的情况。另一方面，香港标榜西方式民主、自由的文学环境，使各种不同政治倾向和艺术形态的文学，都可能在这里找到各自生存的土壤和发展的空间，包括在大陆和台湾遭到批判、禁绝或冷遇的作家和作品，都可能在香港的坊间流传，并受到来自不同方面的支持。它构成了台湾和香港文学结缘的一个特殊背景，使香港在二元对立的政治角力中，同时还存在一个超政治的空间，让纯文学及其交往，日趋活跃。特别是随着台湾和香港经济关系的日益密切，两地之间的文化和文学联系，也日渐深入。刘以鬯在《三十年来香港与台湾在文学上的互相联系》① 一文中认为，这种联系主要通过文学思潮的互相影响、作家作品的互相发表与出版、两地人员的互相交流三个方面实现的。它既有着两地都逸出中国文学的发展轨迹成为一个特殊文学空间的社会原因，也有着两地文人和艺术家在艺术发展上惺惺相惜、互相支持的文学上的原因，以及人际关系上的特殊缘分。50 年代中期揭起台湾现代诗大旗的纪弦，和推动香港现代主义艺术发展的马朗，他们在上海时期的忘年友谊，使他们在各自主编的《现代诗》和《文艺新潮》上，以《香港现代派诗人作品辑》和《台湾现代新锐诗人作品辑》，分别推荐两地的诗人、诗作，成为台湾与香港文学结缘最初的一段佳话。借由各种原因和渠道，台港两地作家互相发表和出版作品，从 50 年代开始，迄今不断，成为一个不胜枚举的寻常事实。它从另一个侧面反映出两地文学联系的频密程度。

---

① 载香港《星岛晚报》1984 年 8 月 22 日副刊《大会堂》。

刘以鬯指出的三种现象中，尤为值得注意的是人员的交流。它包括两个方面：一是香港学生到台湾就读。他们或者直接参加台湾的文学运动，成为其中的一员，或者受到台湾文学发展的影响，形成他们个人文学经历中的一部分台湾经验。他们学成之后，或者回港供职，或者滞居台湾或海外，但与香港文坛都保持着直接、间接的联系。不论怎样，他们都会把在台湾接受的文学经验带到香港的文学活动中，从而给予香港文学不可低估的影响。另一是自50年代以来，陆续有台湾作家和学者来香港任职。他们或者供职于大学和各类文化机构，或者周旋于各种文学杂志和报纸副刊之间，或者二者兼具地在公职之余，进行各类文学创作。这是一个数量相当庞大的从大学教授、文化机构主管到报纸杂志老总和专栏作家的台湾文化人群体。他们较高的学术素养和创作成就，显在或潜在地对香港文学的发展，都具有举足轻重的影响。

因此，就整体而言，从50年代迄今半个世纪，台湾在香港，作为一种政治存在，已日渐削弱：但它作为一种经济存在和文学存在，却在不断增强。余光中和施叔青就作为台湾在香港文学存在的代表，进入了我们讨论的中心。

跨文化的人生背景和写作视野

香港是一座跨文化的城市。这里所说的"跨文化"，指的是不同的文化或不同文化经验在共有空间里的一种对峙、并存、渗透和融摄。在这个意义上，余光中和施叔青都有过一段他们人生经历和艺术视野里的跨文化历程，成为他们进入这座跨文化城市创作的背景和基础。

余光中在 60 年代的台湾诗坛就被称为"回头的浪子"①，指的是他在东西方文化之间能够"出而复入，以至出入自由"②。外文系出身的余光中，对英国浪漫派诗歌本就情有独钟。在 50 年代台湾现代诗的浪潮中，他一方面反对守旧的传统派对现代诗的攻击，另一方面也不同意纪弦的"横的移植"和"排拒抒情"。1958 年和 1964 年他曾两度赴美进修和讲学，置身西方社会生活和文化氛围之中，余光中进入了自己创作上的"现代时期"。1960 年他留学归来后出版的《万圣节》和《钟乳石》两部诗集，其灵视、感觉和表达方式，都呈现出明显的现代主义特征。但是在西方文化包围中的悠悠独处，社会的乡愁和文化的乡愁，使他重新感悟和发现中国传统的民族文化，出现了一个观念和情感互相冲突的二元世界。面对西方文化，他有一个难以消融的东方——中国和中国文化情结，始终哽咽在喉。如他在《我之固体化》中所称："在国际的鸡尾酒里／我是一块拒绝融化的冰"，虽然也爱"流动"，渴想"沸腾"，但在"中国的太阳离我太远"的异乡，却宁愿保持"零下"的清醒和"固体的坚度"。西方文化和艺术给他营养，却不能把他消融，反而在异质文化的映衬下，使原来朦胧的民族意识和文化观念清醒起来。1960 年余光中在因长诗《天狼星》而与洛夫的论争中，就坦然宣称自己"生完了现代诗的麻疹，总之我已经免疫了。我再也不怕达达和超现实主义的细菌了"，而宣告和现代主义的"虚无"再见③，从而进入了以《莲的联想》和《五陵少年》为代表的，对现代诗"既反传统在前，又反西化在后"的"第二次修正的""新古典主义"时期。这是余光中的一段人生经历，也是他创作的一次重要转折。在拥有了"跨文化"的人生体验和艺术视野之后，选择对于东方——中国的、民族的、传

---

① "回头的浪子"散见于这一时期余光中的论文和对余氏诗歌的评论。1974 年 1 月出版的《龙族》诗刊第 11 期，陈芳明发表了讨论余光中诗观演变的长篇论文，篇名就叫《回头的浪子》。

② 余光中：《从古典诗到现代诗》。

③ 余光中：《再见，虚无！》。

统的文化的坚持。

值得注意的是，在余光中的"跨文化"人生经历和知识经验中，反映到他的创作理念和艺术实践，"东方/西方"的对应范畴同时也是"传统/现代""民族/异族""本土/外来"的范畴。他所追求的是融西方于东方之中，汇现代于传统的发展，他说过："西方不是我们的最终目的，我们最终的目的是中国的现代诗。这种诗是中国的，但不是古董，我们志在役古，不在复古；同时它是现代的，我们志在现代化，不在西化"①。余光中跨文化的辩证思维，成为他创作的追求和指导，在这一认识背景下，他又重提"浪子"："用'似反实正格'来说，传统要变，还要靠浪子，如果全是一些孝子，恐怕只有为传统送终的份"②。余光中这段跨文化的人生体验和艺术视野，强化了他生命意识中的中国情结，和以中国文化为核心融摄西方现代艺术的开阔视野，成为他日后香港时期创作的情感基础和艺术基础。

施叔青的情况更为特殊。十几岁就从家乡古朴小镇鹿港来到大城市台北就读的她，最初的创作素材几乎全部都来自她童年生活经验中的乡俗世界；但 60 年代台湾盛行的现代主义风潮和西方各种文化理论，濡染着这位敏感的文学少女，形成了她用以构筑、处置、诠释自己经验世界中来自家乡的人物与故事的另一个观念世界。最初的一部短篇集《约伯的末裔》便是这样的产物。大学毕业后施叔青赴美学习西方戏剧，并很快与来自哈佛的学子缔结了异国婚姻。西方的文化和生活方式很具体地进入了施叔青的人生经验之中。这时期她创作的题材虽然离开了古朴的小镇，但依然是来自传统台湾与作者一道漂洋过海的东方女性，是摆荡于东西方文化之间的"边际人"，有着作者经验世界的深刻印痕。不同于余光中把东方和西方二元的文化并构，衍化为台湾现代诗发展中的一个尖锐命题：传统

---

① 余光中：《迎中国的文艺复兴》。
② 余光中：《第十七个诞辰》。

和现代。施叔青是从自己的创作实践出发，把来自自己经验世界中乡俗社会的人物与故事，透过西方各种文化理论——从存在主义、女性主义到后殖民理论所形成的观念世界，给予重新诠释和解读，从而形成了一种跨文化的并置、渗透和转换。因此，施叔青虽然不像余光中那样对自己的文化理念有许多明晰的理论阐释，却提供了许多典型的艺术文本，留给西方文化诗学的理论研究者进行剖析和举证。

香港是一个多元文化共存的社会。虽然华人人口构成香港社会的主体，以岭南文化为主要表现形态的中华文化，是香港社会的主体性文化。但一个多世纪来的英国殖民统治，企望以英国为代表的西方文化来主导香港社会的发展。主体性文化与主导性文化之间的矛盾、冲突、共处和调谐，构成了香港社会文化矛盾的基本形态。它既不是一个传统的中国式的城市，也不是一个完全西方化的社会。它既紧靠着中国大陆的边沿，又相对地游离于中国大陆政治、经济和文化的中心之外。对于这样一个跨文化的国际性大都会，无论余光中或施叔青，以其人生经历的跨文化背景，是很容易接受和进入的。因此，他们也都同时感到，香港是他们创作的最佳环境。余光中说过："香港在各方面都是一个矛盾而对立的地方。政治上，有的是楚河与汉界，但也有超然与漠然的空间。语言上，方言和英文同样流行，但母音的国语反屈居少数。地理上，和大陆的母体似相连又似隔绝，和台湾似远阻又似邻近，同时和世界各国的交流又十分频繁"①，因此他深感这个写作环境的优越，而为自己的"增产"感到高兴。他说："这十年……是我一生里面最安全最自在的时期，回顾之下，发现这十年的作品在自己的文学生命里占的比重也极大。"②，施叔青更直接地宣称："我觉得在世界上找不到第二个地方

---

① 余光中：《〈与永恒拔河〉后记》，洪范书店 1979 年版，第 201—202 页。

② 余光中：《回望迷楼》，《春来半岛》，香江出版公司 1985 年版。

像香港那样有利我的写作"①。

历史就这样给了余光中和施叔青一个对于他们说来十分重要的
"香港时期",让他们来为台湾和香港的文学结缘举证。

历史孺慕和现实关怀：余光中的关注焦点

毫无疑问,余光中是带着他的"台湾经验"进入香港的。

如前所述,余光中在经过对现代诗的两次修正之后,进入了自
己创作的最佳时期。继《莲的联想》和《五陵少年》,他又出版了
《敲打乐》《在冷战的年代》《白玉苦瓜》三部诗集。如果说《莲的联
想》和《五陵少年》还只表现出他从现代意象转向中国古代历史和
文学辞章、典故、意象和意境的现代出新,那么在《敲打乐》和
《在冷战的年代》则更多表现出他对现代中国苦难历史和生民的关怀
与处境尴尬的诘问;到了《白玉苦瓜》,他又回到历史的追溯,表现
出对中国历史和文化的一种精神孺慕与弘扬。他在《白玉苦瓜》的
自序中说:"现代诗的三度空间,或许便是纵的历史感,横的地域
感,加上纵横相交而成十字路口的现实感吧!"② 这是余光中毕生牵
挂的"中国情结",它既是历史的也是现实的。中国历史文化的灿烂
辉煌给了余光中无限的怀想和孺慕;而中国现实政治分割的坎坷与
多难,又使余光中充满了忧患意识。他说过:"支撑中国诗道传统
的,乃是儒家精神的志士胸襟与仁者的心肠。"③ 这是余光中的夫子

---

① 舒非:《与施叔青谈她的〈香港的故事〉》,《一夜游》,三联书店 1985
年版。

② 余光中:《〈白玉苦瓜〉自序》,大地出版社 1974 年版。

③ 余光中:《从天真到自觉——我们需要什么样的诗》,《青青边愁》,纯文学
出版社 1977 年版,第 129 页。

自道,是他用于思古抚今、忧国爱民的文化理想。

香港时期的创作,是余光中这一文化理想的继续和进一步完成。因此,这里所谓余光中的文化写作,并不是按照西方文化诗学理论来进行演绎和建构,而是以中国传统的人文精神——儒家的志士心怀和仁者心肠,对中国历史和现实的关怀与观照。

余光中在香港 11 年(含其间客座台湾师大一年),出版了三部诗集(不计散文、理论和译著):《与永恒拔河》(1979 年)、《隔水观音》(1983 年)、《紫荆赋》(1986 年)。在这三部诗集中,最引人注目的是两类题材的创作,一是追溯历史文化,二是关注中国现实。当然还有一类,是余光中自称为"超地域""超文化"的创作,这里暂且不论。这是余光中在香港的关注焦点。无论是为中国文化造像,还是替中国现实担忧,香港特殊的地理位置和政治环境,都提供作者一个新的观察、感悟、思考和表现的空间。余光中曾说:"新环境对于一个作家恒是挑战。诗,其实是不断应战的内心纪录。"因此当他在香港"时时北望而东顾",他就深切感到,"香港在大陆与台湾之间的位置似乎恰到好处——以前在美国写台湾,似乎太远了,但在香港写就正好,⋯⋯以前在台湾写大陆,也像远些,从香港写来,就切肤得多"①。由是,流沙河评余光中香港时期的创作,是"人得其地,地得其人","所给胜过西蜀草堂给杜甫的,让他摇笔国恨乡愁之余,还能够大写其山水景物,兼及思妇怀友,且考虑生命的终极意义等等诗作"②。并由此而完成了余氏的"龙门一跃"。

置身香港,这与魂牵梦绕的祖国母体大陆只一河之隔的边城,恰是"文革"浩劫的末夜和噩梦初醒的黎明。以往遥隔海峡的乡愁绝唱,已化作"一抬眼就照面苍苍的山色"。瞩目可见的那个"又亲

---

① 余光中:《〈与永恒拔河〉后记》,洪范书店 1979 年版,第 202—203 页。

② 流沙河:《诗人余光中的香港时期》,黄维梁编:《璀璨的五采笔——余光中作品评论集(1979—1993)》,九歌出版社 1994 年版,第 138 页。

切又生涩的""母体"，使隔海遥窥的怀思变成有着切肤之感的怆恸。从对故国的乡愁转向对大陆现实的关注，是余光中莅港初期创作的一个重要的变化，作品的风格由绵细委婉变为沉郁怆恸。他抨击的是当时大多数中国诗人还无法尽情倾吐或者只能隐约道出的极左思潮下的现实政治。但这种抨击，是交错在他对故国历史与人民的怀思和忧患之中的，其实仍是他忧国忧民文化情怀的一种政治性倾诉。婉转的如《北望》："每依北斗望京华"，"咫尺大陆的烟云"，撩起诗人的边愁，想象"五千载与八万万，全在那里面"，"而历史，炊黄粱也无非一梦"，诗笔轻轻一转，只点出"在天安门小小的喧哗之外／俯向古神州无边的宁静"，以"喧哗"与"宁静"对比，便写尽了"文革"中无声的喑哑和无奈。沉郁的如《公无渡河》，这是一些台湾现代诗人喜欢拿来翻新的一首古诗。余光中用以来写他在香港亲身感受到的"文革"期间逃亡偷渡的惨剧。诗不长，如下：

> 公无渡河，一道铁丝网在伸手
> 公竟渡河，一架望远镜在凝眸
> 堕河而死，一排子弹啸过去
> 当奈公何，一丛芦苇在摇头

> 一道探照灯警告说，公无渡海
> 一艘巡逻艇咆哮说，公竟渡海
> 一群鲨鱼扑过去，堕海而死
> 一片血水涌上来，歌亦无奈

作者无言，无言到只是呈现画面；但画面所构成的蒙太奇效果，却是有言的。此诗与同类题材的《海祭》的愤激慷慨恰成对照。但都可以看到，诗人的批判，乃立足于对生民的关怀，且将惨剧置于广阔的历史背景之中。余光中艺术的成熟也在这里，以无言道有言。香港时期余光中带有批判倾向的对大陆现实的关注，是针对"文革"

的政治现实，或许一时为有些人所不能接受，但终将要为历史所肯定。

当然余光中在香港后期也目睹过大陆噩梦初醒的喜悦。根据流沙河的分析，《苦热》和《初春》二诗，都是"对大陆极左政治的结束和新时期的开放政策的实施有所感应之作"①。不过，真正对于大陆现实有更真切和深刻了解的诗作，则要等到他几度进入大陆之后的一批新作问世，倒是香港后期他的一些关于"九七"回归的诗作，颇引起一些议论。香港回归，国人同庆，这是应无疑义的事。对于有着深刻中华情结的余光中，想必亦然。问题是回归之后，对香港的前途如何预测，则存有分歧。余光中的诗反映了包括他自己在内的一部分港人对香港前途并不看好的态度。他在《过狮子山隧道》中以隧道比喻幽秘的时光，询问1997，"迎面而来的默默车灯啊/那一头是什么景色？"在《香港四题》的《天后庙》和《东龙洲》中，他都借签客和渡船的比喻，询问"紫荆花十三遍开完/究竟要靠向怎样的对岸？"而在《别门前群松》，他更进一步预言："我走后，风向会大变"，寄语门前群松，不信"北下的风沙"会吹倒"众尊者百炼的筋骨"。对香港前途的疑虑是当时香港存在的一种客观事实，也是诗人的权利，不必奇怪，因为最终只有时间才能回答未来。香港回归已经三载，相信事实会逐渐洗清疑虑。值得注意的是诗人在对香港未来疑虑中的提醒和净谏。也是在《过狮子山隧道》中，诗人从向镇关的狮子山买路的一枚镍币那上面戴冕的狮子和英女皇头像，联想未来这个"金冠束发高贵的侧影/要换成怎样的脸型？/依旧是半别着脸呢还是/转头来正视着人民？""转头来正视着人民"是诗人的寄望。又如《鼠年》（《香港四题》之一）中，他提醒，希望不管白猫还是黑猫，不要"只会咪咪地乱叫"，否则"只怕后半夜都不

---

① 流沙河：《诗人余光中的香港时期》，黄维梁编：《璀璨的五采笔——余光中作品评论集（1979—1993）》，九歌出版社1994年版，第147页。

到/聪明的小耗子/一只接一只/已经快跑光了"。疑虑中有寄望，这寄望立足于生民，这是余光中的可贵之处。

"为中国文化造像"是余光中苾居香港的另一个关注焦点。诗人解释自己创作的变化，"在主题上，直抒乡愁国难的作品减少了许多，取代它的，是对于历史和文化的探索，一方面也许是因为作者对中国的执着趋于沉潜，另一方面也许是六年来身在中文系的缘故"①。这段话尤其值得注意的是趋于"沉潜"的中国"执着"。回溯一下余光中的创作，在《莲的联想》和《五陵少年》时期，余光中迷醉于中国文化的还大多只在它的外部形态，词章、典故、意象、意境，以此所做的现代转化使他笔下的情爱男女和落拓少年，在古典的语境中拓展现代的情怀。到了《白玉苦瓜》，诗人力求进入中国文化精神的内里，但遥隔海峡犹如隔着展馆的那层无法打破的玻璃，大多倾吐的还是一种历史孺慕的文化情怀。在《白玉苦瓜》后记中他用不确定的语气提出现代诗历史感、地域感和现实感的三维空间，是他从自己艺术实践中领悟到的创作理念和追求。这一理念的最后完成是在香港时期的创作。初抵香港，他为切近身边的彼时大陆社会的政治现实所震恸，所作多为时事关注之作。由对现实的愤激沉郁，重新进入历史的追溯和文化的造像，其对中国执着的感情便"趋于沉潜"。这"沉潜"既来自历史的感悟也来自现实的积郁。因此他才认为如《湘逝》一类的作品，是他《白玉苦瓜》时代所写不出来的。因为在这类作品中诗人处理的不仅是历史，还有现实，包括作者从现实中郁积的一种心境，是作者把它的现代诗三维空间理论熔铸为一的寓现实感怀于历史的突破。试以《唐马》为例，诗人由展馆里的唐三彩陶马，浮想联翩，咏赞的是中华民族慷慨御敌的尚武精神。"风声无穷是大唐的雄风"，"多少英雄/泼刺刺四蹄过处泼刺刺/千蹄踏万蹄蹴扰扰中原的尘土……"然而历史消逝，这"失

---

① 余光中：《〈隔水观音〉后记》，洪范书店有限公司 1983 年版，第 176—177 页。

群一孤骏"成了"失落在玻璃柜里""驰不起战尘"的"任人亲狎又玩赏"的展品,而门外"你轩昂的龙裔一圈圈追逐"的不是"胡骑与羌兵",而是"银杯和银盾"。百年积弱,"昔日骑士的子子孙孙",已经"不谙马术,只诵马经"。沉郁积痛的,正是昔日的辉煌和今日的失落。为中国历史与文化造像,正是出于对现实的感慨。再如《夜读东坡》,读者"夜读"的其实是诗人余光中。在诗人一系列为中国文化造像的诗作中,写得最多的是屈原、李白、杜甫和苏东坡。前代诗人的放逐、流离、忧国和乡思,正是今世隔岸的诗人身世的某种映照。因此不仅余光中,在以史事入诗的台湾诗人中,都有不少此类作品。《湘逝》中的最后几句:

> 这破船,我流放的水屋
>
> 空载着满头白发,一身风瘫和肺气
>
> 汉水已无份,此生恐难见黄河
>
> 唯有诗句,纵经胡马的乱蹄
>
> 乘风,乘浪,乘络绎归客的背囊

这些诗句已为余光中自己点明:"写的虽然是杜甫,其中却也有自己的心愿",而《漂给屈原》的"有水的地方就有人想家",李白三章中的落拓与狂放,《夜读东坡》中的坎坷与旷达,又何尝不是余光中的"夫子自道"。这一代隔岸诗人处于历史跌宕的狭缝之中的放逐感、漂泊感、忧患意识和文化自赎,借着余光中的诗笔,映现在那些为中国文化造像的诗章中。历史从来就是现代人书写的历史,为中国的历史文化造像,实际上也是为中国当下的现实文化造像,余光中这类题材的深刻意蕴就在这里。

从历史和现实两极的对中国的关注,构成了余光中在香港时期的一座艺术大厦。它实际上也是许多台湾诗人和进入香港的台湾作家、学者的共同追求。只不过切身在最贴近大陆的一边,余光中以他自己艺术积累和创作的延续性,取得了别人未能达到的成绩。

女性主义和后殖民理论：施叔青的关注焦点

　　和余光中不同，施叔青经常被评论家认为是对西方文化诗学理论的认真实践者，她的小说为西方文化诗学理论提供了典型的诠释文本。对此施叔青并不甚认同。她在给一位年轻的研究者的复信中，认为她描写家庭和婚姻生活的小说所具有的批评精神，只是与女性主义的观点不谋而合；而17年来置身于香港的时间和空间，直接从中感受到的后殖民问题，也无须借理论来创作。① 施叔青的表白只说明她不是按照西方的文化诗学理论来写自己的小说，而是从生活的感悟中应和了这些理论。这并不妨碍我们用它来分析施叔青的小说。

　　追踪施叔青的创作，可以发现，她小说中的人物总是伴随着她在东方——西方——东方的飘移不定，而不断置换新的生活空间的。这也说明，即使离开了她最初的那个传统台湾的乡俗社会，她中期和近期的创作，仍然建立在自己不断丰富的新的经验世界之上。她用以来观察、整理和分析这些新的人生经验的，仍是随着西方文化分析理论的不断丰富和热点转移，而不断拥有新的视野和诠释焦点。从早期表现性、死亡、疯癫的弗洛伊德分析心理学和萨特的存在主义，到中期描写"边界人"的文化冲突理论和近期描写家庭、婚姻关系的女性主义，以及再现香港历史的后殖民理论。尤其是后面的两点，是施叔青莅港后的关注焦点。

　　施叔青贡献给香港的第一批作品，是以"香港的故事"为总题的十一篇系列小说。毫无疑问，这些作品同样带有施叔青来自台湾

---

　　① 转引自逢甲大学中国文学研究所梁金群硕士论文《施叔青小说研究》，1998年。

的文学经验。施叔青自叙她创作深受张爱玲和白先勇的影响。如果说张爱玲的影响主要在艺术方面，白先勇则不仅对施叔青有提携之恩，更在对于人物命运的历史透视上有一种至今还较少为人提及的潜在的启悟。"香港的故事"可以说是经过施叔青重新创造的白先勇《台北人》的香港版。只不过《台北人》的主角是那些饱经风霜的历史弄潮儿和时代弃儿，而在施叔青的"香港的故事"中，他们大多退到了女人的裙裾后面。如像《台北人》那样曾经煊赫而今落魄的那些男人后面，都有一群伴随着他们落潮的女人：太太、小姐、歌姬、舞女等等；而在"香港的故事"中那些不甘寂寞的女人背后，同样有一群实际上是支撑着这些喧嚣的女性角色的潜在的男性主角。所不同的是《台北人》中走入末途的军界政界遗老，他们作为历史的孑遗，作品中笼罩的情绪是垂亡的绝望；而"香港的故事"所写虽也是由于同样的政治原因，被历史浪潮从上海滩卷到香江岸上的"遗民"，却是经济界的大亨。他们在香港这个在东西方世界夹缝中获得奇迹般经济发展的"东方之都"，依然可以找到自己生存和发展的一席之地，从而对前景抱有自信。以第一主角身份出现，实际上是围绕在这些大亨们身边的女人，如新近成了"卢太太"的歌星柳红（《票房》），三十年前未及走红就消失了的"祖母级"影星顾影香（《一夜游》），绝不像《台北人》中依附在政治末途的昔日"大佬"身边的钱夫人（《游园惊梦》）和金大班（《金大班的最后一夜》），从中可以体味出漂落在台湾和香港的这两个分别在政治和经济经过历史洗涮的阶层及其附丽物，不同的地位、命运和前景，以及白先勇和施叔青在他们各自的体验和传达中，既相承续又各擅胜招的艺术创造。

进入施叔青"香港的故事"前台的那些女性角色，较之她此前的作品（以小说集《常满姨的一天》和《完美的丈夫》等为代表的家庭婚姻系列小说），性格有了很大的发展。在中期那些家庭婚姻小说中，施叔青所描写的几乎都是在传统男权（父权和夫权）压抑下婚姻失败的不快乐的女人。这些作为弱者的女性，她们教育不足、性格懦弱、经济不能独立是失败的根本原因，当然也是男权制度下的必然结果；而作为她们对立面的男性，却几乎都是有着完好学历和职业的强者。因此这一时期施叔青的女性关注中心，是在再现男性——强者/女性——弱者这一传统秩序中，对男权的批判。"香港的故事"则反其道而行之，是通过对女性自主性的描写，从经济的独立到主体的自由，来表现对于男权的颠覆。即使她们为满足自己感官快乐的享受，而甘当某些男人的情妇，也是出自她们对于自己情欲的自主。她们不再扮演纯情少女、忠贞妻子和相夫教子的贤惠母亲那类传统的女性角色，而是经济独立、精神自主、走出了男性阴影、寻回自我的人。而昔日在施叔青笔下作为霸权象征的男性形象，则往往是自私的、空茫的、猥琐的。在这场对男权、传统男性和传统女性角色进行颠覆的、颇费心计的女人和男人的战争中，施叔青所展现的依然是一个不够完整、完善和完满的人性社会。女人自立、自主和自由了，但女人还是"不快乐的女人"。这实在是谁也无法超越的现实带给作者的无奈。

施叔青香港小说中所建立的这种女性主义视野，且不说是从西方女权主义运动得来的理念，还是从香港经验生活中获得的"不谋而合"，都有它在香港出现的现实依据。相对于施叔青中期的那些家庭婚姻小说，追随留学的丈夫来到美国的台湾传统女性，无论经济还是精神都只能依赖作为家庭支柱和支撑的丈夫，妻子是无法作为一个有着独立人格的人参与西方社会生活的。因此尽管她们身处女权运动汹涌展开的美国社会，但只能困守在家庭（而且是东方式的）这一窄小的空间，继续承受男权的压迫。而相反，在香港，特别是华洋杂处的香港上流社会，西方文化的熏陶，是一个比较容易让女性——特别是受过较高文化教育和经济独立的女性，获得自主意识的空间。施叔青小说中的这些独立的女性的形象，大多生存于这一空间，便有其现实可能性的根据，而不是作者按图索骥——按照既定理论的凭空创造。

耗费八年时间才最后完成的《香港三部曲》，以及写于"三部曲"之前，却是"三部曲"一个重要组成部分的《维多利亚俱乐部》，是施叔青迄今最宏大也最具社会效应的一个艺术建构。尽管对于施叔青投入这部长篇创作可以有种种说法，但毫无疑问，香港殖民统治的即将终结，引发了对于香港沧桑跌宕的历史追溯与思考的创作热潮，是施叔青投入这部创作的最主要原因和背景。"我应该用笔来做历史的见证"①，这是施叔青创作的出发点。

　　"香港三部曲"是一部"家族史"小说。作者透过一个在 19 世纪末从东莞乡下被拐卖到香港沦落为妓的不幸女人在香港殖民发展的历史夹缝中奇迹般崛起的传奇故事，从某个侧面浓缩着香港百年沧桑历史命运的信息和影子。因此，所谓的"家族史"小说，实际上同时还是一部"社会史"小说。家族史/社会史的二元同一建构，既决定了这部小说的结构特征，也赋予了这部小说的国际政治视野。百余年的香港发展史，本来就是帝国主义殖民东方从发迹到衰亡的历史。当作者十分感性地讲述着黄得云这个风尘女人的人生传奇时，她同时更为理性地展开着的是交错在这个女人命运之中西方对东方的殖民统治。这是作者的叙述策略。黄得云这个不幸而"幸"的女人，只是偶然地跌入香港开埠初期的历史夹缝之中，却又必然地迂回在殖民地香港的历史曲折之中，从而成为作者用来串联历史的一根粉红色的丝线。反过来说，正是香港的一系列殖民事件，决定了迂行其间的黄得云的必然命运，使得黄得云命运的大起大落，处处都有香港的历史在。历史事件的真实性和小说人物的虚构性，构成了施叔青"香港三部曲"的结构性张力。这同时也是作者的观察视角和思考空间。"东方/西方""殖民/被殖民"这两个对应性的冲突主题，触发了香港的一系列殖民历史事件，同时也诱发了作者对自己小说人物一系列虚构的命运安排。这就使整部小说置放在一个国际殖民政治的历史空间和文化语境之中。举凡政治、经济、军事、社会、文化，都参与了对人物命运的冲击。从中我们看到，后殖民

---

　　①　施叔青："香港三部曲"代序《我的蝴蝶》，花城出版社 1999 年版，第 2 页。

主义的文化诗学，不管有意还是不谋而合，都给了施叔青再现和诠释黄得云/香港的历史有力的支撑。

相对于国内动辄百万字、数百万字的"家族史"小说，不足五十万字的"香港三部曲"算不上卷帙浩繁。它所展开的黄氏四代人的历史，除第三代黄威廉着墨略多外（但那是在另一部长篇《维多利亚俱乐部》），着重只写了黄得云一人。她是黄氏家族的灵魂，其他人实际上只是她的影子，或她性格某一侧面的发展和补充。作为一个被绑卖而沦落烟花的女人，她实在是"除了身体，别无所有"。但"身体"恰恰是她在这个殖民社会的本钱。在这里我们有趣地发现，施叔青早期创作中的"性、死亡、疯癫"和中期家庭婚姻系列中的"男人/女人"的存在主义与女性主义关注，融会在她对后殖民的"西方/东方""殖民/被殖民"框架中，形成了一种新的分析理性，即"西方——殖民——男性——强者/东方——被殖民——女性——弱者"的对应主题。性是作为"东方——被殖民——女性——弱者"的一种被压迫的现实和颠覆的象征。当黄得云最初从大火的妓院中被带出，成为殖民者、洁净局帮办史密斯豢养在唐楼的玩物时，这个下级军官出身的并不得志的殖民者，骑在黄得云柔若无骨、洁白如霜的身上肆意发泄，他是把黄得云当作是压在自己身下无力反抗的殖民象征，而获得"片刻的慰藉"。在这里，作为殖民者的性的胜利，不仅是一种虚拟的象征，更是一个确切的事实。当然，作为一种有着深刻意味的性，它还可能成为权力置换和颠覆的手段与象征。当一无所有，却有着"身体"这一绝妙本钱的黄得云，工于心计地从一个男人的床上流浪到另一个男人的床上时，她同时也以性来置换新的权力而不断改变自己的地位和命运。中年以后已经奠立了黄氏家业基础的黄得云，遇到了另一个贵族出身的银行家西恩·修洛。相对于史密斯，西恩无疑有着更好的修养、地位和前途，也更能代表英国上流社会的绅士风度。但在风韵犹存的黄得云面前，这个体面的殖民者却是一个欲举不能的性无能者，这个绝妙的对比潜隐着对历史变化的讽喻。如果说，青春艳丽的黄得云，只能以自己的肉体给并不得意的史密斯提供孤寂的抚慰，反映了殖民初期殖民者权力的绝对和骄横；那么到了徐娘半老而家业有成的后来，黄得云倒转来反客为主地居于对西恩的支配地位，透露出从殖民海盗时期的豪取强夺，到依赖绅士风度的统治，其间逐渐没落的信息，由性的象征所潜隐的这种对"殖民/男性"的颠覆，构成了与"西方——殖民——男性——强者"的命题相反的一个题旨："东方——反殖民——女性——强者"。

当然，西方殖民主义在东方逐渐失势和衰亡，是 20 世纪世界民族解放运动发展的必然结果。"香港三部曲"是在这个国际政治大背景下提供的一个特殊视角。作品本身的丰富内蕴，并不仅此一端。它表明了，施叔青香港时期创作的一种发展，从对现实家庭婚姻中男权主义的批判及对女性独立人格的女性主义关怀，到深入社会"用笔来做历史的见证"的后殖民理论视野，其意义不仅在施叔青个人，也意味着携带台湾文学经验进入香港的台湾作家的一种书写方式和关注焦点，其所形成的新的香港文学经验必将对未来他们重返台湾的创作产生影响。

台湾经验和香港经验

香港是一座开放的国际城市，人口的流动极为频繁，这也带来了香港文坛的开放性结构。近半个世纪来，在从香港文化教育背景下成长起来的本港作家逐渐成为文坛的中坚的同时，来自中国海峡两岸，以及东南亚和其他地区华侨和华人作家，也以其文学创作和活动，参与香港的文化建设，使香港文学呈现为一种开放性的体系，涵纳来自不同方面的作家的成就和经验。

　　进入香港的台湾作家，在以其来自台湾的文学经验融入香港生活的创作中，介入了香港文学，把自己的文学影响深长地留在了香港。这种介入或影响突出地表现在三个方面：一是他们在香港期间的文学创作，都将被作为香港文学的一部分，载入史册。例如余光中在香港期间创作出版的三部诗集，施叔青的"香港的故事"和"香港三部曲"，必将在今后的香港文学史叙述中被论及，这是由有着宽泛外沿的香港文学的特殊性所决定的，这也使从外面进入香港的作家获得多种文化身份。例如余光中是台湾作家，但由于他在香港期间的文学创作和活动，他又被认为是香港作家。施叔青的情况亦然，除了台湾作家和香港作家以外，取得了美籍身份的她，还可能被指称为美籍华文作家。二是通过他们的创作和文学活动，影响了香港文坛的某一群体。这种情况尤以余光中为突出。余光中在位于沙田的中文文学所带动和形成的文学友谊，使"沙田文学"成为香港文坛带有"强力集团"性质的一种特殊现象。作为中文系的一代宗师，他的诗风在自己的弟子和香港一批年轻诗人中（例如他热情支持的《诗风》杂志）都有重要影响，甚至出现了被戏称为"余派"的模仿者。施叔青的文学影响更多地将由她的作品来延伸。如张爱玲一样，她对香港历史与现实的刻绘，将为后人所借鉴和继承。三是他们从台湾经验出发汇入香港生活的创作而获得的一份新的文学经验，将成为香港文学的财富而被继承下来。其实所谓的香港文学经验，具有很大的包容性。除了本港作家从本土出发的艺术经验外，大部分还包含了来自不同地区的文学经验，通过一批有影响力的作家和学者的创作，成为香港文学经验的一个新的组成部分。

　　需要进一步探讨的问题是，这些在香港创作有成的作家，他们在香港的文学经验，对于他们回到台湾之后的创作，将会有何种影响？余光中11年香港生活，形成了一个"怎样地抽手／怎样地抽身"也"隐隐，都牵到心头"的解不开的"香港结"，不仅是他的思念和牵挂，也是他用于观察、思考的一个新的视角和空间，必然在今后的创作更深刻地表现出来。而施叔青 17 年香港生活对于现代化都市的感受，融入了她返台后全力投入的"台湾三部曲"的创作的新的长篇《酡颜家族》，其中香港经验转化于对台湾社会的描写，需要我们细细的品味与分析。

（原载《福建论坛》（人文社会科学版）2001 年第 2 期）

迅速崛起的澳门文学

一

对于许多读者来说，"澳门文学"是一个远比"澳门赌城"更为陌生的概念。然而，澳门的文学存在，却有着比澳门赌城更早的超逾数百年的历史。

从地理上看，澳门原先只是珠江出海口西侧——一个因淤沙而连接内地的小小半岛。在它定居村落出现之前（约在 13 世纪的南宋末年），还只是随季风而来的闽粤商船和渔民的临时寄泊之地。16 世纪中叶，当雄起海上的葡萄牙殖民者踏浪东来，以谎言和金钱骗买当地官员，从而实现对澳门的长期入据，使澳门成为他们寻找进入中国的第一块踏足石。从此之后澳门才由中国南部大陆边沿的一个小小渔村，迅即崛起成为连接东西方经贸和文化的世界大港。

西方殖民者踵武而来，其目的，正如 15 世纪末开辟这条欧亚新航线的葡萄牙航海家达·伽马所赤裸裸宣称的："我寻找基督徒和香料。"经济利益的攫取和意识形态的诱惑所构成的共生关系，是西方殖民者东方冒险相互依托的基础。传教士白晋（Joachim Bouvet，1656—1730 年）也曾这样坦白："当初葡萄牙政府之所以要往中国派耶稣会教士，是想利用天主教的教化力以达成其政治上的野心；然而天主教也同样想利用葡萄牙的政治势力以完成其宗教力的扩张。"①因此，澳门在成为每年有数千万两白银进出的贸易大港同时，也成为汇集西方传教士向远东进军的大本营。明清以降，几乎所有能够进入中国社会高层，并一定程度对中国历史发生影响的西方传教士，如利玛窦、金尼阁、汤若望、徐日升、南怀仁等，无不是经过在澳门的修习，并从澳门进入中国的。它使十六、十七世纪的澳门，在东西方文化交流史上占有重要地位。

不过，每年吸引数以万计商人"趋之若鹜"的海上贸易，是直接在澳门这个中国最早的"自由港"进行，而具有更深远意义的东西方文化交流，却只是间接地以澳门作为"驿站"或"桥梁"。究其原因，一方面是澳门缺乏深厚底蕴的文化边缘性，使它无力承担如此重大的使命；另一方面是以贸易和传教为目的的西方冒险家和传教士，其目标本来就在幅员更为广大的中国内地，澳门只是他们进入之前的一块驻足之地。直接的经济贸易的实现和间接的文化交流的隔阂，经济与文化这一既相伴又相悖的分离现象，带来了澳门社会发展的特殊问题。西方的入据者只关心如何使澳门成为便利他们贸易和进入中国传教的踏足石，并不关心澳门作为一个新开埠的世界大港自身经济和文化的发展。一方面，澳葡当局作为葡萄牙派出的海外政府，以葡国文化为代表的西方文化，应当成为澳门社会发展的主导文化。但这一主导性文化，只停留在澳门社会的上层，而未曾或未能深入澳门社会的整体；另一方面，有着悠久历史的澳门，

---

① 转引自郑妙冰：《澳门："殖民后的前夜"》，载《东西方文化交流》，澳门基金会 1994 年版。

在其广大的底层，仍然是一个以华人人口和中华文化为主体的中国人的社会。文化主导和文化主体这一互相剥离的状况，构成了澳门特殊的文化生态。以葡国文化为代表的西方文化，把中国边陲的一个小小渔村建构成为一个充满欧陆风情的西方冒险家的乐园，而中华文化作为社会文化主体则建构了另一个植根于社会底层的华人社会。澳门著名文化史学者潘日明神父在描述澳门这一风格迥异的两大社区，即"洋人区"和"华人区"时认为：前者从半岛中部到东南部古城一带，环绕教堂和修道院林立着具有葡萄牙建筑风格的住宅、小巧别致的宫殿和植有西方果木的花园；后者则在从妈阁庙到莲峰庙的内港沿岸，大部是一层或两层的小楼，有钱人家传统的四合院和穷困居民的土砖砌墙、茅草盖顶的棚子。二者区别是这样鲜明，以致潘日明神父要感慨："葡萄牙和中国两个社会隔墙相望，和睦相处。"①

这种"隔墙相望，和睦相处"，实际上也是澳门特殊文化生态的最好表征。葡国文化并不强制侵入和改变澳门传统的中华文化，而是让中华文化循着固有的逻辑在澳门继续发展。在文学上，我们极少看到葡萄牙文学对澳门的影响。澳门文学的发生，主要还是来自传统文学的驱动。澳门特殊的政治和地理区位，既在中国领土边缘又逸出中国政治漩涡之外，使它在朝代更迭的激烈政治斗争中常常成为前朝遗民的避难之所。澳门文学的最初发生便从这里开始。明清之际，一批"义不仕清"的前明文士，避居澳门，抒怀伸志。其中如在清朝入主中原后愤而削发为僧的迹删和尚（俗名方颛恺），于清太宗崇德二年（1637 年）移锡澳门普济禅院，他留下的《咸堂文集》十七卷、《诗集》十卷，不少写于澳门或写及澳门；又如曾佐唐王朱津拥立南明王朝于福建，事败后寄忠君、爱国、忧民之情于诗篇；流浪东安一带过着山人生活的张穆，在国变后托钵为僧，而后还俗秘密进行反清活动；曾向郑成功献计谋取金陵的屈大均等，都

---

① 潘日明：《殊途同归——澳门文化的交融》，澳门文化司署 1992 年版。

曾避居澳门，从事著述。特别在大汕和尚于康熙初年自安南归来，在普济禅院设立道场，更会聚了迹删、张穆、屈大均、澹归、独漉诸友，朝夕相处，互相唱和，使普济禅院成为澳门文学最初的发祥之地，其所秉承的中华文学传统，为澳门文学开了新河。此后自晚明至民初，历二百余年，澳门文学便在这一传统基础上，以历朝匿迹避难的先代遗民、宦旅澳门的官员和来澳设席、旅游的内地文士等为创作主体，以传统诗文为文体范式，以写景、述怀、志异三者互相交错为主要内容，呈现出澳门文学最初的绚丽景观。缺乏深厚人文底蕴的澳门，在文学上却表现出与中华文学传统的紧密联系。

　　然而不能不注意到，近代以来澳门文学的发展，主要是借助内地来澳文人的创造，相对而言，世居澳门的本地作者，除洪武年间原为闽宦而后"改官之香山"，其后人迁入望厦村遂为澳门世居的赵氏一脉，如赵同义、赵同儒、赵允菁外，几无所见。澳门文学这种"草根性"不足的"植入"、而非在深厚本土基础上"根生"的现象，使澳门文学的发展缺乏来自自身强大的内驱力，往往受制于外来文人的去留，而呈现出阶段性、偶然性甚至断层的波动状态。最典型的是新文学在澳门发生和发展的迟缓，相对于祖国内地，乃至台湾和香港，可以说是留出了一大段的空白。当五四新文学运动在祖国内地如火如荼，影响台湾、香港在 20 年代中期也引发出相应的新文学革命时，澳门却毫无反应。直到 30 年代末才在抗日浪潮的推动下，澳门才出现第一家供应新文艺书籍的"小小书店"，有了宣传抗日的演剧社、歌咏队、漫画和时文。究其原因，一方面是鸦片战争之后新开埠的香港的崛起，使澳门随着葡萄牙海上霸权的没落而拱手让出世界贸易大港与东西文化交流驿站的地位，由"东方的梵蒂冈"沦为"东方的蒙地卡罗"。内地文人的南来，已由澳门转向香港；而澳门难得的文化人，也由于不满本地文化空间的狭窄，也大多转向香港和海外。"外援"的断绝和"内资"的流失，导致了澳门文学很长一段时间的"空白"。

　　尽管 20 世纪 50 年代以后，澳门开始有了一些不甘寂寞的文学青年，努力营造澳门的文学氛围，其突出的代表是 50 年代出版的《新园地》《学联报》《澳门学生》，以及 60 年代创办的同人文学杂志《红豆》，成了澳门文学发展的一个新的出发点；此外还有一些文学作者"寄生"在香港报纸副刊和文学杂志上，成了澳门的"离岸文学"。其中仍继续活跃在今日文坛上的有方菲（李成俊）、梅萼华（李鹏翥）、李艳芳（凌棱）、鲁茂等。但平心而论，此时的澳门文学尚不成气候。澳门文学的真正崛起，要晚至 20 世纪 80 年代以后。这一时期，澳门社会的人文环境已经有了很大改善。其一，祖国内地的改革开放，对澳门经济的发展带来新的活力，也为澳门社会包括教育和文化的全面建设提供新的物质基础，澳门文化和文学的自觉才在这一经济基础上得以形成；其二，大量新移民不仅从中国内地，还从香港、台湾地区，东南亚以及欧美来到澳门，使人口剧增的澳门进一步朝着国际化都市的方向发展。新增人口中文化成分较高的，不乏已有所成的作家、学者和崇尚文学的青年一代。而随着私立东亚大学（1981 年开办）改为公办的澳门大学（1988 年），不仅结束了澳门没有高等教育的历史，而且 20 多年来迅即发展出多所高等学院。教育环境的优化和普及，使澳门本土的文学新生代也迅疾成长起来。二者的结合，不仅使澳门拥有比例较高的文学人口，而且使澳门文坛具有多元的文化优势。其三，面临"九九"回归，澳葡当局也逐渐改变了以往对澳门文化建设的忽视，尤其是对华人文化的忽略态度，在认识上、规划上乃至机构设置和资源配置上，都有所改善，使澳门文学较前有了一个相对良好的发展环境。

在 20 世纪 80 年代澳门文学的崛起中，荟萃了澳门一批重要文化人的澳门日报和澳门大学，起着重要的领衔和主导的作用。一时间，文学社团如澳门笔会、五月诗社、澳门写作协会等蜂拥而起，文学刊物如《澳门笔汇》《澳门现代诗刊》《澳门写作学刊》《浮游体》等以及报纸的文学副刊如澳门日报的《镜海》《小说》《新园地》，华侨报的《华林》《华青》《周末派对》，晨报的《副刊》，大众报的《大众园地》，市民日报的《东望洋》等琳琅满目，而各种文学丛书的出版更是层出不穷。对于沉寂太久的澳门说来，20 世纪的八九十年代，是盛况空前的一次文学狂欢，也是澳门文学真正的出发。

世人对于澳门文学的认识与重视，就从这个时期开始。

二

20 世纪 80 年代以来澳门文学的崛起，诗是最早取得突破并受到外界瞩目的。我在《中华文学通史》第八卷"当代文学编"有关香港、澳门诗歌的一节中，曾写了如下一段文字：

> 在八十年代澳门文学的崛起中，诗歌始终扮演着重要的角色。它既作为一个主要的文体形式，活跃在澳门的文坛上；也在创作实践上，代表着澳门文学的艺术水平。较之散文和小说，澳门诗歌是堪与大陆、台港和海外华文诗歌相提并论、接轨对话的一个领域。[1]

写于 90 年代中期的这段话，如果放在十年后的今天，在提法上或许会有所改变，但用来评估八九十年代的澳门文学，并无不当。诗在澳门的最先崛起，一方面是因为澳门文学的历史积累，从晚明到民初，以诗最为深厚，形式上虽为古制，但蔼然诗情同样滋润一代代澳门人的心灵。迄至今日，这一传统仍在光大。今日澳门能写传统诗词者，上至学界前辈、政界、商界大佬，下到中小学生和普通劳作者，人数当以数百计。这在仅有 40 余万人口的澳门，其比例应不下于全国任何一个城市。流风所及，在澳门文学艰难起步的 20 世纪 50—70 年代，也以诗最为活跃。以凌钝编选的两卷本《澳门离

---

① 张炯、邓绍基、樊骏主编：《中华文学通史·第 8 卷·当代文学编》，华艺出版社 1997 年版，第 438 页。

岸文学拾遗》① 为例，在这一时期发表于香港的澳门作品中，以诗的数量最多。同时，这一时期从澳门移居世界各地的"离岸作家"，也以诗人影响最大。较早有曾经是 50 年代美华文坛"白马社"成员的艾山，稍后有从澳门到香港、台湾读书而今任教于美国加州大学的张错，长期定居香港近年移居加拿大的韩牧，目前仍活跃在香港诗坛的陈德锦、钟伟民等。他们在 80 年代澳门文学的崛起中，都曾经以作品回馈自己的生身故地，并几度返回澳门，对澳门文学的发展起了推动作用。另一方面，这一时期从四面八方来到澳门的移民文化人中，不乏已有所成的诗人和对诗钟爱有加的文学青年。如曾在内地或香港发表过作品的陶里、李观鼎、高戈、玉文等，和后来在澳门成长起来的淘空了、舒望、庄文永，以及更年轻的黄文辉、林玉凤、冯倾城等。他们不同的人生经历所带来的文学风气，构成了澳门诗坛的多样形态。他们从异地初临贵境对澳门丰富的历史文化和别样的生活形态的新鲜感受，在还来不及仔细咀嚼和深入思考时，最易找到的激情喷发口是诗歌。历史和现实的因缘际会，使诗歌在澳门 80 年代的文学崛起中，扮演了先行者的角色。但是，这种先期的激情喷发，要能长久地持续下来，就要进一步检验诗人的思想和艺术能力。许多最初写诗而后来转向其他文学样式的作者，往往与此有关。在文学史上，文学主导地位由最初诗的崛起，转让于后来的小说或其他文体的现象，比比皆是。澳门诗歌在 90 年代末以后稍显薄弱，也呈露出这种历史走向的痕迹。

相对而言，散文在澳门文坛却呈现出越来越强的走势。本来，散文比起诗歌，在澳门有着更为广阔的写作空间和读者市场。80 年代以来缤纷发展的澳门报业，其争取读者的主要手段之一在于副刊，而副刊的需求主要是对散文的需求。它客观上为澳门的散文创作提供了一个广阔的平台。在这个平台上培养出来自社会各方面的一支庞大的散文队伍，不仅有专业或半专业的写作人，还有政界、商界、

---

① 凌钝编：《澳门离岸文学拾遗》，澳门基金会 1995 年版。

学界，乃至务工者和家庭主妇的写手。他们不同的人生经历和知识背景，使澳门的散文呈现视野不同、形态各异的繁富景象，这是澳门散文的难得之处。其中，先后聚集在"七星篇"和"美丽街"专栏中的一群女散文家，如凌棱、林中英、沈尚青、懿灵、彭海玲、水月、谷雨、梦子（廖子馨）、穆欣欣等，尤为引人注目。当然还包括许多未被纳入"七星"和走进"美丽街"的女性散文家，如教育界资深的学人刘羡冰等，被称为澳门文坛一道绚丽的风景。但我并不以为这就贬抑了男性的散文。澳门的女性散文在情感的真挚、细腻和个性的本色流露上，表现出了她们散文创作上可爱的性格魅力；但在文字的老辣和人生体验的深刻，乃至由此而产生的某种历史沧桑感，或许还要稍逊男性散文一筹。资深的作者如李成俊、李鹏翥、冬春轩、徐敏等，正当中年的如白思群、吴志良、公荣等。以报纸副刊为主要发表园地的散文创作，当然也免不了要受到副刊文体的一定限制。尽管澳门报纸不如香港那么商业化，但从香港报纸学来的划定"贩文许可区"的"框框文体"，不能不在框定的字数里限制作家思考和表现的空间。也因此，澳门的散文很大程度上走向随笔化和杂文化。并非随笔和杂文不好，但并不是所有作者的艺术个性都适合随笔和杂文，特别是那类实际上并非散文的时政杂言，我们就看到一些极具才情的作者在时政杂言上留下许多败笔。这种依托于报纸副刊的写作的无奈，从另一方面压抑了澳门散文抒情和叙事的美文空间。虽然澳门报纸还有如《镜海》那样文学性的副刊，还有如《澳门笔汇》那样专门的文学杂志可以稍作弥补，但缺憾仍是难以避免。

长久以来，小说一直被人视为是澳门文学的弱项，事实也确曾如此。澳门在几十年来，似乎只有一部描写澳门爆竹工人悲惨生活的长篇小说《万木春》出版。走出澳门的小说者也只有香港的谢雨凝、梁荔玲略为人知。从60年代开始就在香港和澳门报刊各写了几十部长篇连载小说的鲁茂和周桐，只在澳门文学崛起后的八九十年代，才各正式整理出版一部长篇《白狼》和《错爱》。然而近十年来，这种情况有了可喜的改变。首先是写作队伍的壮大，不仅是一些根生于斯的"老澳门"，以他们深刻的体验和细微的观察写出了澳门的人世沧桑，如本书收入的余行心的《快活楼》、林中英的《重生》、胡根的《东方酒店的洗手间》以及从外地移居澳门的徐新的《昨夜明月今夜风》和陶里一系列魔幻现实主义的小说等；更重要的是一群年青作家加入小说方阵，引人瞩目的是廖子馨、梯亚、寂然、梁淑琪等。他们敏锐的艺术感觉，无论写实、浪漫，还是以现代或后现代的艺术方法，来把握澳门多重文化交错的梦幻般的现实，都相当深刻地呈现出一个正从历史淤泥中挣扎重生的澳门性格和形象。归根到底，在诸种文学样式中，要能够更为深入地看取社会和人生，还非小说莫属。澳门小说这种正在走强的态势，是一个可喜的兆头。

澳门本来就是一个国际化的城市。特殊的历史使澳门拥有一个能够包容各种不同文化的广阔胸襟。澳门地域的狭小并不妨碍澳门文化襟怀的博大。澳门文化这一特征也哺育了澳门文学的多元性格。首先澳门文学队伍的构成是多元的。得益于 20 世纪 80 年代以后祖国内地的改革开放和带给澳门经济的提升，澳门不仅吸引祖国内地移民作家、海外华人移民作家来到澳门，也使澳门本土作家获得成长的空间，他们共同构成澳门作家群体多元互补的优势组合与和谐并存的文化生态。澳门作家不同的人生经历、社会体验和艺术风格，带来澳门文学多样的呈现。既是作品内涵方面关注澳门又超越澳门的历史经验、社会现状和人生体认的各自呈现，也是艺术把握方式从社会写实、浪漫理想到现代与后现代的解构与重构等不同风格的传达，形成了澳门文学多元性格的另一特征。而澳门作为国际化城市与世界的联系，也使澳门作家比较容易走出澳门狭小的空间去观察世界，从而使澳门文学获得一个相对开阔的世界性视野。既有着走出小城的澳门作家对世界的观察和体认，表现出澳门怎样看世界，也有着外来者对澳门的观察体认，表现出世界怎样看澳门。这双重视域，赋予了澳门文学开放性的特征。

20 世纪 80 年代澳门文学崛起时，曾发出"建立澳门文学形象"

的呼吁，借以推动澳门文学从自在走向自觉。"澳门文学形象"的建立，是一个长期的、不断深入的过程。它一方面是以文学作为"澳门"的修辞，成为澳门的形象表征；另一方面更是以澳门作为文学的本文，即以澳门来确立文学的内质，也就是我们常说的文学的"澳门性"。对文学"澳门性"的深刻认识与把握，是所有澳门文学作者艰难追求的目标之一。在这一点上，澳门的作家——无论是写诗、散文还是小说，有着比较清醒的认识。他们在作品中追思、反省澳门的历史，表现澳门特殊的事件，深入澳门历史血缘和文化融合所遗下的复杂现实问题，在题材内容上表现澳门历史与现实的特殊性，这是值得肯定的一个方面。但对"澳门性"的认识是一个不断深化、不断发展的过程，它既外在地表现为澳门文学的存在形态，更内质地体现为澳门文学的精神内涵；也不仅是一种题材的选择，更是一种浸入到人物性格和事件逻辑之中的精神与历史必然性。对这一特征的表现，是澳门文学获得独立存在的价值之所在。对于已经意识到这一问题重要性的澳门作家，是极其可贵的；但这个努力才刚刚开始，人们期待的澳门未来伟大作品的诞生，将有赖于此。让我们再接再厉吧！

三

澳门文学还有一个特殊的部分：土生文学。

所谓"土生"，指的是在澳门出生的葡萄牙后裔。其中大部分是自 17 世纪葡萄牙人入据澳门以后与东方人——大部分是与中国人结合而生的混血儿，也有少量纯粹葡萄牙人在澳门出生的后代，和很少一些融入葡萄牙生活圈的华人后裔（大多是原来在葡人家庭担任管家之类高等仆役的华人）。这一群人实际上已经远离了他们的欧洲祖地，把根移到了澳门。他们一方面接受葡文教育，在澳门华洋杂糅的社会中生活，讲地道的粤语，也接受某些中华文化习俗。这是一个介于欧洲葡萄牙人和澳门华人之间的特殊的阶层。大多数已经无法返回欧洲祖家的现实，使他们把自己称为"澳门之子""大地之子"。这个由于"种族和多次偶然通婚所产生的亚种族的产物"，一方面"遗传本体十分丰富"地葆有着葡萄牙文化的主导倾向，另一方面又东西合璧地保存着中国，以及马来亚、印度、日本等东方民族的某些文化特征，引起世界文化人类学者广泛的研究兴趣，也成为我们具体剖析澳门东西文化融合的一个典型的案例。

"土生文学"概念的提出，虽在近年，但土生文学的存在，则应推到一个多世纪以前。十八、十九世纪的澳门，就出现了一些用混合着古葡萄牙语、马来亚语、印度语和粤语的"澳门土语"写成的"土生歌谣"，以及一些土生葡人的诗篇。它们被收集发表在葡萄牙出版的《大西洋国》杂志上，从而引起葡国文化学者的注意，认为这些用古老的澳门土语写成的作品，从形式到内容都有着深厚的东方影响。20世纪中叶以后，一些在葡萄牙接受良好高等教育的澳门土生葡人，开始创作和发表一系列反映澳门土生葡人生活的文学作品。较早的有出版了短篇小说集《长衫》的澳门著名记者江道莲（1914—1957年），以诗集《澳门诗歌》《澳门，受祝福的花园》和十余部有关澳门著作而享誉文坛的著名学者阿德（1919—1993年），以及出版了诗集《孤独之路》的诗人李安乐（1920—1980年）等，近年最受注目的是澳门从业律师飞历奇（1929— ），他从20世纪50年代开始，先后以澳门为背景创作出版了短篇小说集《南湾》，长篇小说《爱情与小脚趾》《大辫子的诱惑》《望厦》，其中描写澳门土生青年与中国姑娘爱情的《大辫子的诱惑》，还被拍摄成电影。而曾任澳门文化司司长的诗人、画家、摄影家和建筑师马若龙（1957— ），则被视为是澳门土生年轻一代的俊彦。其他如飞文基（1961— ）等创作的剧本《毕哥上西洋》《圣诞夜之梦》等在澳门上演也观众云集。他们人数虽少（据统计澳门土生葡人约三万，其中一半回了葡萄牙或散居世界各地，另一半则留在澳门成为澳门的永久居民，但作为前澳葡政府依靠的力量，享有政治和文化的优势。他们兼具东西方的双重文化因素和自身特殊的身世命运，赋予了他们创作题材和思考上鲜明的"澳门性"，使他们成为澳门文学独具色彩的一个特殊存在。

澳门《文化杂志》的主编、土生葡人官龙耀在为刊物制作的"澳门土生人"特辑的前言中，称"土生葡人"是"游荡于西方精神和东方血缘之间"的"不同种族的产物"。"他们一直像在两个铁制托盘中颤动的天平指针，但是软弱是种族杂交带给他们的特征之一，今天我们亲历到了他们那种被没有祖国这一烙印深深折磨的悸痛。"① 如果说早期搜集发表在《大西洋国》杂志上的"土生歌谣"，还洋溢着他们冒险东方的欢乐精神，那么随着殖民历史的逐渐逝去，到了20世纪中叶以后相继出现的土生作家的作品，充满了对自己族群的身世命运及生存前景忧虑、感伤、追询和考问的历史凝重感。这源于自身历史和生存现实的省思和考问，是澳门土生文学最重要的母题。我们从许多土生作品中读到的"我是谁""我从哪里来""我在何处""我向哪里去"等一系列询问，已经不是哲学意义上普世化的抽象命题，而是澳门土生历史命定必须面对的现实困境。应当说，澳门土生的创作，无论诗、散文、小说还是戏剧，都从这一历史特殊性中透露出土生文学的"澳门性"。

文化的冲突、融合和选择，是澳门土生文学另一个重要的创作母题。澳门土生葡人作为介于欧洲葡萄牙人和澳门华人之间的一个中间族群，有着可能同时进入以欧洲葡人为中心的澳门上层社会和以传统华人为中心的澳门底层社会的天然优势。这就为土生作家提供了一个比一般澳门作家更广阔的全景式地展示澳门历史与现实的书写空间。许多土生作家正是游弋于这两个表面相互隔绝的"社会"之间，展开欧洲葡人/土生葡人/澳门华人之间错综关系的描写，从

---

① 《文化杂志》中文版第 20 期（1994 年秋季号），澳门文化司署出版。

而揭示澳门社会丰富的生活层面和多元的文化存在。文化的冲突、文化的融合和文化的选择，是这些故事和吟咏最后升华的主题，从中也透露出了土生作家自己多元的文化底蕴和复杂的文化心态。他们一方面因母系血缘的继承而与中华文化有一种相容与接受的人生的亲和性；另一方面又由于父系血统的出身和地位，以及欧洲中心主义的文化优越感，又一定程度地对中华文化采取轻蔑和排拒的态度。而当澳门回归已成为历史必然宿命，使他们强烈地感受到"正面临着最后的甚至是致命的放逐"（官龙耀语）时，他们的高傲和抱负很快又变成茫然和自卑。这种复杂心态及其变化，不仅浸透在他们叙述和处理的人物故事与事件逻辑之中，而且本身就成为澳门历史发展的一种深刻体现。它使土生作家的创作，不像一般外国作家（即使是长期生活在澳门的葡国作家）那样，有一种局外人的冷漠和俯视的角度，而是有着一种渗透着自己人生沧桑的真切感。

澳门的土生文学在艺术上还表现出东西两种不同艺术传统的交汇和融合的特色。不仅在小说的叙述方式、结构方式，而且在诗的意象的运用上，使我们看到土生作家那种希望"能谋求结合两种文化的素质，搜集中国千百年的经验及其完美无瑕的艺术之大成，并且融入一种相反的、感知的技法和经验"的努力。

澳门土生文学以其特定的文化内涵和文学价值丰富了澳门文学，是所有澳门文学的阅读者和研究者所不应忽视的。

四

有鉴于上述的一些情况，本书主要选收 20 世纪 80 年代澳门文学崛起以后的作品，而于此前发表的作品及在澳门堪称"大宗"的传统诗词均未能收入。这对于澳门文学发展的完整反映来说，当然是一大缺憾。作为一部文学大系的选本,入选者本来应当是那些经受岁月检验和汰选的成熟之作。不过澳门文学的崛起,只是近 20 来年的事,所谓"岁月检验"云云还有待将来。本书更多考虑的是"面",希望能将近 20 年来活跃澳门文坛的作者,摘其代表作若干,尽收其中,让这部选集去经受"岁月检验和汰选"。

澳门土生文学并非用汉语创作的文学,本来不应收入这套名为"华文文学"的大系之中。不过考虑到澳门土生文学作者的澳门身份及其作为澳门文学的一个组成部分,和作品所反映的东西文化交融的特殊意义,姑以附录的形式选入几篇译成中文的作品,所依的版本是汪春、谭美玲编,夏莹、汪春、李长森、谭美玲、陈健霞、崔维孝、金国平翻译,澳门大学出版中心出版的《澳门土生文学作品选》,想必会受到读者的谅解和欢迎。何况所谓"华文"文学,不仅是汉语的书写方式,还有中华文化的潜义。

最后,要感谢本书的 50 多位作者,他们寄来了自荐的作品和个人简介,并同意为我们选用;还要感谢《澳门日报》的林中英、廖子馨、庄文永,澳门大学的汪春、谭美玲,澳门文化局的高戈等几位好朋友,在我为编选此书专程前往澳门时给我很好的接待,并不断地为我联系作者,提供资料、催促稿件、审阅篇目。没有他们的帮助,这本书将很难编成。

（本文系为未获出版的《澳门文学卷》所写的导言,曾刊于《澳门笔汇》,后收入拙著《华文文学:跨域的建构》,福建人民出版社 2007 年版）

第三辑

华文文学的大同世界

一

　　"华文文学"——这样一个整合性的概念，是从什么时候，在一种怎样的思考背景下，被提出来的？相信对于关心华文文学学术发展的研究者来说，这是一个尚未被充分重视的有价值的问题。

　　一般认为，"华文文学"的正式命名，始于1996年在江西庐山举行的第六届学术研讨会。这里有一个曲折的过程。中国近代以来特殊的历史遭遇，使中国南部濒海的疆域——台湾、香港、澳门，在东西方殖民者的侵占下，处于一种政治上与母土的"碎裂"状态。"第二次世界大战"以后的两大阵营对垒和新中国成立，加深了这些地方与祖国大陆的政治对峙和文化的"盲视"。因此，20世纪七八十年代以来，无论是世界还是中国，政治格局的变化，都使对峙的双方首先从文化上（文学是其中重要的一环）有一种彼此重新"发现"的喜悦与惊诧。最初是少数有条件接触到香港、台湾文学资料的研究者,"探险"似的进入这一领域。但1982年于暨南大学召开的第一届香港台湾文学研讨会,标志着这一研究逐渐从零散的个人的学术行为,转化成为有计划有组织的学科性建设。但很快人们就意识到,最初被当作"台湾作家"研究的诸如聂华苓、於梨华、白先勇等,他们更确切的身份是从台湾移居美国的美籍华人作家;而与此同时,正在复苏的东南亚华文文学,也进入与东南亚诸国交往密切的广东、福建学者的视野。于是,1986年于深圳大学召开的第三届学术研讨会,便在"台湾香港"(第五届的中山会议增加了澳门)之后,添了一个"暨海外华文文学",以示研究视野的拓展。然而,"台港澳文学"是中国文学,而"海外"则是别国的文学,二者并置不仅拗口,也引起一些争议。于是,便有了庐山第六届会议以"世界华文文学"的易名。易名本应是对对象的一种重新定位和诠释,然而"华文文学"的命名,有着这样一个长达十余年的学术背景,重新命名之后的"世界华文文学研究",实际上并未脱离原先的"台港澳暨海外华文文学"的研究框架和轨迹,无论观察与分析的对象、视角或方法,并没有产生具有结构性意义的改变。

在海外,对漂离母土的华人及其族裔文学的关注和讨论,从很早就开始。但大都是对于具体作家创作的批评和介绍,还不是我们今日所说的带有整合性意义的"华文文学"研究。手头没有详细资料进行更深入的探讨,不过我以为,1989年在新加坡举行的"华文文学大同世界国际会议",是较早的重要的一次。"大同世界"的会议主题,和包括中国在内的会议参与者的广泛性,使它具有了整合性的视野和意图。在这次会议上,提出了一系列有关华文文学整合性建构的论题,诸如"多元文学中心""双重经验书写"等等,对后来华文文学的研究实践,产生深远影响。稍后,美国柏克莱大学的亚裔系,连续两届以"开花结果在海外"为主题,举办了有众多国家和地区作家和研究者参加的华人文学国际学术研讨会。虽然如会议主题所标示的，关注的重心是"开花结果在海外"的华人文学书写，但参与者的广泛性和论题的深入是前所未有的。最近的一次在2006年春天，由王德威主导的美国哈佛大学东亚系，邀请了来自美国、马来西亚和中国台湾、香港的华文作家以及留学美国的中国学生，举行了一场人数虽不多但题意深远的"华语语系文学研讨会"，从另外一个视角，与中国的海外华文文学研究展开对话。其论题包括中国经验与中国想象在地域、族裔、社会、文化、性别的移动与转化，华裔子民移徙经验和典籍跨越，翻译与文化生产，多元跨国的现代经验的世界想象等等，对"华语语系文学"这一概念内涵，提出了新的理论阐释。

回顾从国内到海外的华文文学研究，有几点印象值得提出：

一、华文文学是一个发展着的概念。从对其命名到诠释的游移不定，歧义互见，都说明它尚不成熟。这一点从国内到海外，基本一样。不同的论者，不同的视角，常会有不同的诠释。即使同一论者的前后表述，也常有不一致、甚至相左的地方。这是一个新的学科必然经历却又急需走出的过程。

二、国内和海外的华文文学研究，存在着认识层面和操作层面上的某些差异。就其对象而言，国内的研究往往把中国文学摒除在外。这自然有着"世界华文文学"这一概念缘自"台港澳暨海外华文文学"而来的学科形成的背景。然而，中国文学的"缺席"，不仅使号称"世界"的华文文学研究成为一种"不完全"的研究，更重要的是它意味着在世界华文文学格局中，中国文学与其他地区和国家的华文写作"对话"的缺席。而在海外的华文文学研究者的视野中，这种"对话"十分重要，是华文文学研究必须具备的条件。王德威在他的"华语语系文学"观念中，就十分强调这种"对话"，他说：在全球化的时代，"华语文学提供了不同华人区域互动对话的场域"，"华语语系文学所呈现的是个变动的网络，充满对话也充满误解，可能彼此唱和也可能毫无交集，但无论如何，原来以国家文学为重点的文学史研究，应该因此产生重新思考的必要"。① 实际上，由"对话"所呈现出的不同国家和地区的华文创作的差异，正是它们获得独立生命和价值所在。

三、国内的研究往往不将华裔的非华文写作包含在内。在国内的学科谱系中，华裔的非华文写作，主要是外文系的学者关注的对象，因此，便有了"华文文学"还是"华人文学"的命名之争。尽管这种现象在近年来已有所改变，但它仍然说明，国内的华文文学研究，是以华文书写为界定的。其关注的中心，是语言所承载的文化传统，在文学书写中的回归与变异。而华裔的非华文书写，其核心不在语言而在创作主体的族性，更多关注的是华人族属身份所包容的文化，在异文化土壤中的隔代生存与变化，以及如何将华族的文化身份转化为一种文化资源，从而在所居国多元文化的网络中构建华族的文化地位。

四、无论国内还是海外，文化都是华文文学研究者关注的重心，只不过其侧重面各有不同。中国的学者最初更多的是关心海外华文书写的中华文化传承，中华文化在异文化时空环境中的融合与变化，是近年才逐步得到重视的主题。而海外"新移民"作家，如其主要的理论发言人陈瑞琳所表述的，是在生命的"移植"中对母体文化的"放弃"和"寻找"，在摆脱"家国文化"的心理重负中，"重新审视和清算自己与生俱来文化母体，从而在新的层面上进行中西文化的对话"。② 而在王德威的"华语语系文学"观念里，是在中文书写的越界和回归中，作为一个辩证的起点，探讨"中文文学如何承载历史中本土或域外书写或经验，多元跨国的现代经验如何在歧异

---

① 王德威：《华语语系文学：边界想象与越界建构》，《中山大学学报》（社科版）2006 年第 5 期。

② 陈瑞琳：《"迷失"和"突围"——论海外新移民作家的文化"移植"》，饶芃子主编：《思想文综》第 10 辑，暨南大学出版社 2007 年版，第 263 页。

的语言环境中想象中国——华人——历史"。① 简言之，中国学者更多注意的是文化传承与变异中的异中之"同"，而海外学者的观察，更多的是集中在文化延播与变异中的同中之"异"。

五、方法论的问题越来越受到华文文学研究者的重视，特别是比较文学方法的引入。最先将这一研究方法引入华文文学研究，同时将华文文学导入比较文学研究范畴的，是兼有文艺学和比较文学学术背景的饶芃子教授。她的不遗余力的倡导，使华文文学研究者在视野的不断扩大中，借鉴比较文学的方法获益良多。随着年轻一代学者的不断加入，受到关注的方法论问题对华文文学研究学术质量的提升，有着重要意义。

中国与世界其他地区和国家华文文学研究的某些认识上的不同，是一种客观存在。有人建议将这种认识差异称为"中国学派"。我想"派"则不必，因为中国学者的认识并不一致，也在变化之中，这是一个有待丰富和完善的学科，称"派"为时尚早。但是，差异是对对象不同侧面和层面的认识，差异可能是一种"片面"，但却由此产生互补的需要，提供对话的空间，从而使对对象的认识立体化起来。

华文文学是一种"离散"的文学。这里所说的"离散"，是指华文文学散落在世界不同空间的存在状态。它根源于华人离开母土的世界性迁徙和生存，这是华文文学重要的发生学基础。

二

有一个我们习以为常的观念需要深入辨析。我们常说，华文文

---

① 王德威：《华语语系文学：边界想象与越界建构》，《中山大学学报》（社科版）2006 年第 5 期。

学是与英语文学、法语文学、德语文学、西班牙语文学、阿拉伯语文学等相同的一种语系文学。这是就语言的世界性存在现象而言。然而有学者尖锐地指出，这种语言的世界性存在两种情况，在诸如英语文学、法语文学等这些在"语言宗主国"之外，"世界其他地区以宗主国语言写作的文学……带有强烈的殖民和后殖民辩证色彩，都反映了19世纪以来帝国主义和资本主义力量占据某一海外地区后，所形成的语言霸权及后果。因为外来势力的强力介入，在地的文化必然产生绝大的变动，而语言以及语言的精粹表现——文学——的高下异位，往往是最明显的表征。多少年后，即使殖民势力撤退，这些地区所承受的宗主国语言影响已经根深蒂固，由此产生的文学成为异国文化的遗蜕。"① 华文在世界不同国家和地区的流播与存在，不是"殖民宗主国"的"文化遗蜕"，其性质与此完全不同。

华文是伴随着19世纪以来华人的海外迁徙，而大量播散世界的。其时中国正面临着世界殖民主义的侵扰，迫于生计而无奈谋生异邦的华人，无论是在经济发达的国家，还是到同样处于殖民压迫下的欠发达国家，都是弱势族群，华文在华人所居国的语言和环境中，也都是弱势语言和弱势文化。即使由于华人的刻苦奋斗，在经济发展取得成功，甚至在某些国家，华人经济成为具有影响力的强势经济，但仍无法改变华人在所居国中语言和文化的弱势地位。这一状况无论在华人政治、经济都处于弱势的欧美诸国，或者在经济略居强势的某些东南亚国家，都是一样的。华文首先是作为移居海外的华人族群保留母语的一种生存方式而存在的；其次才通过华人的文学书写，成为他们铭刻自己几近衰亡的族群记忆，再现从国内到海外的双重生存经验而获得精粹体现的。华人的华文书写，是一种母语书写，而其他受到西方殖民的国家对宗主国语言的书写，则是一种被迫的非母语的书写。即使在殖民势力溃退之后，依然无法

---

① 王德威：《华语语系文学：边界想象与越界建构》，《中山大学学报》（社科版）2006年第5期。

摆脱这一后殖民的文化遗蜕。前者是伴随移民的语言移入，是移民主体对于母语的语言行为，在所居国的语言环境中，是一种弱势语言；后者则是伴随殖民而来的语言"殖民"，是殖民者强加于被殖民者的语言霸权。二者有着性质上的根本不同。

华人在海外的生存，经历了从华侨到华人再到华裔的身份变化①。华人身份的每一变化，同时也反映在华文文学与其文化母体的错综文化关系之中。20 世纪中叶以前的中国海外移民，保留着"双重国籍"的政治认同，不论其是否加入移居国国籍，也不论其是否数代不归，都被视为中华子民，即为华侨。此时他们的文学书写，是一种华侨文学，是中国文学的海外支脉，其政治认同与文化认同是一致的。20 世纪中叶以后，中国政府取消了"双重国籍"的政治认同，海外华人为了生存和发展需要，大多选择加入所居国国籍，他们的身份由华侨变为海外华人，成为所居国多民族构成的一个成分——华族。在政治认同的国籍改变之后，在文化认同上却无法完全改变，实际上存在着华人对自己母体文化与对所居国本土文化的双重认同，或者不同程度地在自己族裔文化基础上融吸所居国的本土文化，从而形成了具有所居国文化特色的华族文化。政治认同与文化认同的不完全一致，是这一阶段华族文化的特点。而到他们数代之后的华裔，已经融入所居国的社会文化环境之中，政治认同与文化认同已趋于一致。在许多情况下，缘自他们父祖而来的无法改变的族裔文化身份，正逐渐变为一种身份文化，成为他们参与所居国多元文化建构的一种资源。无论他们用华文写作或非华文写作，他们是透过自己已经认同的所居国文化，来重新辨识和书写自身的华族文化——尽管这种"辨识"和"书写"，充满了误读和重构，却成为华裔文学书写普遍性的特征。

正是在这个意义上，中国的海外移民，成为散居于世界不同政

---

① 刘登翰、刘小新：《华人文化诗学：华文文学研究范式的转移》，《东南学术》2004 年第 6 期。

治空间中各自独立存在的中华族裔，而反映他们生存经验的文学书写，却难以完全割断母体文化的精神脉络，在双重文化的认同、融吸和重构中，既相联系又各自独立地呈现为所居国少数族裔（华族）的文学存在。华文文学客观的这种"散存"状态，是我们观察和思考并重新进行对话、比较和整合的无可回避的事实。

三

然而，华文文学这一概念的提出，是一种整合性的视野，是面对"离散"的一种想象的整合建构。

其实，所有后设的文学概念，都是一种想象的建构。从本质上说，文学书写是一种个人化的行为，每个作家都根据他独特的人生经历和审美体验，进行个人化的创造。但每个作家的个人化创造，同时又被纳入一个系统之中，因为他生活在这个社会文化的网络系统之中，从书写的语言方式，到感受的情感结构和传达的文学形态，都不能不受到这一文化网络的制约，从而使个人化的写作深烙着这一群体性的文化印记。正是作家个人化的文学书写，同时成为一种社会化的行为，才使文学研究更为普适性的想象的建构成为可能。

国家的或者区域的文学史书写，是在政治疆域的边界之内，对文学发展进行跨时间的建构。这种建构虽然有着历史书写者各自的性格和特征，但总的说来，他并不能摆脱家国叙事的背景，或者竟就是家国叙事的一个部分，一个侧面。

然而华文文学，是超越政治空间的想象，它打破疆域，是一种超地理和超时空的整合性的想象。

中国的海外移民，使华人成为一个世界性的"散居"的族群。事实上，并非每个移居到世界任何地方的华人，都"单个"地生活着，不管他愿意或不愿意，他都生活在，或被视为生活在某个族裔的网络之中。他的肤色，他的语言，以及他的文化——从心理到行为，是一种无形的纽带，将他们"归纳"在一起；更何况还有一个有形的"唐人街"，成为他们族裔和文化存在的象征。海外华人的"散居"，实际上是一种"离散的聚合"。"离散"是相对于他们的母土，而"聚合"则是相对于他们在海外的生存方式。中华文化随着移民的携带而传播世界，也成为一种"散存"的形态。"散"是指其流播，而"存"，则是一种文化延续的存在状态。海外华人是通过自己一系列的文化行为，从华文教育、华文报刊到华人社团等等，不断地实现这种族裔和文化的整合，以保存和抵御异文化环境对自己族群和文化的压迫与侵蚀。在这个意义上，华文文学书写也成为一种文化政治行为，是华人对自己族裔的历史记忆与生存状态的铭刻与建构，在这种记录自己独特生存历史与经验的文学书写中，不同国家和地区的华文文学，不仅有了自己迥异于母体的独特的性格与色彩，也有了自己自立于母体的文化与文学的价值与生命。

华文文学这一跨域建构的概念提出，包含着一个理想，那就是1989 年在新加坡会议上所提出的"华文文学的大同世界"。因为它是"华文"的（或华人的），便有着共同的文化脉络与渊源；又因为它是"跨域"的，便凝聚着不同国家和地区华人生存的历史与经验，凝聚着不同国家和地区华文书写的美学特征和创造。它们之间共同拥有的语言、文化背景和属于各自不同的经验和生命，成为一个可以比对的差异的空间。有差异便有对话，而对话将使我们更深刻地认清自己，不仅是自己的特殊性，还有彼此的共同性。华文文学的跨域建构，就是在共同语言、文化的背景上肯定差异和变化的建构，是多元的建构。每个国家和地区的华文创造，既是"他自己"，但也是"我们大家"，这就是我们所指认的"华文文学的大同世界"。

（原载《文艺报》2007 年 12 月 13 日）

命名、依据和学科定位
——关于华文文学研究的几点思考

肯定和质疑

学术自审是一个学科走向成熟的必经途径。

如果我们把 1982 年 6 月，由广东和福建 7 个单位联合发起在暨南大学召开的第一届香港台湾文学研讨会，① 看作是世界华文文学研究由个人行为走向学科建设的开始，那么，20 年后，我们重返暨南园，来举行中国世界华文文学学会成立大会，则意味着这一学科经过 20 年的努力，已经粗具规模并正逐步为社会和学界所接受。较之20 年前，我们看到，这一领域已经形成了一支相对稳定的、包括老

① 最初联合发起召开第一届香港文学学术研讨会的 7 个单位是：暨南大学中文系、中山大学中文系、华南师院中文系、中国当代文学学会台港文学研究会、厦门大学台湾研究所、福建社会科学院文学研究所和福建人民出版社。

中青不同年龄层次和知识背景的学术梯队；对学科所涵括的"空间"（范畴）的差异性，及其性质和特征，有了基本的认识、限定和规范；对这一领域繁富的相关资料，有了初步的积累和梳理；在这一基础上，推出了一批从作家、作品、思潮、流派的专题研究，到带有整合性的文学史书写的学术成果。没有 20 年来这一不止一代人的学术积累，世界华文文学作为一个新的学科为社会所接受，将是不可能的。

然而，这只是问题的一面，问题的另一面是：作为一个新的学科，华文文学研究相较于其他传统学科，还只是初步的、幼稚和不成熟的。一个值得研味的偶合是，当人们在肯认华文文学的同时，一篇由汕头大学四位学者联署的全面质疑 20 年来华文文学研究的长文，在《文艺报》上加了按语发表，①它几乎成为 20 年来没有多少争论热点的华文学界反响最为强烈的一个学术事件。尽管对该文的许多判断和立论，我难以苟同②，但我仍然认为：肯定与质疑，这两件看似偶然，却又同步发生的事情，背后有其必然的因素。它确实反映了目前华文文学研究面临的某些困境和人们急欲突破的躁动心情。20 年来，华文文学研究从无到有，从最基础的资料搜集到研究的展开，其成果主要体现在"空间"的拓展方面。这对于一个尚处于草创阶段的新的学科，当然是十分重要的基础性的工作。但既然作为一个学科来建设，仅仅止步于平面"空间"的展开远远不够，更重要的还必须有学科自己的理论建构，从学科的范畴（内涵、外延）、性质、特征的界定，到反映学科特质的基本理论和研究方法的确立，才能开拓学科研究的深度"空间"，获得学科独具的"专业性"。对理论的长期忽视——或者说对本学科理论建构的无暇顾及，是窒碍华文文学研究突破和提高的关键。即如企望从理论上为华文

---

　　① 文艺报 2 月 26 日吴奕锜、彭志恒、赵顺宏、刘俊峰的文章《华文文学是一种独立自足的存在》，《文艺报》2002 年 2 月 26 日。

　　② 参阅文艺报 5 月 14 日华馨版笔者与刘小新合写的文章《都是"语种"惹的祸?》，《华文文学》2002 年第 3 期。

文学研究打破困局的汕头大学四位学者的文章，也同样在理论上存在许多混乱。他们对过往 20 年华文文学研究指责最烈的是文化民族主义。然而他们却对民族主义、文化民族主义、狭隘的民族主义和狭隘的文化民族主义，以及与之相关的民族性、民族意识等等概念的来龙去脉，相互关系，在不同历史语境中的发展变化与影响作用，并没有做出合乎实际的界定与区分，而只是笼统地把语种写作等同于文化的民族主义，从而将 20 年来华文文学创作与研究，都一概视为文化民族主义而全面否定。其粗暴和简单化的背后，不仅是学术态度的失慎，更是理论观念的失范。意在从理论上打破困局，却更深地陷入理论的困局，这不能不令我们深思。它从另一个侧面提醒我们，加强华文文学研究的理论建构，已是当务之急。

正是在这个意义上，我感到学术自审的重要和必要。肯定是一种自审，而质疑也是一种自审。不能因为某些不恰当的、过激的批评，就放弃这种自审。因此我虽不苟同汕头大学四位学者文章的观点却认同它们质疑的意义。在肯定与质疑的辩证认识中，寻找突破口，我们将走出幼稚，迈向成熟。

命名的意义和尴尬

世界华文文学的命名，有着曲折的背景和过程。最初是随着中国历史的巨大转折，人们发现 20 世纪中国文学的发展，并不仅只有中国大陆的一种形态和模式，还存在着同样属于中国文学范畴的台湾和香港的文学形态和模式。"台湾文学"和"香港文学"的命名，便由此而来。这是第一届暨大会议（1982 年）和第二届厦门会议（1984 年）讨论的主题。由于最初向大陆介绍台港文学的，主要是台港移居海外的作家，他们的作品便也被放在台港文学之中进行讨论。

但到第三届深圳会议（1986 年），人们已经感到，仅有台湾和香港，还难以包容世界上诸多同样用汉语写作的文学现象。一方面是那些被放在台港文学框架中讨论的海外华文文学作家，他们的国家认同大多已经改变，再把他们放在作为中国文学之一部分的台港文学中来讨论，显然不妥；另一方面，80 年代以来，东南亚历史悠长的华文创作的复苏和活跃，逐渐进入我们关注的视野。他们由"华侨"到"华人"的身份变化，使他们较之欧美华文作家国家认同问题更为敏感，在文学研究中同样必须慎重地处置，以免引起误解。于是从深圳会议开始，包括第四届的上海会议（1989 年）、第五届的中山会议（1991 年），都在台港澳文学（澳门是中山会议新增加上去的）之后，并置了一个"海外华文文学"，作为对中国以外各个国家华文文学创作的总称。至此，中国大陆以外的华文文学"空间"，都被包容进来了。但问题是中国大陆以外——或称境外的华文文学存在，实际上具有两种不同性质，即作为中国文学的台港澳文学，和作为非中国文学的海外华文文学。前者的国家认同与文化认同是一致的，后者则是互相分离的。把不同性质与归属的两种文学放在一起讨论，仍然不免发生某种尴尬。于是到第六届庐山会议（1993 年），便打出了世界华文文学的会标，企图在一个更为中性的语种的旗帜下，来整合无论是中国还是海外所有用汉语写作的文学现象，超越国家和政治的边界，形成一个以汉语为形态、中华文化为核心的文学的大家族。世界华文文学的命名由此诞生，并为后来历届的学术会议所接受。

世界华文文学这一命名，显然提升了以往对台港澳和海外华文文学研究的意义。它把台港澳暨海外华文文学，作为一种世界性的文化和文学现象，置诸全球多极和多元的文化语境之中，使"台港澳"暨"海外"的华文文学，不再只是地域的圈定，而同时是一种文化的定位，作为全球多元文化之一维，纳入世界一体的共同结构之中，使这一命名同时包含了文化的迁移、扩散、冲突、融合、新变、同构等更为丰富的内容和发展的可能性。以这样更为开阔的立场和视野，重新审视台港澳暨海外华文文学，便更适于发现和把握台港澳和海外华文文学置身复杂的文化冲突前沿的文学价值和文化意义。世界华文文学的命名，体现了鲜明的学科意识和对这一学科本质特征的认识。

当然，新的概念一经提出，新的问题便也随之而来。首先是"对话"关系的改变。原来的台港澳文学，与之相对应的是中国文学，二者"对话"所要解决的是 20 世纪中国文学多元的发展形态问题；而海外华文文学，其相对应的是"海内"的中国文学和海外华文作家所在国的非华文的文学，它们构成两种不同的"对话"关系，处理的是移民族群的文化建构、文化变异和文化参与等等问题。而世界华文文学作为世界性的语种文学，与之相对应的是同样作为世界性语种的英语文学、法语文学、西班牙语文学、阿拉伯语文学等。它们形成的多元的"对话"关系，将更多地关注不同文化之间审美方式的差异和各种异文化之间文学的互识、互证、互动和互补的多重关系。在某种意义上说，更接近于比较文学的研究范畴。"对话"关系的改变，实质也是研究重心和性质的改变，它必然带来诠释范式的变化。其次，作为世界性语种的华文文学，毫无疑问应当包括使用汉语人口最多、作家队伍最为庞大、读者市场最为广阔、历史也最为悠久的中国文学。然而在实际操作之中，由于中国文学已有一个庞大的研究群体而自成体系，而华文文学研究范畴的形成，又有自己特定的背景和过程，它往往不把中国文学包括其中。这就使"世界华文文学"的命名失去了它的本来意义，只是狭义地专指台港澳文学和海外华文文学两个部分。而台港澳文学与海外华文文学不同的性质，使华文文学研究的一些普遍性的理论命题难以形成，也不能互通。例如分析 20 世纪中国文学发展形态的分流与整合的模式，并不完全适用于海外华文文学；而海外华文文学面临的族群建构的文化问题，也不完全适用于台港澳文学研究。把台港澳与海外这两种性质不同的文学并列一起进行命名，是特定历史原因造成的，带有某种权宜性。对它们深入进行理论追问，便会发现世界华文文学这一命名与实际操作之间的脱节所带来的尴尬。以致论者的文章中，往往会出现在共同的命名下，具体的对象却是游移不定的，或者专指台港澳文学，或者专指海外华文文学。已被我们所接受和肯定的"世界华文文学"这一命名，是否也应当在重新审视中，使之"名""实"更为一致呢？在此一问题尚未妥善解决之前，我倾向于在具体讨论中将研究对象明确化。本文下面所将谈及的，主要针对海外华文文学。

学科的背景和依据

中国的海外移民史，中国海外移民的发展史，以及中国海外移民生存的文化方式和精神方式，这是海外华文文学发生和发展的物质基础，同时也是世界华文文学这一学科得以成立的客观依据。研究海外华文文学，不能无视或忽视海外华人的生存状况。在这个意义上，以海外华侨华人作为研究对象而在近年获得显著成果的华侨华人学研究，理当成为海外华文文学研究的知识背景和理论资源。同样，海外华文文学研究，从精神和文化的层面，也在丰富着华侨华人学的研究，二者的相因相承，对深化华侨华人学和华文文学的研究都有重要意义。

20世纪中国的海外移民，就其身份认同而言，大致经历了华侨——华人——华裔三个互相交错的发展阶段，它们相应地界定了不同历史时期海外华文文学的性质、特征和文化主题的变迁。早期的中国海外移民，大多没有放弃原乡的国籍，或实行双重国籍。他们因之被称为华侨，因此，华侨的文学创作，可以视作中国文学的海外延伸。但当中国的海外移民，在取消双重国籍而选择了所在国家的国籍之后，他们国家认同的政治身份已由华侨变为所在国公民的华人（或称华族），其用汉语写作的文学，虽然在文化认同上不一定出现根本的变化，但已经不能再认为是"中国文学的海外延伸"了，而成为所在国多元文学构成的一部分。早期的华侨和后来的华人，在其移居的国家或地区，绝大多数都是少数族群。他们以文学叙述的方式参与弱势族群族性记忆的建构，使二者在文学的文化主题上，有基本一致的一面，例如强调对于原乡文化的承袭，普遍抒写着怀乡思亲的文化情绪，等等。这些题材和主题的普遍存在，有其必然性和合理性。不能把所有海外华文文学抗拒族性失忆的自我历史建构，都当作文化的民族主义进行批判，二者有着根本性质的不同。从华侨到华人，还面临着另一个在国家认同之后更深入的文化适应和新变问题，即华人文化与本土文化的交融涵化，这是海外华人文化生存无法回避的问题。它同时也呈现为进入"华人"时期的海外华文文学在文化主题上与华侨文学不同的变化与发展。而对于华裔，即在当地"土生土长"的华人移民的后代，几乎已经完全适应或被"本土化"了的生活方式，使他们无论用华文，或用当地语言写作的文学，较多地表现为站在所在国主体文化的立场上，重新消解、利用自己固有的族性文化，在移植、误读和重构中，作为少数族群自身的一种文化资源，参与到所在国多元的文学建构之中，表现出不尽相同于"华人"时期新的文化精神与文学特征。

上述对于华侨、华人和华裔作历时性的划分，只是就其大致的发展趋势而言。事实上，三者之间身份的并存和转换，是无时无刻不在发生。随着新移民的不断出现，他们互相交错、重叠。在这个意义上，华侨、华人和华裔，还是一种共时性的现象。

近年华人学的研究，十分关注华人身份的这种变化。第二次世界大战后，围绕中国海外移民的身份问题，曾经出现了几种有代表性的学术思潮的转换。从战后初期的"华侨不变论"，到60年代的"华人同化论"，走向80年代以王赓武为代表的"华人多重认同论"，理论思潮的更迭，从另一方面反映半个多世纪来中国海外移民生存状态的急剧变化；同时也说明了华人学研究重心已由原来立足于中国、研究中国海外移民社会与母社会之间存在的原形与变形的文化关系，转向将海外华人族群放置于居住国的历史脉络之中，来探讨海外华人与所在地的民族、国家建构过程的结构关系①。这一反映当下海外华人生存境况变化的华人学研究的转型，对海外华文文学研究重心的转移，应当有所启示。过往那种专注于寻找海外华文文学与原乡文化之间薪传性和延续性的研究，只是海外华文文学历史发展的一个方面，而不是全部。从文化身份的自我建构，到以自己的身份文化对所在国的积极参与，是当下海外华人生存状态正在发生的重大变化之一，也是海外华文文学一个新的文化主题。从固守唐人街，到走出唐人街，海外华文文学无论创作还是研究，都应当敏锐地抓住当下华人生存的新境况，作出新的回应。借鉴华人学的研究，运用华人学研究实证的社会学和文化人类学的方法，重视田野调查，重视考察海外华人社会和华人生存境况的变化，考察海外华人多重认同对华文文学的影响，考察海外华文文学的族性文化想象与族群建构的功能及其变化，等等，这一切都将极大地丰富海外华文文学研究的文化内涵，使华文文学研究取得新的突破。

文化研究和学科定位

20年来的世界华文文学研究，经历了两次研究场域（对象）的转移。第一次是在 20 世纪 90 年代前后，在此之前的研究重点集中在台港澳文学方面；但随着 90 年代初期最早进入这一领域的研究者有关台港澳文学史著述的完成，90 年代以后的研究重心便转向海外

---

① 参见朱立立：《华人学的知识视野与华人文学研究》，《福建论坛》（人文社会科学版）2002 年第 5 期。

华文文学方面。这一变化可从历届研讨会出版的论文集中看出端倪。第五届中山会议之前的论文选题，还以台港澳文学占多数，出席会议的境外作家、学者，也以来自台港澳的居多。而此后的几届研讨会论文选题，则逐渐转向海外，与会的嘉宾也以海外作家、学者为多数。不过这里所说的"海外"，主要集中在东南亚。另一次研究场域的转移正在发生，随着80年代以来新移民浪潮的出现，新移民文学成为一个新的关注热点。新移民主要集中在美国、加拿大、澳大利亚和东亚的日本。对新移民文学现象的关注，相应地也带动了对这些地区华文文学发展的整体关注。它使得海外华文文学的研究重心，又逐渐地倾向了北美等一些新的地区。海外华文文学研究的这两次转移，都只是一种空间性的研究对象的转移，在方法论上并没有发生太大的变化，基本上还是承袭传统的现当代文学研究的审美批评和历史批评的研究范式。当然不可忽视的是近10年来华文文学研究队伍出现的某些结构性调整，即一些原来从事文艺学、比较文学和当代文学研究的学者，更多地参加到华文文学研究中来，而每年都有一批经过比较严格学术训练的硕士、博士毕业生成为华文文学研究的新生力量。他们不同的学术背景和知识结构，为华文文学研究带来了新的风气。不过，整体说来，华文文学研究尚未改变它过多偏重于鉴赏式的审美批评的局限，而与研究对象过度不相一致的审美诠释，其所带来的审美的尴尬，便成为学界对华文文学研究最大的诟病之一。频繁的研究空间的平面转移，虽有着新建学科拓展研究范畴的必然性，但也说明华文文学研究存在着难以深入的缺乏理论支撑和方法单一的问题。

打破陈旧、单一的研究模式，寻求新的理论资源，建构符合华文文学自身特质的理论体系，便成为突破华文文学研究困境的强烈呼唤。正是在这一背景下，文化研究从理论到方法，重新成为华文文学研究界关注的热点。

本来，从文本学的观点分析，海外华文文学的文本价值就是多重的，对海外华文文学也可以有多种读法。一方面可以把它作为历史文本来读，一部分海外华文文学记载了中国海外移民的艰辛历程，极大地弥补了早期移民历史文献的不足。例如反映 20 世纪初期华人移民美国所受到的不公遭遇的《埃仑岛诗抄》，不一定有很高的审美价值，却成为那一时期移民经历和心声的反映。其次是可以把它作为文化文本来读，海外华文文学所参与的海外移民族群拒绝历史失忆的自我文化建构和其反映的复杂多层的文化关系，具有极大的文化价值。正是在这个意义上，文化研究的许多理论和方法，从文化人类学理论、族群文化建构理论、全球化语境下的文化多元化理论，到后殖民理论、女性主义理论等等，都可能是我们深入拓展华文文学研究深度空间的重要理论资源和方法。人们寄希望于文化研究能够把华文文学研究从平面空间的拓展，引向理论的深入和突破，也在于此。当然，海外华文文学首先是作为文学文本存在的，许多优秀的海外华文文学作品，具有很高的审美价值。不过由于种种原因，并不是所有的华文文学都能达到可供分析的审美高度。如果因为海外华人作家坚持华文写作的艰辛，就盲目赞赏，使华文文学批评变成不负责任的"赞美修辞学"，或者因为其审美价值不高，而轻率否定，这都会给海外华文文学研究带来损失。海外华文文学历史价值、文化价值和审美价值的文本同一性和其价值含量的不一致性，是一个悖论式的客观存在。当然最理想的结果是海外华文文学的历史价值和文化价值都建立在审美价值的基础之上，是通过审美认识而获得的，确实有一部分华文文学作品达到了这一高度。虽然并非所有的作品都能做到这样，但其透过文学文本所传达出的历史信息和文化信息，仍然应当为我们所重视。对它们价值的充分认识和互相补充，将是充分发挥华文文学文本价值的一个有益而有效的尝试。

当然，我们重视文化研究的理论和方法，并不认为要以文化研究来代替华文文学研究，把文学拆零打散，变成文化研究的材料。有一种观点认为："那种华文文学研究在方法论上的转换，对'文化的华文文学'而言，不过是修修补补式的小打小闹，与'文化的华文文学'的宗旨是大相径庭的。"因为，这种"小打小闹"的"对华文文学进行文化批评",是"跟'文化的华文文学'分属两种不同的范畴。也就是说,语种的华文文学是属于学科内部方法论转换的范畴,'文化的华文文学'则属于'文化研究'中某种新学科建立的范畴。"① 这里已经说得很明白,所谓"文化的华文文学"将不再属于文学研究的范畴,它的学科定位在"文化研究中某种新学科"。这是一种华文文学取消论。在我看来,引入文化研究的理论和方法,正是为了更好地确立华文文学研究的文学定位,说它是方法论上的修修补补、小打小闹也好,期待它给处在困境中的华文文学研究带来某种突破也好,华文文学研究的学科定位都不会改变,它的定位就在文学。文化批评是我们深入进行文学研究的一种理论和方法,并不能因为我们重视了手段和工具,就以手段和工具取代了本体。这是一个本来并不复杂、但仍须深入辨析清楚的问题。

（原载《福建论坛》2002 年第 5 期）

---

① 参见萧成：《浮出地表的"文化的华文文学"——关于〈我们对华文文学研究的一点思考〉的回应》，《华文文学》2002 年第 2 期。

华人文化诗学：华文文学研究的范式转移[*]

关于"华人"：一个概念的重新辨识

"华人文化诗学"是我们对世界华文文学研究的一种理论期待。我们在一篇讨论华文文学研究的文章①中曾经提出：世界华文文学要成为一门新的学科，当前必须解决两个问题：其一，要确立华文文学作为学科对象的自身独立性，也即必须让华文文学从目前对于中国现当代文学依附性的学术状态中解脱出来，确立自己独立的学术价值和学科身份。其二，必须进行华文文学的理论建构，也即要建构具有自洽性的华文文学理论诠释体系。这里所谓的"自洽性"，指

---

   * 本文系与刘小新合作。

   ① 刘登翰、刘小新：《对象·理论·学术平台——关于华文文学研究"学术升级"的思考》，《广东社会科学》2004 年第 1 期。

的不仅是华文文学批评理论的完整性、系统性，更重要的是指这一理论必须和作为"理论对象"的华文文学自身相契合。批评是一种诠释，成功的批评要求能够提出周延的描述和充分的后设说明来阐释对象的本质、特征和规律。华文文学的理论建构，应当是从华文文学自身实践中提升出能够诠释自身特殊性问题的理论话语体系。那么，什么是华文文学自身的特殊性呢？这便又回到了对华文文学自身的认识上来。

华文文学是一个语种文学的概念。语言作为一种公器，任何民族、任何国家和地区都可以使用，因而华文文学的涵括范围是十分宽泛的。不过，华文作为华人的母语，华人应是华文文学的主体，这也是不容置疑的。只是对于"华人"这一概念，其所指为何？从语词的源起，词义的演变，以及当下约定俗成的专指，则有必要作一番辨析和说明。

"华人"一词的出现，据《汉语大词典》"华人"条所引南朝宋谢灵运《辩宗论·问答附》云："良由华人悟理无渐而诬道无学，夷人悟理有学而诬道有渐，是故权实虽同，其用各异。"可见在1500多年以前的南北朝时期就已使用。不过，这里所说的华、夷，指的是汉族和汉族周边的其他民族。因为，汉族构成的核心是古代居住于中原一带的华夏族，简称为"华"，"华人"便也是汉人的称谓。此后历朝，基本上延续这一用法。唐许浑《破北虏太和公主归宫阙》诗有云："恩沾残类从归去，莫使华人杂犬戎。"明沈德符《野获编·佞幸·滇南异产》亦称："夷人珍之，不令华人得售。"都是例证。直到晚清，华、夷对举才变为华、洋对举，指称亦有所变化。吴研人《恨海》第七回有言："定睛看时，五个是洋人，两个是华人。"这里不称夷而称洋，一方面是在漫长历史的民族融合中，原来的夷、戎等早期部族或融入汉族或发展成为独立的民族，成为中华民族的一部分。这里的"华"，已不单指汉族，而有了中华民族的含义。另一方面则因为西方异族入侵中国，矛盾尖锐。习惯用法上的华夷对举，已由汉族与境内兄弟民族的对应，转为与境外异族的对应。在这里"华人"实际上指的是"国人"。辛亥革命以后，具有现代意义的民族国家——中华民国建立。资料显示，此后"华人"的称谓，已更多为"中国人"的称谓取代。1883 年，郑观应在呈交李鸿章的《禀北洋通商大臣李傅相为招商局与怡和、太古订合同》一文中，首用"华侨"一词，系由"华人"脱颖而出，用以专指海外的中国侨民。由此，华侨和华人便成为这一与中国有着千丝万缕关系的特殊移民群体的指称了。[①]

从理论上讲，华人或华族，是一个民族性的概念。然而民族这个概念可以有多重的规定性。人类学从种族、血缘和文化来界定民族。华人或华族在古代指汉族，但在今天这个概念的外延则泛指包括诸多民族的多元一体的中华民族。不管你是居住在中国本土的中国人，还是居住在中国本土以外并加入了所在地国籍的非中国人，只要你是中华民族的子裔，你就是华人。国家认同可以改变，但种族、血缘不可更易。在这个意义上，华人或华族是跨越国家界限的。然而，政治学却从国家形态的政治属性来规范民族。这时候，民族和国族、国家是重叠的，其成员是国民。也就是说，尽管你在种族和血缘的关系上是华人或华族，但只要你在政治上认同和归属了这个国家，你便是这个国家的国民，你的华人或华族身份便是这个国家多元民族构成的一个部分。在这个意义上，华人或华族的种族身份，又是从属在国家政治身份之下的。这是一条"游戏规则"，无论你从事的是政经实务还是学术研究，都不容混淆。

中国有着漫长的海外移民史。随着时代的发展，移居海外的中国人，其身份也经历着不同的变化。华侨华人学的研究将这个变化概括为从华侨到华人的两个阶段。所谓"华侨"，是指保留中国国籍的海外侨民。历史上中国都把侨居海外的中国人，视为自己的子民。无论 1909 年颁布的《大清国籍条例》，1914 年北洋军阀政府的《修

---

① 参见新加坡华人学者张从兴的《华人是谁？谁是华人？》，该文对"华人"一词的产生、词义演变作了详细、深入的考辨和论析。

正国籍法》，还是 1929 年国民政府的《国籍法》，都持同一政策，即使他们"数世不归"，仍为他们保留中国国籍。而海外的侨民，也把中国视为他们应当首先效忠的祖国。这一状况到了二战以后发生变化。首先是战后民族独立运动的兴起，在中国移民最多的东南亚，纷纷摆脱殖民宗主国的控制，建立独立的民族国家。其所推行的本土化的民族政策，促使华侨必须从政治上作出是效忠于移居地的国家还是效忠于移出地的祖国的选择。1955 年中国总理周恩来在印尼万隆会议宣布中国放弃"双重国籍"政策，尊重华侨关于国籍的政治选择。于是绝大多数长居海外的华侨改变了自己的国籍身份，不再是华侨；而成为分属于不同国家的华人，如新加坡华人、泰国华人、菲律宾华人等。这一词语组合的前半表明其国籍属性，后半则强调其民族属性。因此，所谓"华人"这一概念，在词义上发生了重要的变化，约定俗成地是指具有中华民族血缘并一定程度保留了中国文化，居住在中国本土以外并认同了所在地国家的非中国人。他们散居在世界各地，以血缘和文化为纽带形成的族群，便是华族，而他们的后裔，便称为华裔。

从本质上说，中国人是华人，这是从民族认同的意义上来说；但从政治上讲，华人并不都是中国人，这又是从国家认同的意义上来区别。在战后的语言应用实践中，"华人"一词已经逐渐脱离对中国人的指称，约定俗成地成为散居世界各地葆有中华民族血统和文化的非中国人的专指。"华人"这一概念从古义到今义的演变，反映了历史的发展。在华侨华人学的研究中，已成为一种共识。

厘清华人与中国人、华族与中华民族这两组概念的联系与区别，对于明晰华文文学的对象、特征和规律，有着特别的意义。以语种命名的华文文学，实际上包含了两大序列：一是发生在中国（包括台湾、香港、澳门地区）的中国文学；二是发生在中国本土以外散居世界各地的华人（以及少数非华人）以华文创作的文学。二者在文化上有着密切的联系，但在国家属性上却有着根本的区别。将二者从语言形态上整合为一个想象的总体——世界华文文学，在当下全球化的语境中，有利于抗衡西方的语言和文化霸权，提升中文和中华文化参与全球化进程的地位与作用。它们之间的文化同质与文化差异以及文化互动，形成一个充满张力的整合与分离的巨大学术空间，是华文文学研究具有学术生长力的出发点之一。然而不必讳言，这是一个过于庞大的"总体"，它也给我们的研究带来某些困难和缺失。其一，由于学科形成的特殊背景，号称华文文学研究的学者关注的重心，往往只在中国的台湾、香港、澳门文学和海外华文文学，客观上造成了中国大陆地区文学的缺席，使华文文学预设的整合构想名实难副，许多重要的学术命题便也落空。其二，由于国外的华文文学，伴随着文学主体从华侨到华人的身份转变，也经历了从中国的侨民文学到非中国的华人文学的变化。在海外华文文学的早期发展中，曾经以华侨文学的身份纳入在中国文学的轨迹之中，接受中国文学传统的影响和五四新文学的推动，无论在文学的母题、形象、话语和范式上，都与中国文学有许多直接相承与相同之处。在这一时期，把华侨文学看作是中国文学的一个特殊部分，应无异议。然而战后半个多世纪来，海外华文文学跨过了华侨文学的阶段，完成自己的身份转换，获得了较为充分的"本土化"发展，逐渐成为华人所在国多元文学的一个构成成分时，再将这样的华文文学纳入中国文学的发展范畴之中，从学理上讲是不当的。这也是我们为什么强烈呼吁将华文文学从对中国现当代文学研究的依附状态中解脱出来的原因。

有鉴于上述种种，在对"华人"这一概念有了重新的界定之后，我们倾向于将海外华文文学以华人文学重新命名。华人文学当然包括华人以华文创作的文学，这是大量的、主要的；但也应包括华人用华文以外的其他语种创作的文学，这是华人从其生存现实与文化处境出发必然出现的一种发展。目前虽然数量相对要少，但却更深刻地反映出当下华人特定文化处境和应对策略，预示着文学可能的前景。华文文学与华人文学这两个概念，既互相叠合又互相区别。前者以语言形态作为整合前提，包括了中国文学和非中国文学；后者以文学主体——华人作为想象的依据，则包括了华文创作和非华文创作，是世界华文文学中的非中国部分。但无论是以"语言"整合还是由"主体"认定，背后突显的都是文化，是中华文化或华族文化在不同历史条件和文化语境中的迁延发展、矛盾冲突、融和吸收和传播转化。这正是华文文学研究最具广阔空间和最需深入的课题。

华人在世界的生存状态是一种跨国性的散居。这是伴随着华人移民的血泪历史进程而形成的。一方面，华人在漂离自己母土以后，流散世界各地，分属于不同的国家和地区。这种跨国性，使华人和黑人、犹太人一样，成为世界上最大的散居的族群。另一方面，这种散居不是个人生命随意的单独游离，受自己文化传统的影响，华人在一个国家或地区，又常以血缘和文化为纽带，形成一种"离散的聚合"。经济、文化、信仰、习俗、家庭、社会等无形的网络，内化于一种精神的认同，外现为"唐人街"的聚居方式，不仅维系着族群生存的社会场景，而且在流动和再度迁徙中，形成跨国的社会场景。正是这种跨国性的社会网络的存在，使离散华人的总体想象，成为可能。

华人族群的离散和聚合，同时也形成了华族文化的"散存结构"，如刘洪一在讨论犹太文化时所说的："它不是聚合式地集中于某一文化空间，而是散离式地分布于各种异族文化的夹缝之中，这种文化散存首先意味着一种冲突性的文化氛围。"① 它既呈现出移民文化固守传统的价值取向，也意味着对异质文化的交融，从而使对立与融和成为与散存共生的一种文化关系模式和文化属性。散存的华人族裔，作为一个少数、弱势的族群，面临着所居国的政治"归化"和文化"同化"。这一过程存在着十分复杂、微妙的政治与文化、文化与文化的多重关系。其一，政治认同与文化认同的不一致

---

① 刘洪一：《走向文化诗学——美国犹太小说研究》，北京大学出版社 2002年版，第 42 页。

性，使华人族群在"归化"所居国之后，仍保留对自己故国母土的文化认同，并以之作为所在国多元民族和文化的一元，建构自己的族群。特别当自己作为次主体的"散居族裔"受到主体社会的排斥，在可能导致自己族裔文化的衰减时，还可能出现族裔文化的强烈反弹。正是在这种文化主体的社会包围和逼迫之下，产生了华人强烈的文化表现主义。其二，散居的华人族裔在无可避免的逐渐"本土化"过程中，会出现一种文化混合现象。杜波伏依在分析美国的黑人文化时曾提出一个深具意味的"双重意识"概念，认为："他们既将美国身份意识内化，又透过它来辨认自己的黑人身份，捕捉非洲的旧影残迹"。① 随着华人移居的民族国家的建立和成熟，"归化"后的华人透过本土身份来确认自己华人身份的意识，也越来越鲜明。它也说明来自中华母土的华人族裔文化，不可能长期保存自己文化的纯粹性，而成为混合着所居国本土文化的一种新的"华族文化"。这是"华族文化"既源自中华文化又迥异于中华文化的特殊性之所在。在这里，散居族裔的文化身份认同，是一种混合着本土的文化身份认同。

这一切构成了海外华文文学（或称华人文学）想象总体的背景，是我们分析这一文学特殊性的现实基础与认识起点。显然，散居族裔的文学具有离散美学的特征。它不仅表现在不同文化地理和生存际遇所形成的异质性上，还表现在文化的混合性和艺术的杂交性上。正如新加坡著名学者杜南发所曾经指出的：离散族群的特质，就是移民观念加上其他观念的融合。移民文学的发展经过"北望神州"的延续时期，经过辩论的挣扎，分离母体而自立。至于未来，则有分化和同化这两大冲击与影响。资讯时代的到来，则又冲淡了身份的认同，离散的定义不在地理位置上，而更多地托附于文学精神上。②

---

① 杜波伏依：《黑人的灵魂》，转引自陶家俊：《身份认同导论》，《外国文学》2004 年第 2 期。

② 转引自庄永康：《离而不散的华文文学》，新加坡《联合早报》2001 年 9 月 9 日。

这是一个深具意味的广阔学术空间，有待我们去深入开发。

关于"文化诗学"：范式转移的必须

文化诗学是近年学界关注的理论焦点之一。把文化诗学引入中国现当代文学的批评，是一些学者追求的目标；同样，把文化诗学引入华文文学研究，也是我们的期待。作为一种理论资源，文化诗学将在何种程度和哪些方面给予华文文学的理论建构以启发和丰富，这是我们所关切的。为此，有必要对文化诗学也作一番理论上的考察。

文化诗学这一概念最早由美国加州大学柏克莱分校的斯蒂芬·葛林伯雷教授在《通向一种文化诗学》的演讲中提出，其前身则是1982年葛林伯雷在《文类》杂志一期专刊的前言中提出的新历史主义。新历史主义和文化诗学的提出并非偶然，它实际上是当代文学理论发展的逻辑产物。只有把它们放在文学理论发展的脉络中，才能理解其深刻内涵。

文学理论的核心问题是文学和社会文化的关系。对此一问题的认识，构成了西方文论史的基本脉络。从近代到现代再到当代，西方文论大体经历了由外到内再到内外结合的几度范式转移。一般而言，最早在理论上较为系统地探讨文学与社会关系的，应推德国批评家 J.G. 赫尔德。他的自然的历史主义的方法，把每部作品都看作社会环境的组成部分。他常常论及气候、风景、种族、地理、习俗、历史事件乃至像雅典民主政体之类的政治条件对文学的深刻影响，主张文学的生产和繁荣有赖于这些社会生活条件的总和。从赫尔德、斯达尔夫人到泰纳，都十分重视社会因素对文学的决定性影响。这就是韦勒克和沃伦所说的文学的"外部研究"。这一学术典范是以所谓的"历史主义"为核心的。

但是，当以"历史主义"为核心的"外部研究"企图把某个思想家放回他自己的时代或把他的文本置放在过去时，这一"简单化的历史理解的抽象归类"（拉卡普勒语），受到了现代结构主义和新批评的嘲笑和挑战。这一挑战使现代文论的注意重心从文本外部转向文本内部。结构主义和新批评认为文学是独立自主的有机体，是一种语言结构，一个抽象的结构系统。这一研究典范一般被视为形式主义理论。极端的形式主义理论甚至企图把意识形态以及其他一切内容从文学艺术的领域驱逐出去。现代形式主义对文本内部语言结构的研究达到了前所未有的深入和细致，为形式诗学研究奠立了基础。但他们对文学性的极端强调以致完全割裂文学内部与外部之间的关联，又使文学理论变成某种贫血的纯形式美学。因此形式主义在当代受到西方马克思主义和后结构主义等各种理论的批评与颠覆，也就十分自然了。

西方马克思主义的文论重新建构了文学形式与社会意识形态的隐秘关联，打通了文学内部与外部的关系。著名的西马文论的代表人物特里·伊格尔顿和詹姆逊都用"形式的意识形态"的概念来解释文学与政治的关系。他们认为："审美只不过是政治之无意识的代名词：它只不过是社会和谐在我们的感觉上记录自己、在我们的情感里留下印记的方式而已。"① 生产艺术品的物质历史几乎就刻写在作品的肌质和结构、句子的样式或叙事角度的作用、韵律的选择或修辞手法里。"② 后结构主义则打破了结构主义和新批评那种稳定而静态的文本结构，瓦解了二元对立原则所构成的稳定系统，封闭的文本被文本间性和意义的播放所取代。在福柯看来，任何社会话语的生产，都会按照一定的程序而被控制、选择、组织和再传播，其

---

① ［英］特里·伊格尔顿：《美学意识形态》，王杰等译，广西师范大学出版社 1997 年版，第 26—27 页。

② ［英］特里·伊格尔顿：《历史中的政治、哲学、爱欲》，马海良译，中国社会科学出版社 1999 年版，第 114 页。

中隐藏着复杂的权力关系。因而任何话语都是权力运作的产物。

新历史主义和文化诗学事实上接受了西马和后结构主义的理论遗产，既是对旧历史主义的超越，也是对形式主义的反抗。它一方面反对旧历史主义对历史确定性毫不怀疑和对真实历史语境的盲目自信，反对那种忽视文本形式的纯粹的"外部研究"；另一方面又反对极端形式主义对社会政治意识形态等外部因素的敌视。但是当它在接受西马"意识形态美学"的遗产时，又将之建立在文本分析的形式诗学的基础之上，企图在历史与形式之间寻找某种结合的可能以协调二者的关系。在这一脉络上新历史主义或文化诗学的提出可以说是文学理论从外到内再走向内外结合的必然的逻辑发展。

作为一种理论典范，文化诗学对于华文文学研究尤具启发意义的是：

一、重新认识文学的文化政治功能。文学是文化的构成要素与记忆方式之一。在复杂的文化网络中，文学通过作者具体行为的体现，以文学自身对于构成行为规范的密码的表现和对这些密码的观照与反省，发挥作用。文学承担着话语的传播、论辩与文化塑造的功能，这种塑造是双向的政治性的活动。文学是一种建构活动，即斯蒂芬·格林布拉特所谓的"自我塑造"，而自我的建构是主体与社会文化网络之间的斗争与协商。一方面，文化网络以"整套摄控机制"对个体进行摄控；另一方面，文学以一种特殊的感性形式瓦解或巩固这一"摄控机制"，这就是文化话语的文化政治功能和意识形态性。

二、重新建立文学的历史纬度。在文化诗学看来，本源的即过去发生的真实的历史，是不存在的。历史只是各种话语叙述，是今天与昨天的对话。历史是各种阐释，是主观建构起来的文本，是修辞与想象的产物。历史学的目的是"为历史事件序列提供一个情节结构"，并揭示出历史是一个"可被理解的过程的本质"（海登·怀特语）。这样，历史与文学便是相通的。文学与历史、诗学与史学、诗学与政治之间的桥梁建立起来，便也重新确立了文学的历史纬度。

三、文化诗学的文学批评方法学。首先是文本的开放意识与文本互涉的研究方法。文化诗学的文本概念不再局限于纯文学范围，人类一切的表现文化都是文本。文化诗学的文本不是封闭自足的，而是朝向社会和历史开放。与文本开放意识相一致的是文本互涉，即"互文性"的研究方法。文化诗学用"互文性"取代形式主义的文本自律性，企图建立文学文本与非文学文本的互文关系。如同路易·孟酬士所言：文化诗学"力图重新确定互文性的重心，以一种文化系统中的共时性去替代那种自主的文学历史中的历史性文本。"①其次，文学阐释语境的重构。文化诗学认为历史语境是无法复原的。历史语境的重构，必须仰赖科林伍德所说"建构的想象力"。张京媛在其主编的《新历史主义与文学批评》② 一书的前言中，把文化诗学的阐释语境概括为创作语境、接受语境和批评语境。文学阐释是三重语境的融合。这种融合有可能使历史语境的建构，保持在客观与主观的张力之间。结合历史语境、作品分析与政治参与去解释文化文本与社会相互作用的过程，是文化诗学的重要方法。第三，福柯的知识考古学、吉尔茨的文化阐释学与新马克思主义的意识形态学批评的结合。对看似奇怪而离题的材料的引用，对文本中幽暗深邃的历史底层，获得历史话语中的"潜文本"，发现文学文本中隐藏的"政治无意识"等等，都一再表明文化诗学事实上大量吸收了福柯的知识考古学和吉尔茨的文化人类学以及西马的遗产。第四，文化诗学不是一种形而上的知识体系，而是一系列批评实践。在批评的理论与方法上，不是纯实证的，也不是纯演绎的。它不独尊某种理论，而主张打破学科的界限和理论的疆界。当代人文学术科际整合与视域融合的发展趋势，在文化诗学的阐释实践中得到了充分的体现。

文化诗学提供给华文文学思考的理论资源是十分丰富的。当我

---

① 转引自海登·怀特：《评新历史主义·导论》，《新历史主义与文学批评》，北京大学出版社 1993 年，第 95 页。

② 张京媛主编：《〈新历史主义与文学批评〉前言》，北京大学出版社 1993 年版，第 1—8 页。

们对文化诗学作了如上的一些叙述，并尝试用它来观照华文文学时，我们发现，这正是我们期待的批评理论与方法。虽然不能说是唯一的，但文化诗学的一些重要观念，确实为深入剖析华文文学的一些幽秘、深邃的命题，提供了相洽的理论话语和有效的批评方法，既开阔我们的学术视野，也深化我们的研究思路。

如果说文化诗学是文论发展上范式转移的一种必然，那么对于华文文学研究，这种范式的建立和转移，同样是必需和急切的。检视 20 多年来的华文文学研究，我们基本上停留在历史主义的阶段上。只要翻阅一下自 1982 年在广州召开的第一届香港台湾文学研讨会以来至 2002 年在上海召开的第十二届世界华文文学国际学术研讨会出版的 12 部论文集，洋洋大观的数百篇论文近千万言文字，便可以发现，在研究对象的扩展上，由台港而台港澳而台港澳暨海外，进而形成一个世界华文文学的学科概念，我们有了充足的发展；但在理论与方法上，却大多停滞不前。大量的文章基本上还沿袭着早期中国现当代文学研究的"历史与审美"的批评方法，甚至连严格意义的形式主义批评，也不多见。不能说这一在 20 世纪五六十年代政治文化背景上形成的研究方法已经过时，但它确实带有太多过去时代的痕迹而难以适应当前文学实践和学术思潮发展的新局面。退一步说，即使这样的研究仍不失为华文文学的一种范式，但真正能够达到历史和审美高度统一的有建树的文章，也属凤毛麟角。它反映了一个学科草创时期的粗疏与幼稚，本无可厚非。作为圈里的一员，我们也存在这样的弊端。但长期拒绝新的学术思潮和理论方法的介入，自我封闭和缺乏自觉，却是不能容忍。在文论发展的脉络上，这一领域的研究有着太多的欠缺。尽管近十年来，一批经过学院训练的硕士、博士研究生介入华文文学研究，他们对于各种批评理论和学术思潮的敏感与努力实践，着实给这一领域带来新的风气，别开一个新生面——这是这一领域研究的希望之所在；但整体来说，尚未根本改变这一领域在理论敏感上的迟钝状态。缺乏理论和方法，是海内外学界对中国华文文学研究批评的一种通俗说法，也是窒碍华文文学研究登堂入室获得社会认可的一个关键。谁都意识到华文文学所将涉及的一些重要命题的新鲜、深刻、尖锐和具有挑战性，但我们却仿佛踌躇在一座丰富宝藏面前而久久不得其门，这不能不使我们深感痛切。文化诗学当然不是华文文学研究的唯一的方法，但文化诗学提出的理论观念和方法论命题，在深刻触及华文文学的深层意义与价值上，启示我们理论是必需的！当然我们不必机械地去重复文论发展的各个阶段，但从当下文论发展的前沿，建构华文文学的理论却是十分迫切的。文化诗学是我们期待建构的一种批评范式，还有其他各种批评和研究的范式，诸如比较文学的范式、后殖民批评的范式、女性主义的范式，乃至形式主义的范式等等，它们从不同的侧面来形塑（或解剖）华文文学的多维形象。如果说"历史与审美相统一"的批评，也是一种范式，但从旧历史主义走向新历史主义的文化诗学，对于华文文学来说，既是一种范式的建立，也是一种范式的转移。正是在这样的知识背景和思考基础上，我们提出了一个"华人文化诗学"的概念，以期能对华文文学的自洽性理论建构，作出某一方面的回答。

华人文化诗学：凸显华人主体性的诗学批评

华人文化诗学是由"文化诗学"派生的一个子概念。当我们尝试以文化诗学的观念和方法进入华文文学的批评实践时，我们首先遇到两个问题：一、华文文学何为？作为少数、弱势的华人族群，为何执着于自己母语或非母语的文学；二、华文文学书写如何迥异于其他族裔文学的"华人性"问题。对这两个问题答案的寻索，把我们导向华人文化诗学。在这个意义上，华人文化诗学不是论者主观的附加，而是内在于华人历史变迁和华文文学的发生与发展之中的。

环顾当今世界，华人和黑人、犹太人，都是影响最大的"散居族裔"。二战后半个多世纪来，黑人学、犹太学和华人学的相继兴起，是后殖民时代重要的文化现象。它们各有自己族裔形成的特定历史和命运遭遇。在以白人为中心的权力话语结构中，后崛起的这些少数族裔，都以他们强烈的族性文化，为自己在这个多元和多极的世界中定位。因此，对他们历史的研究，也是对他们文化和文化行为的研究。美国的非裔黑人文学研究者，曾经引入怀特、詹姆逊、福柯的理论，分析非裔美国黑人文学的叙述文本。在《蓝调、意识形态和非裔美国文学》《非裔美国文学》等著作中，成功地揭示出非裔美国文学中的"潜文本/潜文化"，从而以对"黑人性"和黑人文化行为的分析，把黑人文学批评提升到黑人文化诗学的境界。同样，犹太文学以其享誉世界的崇高成就日益获得学界的广泛关注。研究者从犹太族裔流散的历史、文化渊源、身份变移、母题转换以及文化融合和文化超越等方面，来揭示犹太文学中的文化政治行为和族性表现，从而走向犹太文化诗学。这些研究都启示我们，作为少数族裔的文学书写，不仅只是单纯的审美活动，还包含着更复杂的文化政治意蕴。在研究华人族裔文学时，分析和认识其表现文化中的"华人性"和文化行为的政治意义以及"华人性"的诗学呈现方式，是华人文化诗学研究不可回避的题中之义。

华人文化诗学的提出，首先意味着华人文学批评重心的转移——从以往较多重视海外华文（华人）文学对中国文化/文学传承的影响的研究，向突出以华人为主体的诗学建构的转移；从以中国视域为主导的批评范式，向以华人为中心的"共同诗学"与"地方知识"双重视域整合的批评范式转移。诚然，海外华文文学与中国文学的关系，其所包孕的中华文化因素是海外华文文学——尤其是早期发展的一个至关重要的方面，但仅此一端不能代替华人主体性诗学的全面建构。历史的发展提出了许多同等重要的问题，诸如华人世界性的离散生存，其身份变移、文化迁易、族群建构与多元共存的冲突与融合等等，都应成为华文（华人）文学研究关注的前提。华人在文学书写中的主体性地位，既是这一文学书写的创造主体，又是这一文学书写的描绘客体，它从文学创造的精神层面和表现层面体现着华人生存的坎坷和命运，构成了华人文学的主体性内容。华人文学研究必须十分切近和深入这一主体，才能触及它的本质。

其次，华人文化诗学的提出，把"华人性"作为自身建构的一个核心命题，使对"华人性"的研究得到前所未有的强调。"华人性"是伴随华人身份建构问题而提出的。研究新叙事理论的英国学者马克·柯里在《后现代叙事理论》中谈到"身份的制造"这一隐含着文化政治的命题时，对于身份的建构持有两个基本观点：一、身份由差异造成；二、身份存在于叙事之中。他说："我们解释自身的唯一方法，就是讲述我们自己的故事"，或者"从外部，从别的故事，尤其是通过与别的人物融为一体的过程进行自我叙述"。[①] 华人文学（尤其是美国华裔英语文学）中存在着大量的家族史和自传书写文本，这一现象说明家族母题的选择与偏爱，有其内在的文化动力——通过叙事实现族群建构的自我认同。根据马克·柯里的这一理论，叙事建构身份，而身份由差异构成。在这个意义上，能够建构身份的叙事，应是一种"差异叙事"。对于不同的族群，"差异叙事"是族性的表现。华人文学正是通过差异的族性叙事，呈现出华人族裔迥异于其他族裔的"华人性"特征。这里所谓的"华人性"，首先是一个文化的概念，是华人表现文化的一种族属性特征。这是从原乡到异邦在身份变移和文化迁易中所形成的一种共同的文化心理、文化性格和文化精神，既深深植根于中华文化漫长的历史积淀之中，又孕育于华人离散的独特命运和生存现实。华人的离散与聚合，导致华人文化的"散存结构"，使分布于异邦文化夹缝之中的华人文化，必须通过对自己族性文化的建构和播散，表现出强烈鲜明

---

① ［英］马克·柯里：《后现代叙事理论》，宁一中译，北京大学出版社 2003 年版，第 21 页。

的"华人性",才能在异邦文化的夹缝之中建构自我和获得存在的位置。华人文学作为散居华人播迁历史和生存状态的心灵记录和精神依托,成为"华人性"最重要的文化表征和载体之一。因此"华人性"不仅是单纯的文化命题,还有着丰富的文化政治蕴含。对华人文学"华人性"的形成、变迁、结构形态及其美学呈现形式等等,应成为华人文化诗学的核心命题,这是不容置疑的。

第三,华人文化诗学建构中的华人主体性和"华人性"问题,还具体地转化为与华人生存经验和文化经验相关联的一系列特殊的文学命题。如华人对文化原乡(文化中国)的审美想象问题,华人的族性文化建构问题,华人文学与所居国本土文化的冲突和融合问题,华人文学"文化政治"行为所潜在的意识形态问题,华人对原乡文化传统的文化资源的继承、借用与转化问题,华人家族史和自传体书写的潜在文化意义问题,华人文学母题中的离散/寻根与中华文学中游子/乡愁母题的联系与变化问题,华人文学中父子形象与母子形象中的文化冲突与文化融合的符号象征问题,华人文学意象系统(例如东南亚华人文学中的植物意象、欧美文学中的都市意象)与华人族群生存的文化地理诗学的关系问题,等等。这些特殊命题所呈现的华人主体性和"华人性"特征,为华人文化诗学拓展了批评空间。对这些问题的充分诠释,不是单纯的审美分析所能完成的,而必须打通文本内外,将文本分析放诸具体历史语境的权力话语结构之中,即通过文化诗学的路径,才能抵达这些特殊命题的深层,凸显出华人文学研究中华人主体性和"华人性"的特色来。

长期以来,对华文文学政治纬度的忽视,一直是这一领域研究的一大缺陷。成功的黑人文学和犹太文学批评,其重要的突破是打通形式诗学分析与意识形态批评的门阈,实现新批评的文本分析与社会学批评的对话、辩证和统合。这个被有些学者称为"形式的意识形态批评"或"意识形态形式诗学",成为文化诗学最基本的批评理论和方法。诚如美国著名的黑人文学研究者裴克所言:作为一种分析方法,福柯的知识考古学认为,知识存在于话语之中。人们可以在这种形式本身中追寻其形式的谱系和发现其形式的规则。因此，对于裴克的研究来说，如果没有形式主义和新批评的修炼，就不可能精妙地分析黑人叙事文本中的内面形式结构；如果没有后结构主义的视域，也就难以穿透文本的盔甲，抵达幽暗的"政治无意识"。相同的道理，从华人文学的印象批评到华人美学的建构再到华人文化学的形塑，"形式的意识形态批评"无疑是必经之路。它直接开启了研究华人文学书写与华人政治的关系之门，有助于我们理解"华人文学何为"这一关键性问题。

把华人文学书写不仅视为单纯的审美创作活动，而且看作一种文化政治行为，有两个方面的原因：其一，从记忆政治的层面看，华人文学作为一种少数族裔的话语，一种边缘的声音，其意义在于对抗沉默、遗忘、遮蔽与隐藏，争取华族和华族文化的地位从臣属进入正统，使华人离散的经验，进入历史的记忆。如果没有"天使岛诗歌"的铭刻与再现，那么美国华人移民的一段悲惨历史，将可能被遗忘或遮蔽。恰如单德兴所言："天使岛及《埃仑诗集》一方面印记了'当时典型的华裔美国经验'，另一方面也成为'记忆场域'。"①《埃仑诗集》整理、出版和写入历史无疑是美国华裔经验被历史记载的标志。对于美国华人而言，天使岛书写显然具有记忆政治的意义。其二，从认同政治的角度看，华人作为离散的族裔，面临认同的重新建构，华人文学既作为华人历史文化的产物，又参与了华人历史/文化的建构，华人文学书写便具有了认同政治和身份政治的意义。

华人文学诗学提倡"形式的意识形态批评"，并非是倒退回旧历史主义的阐释框架中去；而是主张从文本到政治和从政治到文化的双向互通："形式的意识形态批评"无疑是以形式诗学为分析基础的，但与传统的形式诗学研究不同，"形式的意识形态批评"寻求如

---

① 何文敬、单德兴主编：《再现政治与华裔美国文学》，台湾"中央研究院"欧美研究所 1996 年出版，第 6 页。

詹姆逊所说的"揭示文本内部一些断续的和异质的形式的功能存在"①。即华人文学在文类、美学修辞、形式结构、情节、意象、母题以及各种文化符码的选择模式中，隐含着的华族意识形态和政治无意识。美国华裔文学书写中的杂粹文化符码（杂粹食物、杂种人、杂粹语言、杂粹神话和传说，等等），便隐含着建构华裔文化属性，重写美国历史的华裔意识形态内容。菲华文学中父与子的主题（典型如柯清淡的小说），呈现着菲华社会的文化冲突。而马华文学中的漫游书写（如李永平的小说）以及"失踪与寻找"的情节模式（如黄锦树的小说），所隐含的潜文本则是"离心与隐匿"的华人身份；马华文学文本中大面积呈现的民族文化符码，正如许文荣所分析的，具有抵抗官方同质文化霸权的政治意味。而在泰华文学的大家族中，湄南河的书写占据着举足轻重的位置，"湄南河形象"是泰华文学的一个典型的标识：它是泰华文学情感与想象的发源地，也是构成泰华文学写实主义传统的重要的历史风俗画的背景，更是形塑泰华文学独特的地缘美学的人文地理要素，与潮汕文化共同构成泰华文学的精神原乡。至于新加坡华人文学文本中常见的鱼尾狮意象的文化政治意味，更是人所共知的了。形式本身所潜隐的意识形态，使华人文学书写同时具有复杂的文化政治意味。

为此，华人文化诗学还应选择自己诠释的策略。格林布拉特指出："办法是不断返回个别人的经验和特殊环境中去，回到当时的男女每天都要面对的物质必需与社会压力上去，以及沉降到一部分共鸣性的文本上。"② 这段话提出了文化诗学两个互相关联的阐释策略：其一是历史语境的重建；其二是文本互涉的阐释方法，这也是华人文化诗学的基本方法。所谓"不断地返回个别人的经验和特殊环境

---

① ［美］弗雷德里克·詹姆逊：《政治无意识——作为社会象征行为的叙事》，王逢振、陈永国译，中国社会科学出版社 1999 年版，第 86 页。

② 格林布拉特：《文艺复兴的自我塑造》，载中国社会科学院外国文学研究所、《世界文论》编辑委员会编：《文艺学与新历史主义》，社会科学文献出版社 1993 年版。

中去，回到当时的男女每天都要面对的物质必需与社会压力上去"，
强调的是文本生产的历史语境。这里，格林布拉特显然吸取了克利
福德·吉尔兹在《文化的阐释》和《地方知识》中提出的文化人类
学的阐释策略，即以"文化特有者的内部眼界"重建文本生产的历
史语境——在不同的研究个案中，使用原材料来创设一种与其文化
特有者文化状况相吻合的确切的诠释是必须的，但不能完全沉湎于
文化特有者的心境和理解，而是"文化特有者的内部眼界"与批评
阐释语境的交叠、对话与论辩。的确，华人文化诗学对华人文学的
阐释，也需这种交叠语境的建构。一方面努力获取各种社会历史材
料，不断返回到文化生产的具体历史语境之中；另一方面不断反思
阐释者自身所处的现实语境，反省批评的位置。在中国从事华人文
学研究，无疑具有基于自身历史文化和学术背景而产生的独特立场
与视域，从而形成迥异于域外华人文学研究的中国学派。这样的立
场和视域，可能产生对华人文学深刻的洞见，也可能出现某种盲视。
正如域外的华人文学研究学派所同样也可能在优势与劣势并具的情
况下，产生洞见和存在盲视。反省这种因位置而产生的洞见与盲视
对于华人文学研究是十分重要的。

　　所谓"沉降到一部分共鸣性文本上"指的是文本互涉的批评方
法。这一互文性的分析，包括文学文本之间的文本间性的建立，也
包括文学文本与其他非文学性的社会文本间关系的建立。将华人文
学文本放置／"还原"到其生产与传播的历史场景之中，阐释诸文本
之间的相互对话、呼应、质疑与解构关系，或许正是分析华人意识
形态的形成与变迁以及"流动的华人性"的一个有效方法。以华裔
美国文学为例，美华女作家创造了一系列"共鸣性文本"——如汤
亭亭的《女勇士》、谭恩美的《喜福会》、伍慧明的《骨》以及任璧
莲的《梦娜在应许之乡》等等——这些文本显然构成某种呼应与对
话关系：这一系列的以母与女之间的世代冲突与文化纠葛为核心的
"家庭叙事"之间，具有或显或隐的"共鸣"关系，是可以彼此参读
的。"沉降到这些共鸣性的文本上"，是阐释美华女性文学自我属性

建构和族裔属性重建主题的一个有效方法。许多时候，阐释诸文本之间的质疑与解构关系更是饶有兴味的——它更能凸显不同世代、阶层、性别乃至不同背景的个体对"华人性"的认知差异。赵健秀与汤亭亭之间的论争以及文本中所显示出的中国性认知与想象的巨大差异，已经人所共知。在马华文学史上，新世代尤其是 90 年代旅台作家群的文本与温瑞安、温任平兄弟作品之间的质疑与解构关系，以及以小黑为代表的马来本土作家与旅台文学的南洋历史叙事之间的共鸣与分歧，或许可以成为我们认识当代马华文学史的一条重要线索，而在新世代的文本中（如黄锦树的小说与林幸谦的诗文之间）这种彼此质疑的关系同样存在。华人文本之间的相互质疑与解构关系，表明"华人属性"是多元复杂的没有终点的历史建构，它是流动的、复调的，我们不能把它理解成某种同质化的静态的一个概念。

建构以"华人性"为研究核心，以"形式诗学"与"意识形态批评"统合为基本研究方法的"华人文化诗学"，在更加开放的社会科学视域中审视与诠释华人文学书写的族裔属性建构意义及其美学呈现形式，应是我们拓展华文文学批评空间的一个有效途径。

（原载《东南学术》2004 年第 6 期）

都是"语种"惹的祸？

——也谈我们对华文文学研究的一些思考[*]

对于目前华文文学研究状况的不满和忧虑，无论圈内还是圈外人士都会感觉得到。因此，同样"忝列于这一研究队伍中的一员"，我们十分理解吴奕锜、彭志恒、赵顺宏、刘俊峰提出他们思考时的"两难"心境，也充分意识到《华文文学是一种独立自足的存在》[①]一文（以下简称"吴文"），对开阔我们思考空间的意义。我们愿意借此契机，就此话题，也谈一点我们蕴蓄已久的想法。

关于"世界华文文学"

在进入本文之前，有必要对我们讨论的对象，重新进行一番

---

[*] 本文系与刘小新合作。

[①] 载《文艺报》2002 年 2 月 26 日"华馨"版。本文引号中的话，除了已标注的之外，皆引自吴奕锜、彭志恒、赵顺宏、刘俊峰的《华文文学是一种独立自足的存在》。

厘定。

　　"世界华文文学"的概念是 20 世纪 90 年代初，作为对"台港澳暨海外华文文学"的重新命名而被肯认的。它主要是针对前一时期这一领域研究，把属于中国文学的"台港澳文学"，和不属于中国文学的"海外华文文学"并列一起所可能引起（事实上已经引起）的不必要误解而提出的。但这一概念一经提出，便赋予了这一领域研究新的性质和范畴。因为作为世界性语种的华文文学，体现的是以语种进行整合研究的意图，与其相对应的是同样作为世界性语种的英语文学、德语文学、西班牙语文学、阿拉伯语文学等等。而原来的"台港澳文学"所对应的是中国文学，"海外华文文学"所对应的是"海内"华文文学与"海外"华文作家居住国的其他语种文学。二者逻辑对应关系的不同和文化语境的差异，也必然带来诠释范式的微妙变化。人们将更多关注不同语种之间文学的文化内蕴、审美思维以及艺术方式等等的差异与变化。在研究范畴上，作为语种的世界华文文学应当包括华文母语地区的中国文学（包括台港澳文学）和中国以外各个国家和地区使用华文创作的文学两大序列：尤其是使用华语人口最多，作家队伍也最庞大的中国大陆地区的文学，应当成为研究的主体。然而事实上，我们一直名实不副地用华文文学这一大的概念，来"命名"和研究大概念下的局部文学现象。中国大陆地区文学的缺席，"世界华文文学"便不能成为完整意义的世界华文文学。这或许正是一部分学者对"世界华文文学"这一命名至今尚存异议的原因。

　　"吴文"所论及的华文文学，当然也是狭义的，"即我们通常所说的'台港澳暨海外华文文学'"。不过在进入具体讨论时，"吴文"又抛却了台港澳文学，而专指海外华文文学。因为只要深入进行理论追问，台港澳文学的一些命题不能普遍地适用于海外华文文学研究，而海外华文文学研究的一些命题，也不能在台港澳文学中得到回应。因此该文所批评的"语种的华文文学"，也非概念的本义，而只是"语种"这一"民族主义的合谋"带给海外华文文学的灾难。

从语义学的角度看，"语种的华文文学"是一种同义反复，"语种"即为"华文"，已经包括在"华文文学"的命名之中。否定了"语种"，也即否定了"华文"，那么"文学"将何以存身？概念的前后矛盾和对象的游移不定，套用一句话，莫非也是"命名"惹出的祸？

为了契合"吴文"的本义，我们的讨论便也集中在海外华文文学上。

关于海外作家的华文写作

"吴文"把一切罪过都栽在"语种"上面。这个"无所不在的思维陷阱和阻碍探研进步的常识化的障碍"，不仅使"华文文学存在的自身独立性最终交给中国文化"，而且使"止于目前的全部华文文学研究"，或者"停留在初浅的层次上，使它满足于只对华文文学的外部情况判断"，或者在"文化战略的高度"实现了"文化民族主义的膨胀"。

撇开一些情感色彩激烈的语言，"吴文"对"语种的华文文学"的批评，集中在两个方面：一、"语种的华文文学"只关注文学的表象，没有进入文学的内在世界，它已经构成华文文学研究的思维障碍；二、"语种的华文文学"导致文化民族主义，使华文文学异化为文化民族主义梦想膨胀的工具或符号。

这个判断的偏颇是明显的，但其所提出的问题却不能不辨析清楚。

首先，语言果真只是文学的操作工具和外部表象吗？对这一问题的回答看似简单，但深入分析起来却要复杂得多。海外华文文学研究最不该回避，但恰恰是最常被忽略的一个问题是：海外华人为什么要用华文写作？如何理解海外华人文学书写的价值和意义？对这一问题追问的深度将直接规约海外华文文学研究的方向和旨趣。概而言之，圈内学人对此问题有三种模糊的态度：或者存而不论，只专注于对海外华文作家作品的鉴赏；或者过分强调华文创作对文化传承的意义，从而由对华文作家在艰难处境中坚持华文写作的同情，把应有的学理研究和批评变成廉价的"赞美修辞学"；或者以海外华文文学缺乏直接的读者群为由，认为只生产不消费，这种"生产"有何意义？朱大可从"燃烧的迷津"泅渡到澳洲以后，就提出过这种疑问。他以惯常的大胆隐喻的方式称海外华文作家为"盲肠作家"，就是从这一角度立论的。

海外作家的华文书写何为？如果我们从海外华人文化属性建构的维度上看，华文书写的意义与价值或能凸显出来。对于移民或少数族群而言，文学书写是肯定自我存在的一种重要方式。在海外华人，文学想象是一种特别的文化建构行为，他们透过想象努力建构一种具有深度和广度的生命共同体。说故事或文学叙述则具有建构少数族群弱势自我的历史整合功能。从某种意义上说，华文书写本质上是一种抵抗失语、治疗失忆症，重新拾回一个族群的集体历史记忆的文化行为。它构成族群生存的历史之维，保留下生存的踪迹。从这个层面看，海外华文文学具有在多元种族多元文化并存的社会中保持自身文化身份的意义与功能。这个看法可以从海德格尔的语言论述和安德森想象的社群论述中获得理论上的支持。在海德格尔看来，语言是存在之家，人是通过语言而拥有世界的。在言说的展示中蕴藏着占有自我的力量，即把一切现存的和阙如的存在逐一归回到自身。华文书写正是海外华人言说存在并进而拥有整合自我的一种必不可少的方式。研究东南亚的著名学者本尼迪克特·安德森则认为，族群共同体是想象的产物，文学作为想象的重要方式，对共同体的建构自然有着举足轻重的意义。从这个角度看，单纯从纯艺术纯审美的维度看待海外华文文学是不能真切认识其价值与意义的，那种仅从艺术性角度贬低华文文学的做法，则是对海外华人生存及其创作的文化意义缺乏了解。

今天，新世代的海外华文作家越来越倾向于把华文写作视为一种族性记忆的方式。现旅居香港的马华作家林幸谦，就坚持把华文写作定位在抵抗失语与建构集体记忆之间；北美华文女作家裘在美直接视写作为记忆的方式、记忆的图像，以及围绕记忆的方式打转的各种阐述或各种话语。一个族群也包括个人的文化身份与属性受制于历史、文化与权力的持续角力，对过去历史的挖掘将有助于稳固族群与个体自我的主体感。因此，文化记忆的重要性无论如何估计也不过分。记忆的书写保留了族群与自我的历史踪迹和历史的诠释权；族性记忆的丧失或文化失忆，事实上是把自我历史的诠释权拱手出让，人们将不再拥有自我的历史维度。在这个意义上，华文书写不再是如朱大可所讽喻的可有可无的"盲肠"了。马来西亚新世代女作家钟怡雯的作品《可能的地图》和《我的神州》等，就是一些典型的抵抗文化失忆的追忆文本，透过回溯、书写和重构，使历史的缝隙及断裂处的真相浮出水面。这种细致甚至有些琐碎的追溯，如同普鲁斯特寻找逝水流年，即个体绵延的生命之流。对于海外华人而言，写作是想象"可能的地图"的方式，具有建构自我认同之根源的意义。在文学性、审美性之外，人们有必要对华文文学此一向度给予更充分更细致的关注。因此对大多数的海外华人而言，华文书写显然不只是一种操作工具，或者一种文学外部的表象。

关于"文化民族主义"

"吴文"对"语种的华文文学"另一个最尖锐的指责是"文化民族主义"，甚至认为所谓"语种的华文文学"，是"语言之种类与民族主义合谋的结果"。"吴文"怎样把"语种"与"文化民族主义"画起等号来的呢？大概是因为"这个概念的内涵是文化民族主义的基本内容和根本追求，而它的外延则是一个被幻想出来的广大无边的汉语世界。这个世界既是华文文学的外在形象，同时更重要的，也是一种唾手可得的民族主义辉煌"。这种未加论证的判断，使我们想起几年前引起外国文学界热烈争论的"外国文学研究是一种文化殖民主义"的观点。二者的逻辑推论方法几无二致：因为是外国的，所以是殖民主义的；因为是语种的，所以是民族主义的。其感觉和演绎的成分，显然多于理性与实证的分析。

民族主义是晚近学术研究的热门话题之一，对这一问题的关注表明华文文学研究已经产生加入与学术思想界对话的意识。民族主义是二战后的一股世界性的思潮，是对殖民时代西方霸权主义的反驳。它与民族性、民族意识存在着微妙的关系和区别。对民族主义，必须进行具体的实事求是的分析。狭隘的民族主义是不对的，但不能借口反对狭隘的民族主义，就把民族性和民族意识一概否定。在前些年的华文文学研究中，确实存在着一部分研究过度强调海外华文文学继承中华文化传统的向度，这种倾向与部分海外华文作家大量的乡愁书写和研究者过度泛滥的乡愁诠释同步同构。但是这一不足，与那种狭隘的民族主义的文化自大病，排外的文化纯洁化的自恋症，不可等同。何况这一倾向已有了明显的改变。今日的华文文学研究，在多元文化交流、融合、发展、共存的历史趋势中，更多地认识到海外华文文学存在的独特的性质和价值。对"世界华文文学"的重新命名，便包含着摆脱以往研究中部分存在的过分浓厚的意识形态影响的一种努力。因为"语种"是一个中性的概括，而非意识形态的想象，更与文化民族主义无涉。这个基础，为华文文学研究的整合化和客观化提供了可能。

当然对于那种狭隘的文化民族主义，我们仍须保持警惕。因为狭隘的文化民族主义，"反映出一种认为本民族文化和历史传统高于别人的居高临下的态度"，导致人们"自我满足于追寻失落的本源、职是、血缘、性别、肤色、母语等不具选择性权力的文化因子，遂成为民族主义者排外/惧外，以及打压内部异己的方便借口。"（庄坤良《想象/国家》）这种偏执的文化原教旨主义，对于海外华文文学的创作和研究，都是极其有害的。问题是我们的海外华文文学研究，并不存在这种排外/惧外以及打击内部异己的民族主义情绪。即使对乡愁主题及其诠释的过度信赖和偏爱，也不能推出这样极端的结论。

但必须指出，警惕和反对华文文学中的狭隘的民族主义，并不等于否定华文文学的民族性向度，更不能把海外华文文学文化身份的追认，等同于狭隘的文化民族主义。这一分辨十分重要。因为海外华文文学所具有的中华文化因素，构成了一种鲜明的文化特色和美学特色，是海外华人建构自己族属性的一种体现，是形成居住国文学文化多元构成与发展的元素之一。过度强调传统是不恰当的，那种文化原教旨主义有百害而无一利；但把海外华文文学具有的文化属性和汉语美学传统视作文化民族主义而加以否定同样不妥当。海外华文文学研究要拒绝狭隘的、排外的、自大的文化民族主义或族群主义，但却不能彻底否定以文化认同为核心的开放的族群意识。海外华人移民社会或华人族群的存在是不争的事实，以文化认同为核心的族群意识既是这种存在事实的反映，它的生成又具有维系"想象的社群"的功能。华文文学以其特有的想象与叙述形式参与了族群意识或族群认同的建构，它显然具有形塑少数或弱势族群自我的意义。以往的华文文学研究很少讨论这一问题，而拘囿在纯粹文学或审美领域的批评，不可能真正从社会学与历史的真实层面理解华人的文化、现实和历史处境。在清除了一厢情愿地把海外华文文学看作中华文学的海外支流的理念之后，许多研究者还把研究的重心自觉或不自觉地放在寻绎、证实与注解海外华文文学与中国文学的薪传关系上，这只是前期研究的遗韵，是海外华文文学研究的一个维度。另一个越来越受到关注的更重要的维度，是要把海外华文文学放诸居住国的历史脉络中，探讨"在客居国家意识与认同形成中，华人族群意识与认同又面临如何的回应与调整"（萧新煌语）。华人的族群意识是客居国家意识与认同结构关系中的一个链条。因此，作为族群意识与认同的符号表征的华人文学与文化，是其国家多元互动的文化结构关系的一个组成部分。若说"语种的华文文学"概念存在着某些缺陷，主要是它的平面化，未能深刻地进入这种纵向的结构关系的分析，仅仅停留在世界华文文学的横向整合的研究层面。但这也不同于"吴文"所指责的"不甚友好的族群主义"。我们反对排外的封闭的族群主义，同时却认为海外华文文学研究应该关注海外华人的族群意识的生成、变化与调整。对此问题的回避、忽视，是海外华文文学研究幼稚、虚弱的表现。如果说海外华文文学存在一种"花边化"倾向，华文文学研究同样也暴露出这种"花边化"的弊端。那种仅仅停留于对语言、意象、意境乃至各种技巧鉴赏分析的所谓"花边化"的操作，不能真正抵达海外华文文学的内在世界，也难以真切认识海外华文文学的价值。在这方面，海外华文文学研究远远落后于以华侨华人历史研究为基础的华人学研究。华文文学研究有必要向华人学学习。华人学相对成熟的理论与方法将有助于海外华文文学研究一臂之力，改变这一领域研究缺乏学理性的弊端。近来，热衷于谈论华文文学文化与身份认同的华文学界，很少有人注意到研究华侨华人的著名学者王赓武的有关华人认同问题的精辟论述，其成果本是华文文学研究可以信赖的理论支援，因为从中可以在海外华人生存与发展的整体联系中，更准确地寻找到海外华文文学的位置与意义，以及研究的理论资源和方法。

关于"文化的华文文学"

在否定了"语种的华文文学"之后，"吴文"提出了一个"全新的观念"："文化的华文文学"，作为一种研究策略，用以代替"语种的华文文学"的语言学种族属性和理论建构。从语义学上看，"文化的"和"语言的"似乎很难完全界分并形成对抗。文化是个相当宽泛的概念，语言也包含其中。不过细读"吴文"就会发现，其所说的"文化的华文文学"，指的是一种"生存形态""生命自我展开的形式"，或曰"人生形式"。这一立论自有其合理的内核。把文学视为一种生命的表现，这是文学的普遍本质，在这个意义上，把华文文学作为一种"独立自足的存在"，也就有据可依。对于华文文学研究而言，这个命题的提出仍然富有意义。因为以往的研究，确实存在着忽视对个体生命存在形式进行探索的倾向。从早期"边缘与中心"的争论，到晚近"文化身份"的追寻，人们在热衷某种具有普泛性和一体性的文学理念、概念系统和文学史视域时，相对而言，文学的生命的个体性反而被遮蔽了。因此，重新回到对文学普遍本质的生命关照与人文关怀，对推进海外华文文学研究的深入，无疑具有积极意义。但问题是，"文化的华文文学"立论的基础是生命哲学，而不是文化哲学，实际上讲的是"生命"，而不是"文化"，将其易名为"生命的华文文学"或许更为准确。它只揭示文学的普遍本质，而忽略了不同文学的特殊性。就华文文学而言，它只肯认了普遍的"文学"的生命意义，却丢掉了特殊的"华文"的文化品性。尽管"吴文"在"生命表现"前面加上了"海外华人"的限定词，但仍然还只留在海外华人的生命形态上，而不体现海外华文文学特殊的华文品性。以普遍性代替特殊性，不能说不是"吴文"所界定的"文化的华文文学"的不足之处。

如果把强调文学本质的生命体现看作是回到文学自身，而把文学的文化特殊品性看作文学外部研究，那么以往的华文文学研究，不仅对文学自身关注不足，对文学的外部研究也同样欠缺。圈外甚至圈内的一些人士对海外华文文学有一个逐年形成的刻板印象，认为海外华文文学缺乏经典，艺术水平极为参差不齐。姑且不论这一印象准确与否，就晚近活跃的文化研究而言，其兴趣更多地从形而上学的超验、本体、永恒的普遍性话题中，转向更微观、具体的日常世俗生活。经典并非一定是文化研究的前提，不是经典的各种文化现象，诸如电视肥皂剧、广告、MTV以及种种可以纳入时尚的身体书写、美女书写等等，以其更贴近大众的世俗生活和更能体现大众一个时期的文化趣味，成为文化研究更多关注的对象。海外华文文学本来就可以有多种读法，它的文本价值也是多重的，可以作为一种历史文本来读，也可以作为一种文化文本来读，当然它主要是一种文学文本，在审美的选择中进入审美的分析。前几年一些学者在海外华文文学研究中着意倡导的文化批评，拓展了海外华文文学研究的文化空间，也逐步逼近海外华文文学的精神内核。"吴文"把这类研究也视为"多半是文化民族主义心情渗透"，而予"彻底地否定和弃绝"，表示要在"文化的华文文学"的观念下进行"修改"。不过"吴文"并没有提出他们的"修改"方案，只要求"修改"以后的文化批评，"按照所属理论范畴的内在要求，以华文文学的各种叙事学现象进行客观、稳妥的理论描述"。这话等于没说，除了潜在地表示对以往文化批评未能"按照所属理论的内在要求"，所以主观、欠妥外，并未见任何"修改"的痕迹。实际上"文化批评"与"吴文"倡导的生命本义的华文文学研究恰恰相反。文化批评并不主张回到文学自身来研究文学，而更偏向于所谓的外部研究。在文化批评的视野中，文学从来就不是"独守自足的存在"。文学只是一种社会文本，美学也只是一种特殊的意识形态。所以文化批评对意识形态、权力、种族、性别、族群、快感、政治、大众传播等等问题更感兴趣。其实，从审美的文学批评到文化批评的转换，为华文文学的学术化/学理化提供了一个崭新的契机，华文文学研究将从那里获取更丰富的理论资源、学术方法和分析工具；人们也可能从对某些华文文学作品纯粹鉴赏的审美尴尬中，获取其作为社会文本蕴藏的丰富信息和价值。我们相信，文化批评将打破目前华文文学研究的困局，为华文文学研究拓展一个新生面。果能如此，那么，回到真正意义上来的"文化的"华文文学研究，也就不再遥远了。

（原载《华文文学》2002 年第 3 期）

北美华文文学的文化主题及与
20世纪中国文学的关系

一

华文文学作为一个世界性语种文学的概念，虽然只是近些年才逐渐形成并给予学术界定，但却是一种由来已久的世界性的文学存在。它反映出随着中国的政治改革和经济发展，华文国际地位的提高和世界各地华文文学创作的繁荣。

中国文化走向世界，一个重要的渠道是和历代的中国人向海外播迁密不可分的。流寓或定居于海外的中国人，他们自身所承载的中华文化传统，使他们的异邦人生，一直处于与当地不同民族文化的交汇、碰撞和冲突之中。从空间上讲，这是一个散落于世界各地的来自华夏民族的"漂泊的文化群落"；从时间上讲，它又是一个在不断融摄当地文化中使自己固有的民族文化（中华文化）在现代转型中生长出新的特性的复杂的进程。文化是文学的土壤。在这一文化背景上生长起来的华文文学，便也交错在这一繁复的"故园—新土""民族性—本土性"的人生境遇和精神历程中。因此，语言媒介仅仅只是华文文学的外在形态，文化才是它更沉潜而深刻的精神内核。文化主题，实际上是海外华文文学最普通也最重要的主题。

毫无疑问，在世界华文文学的地图上，北美和东南亚是最重要的两翼，它们都有着悠久的华人移居的历史。东南亚可以远溯至宋元时代，至明，随着郑和七下西洋海路的通达，东南亚已出现粗具形态的华侨社会。北美虽然略晚，19世纪中叶，大批远涉重洋的华工的悲惨命运激起社会的强烈反响，使"反美华工禁约"的文学作品（其虽非都是旅美华人的创作，但真实地反映了旅美华工的血泪人生），成为20世纪初期以反帝反封建为旗帜的新文学革命的思想准备之一。但是北美和东南亚的华文文学，又有较大的不同。相对于占据社会主流地位的西方文化，中华文化在北美只是一种弱势文化，华人只是一个少数民族，华文文学极少可能进入主流社会的文学圈。不像东南亚地区，华人在人口和经济实力上都占有重要地位，中华文化也以其精深博大成为东南亚社会多元文化的构成之一；在有些国家，华文文学已经成为国家文学的一部分。由于上述原因，无法进入西方主流社会的北美华文文学，只能回到东方来寻找读者，在大陆、台湾、香港出版作品。出于对读者的考虑，北美华文作家必须调整自己的视野和角度，关切故国母土的社会现实，倾诉漂泊异邦的不了情结和跌宕人生。虽然他们大多已入了外籍，但在潜意识里还把自己当作海外的"中国作家"。不像东南亚地区的华文作家，在所在国有自己的读者群和出版系统，他们不必回到故国来寻找读者的支持，本土化是他们越来越重要的命题。也因此，在北美，从事华文创作的主要是第一代的旅美华人：留学生、学者或由学而商而仕的其他从业人员。他们较高的学养，使他们能够直接、从容地接触、了解西方文化，并用来反思中华文化。这形成了他们作品在广阔人生背景上的文化冲突和文化融摄的主题。在北美，很少有如东南亚地区那样的第二代、第三代用华文写作的华裔作家，北美华人的第二、三代，即使从事文学，也大都以英文写作。他们用惊奇的眼光打量从父祖辈那儿听来的陈年往事，流泻于他们笔下的遥远的族群记忆，是写给外国人看的那种经过解构和重新建构的故园记忆。他们构成了与华文文学相关的一个旁支：华裔文学。

正是这一切，使交错或并行于 20 世纪中国文学的北美华文文学，有着独具的文化特征，并对 20 世纪中国文学发生着不容忽视的影响。

二

如果把旅美学人在游学期间所创作的作品，都视作华文文学的一部分，20 世纪北美华文文学有三个时期特别活跃而重要。这就是 20 世纪的 20 年代前后、60 年代前后和 90 年代前后。这三个时期的华文创作，从不同角度展现的文化主题，都对 20 世纪中国文学的发展产生影响。

首先是 20 年代前后的北美华文文学，这是对 20 世纪中国文学影响最为深广的一次来自海外的华文文学浪潮。庚子赔款把一批青年学子送到美国，开始了中国知识分子大量走向西方的历史。这些初出国门的年轻学子，大多怀抱从西方寻求真理的救国理想。当他们直接投身西方社会，接受西方文化的熏陶，他们便获得了一个新的文化参照系，以此来回眸和反思古老中国包袱沉重的文化传统，便是历史的必然。这也形成了这一时期留学北美的中国学子文学创作中极具使命感的文化主题。五四新文学革命所受的外来影响，一自日本，一自美国，盗火者都是留学生。胡适是一方面的代表。1910 年去国、留学七载的胡适，很明白自己的"责任所在"："乘风而来，张帆而渡，及于彼岸，乃采三山之神药，乞医国之金丹……

以他人之所长，补我所不足。庶令吾国古文明，得新生机而益发扬光大，为神州造一新旧浣合之新文明。"（胡适《非留学篇》）。他先声夺人的《文学改良刍议》（《新青年》1917 年 1 月号）和被尊为新诗革命"首难之胜广"的《尝试集》（其中的第一编），都写于留美时期。对古老中国文学传统的鼎革，不仅只是文学思潮的引进，更重要的还是文学语言的更新和文体范式的重构。翻开中国新文学史的最初篇章，这些名字是大家所熟悉的：陈衡哲、冰心、许地山、康白情、陆志韦、方令儒、刘廷芳、闻一多、朱湘、孙大雨、梁实秋、林语堂、洪深、孙瑜、熊佛西、王文显、姚克等。他们都曾于20 年代前后留学美国，并以其在域外的文学创作构成了这一时期北美华文文学的绚丽景观。尽管他们政治倾向不同，艺术选择各异，成就也有大小，但都对草创时期的新文学，无论诗、小说、散文或者戏剧诸种新文体的建设做出贡献。对于北美的华文文学（如果允许将他们纳入这一范畴进行讨论），这是一个非常的和非凡的时期。

　　留学生在北美扮演的文化角色，不仅是一个"盗火者"，被动地引进和吸收异质文化，这是一个不同文化在交汇和碰撞中互动的过程。对传统文化的反思，实际上也包含着对传统文化典籍的现代解读和延播。林语堂留学归来，在中国讲授西方文学，而后来寓居美国，则以翻译和介绍中国文化为主，便是这种不同文化互动的一种沟通方式。五六十年代寓居北美的华人学者刘若愚、叶嘉莹、叶维廉等，他们用西方的现代理论重新诠释、建构中国的传统诗学，则是在两种不同文化背景上对中国传统的一种重新发现与整理，理所当然地获得国际学术界的崇高评价，又反过来影响着国内的诗学研究和诗歌创作。

　　与 20 年代前后迥然不同的是 60 年代前后的北美华文文学。这是东西两大阵营对立的冷战时期。国际环境的变化使大陆基本上关闭了学子们的西方求学之路。这一时期的北美华文作家主要来自台湾（少量来自香港、澳门地区和东南亚）的留学生。他们大多数是因政权变迁漂落到台湾的大陆人士的第二代，由于对台湾政经环境的不满而继他们父辈"政治放逐"实行的"自我放逐"。他们既没有20 年代留学生"官费"支持的经济后盾，也无他们怀抱的"救国"理想。他们留学的潜在动机，就是离开台湾。因此他们正如余光中所调侃的，是真正"留"下来不走的"学生"（於梨华《会场现形记·序》）。然而，曾经对他们充满诱惑力的这块西方乐土，并不是他们容易植根的土地。除了沉重的经济压力外，还必须面对升学、就业、婚姻和居留等种种文化上的不适应。前无出路，后无归途，这就使得这一代经过两度"放逐"的留学生，充满了一种无根的漂泊感、历史的失落感和现实的疏离感，而把自己叫作"流浪的中国人"（白先勇语）。於梨华和丛苏在她们一系列被称为"留学生文学"的小说中（如《傅家的儿女们》《又见棕榈、又见棕榈》《中国人》等），十分典型地表现了这一代人失根的痛苦和文化的困境。20 年代北美留学生作家怀抱理想的寻求真理、反思传统的文化主题，在 60 年代北美华文作家笔下，变成一个在漂泊人生中寻求立足的文化困扰的主题，它无处不在地渗透在留学生的整个生活中：不仅是有乡难回、有国难归的望断大洋，也不仅是竞争激烈、谋生无着的创业维艰，更突出的是来自东方的伦理、价值观念与西方文化的巨大差距，在升学、就业、婚恋、居留等各个层面上，造成的心理压力。即如升学，儒家光宗耀祖的最高人生信条，与西方尊重个性与自我中心的人生态度格格不入，使域外学子不得不处于要么违背祖训、要么放弃自我的心理矛盾之中。又如婚恋和两性关系，傅如曼和劳伦斯（《傅家的儿女们》）最初的感情火花，是分别体现在他们身上的东方文化和西方文化互相倾慕和吸引的结果，但恰是偏于保守、封闭、崇重宗法伦理的东方精神与激进、开放、强调个性自我的西方精神的差异，埋下了他们悲剧的祸根，给他们彼此带来伤害。美籍华人学者黄秀玲曾经通过对北美华文小说中最大量的异族婚恋为题材的作品进行分析，概括出一个公式：

忠于中国精神＝保持个人操守＝独身

背弃中国精神＝出卖自己＝结婚

这恰切地反映出这一时期北美华文文学的文化冲突主题，主要聚焦在伦理层面上。

60 年代前后是北美华文文学最为繁荣的一个时期，我们可以举出不下数十位具有重要影响的作家，如聂华苓、於梨华、白先勇、陈若曦、欧阳子、李欧梵、叶维廉、郑愁予、张系国、曹又方、李黎、张错、非马、许达然、杜国清等等。他们大多来自台湾，作品也大多回馈台湾，构成了当代台湾文学的重要一章。在台湾 60 年代的现代主义文学浪潮中，他们不少都是风云一时的人物。到了西方社会之后，在异质文化的氛围中重估传统，大都又有回归东方的倾向。这以自称为"回头的浪子"的余光中最为典型。因此他们的作品往往复合着东方——西方——东方的转换和更生，为中国文学留下一份可贵的经验。即使到了 80 年代初期，对当时刚刚复苏的广收博纳各种主义、流派的大陆文坛，也起着某种催化和推动作用。

80 年代以后，北美华文文学又进入一个新的时期。造成这一变化的，主要有三个方面原因：一、中国的改革开放，恢复了中断 30 年的留学西方之路，大批以留学为名而旅居北美的中国学人，改变了北美华文作家的原有构成；二、早期的台湾留学生大多已经定居从业，而台湾经济的发展，使后来涌至的留学生不必再有谋求长期居留的艰难挣扎，它必然带来文化主题的转移；三、香港回归祖国使一些对前景抱有疑虑的香港文化人移居海外，加拿大是他们的首选地之一；同样的，台湾岛内泛滥的"台独"思潮，促使一批文化人再次"自我放逐"，他们不少也选择加拿大定居。这使华人骤增的温哥华、多伦多，成为这一时期北美华文创作的又一个中心。这一切，不仅使华文作家的构成，有着不同的文化成长背景和复杂的意识形态因素，也使华文创作关注的主题从伦理层面的文化冲突，转向政治和经济层面的文化冲突。

不同于 60 年代的中国台湾留学生，80 年代以后的中国大陆旅美学人，是从一个有着严密组织系统和行为规则，重理想和道德教化，视集体高于个人的社会，来到一个崇尚个人自由和创造性、充满机会和风险的国家，二者的文化差异，使中国大陆旅美学人往往要在维持理想、秩序或者追求自由、发展之间重新确立自己的人生目标。曾经一度畅销的《曼哈顿的中国女人》和《北京人在纽约》，就从正反两面提供了两种不同的例子。周励（自传体小说《曼哈顿的中国女人》的作者和主人公）的成功，不仅来自于她对于如尼克松就职演说所讲的"自由的精髓在于我们每个人都能参加决定自己的命运"的西方文化的投入，这是她在大陆时所难以获得的一个自由、创造的契机，而且还来自于她在祖国教育中所受到的"那种严谨笃厚的儒家传统，那种深沉的克制力量和对精神生活的开导和追求"。相反的例子，如《北京人在纽约》中的宁宁，她所缺乏的正是周励的那种人生历练和精神追求，而最终陷落于失去精神内涵的"物质"和"自由"之中。文化冲突和文化选择的主题，在这里同时潜在对于不同社会和文化不足一面的文化批判的主题。

来自中国台湾的北美华文作家较少在这一层面展开他们的描写和思考。这可能与他们来自一个同属资本主义范畴的社会有关。他们创作中的政治关注往往更为直切。70年代初期的海外"保钓"运动，是台湾留学生文学从关注自身的文化困境，转向关注社会、民族的政治矛盾的肇始。以描写"保钓"运动的长篇小说《昨日之怒》而知名文坛的张系国，也因此成为继於梨华、丛苏之后，第三波留学生文学的代表。小说描写台湾留美学生在"保钓"运动前后从团结到分裂、从激情和消沉的过程，寻求一个能够把各个分散的"小磁场"，"指向一个方向，凝成一股力量"的"大磁场"："这就是大我。这就是民族精神的泉源。"这种感情和思想指向，也为80年代以后的台湾旅美作家所接受。保真在他的小说集《邢家大少》中所描写的海外中国人，一个个都是背着沉重的感情包袱，如作家自己所言，他从未见过像美国的中国人一样，爱国爱得那么痛苦（《〈邢家大少〉后记》十版）。他们远离中国，甚至拒斥中国，却又不能忘怀于中国，为自己民族的前途迷惘、痛苦和忧伤，是一群郁积着复杂的中国情结的海外"浪子"和"赤子"。曾经一度回国、80年代以多部长篇复出于北美华文文坛的陈若曦，以更切身的观察和体验，把自己的创作聚焦在以旅美华人作为中介的两岸关系的题材上。棘手的政治问题在她小说里往往转化为人情伦理关系，从而在伦理层面的文化冲突与化解中，寓蕴着政治的冲突与化解，寄托着作者弥合两岸矛盾的努力。这些作品不仅为陈若曦自己的创作别开生面，也为海外华文文学提出了一个属于他们的极具开拓价值的独特视界和领域。

90 年代前后北美华文文学更突出的另一个切入点是经济层面的文化冲突。求学路上的困郁对于曾经磨难的中国大陆留学生，并不像 60 年代前后来自中国台湾的那一代留学生看得那么严重。倒是谋生立足过程中对于西方商业文化从不知所措、难以适应到如鱼得水、畅游其中的整个文化冲突进程，对他们说来更具新鲜感和挑战性。中国是个人情伦理社会，人情网络覆遍整个社会生活。所谓商业关系，往往首先也是人际关系。而西方是个法治国家，所谓商业关系首先是金钱关系，并且以法律的形式来加以规范和制约，即使温馨脉脉的人情，也是以并不温馨的金钱为基础和前提。《北京人在纽约》和《曼哈顿的中国女人》所描写的正是在商海翻腾中来自中国的旅美华人，他们固有的文化习惯与西方的文化准则的冲突。他们的成功、失败，往往都与如何处置这一文化冲突相关联。郭燕（《北京人在纽约》）的悲剧就在于她怀有中国传统的"一日夫妻百日恩"的绵绵旧情，向前夫王启明透露经济情报而导致麦卡锡的破产；而真诚爱着郭燕的麦卡锡最终在金钱和妻子二者之间天经地义地选择了金钱，也是为郭燕们——接受中国文化哺育的人们所难以理解和接受的。其他诸如合同观念、效率观念、消费意识、危机意识等等，无不渗透在不同背景的文化行为的冲突之中，成为结构这类商海沉浮的异域小说的主要情节。它为我们今天实际上还是大量纠葛在人际关系中的所谓"商战"小说，提供了另一种类型。

20 世纪的中国社会，是一个纠葛在复杂政治斗争中寻求摆脱封建殖民统治走向现代化的社会。在这一进程里走向海外的不同时期的华文作家，都背负着各自的历史包袱和文化包袱。他们创作中文化主题的演化，既是他们真切的人生展现，也浓缩着社会发展的投影，感应不同时代海外中国人的心声。当我们阅读这些作品，我们仿佛在阅读我们民族灵魂的另一半。他们或平行或介入于 20 世纪中国文学进程的作品，既建塑了北美华文文学的形象，也为我们提供一份从作品内容到文体形式的鉴照。

（原载《镇江师专学报》（社会科学版）1999 年第 4 期）

美国华文文学的历史开篇

——重读《苦社会》

中国的海外移民，使华侨和华人成为一种世界性的存在；而华侨和华人的世界性生存经验，是世界华文文学的发生学基础。因此，当我们追寻美国华文文学发生的历史源头时，不能不回溯到 19 世纪中叶最初进入美国的华人及其悲惨的生存遭遇，并由此揭开美国华文文学充满血泪的开篇。

一

中国对美国的移民，始于 19 世纪中叶。虽然在此之前，已有零星的造船工人、船员和最早就读于布道学校的学生登陆美国，但数量极为有限。只有到了 1848 年美国加利福尼亚发现金矿以后，亟需劳力开发，成批的中国人才以"招请"的名义进入美国。据美国官方移民纪录：1850 年至 1859 年，平均每年入境的华人 6638 人，扣除回国的人数，1860 年在美的华人人口，已达 34933 人。此后移民继续增加，1868 年至 1878 年 10 年间，入境华人 13 万余人，扣除这一期间回国的 6 万人，移居美国的华人已达 10 余万人。

从 1850 年到 1882 年美国排华法案签署通过，是历史学家所谓的"自由移民时期"。由于西部需要开发，而东部人口和欧洲移民，都"惮其辽远"，且移民成本远较从中国"招请"廉价劳力为高，所以对华人入境尚持允许态度。在这一期间，华人进入美国，经历了三次移民浪潮：第一次是 19 世纪 50 年代的加州淘金热；第二次是 19 世纪 60 年代，修建横贯北美大陆的铁路；第三次是 19 世纪 70 年代美国加州的农业垦殖。三次浪潮，华人对美国西部的建设，都作出了卓绝的贡献。在淘金热中，华人被迫到白人采过的旧矿或认为不会有生息的矿穴里，用最原始的工具开采，以高于白人的执照费、水费和矿权费，向加州政府缴纳税收。从 1850 年至 1870 年，每年交税平均高达 500 万美元，相当于加州政府年收入的一半。1862 年，美国国会通过法律，授权联合太平洋铁路公司和中央太平洋铁路公司修建横贯东西大陆的太平洋铁路，负责西段的中央太平洋铁路公司，多为险峻山区和沙漠、高原，工程进度缓慢且雇不到足量的白人工人，便大量雇用华人并派专人到广州招募，最多时华工人数近万。华人以低于白人工资而高于白人工程进度的坚忍毅力，于 1869 年参与完成了这条改变美国历史的太平洋铁路的修建；之后又以 7 年时间参与完成了改变加州历史的南太平洋铁路的修建。尽管在太平洋铁路东西两段接轨的盛大庆祝会上，没有一名华工代表出席，但最先倡议招募华工的克罗克尔却提醒大家："我们建造的这条铁路能及时完成，在很大程度上，要归功于贫穷而受鄙视的，被称为中国的劳动阶级——归功于他们所表现的忠诚与勤劳。"然而，铁路修成之日，也是华工的失业之时。他们无奈转入加州农业的垦殖，以沼泽遍布、荆棘丛生的旧金山为中心，仅凭双手和简单的工具开辟了 500 万英亩的良田。美国参院的一份档案也不得不承认："没有华工就没有西部的垦殖。华工使荒土变为良田，使整个加利福尼亚变成一座花园，一座果木园。"

　　然而就在这个华人作出巨大贡献的所谓"自由移民时期"，加州和西部各州的立法机构和法院却制定了许多针对华人的歧视性立法和苛律，让华人从经济上、政治上到文化上都蒙受许多不平等、不公正的待遇；一些地方还出现了有组织的、大规模的加害华人的暴行。1882年美国总统阿瑟签署了联邦参议院通过的《关于执行有关华人条约诸规定的法案》，1888年又通过了《禁止华工来合众国法案》，开始了此后长达61年（直至1943年宣布废除）的绝对排华时期。受害者不仅是华工，连已在美定居的华人和其他商人、教师、学生和旅行者等，都蒙受牵连，其地位甚至不如备受歧视的黑人和印第安人。据统计，1888年《禁止华工来合众国法案》通过以后，有2万回国探亲的华工不能重返美国，600名正在返美途中的华工被拒绝入境；到1900年，8千多名已在美国的华工被驱逐出境。在从1882年到1943年美国宣布取消所有排华法案的61年间，在美的华人人口降至7.8万人。这是中国人最直接的海外生存体验。一向以"王朝之民"自居的中国人，在国际生存空间中所遭受的剥削、歧视和侮辱，甚至明火执仗的焚烧和杀戮，为历史上所罕遇。

　　1904年（光绪三十年），正值中美《北京条约》即所谓"浦安臣条约"期满之时，美国再度要求续约。其时美国借约设例对工人、商人、游学者和其他华人入境的"禁例"，1884年已达17项；1894年第一次约满续订之时，更增至61项；1904年干脆做出了无限期禁止华工进入美国的规定。当时在美的华人聚集于旧金山的中华会馆开会，要求中国政府拒绝续约。消息传回国内，引起热烈响应。1905年由上海首先发起抵制美货运动，并迅速扩大到广州、福州、厦门、天津、南京、汉口、青岛、烟台，以及海外华人聚居的哈瓦那、夏威夷、马尼拉、苏门答腊等城市，声势之大，前所罕有。其直接结果是致使美中贸易额急剧下降，自1905年的5700万美元，降至1906年的4400万美元，1907年更降至2600万美元；美国输入中国的棉花，也从 1905 年到 1906 年间减少了三分之二。[①]

在反美华工禁约的抵制运动中，报刊传媒发挥了重要的舆论推导作用。不仅有报道、社论，不少还以文艺的形式出现，包括诗歌、小说、戏曲、报告文学和民间曲艺等，是一次持续多年的浩大的文艺运动。1960 年，阿英搜集这一时期的作品编成《反美华工禁约文学集》[②]，交由中华书局出版，共收有诗歌 14 篇、小说 8 部、戏曲 2 本、事略 4 篇、散文（含政论）24 篇，以及由广东中山图书馆参考研究部提供作为"补编"收入的作品 19 件（其中诗歌 6 篇、讲唱 5 篇、戏曲 3 本、散文 5 篇），洋洋洒洒近 50 万言。这些作品以中国人的海外生存体验为中心，沟通内外，记录了 19 世纪下半叶以来华工赴美的血泪历史和不平抗争，揭发了美国种族主义者的排华暴行，启蒙了中国人民的民族意识和自强自立的现代觉醒，是对晚清文学现代性转化的一次有意义的推动。

二

美国的华文文学始于何时，鉴于史料的湮没，较难追寻。尹晓煌在《美国华裔文学史》中提出 1854 年 4 月 22 日，北美第一份中文报纸《旧金山新录》即已创刊。随后数十年，中文报刊在美国各地唐人街陆续出现。它们大都载有不同体裁的文学作品，用以扩大

---

① 本节有关华工的情况和数字，均转引自邓蜀生著：《世代悲欢"美国梦"——美国的移民历程及种族矛盾（1607—2000）》，中国社会科学出版社 2001 年版。特此向作者致谢。

② 阿英编：《反美华工禁约文学集》，中华书局 1960 年版。

发行量。① 不过，这些作品今难看到。阿英编的《反美华工禁约文学集》中，广涉了此一时期赴美华工的生活。一般而言，"美国华文文学"是指旅居于美国的华侨、华人用华文（汉语）创作的文学作品。这是一个比较笼统、宽泛的界定。虽然"旅居"可以有多种情况，或为长期定居，或为短暂的留学、讲学、经商、旅游等。但即使以这样宽泛的标准，仍难将阿英编的《反美华工禁约文学集》中所有作品，都视为美华文学。因为其中绝大部分为国内文人所作，海外作者的作品只是少数。

首先引起我们关注的是黄遵宪的《逐客篇》②。

黄遵宪（1848—1905），字公度，广东嘉应州人。1876 年顺天乡试入举，次年被派驻日本任大清政府驻日参赞；先后曾出使日、美、英、法、意、比等国，是晚清才识卓具的优秀外交家，同时也是清末倡导"诗界革命"的重要诗人，有《日本国志》《人境庐诗草》等著作传世。《逐客篇》是其于 1882 年至 1885 年任大清政府驻旧金山第一任总领事时的作品。虽然在《逐客篇》之前，已有著名抗英诗篇《三元里》的作者张维屏于 1850 年至 1854 年期间撰写的最早反映华工赴美的诗歌《金山篇》③ 出现。但张维屏从未到过美国，其作是由归客诉述的耳闻，与黄遵宪作《逐客篇》时任旧金山总领事，处于事件中心的亲历，有很大不同。张维屏《金山篇》作于淘金热的初期，重点在于讲述美国西部的富饶和土人的原始，闽人粤人前往淘金却备受骚扰，因此建言自然之物，不分疆界，为政者应当"但令有利又不扰"，才能使民"闻风踊跃"，齐口称贤。《逐客篇》写于美国联邦政府第一个排华法令产生之后的 1882—1885 年。其中

---

① 见尹晓煌 2005 年 5 月提交复旦大学举办的"中美文化视野下的美华文学"学术会议的论文《美国华语文学之起源与发展》。

② 参见黄遵宪：《逐客篇》，《人境庐诗草》第 4 卷，上海古籍出版社 1979 年版；阿英编：《反美华工禁约文学集》，中华书局 1960 年版，第 3—4 页。

③ 张维屏：《金山篇》，阿英编：《反美华禁约文学集》，中华书局 1960 年版，第 1—2 页。

心在于批评美国政府的排华政策，驳斥反华谬论，感慨清政府的腐败无能和讥讽美国政府的虚假民主、平等。无论其对事件描述的真实性、评判的历史深刻性，还是诗人世界性视野的开阔和境界的深邃，都远在《金山篇》之上。

《逐客篇》凡五言，140 行，诗前有序，云："华人往美利坚，始于道咸间。初由招工，踵往者多，数至二十万众。土人以争食故，哗然议逐之。光绪六年，合众国乃遣使三人来商订限制华工之约。约成，至八年三月，议员遂籍约设例，禁止华工。感而赋此。"在这段仅 79 字的小序中，清晰地讲述了华工赴美缘由和遭逐的过程。光绪六年，即 1880 年，黄遵宪时在日本任上，以其对西方政治的熟悉，知会朝廷，来华谈约的三人中，一袒华人者，一中立者，一主张排华者，建议朝廷团结袒华者，争取中立者，万不可同意改约。然而，"谁知糊涂相，公然闭眼喏"，清政府腐败无能，接受了美国政府的改约要求，终于铸成历史大错。光绪八年，即 1882 年，美国参院通过排华法案，并由总统签署成效，且借约设例，强使禁止华工入境的条例无限扩展，殃及商人、学生、教师、旅行者等，甚至连堂堂执节的外交人员也受刁难和侮辱。时任旧金山总领事的黄遵宪，遭此变故，许多相关事务都由他躬亲处理。序中所称"感而赋此"，并非虚言，使这部最早反映华工禁约事件的作品，具有很强的亲历感和现实针对性。

《逐客篇》洋溢着诗人为华工请命的抗争精神。华工的"初渡海"，系"初由招工"而来。其时美国西部的荒芜，使东部白人和欧洲移民畏惧，便派人来华"招邀"。华工的到来，始如"凿空凿"，是其以"蓝缕启山林"的精神，才使荒漠的西部"丘墟变城郭"。待到金矿开，铁路建，农田修，东部移民轻而易举地大量西迁，华工的存在，便日益成为眼中钉。于是"土人以争食故"，而"哗然议逐"。这是排华浪潮逐日高涨的原因，也是禁约事件的本质。辩明这点，对驳斥西方学者歪曲的历史真相有重要意义。作者一方面谴责反华者所有的造谣中伤："谓彼外来丐，只图饱囊橐"，"或言彼无赖，……野蛮性嗜杀"，"生性极龌龊"，"居同狗国秽，食等豕牢薄"……正是这些对早期华工形象的有意歪曲和由文化差异而来的冲突，成为他们反华的借口。另一方面，《逐客篇》也将批评的矛头指向晚清政府的腐败无能："谁知糊涂相，公然闭眼喑，噫嘻六州铁，谁实铸大错？"致使美国排华势力进一步嚣张。诗称被迫遣返者"去者鹊绕树"，侥幸留下来，也是"居者燕巢幕"；而受祸及者："关讥到过客，郊移及游学"，甚至连"堂堂龙节来"的外交人员，也受尽刁难与侮辱。正所谓"但是黄面人，无罪亦劳掠"。两国的正当交往，也由此受阻："国典与邻交，一切束高阁。"这一方面缘于号称"多民族大熔炉"的美国政府的"食言"和虚假民主与平等。当年"颇具霸王略"的美国总统华盛顿为开发西部曾檄告："九夷及八蛮，一任通邛笮；黄白红黑种，一律等土著。"然而"逮今不百年，食言曾不怍"。对这一"倾倒四海水，此耻难洗濯"的民族羞辱，诗人返身自问："皇华与大汉"，何以落到"第供异族谴"的地步？国家的衰败是其另一方面原因。所以长诗一开篇，诗人便感慨："呜呼民何辜，值此国运剥。轩顼五千年，到今国极弱。鬼蜮实难测，魑魅乃不若。岂谓人非人，竟作异类虐。"收篇时再一次联想古时往来极地的禹的使者大章、竖亥和汉代北击匈奴的名将卫青、霍去病。彼时疆土之广大，与此时"无地容飘泊"，两相对照便不能不追问——"芒芒（按：茫茫）问禹迹，何时版图廓？"诗人身为外交官的海外人生经历，使之将华工禁约事件放在全球的语境中来认识，外谴和内审，其世界性的视野和觉醒的民族意识，以及对事件分析的深刻性，均在时人之上。

作为一首纪实性的长诗，《逐客篇》的语言平白、风格朴素，诗人的焦灼愤慨之情，蕴含在从容的诉说之中，具有很强的思辨色彩和记叙性的史诗特质，表现了晚清时期站在时代前端的知识分子对中国封建社会没落时期的腐败与短见、对西方新兴资本主义国家的恃强凌弱和虚假民主、平等的清醒认识，充溢着对受害华工的同情和辩诬，对堂堂华夏国运剥落的焦虑与复兴的期待。诗人处于禁约

严峻时期的海外亲身经历，使其对华工禁约事件的真实记述，不仅
具有艺术价值，同时还具有历史文献价值，可以作为驳斥西方作家
对早期华工极尽歪曲的刻板形象塑造，重写早期华人移民美国历史
的一份重要的佐证。它典型地体现了海外华文文学具有的文学性和
文献性的双重价值。虽然黄遵宪是晚清"诗界革命"的一位重要倡
导者和实践者，但《逐客篇》作为其居美时期的作品，将这一作品
视为美华文学的开篇之作①，并非没有道理；至少，它是一位海外亲
历者对华工禁约事件的最早反映。

三

在黄遵宪之后，进一步引起我们注意的是 1905 年反美华工禁约
运动中的一部五万余言的小说《苦社会》。

《苦社会》于光绪三十一年（1905 年）由上海图书集成局以铜活
字版排印，由上海申报馆发行。原名《苦社会初集》，然而并未见有
"续集"刊世，可见是一部未竟之作。全书采双回目，共四十八回，
无作者名，仅书前有漱石生的一篇《序》②，文曰：

> 小说之作，不难于详叙事实，难于感发人心；不难于感发
> 人心，难于使感发之人读其书不啻身历其境，亲见夫抑郁不平
> 之事、流离无告之人，而为之掩卷长思，废书浩叹者也，是则
> 此《苦社会》一书可以传矣。
>
> 夫是书作于旅美华工，以旅美之人，述旅美之事，固宜情

---

① 见林涧、盖建平 2005 年 5 月提交复旦大学举办的"中美文化视野下的美华
文学"学术会议的论文：《近代诗歌中华人的美国梦：从〈金山篇〉到〈逐客篇〉》。

② 《〈苦社会〉序》，上海图书集成局 1905 年版，句读及分段为作者所加。

真语切，纸上跃然，非凭空结撰者比。故书都四十八回，而自二十回以后，几于有字皆泪，有泪皆血，令人不忍卒读，而又不可不读。

良以稍有血气，皆爱同胞；今同胞为贫所累，谋食重洋。即使宾至如归，已有家室仳离之慨；况复惨苦万状，禁虐百端，思归则游子无从，欲留则楚囚饮泣。此中进退维谷，在作者当有无量难言之隐，始经笔之于书。以为后来之华工告，而更为欲来之华工警。是诚人人不忍卒读之书，而又人人不可不读之书也。

书既成，航海递华。痛其含毫邈然时不知挥尽几升血泪也，因为著书者序其大旨如此。

光绪乙巳年七月漱石生序

《序》中除了对小说创作及该书的高度评价之外，更引人注目的是关于作者的介绍："夫是书作于旅美华工，以旅美之人，述旅美之事，固宜情真语切，纸上跃然，非凭空结撰者比。"又云："书既成，航海递华。"可见，《苦社会》系一旅美华人所作。对此，阿英在《反华工禁约运动》一文中，称此书作者"大概是一个熟习在美华工华商的知识分子"。并且认为，"作者似非真正的工人，这即就他所以用三个穷途末路的教习做主人公一点上也可想见"。[①] 鉴于当时的语境，阿英对作者的旅美身份并未予以强调。1985 年 2 月由毛德富编校、中州古籍出版社出版的《苦社会　黄金世界》的《前言》中，则更进一步推测："作品中的主人公李心纯很可能有作者的影子或化身。"[②]

《苦社会》的确切作者为谁，今已难再考辨。不过有两点，可以

---

① 　阿英：《反华工禁约运动》，载《晚清小说史》，江苏文艺出版社 2009 年版，第 59 页。

② 　佚名、碧荷馆主人：《苦社会　黄金世界》，毛德富编校，中州古籍出版社 1985 年版，前言第 3 页。

作为作者推测的参考。其一,《苦社会》不是作序者漱石生的托名之作。漱石生即署名"古沪警梦痴仙"的《海上繁华梦》的作者,本名孙家振(1862—1937),上海人,另有笔名江南烟雨客、玉玲珑馆主等,是上海新闻界的名人。曾创办《笑林报》,又与后来大量介入反美华工禁约活动的《二十年目睹之怪现状》的作者著名晚清小说家吴趼人共为《采风报》主笔,光绪末年还担任《新闻报》编辑。其《海上繁华梦》,胡适认为"只刚刚够得上'嫖界指南'的资格","都没有文学价值,都没有深沉的见解与深刻的描写"。其文风绮丽奢华,与《苦社会》的沉郁质朴,相去甚远。漱石生虽无海外的生活阅历和经验,但以其在上海新闻界的从业背景,却可能有一定的海外联系。他称《苦社会》"书既成,航海递华",则可见其书的完成,并不在国内,而在海外,可能就是自己收到的一部海外来稿,或其他新闻界同仁收到的海外来稿转他作序出版。其序称《苦社会》为"旅美华人"所作,当无疑问。

其次,将《苦社会》与反美华工禁约文学中同类题材的小说,如《黄金世界》《苦学生》《劫余灰》等相比较,则可以看出《苦社会》正面描写华工赴美的海上遭遇和华商在禁约中的困境,其大量着墨的"猪仔船"和唐人街的生活环境,事件的完整性和细节的真实性,都为其他小说所难企及。若非亲历的生活体验或目睹的事实,而仅听受难者归来的陈述加以想象,是极难做到的。

由此可以确认,《苦社会》是"旅美之人,述旅美之事",书成之后"航海递华"的一位旅美华人的作品。确定作者的这一身份,对我们追寻美华文学的历史源头有重要意义。如果说《逐客篇》是居美的外交官最早记录的早期华工的海外遭遇,从而在某种意义上与美华文学的开篇有一定联系,那么《苦社会》则毫无疑问应是旅美华人执笔的美华文学的开山之作了。

《苦社会》采双回目制,共 48 回(毛德富编选的《苦社会 黄金世界》改双回目为单回目,共 24 回),以一群落泊的江南知识分子为主线,勾连起全书故事。在结构上,明显可分为三个部分:第一部分，前22回，描写阮通甫、李心纯、鲁吉园、滕筑卿、庄明卿等一群落泊的知识分子，在国内谋生无着的生存困境，折射出晚清社会的沦落不堪；第二部分，即自第23回至第34回，写鲁吉园、滕筑卿、庄明卿南下广东，无奈卖身出国，充当华工，船上邂逅阮通甫一家，展开了"猪仔船"上一系列非人遭遇，阮通甫一家三口惨死的悲惨故事。即如"叙"中所言："自二十回以后，几于有字皆泪，有泪皆血，令人不忍卒读，而又不可不读"；第三部分，自35回至48回，写滕筑卿、庄明卿等一群幸留生命的华工进入秘鲁；而得遇同乡留在船上管账的鲁吉园，遇到欲赴美国经商的故友李心纯，从而将叙述重心转向旧金山商界，描写在风声鹤唳的禁约浪潮中，连正当商人也屡受迫害，不得不变卖财产返乡回国的经历。有意味的是第48回即全书的结尾处，当李心纯卖尽家财返程回国船抵香港时，却遇鲁吉园领着万劫余生的滕筑卿来访，故事至此戛然而止，留下了本来应当还有的"续集"的伏笔。滕筑卿九死一生由秘鲁回到香港的坎坷经历，应当是"续集"的描写重点。滕筑卿的骤然到来，会不会改变李心纯等的归国计划，或者更进一步展开了李心纯等归国后从事实业以振中华的故事。所有这些，都谜一般地消失在我们无法看到的可能存在的"续集"里，让我们浮想联翩。

小说的三段式结构，看似散漫，实际上有作者的深刻用意。其第一部分，由长随上辈远赴外省的世家之后阮通甫，在先父过世之后生活无着而返回苏州原乡，从而引出了一系列与他同样落泊的江南秀士的故事。既有靠典当谋生的教习李心纯，还有办河运落入圈套输得井底干的滕筑卿；其中还穿插了丧妻的古董商陆宾秋和尼姑法缘的一段姻缘，赌输了眼的黑道中人下太湖劫私盐、营官吃黑逼命等等情节。故事虽略显散漫，但晚清社会的种种腐败、欺诈和底层人生的穷困潦倒，历历在目。其中颇有《官场现形记》和《二十年目睹之怪现状》的写实意蕴。这是"社会"之"苦"的第一层寓意。然而以国内之苦和小说第二、三部分所描述的身处异域、生不如死的欺压和不堪相比，又远在国内生活的穷困之上。阮通甫一家三口惨死船上，就是最好的说明。而熟知情况者更言："船上不算苦，到地才是厉害。"以致众人感叹："早晓得是这样，我就做了叫化，也不死到这上天无路，入地无门的所在地。"这才是所谓"苦"社会的更深寓意。看似散漫的小说，结构的前后呼应和对比，就在于强化这一题意。

《苦社会》的写作，如"叙"所言，"以为后来之华工告，而更为欲来之华工警"。因此，其落笔着墨，不仅在故事人物，更借故事人物写出华工之被迫漂洋过海，陷身于异邦虎狼之口而备受欺骗、剥削、侮辱和虐待的种种不堪。小说具有晚清说部的纪实风格。其写海上船行万里，尽如黑牢，所有华工，手扣脚链，穿成一串，挨饿拷打，病者病，死者死，才抵秘鲁港口，已"陆续死了一百五十多人，连芦席也没一张，赤条条丢海里去，做鱼族的供养"。好端端阮通甫一家三口，就这样把命扔在了大洋。其中上岸前的一段描写，更让人毛骨悚然：

> ……落后有班人，一个压一个，乱叠做一堆。水手看见，喊道："这成什么样子？快给我滚开些！"众人低低应了一声"哎"，还赖着不动。水手们觉得形景诧异，又闻一股恶臭，直从底下冲起，喉咙里都作恶心。便去通知了洋人。洋人先用指蘸些药水，搭在鼻子上，才走过来，叫水手动手，把上面的拉开。不拉时，万事全休，一拉时，真叫铁石心肠，都要下泪！原来下面七八十个横躺着，满面都是血污，身上也辨不出是衣裳，是皮肉，只见脓血堆里，手上脚上锁的链子，全然卸下。洋人俯身一看，才晓得死的了，手脚的皮是脱了，骨是折了，不觉也泛出唾涎，呕个不住。立刻叫水手到上面拿来七八个大竹篓，用铁铲把这些腐尸铲下，吩咐连篓丢下海去。水手连运三次才运清，都觉头晕目眩，胸口隐隐又有些痛。①

---

① 佚名、碧荷馆主人：《苦社会》，毛德富编校：《苦社会　黄金世界》，中州古籍出版社1985年版，第74—75页。

这是在船上的遭遇，到达目的地以后的状况，小说未及细写，但只从登岸的华工被关进工房的一段描写，即可想见。那工房："高处不到三尺深，阔处不到五尺。曲了身体进去，没有一张床，一张桌子，只在地下铺了一层稻草……每间要住四人，虽不算多，就只每人占地一尺二寸零。立哩，抬不起头；睡哩，伸不直脚"。而且"押解的巡捕，袖子里哗喇喇取出一件怪物，把四人连扣住了颈项。低头一看，才晓得是根铁索，两个头锁在屋面椽子上，动一动，房子先摇摇的，要倒下来"。① 这就把华工当成了囚犯。为"后来之华工告"更为"欲来之华警"，小说细写华工遭遇非人之苦的寓意，即在这里。

35 回之后，小说的笔墨转向旧金山的唐人街社会。旧金山是早期旅美华人的活动中心，唐人街的形成，既是异族挤兑逼迫的结果，又是华人族群凝聚的产物。因此，相对于异文化的生存环境，唐人街在某种意义上可以视为是中华文化在异邦的一块"飞地"。这里的聚居，以其有正式手续进行正当经营的商人为多，且不少已经居住多年。小说以李心纯和他赴美经商的搭档王伯符，以及在美多年的商人顾子丰三人为线索，展开禁约时期唐人街的故事。虽然条约只禁华工，但实际已大大扩展："因为美国新定两条例：一条单指伙计讲，从掌柜、挡手、账房到散伙学生意，都归入工人一类；一条兼指东家讲，开吕宋烟、纸烟、制靴、制帽、缝衣等厂，都不合商人的资格，内中看得最轻的，是酒楼、饭铺，同洗衣作、赌馆，都不算作正经行业"。② 这些大都是华人在唐人街所从事的传统行业，其他行业往往不许华人染指。因此禁约所波及的是整个华人社会。还有另外一些苛律限定，使正当的商人及其亲属，也被迫遭遭。商人何锦棠因妻子回乡返美过关时说岔了一句话，就不准上岸，弄得只

---

① 佚名、碧荷馆主人：《苦社会》，毛德富编校：《苦社会　黄金世界》，中州古籍出版社 1985 年版，第 77、78 页。

② 佚名、碧荷馆主人：《苦社会》，毛德富编校：《苦社会　黄金世界》，中州古籍出版社 1985 年版，第 129 页。

好被迫弃产归国；在美经营了 20 多年的商人汪紫兰，也因妻子说错了街名的一个字，被关进小木屋，弄至精神失常，无奈也只得抛下几十年的心血随着妻子回国……此类例子不胜枚举。禁约的苛律下，整个唐人街风声鹤唳、惶恐不安。查册的、捉人的、收人头税的，甚至打人行凶的，终日不断。美国名为"禁约"，实在排华。其中缘由，如顾子丰初遇李心纯时所一语道破："那时金山一片荒土，要靠中国人种地筑路，开矿淘金，替他成了市面，自然色色都从优待。如今地方一天热闹一天，丁口一天多似一天，又恨中国人占他的生意，没事寻事的欺侮，告到官不拘是烧了房子，伤了人命，一概不理。"① 难怪当灾难落到自己头上时，顾子丰要拍案而起："我们中国人给美国糟蹋的够了。还有这许多的条款！猜他的意思，不过说不出，要全数赶我们离开这里，只好一层紧一层，逼得我们知难而退。我们怎么也想一法去抵制他，才叫他晓得中国人并不是真正好欺侮的。"②

华人的觉醒和崛起，是从"禁约"的屈辱开始的。其直接的原因，是经济的剥削和政治的压迫，而这政治的压迫还包含着种族的歧视和文化的偏见。这对于识文弄墨的文人出身的商人、学生，更为敏感和难以忍受。其种族歧视，专门指向华人，即如登岸种痘这类小事，也是专为中国人设的。在船上当了水手的鲁吉园说："我两回往返，虽同外国人没有什么交往，暗地窥探，觉得他们在种族的界限，极是分明。"③ 居美多年有了更多阅历的顾子丰，更清楚美国的作为："美国是新开的地方，哪一国人没有？……他不过明欺中国

---

① 佚名、碧荷馆主人：《苦社会》，毛德富编校：《苦社会　黄金世界》，中州古籍出版社 1985 年版，第 94 页。

② 佚名、碧荷馆主人：《苦社会》，毛德富编校：《苦社会　黄金世界》，中州古籍出版社 1985 年版，第 108 页。

③ 佚名、碧荷馆主人：《苦社会》，毛德富编校：《苦社会　黄金世界》，中州古籍出版社 1985 年版，第 90 页。

人，怎敢一样的胡为呢？"① 黄遵宪说："但是黄面人，无罪亦劳掠。"
可是同是"黄面人"的日本人、高丽人，中国人也不如。"日本人的
性格，也是个欺软不怕硬，过分糟蹋了，真肯大众都拼了命。他们
的公使领事，也不肯坐在旁边看本国人吃亏，所以一样也受美国人
的怨毒，究竟待的强多了。你只消看今天医生种痘时，不单种的中
国人么？"② 问题又回到政治上来，中国人所遭到的经济剥削和种族
歧视，根本还是国家的衰败和政治的无能。民族意识的提升和政治
意识的觉醒，在《苦社会》这部小说中是由中国人在海外的生存经
验激发出来的。这使小说的主题有了新的升华，不仅停留在对现实
的揭露和批判上，还上升到对国家命运和民族前途的思考上。

　　20世纪初遍及全国的反美华工禁约运动是在这个思想基础上激
发起来的。李心纯、王伯符、顾子丰三人决定清盘回国，且有一番
打算。晚清的政治小说，常常借主人公的口，宣扬作者自己的政见，
以达到小说改造社会的目的。《苦社会》渗透了此一小说精神。特别
是结尾两回，李心纯等三人在船上邂逅因且工且学而被遣返的学生
李铁君等，慷慨陈词，商议抵制之策。此时船出大洋，横波涌浪，
四面海风，吹得衣飞发竖，情景相融，更显得豪情与悲慨。铁君有
三策，禁买卖美货、禁用美物、禁工人为美货起卸。李心纯更添两
计：一是"去美地"，即由商家、会馆捐钱，先工后商，撤离在美国
的华人；二是"兴实业"，又分两层：开垦和办厂。而实现这一目
标，一要有"决死的心肠"，二要将从美国撤回的资本集中起来，
"本国的资本家，也得有些运动，互相协助，大业才能告成"。船上
的宏议，立即付诸行动。李心纯等人到广东做后策的预备，而李铁
君诸位则先赴上海作前策的酝酿。个中虽然带有空想主义的色彩，
但中国资本主义的诞生或多由这些有着复杂海外人生况味的中国人

---

　　① 佚名、碧荷馆主人：《苦社会》，毛德富编校：《苦社会　黄金世界》，中州
古籍出版社1985年版，第94—95页。
　　② 佚名、碧荷馆主人：《苦社会》，毛德富编校：《苦社会　黄金世界》，中州
古籍出版社1985年版，第95页。

所推动。《苦社会》初集以此告结，由于"续集"未曾刊世，我们无从看到这群激情澎湃的海外归人，他们如何历尽坎坷地在国内实现（或破灭）自己的理想（或空想）。但从另一部同样出现于反美华工禁约运动中的小说《黄金世界》① 中，也写到一个破产东归的华侨振兴民族工业的梦想，终因商学矛盾和得不到国内商人的支持而化作泡影，则可以想见其结果。中国封建社会的庞大阴影和新兴资本主义的脆弱，造成带有太多空想成分的海外归人梦想的破灭。这是严酷的现实，但理想的存在，即使带有空想色彩，也如火光一样，烛照着深沉黑夜终将到来的黎明，其意义是不容低估的。

早期赴美的华人，常常是西方嘲弄的对象，它首先来自美国反华势力的诬蔑。1876 年 6 月，美国国会组织一个联合委员会，调查沿太平洋各州"华人移民入境的性质、范围和后果"，提出一份要求修改《蒲安臣条约》的报告，认为华人"心理和道德品质低下"，"有一切怪癖"，"惹人讨厌"，对美国有"破坏性、助长等级制度，危及自由制度"。甚至引用"人种学家"的意见，说华人"思维能力太低，不能提供自治的动力，作为一个阶级他们在道德上劣于亚利安人"，中国人是"劣等民族"，"天生的善于说谎、欺诈和谋杀的种族"，唐人街是"性欲和罪恶的中心"，等等。危言耸听地扬言，若不禁止华人入境，"否则，我们太平洋沿岸地区和领土最终将完全依照异民族人的意向拱手交出，它将使这个地区成为中国的行省而不是美国联邦的州"。百年来西方学者和作家就是依此来塑造华人，从而形成了对早期华人"丑陋"的刻板印象。然而事实相反，我们以此和上述"报告"几乎同时出现的小说《苦社会》相对照，则可看出早期赴美华人的善良厚道、知书达理、尊亲重友，团结尚义、爱乡爱国和富于同情心。所谓"衣衫褴褛"，是出于穷困的无奈；所谓"缠脚蓄辫"，系以文化的不同，这些都无关人种的优劣和道德的高下。只要看看号称"人道国家"的极不人道的"猪仔船"上，为救

---

① 碧荷馆主人：《黄金世界》，《小说林》1907 年刊行。

无辜被困的阮通甫，庄明卿、滕筑卿、鲁吉园、夏海帆等几个人拿出自己的卖身钱的一半，连同旁边不相识的难友共凑足了 300 余元，这份慷慨尚义的同情心，岂是自诩为"高尚"的西方殖民者所能有。小说写鲁吉园的厚道、滕筑卿的豪爽、庄明卿的心细、李心纯的胆识、顾子丰的练达，个个性格鲜明，其迥异的个性背后又有中国文化人共同的仁人心境和爱憎准则，非但毫无西方作家所诬称的肮脏、自私、愚昧无知，而且闪烁着中华文明的传统美德和道德理想。患难见真情，全书的绝大部分章节，都写在海外华人无端遭受非人欺压的患难之中，其洋溢的道德理性，透过人物的一言一行，闪烁光芒。主人公以天下为己任的爱国焦虑和救国激情，感人至深。《苦社会》的存在，不仅对西方作家百年来歪曲中国早期赴美华人形象的刻板印象的写作，是有力的驳斥，同时对于还原历史真相，也是一份有力的佐证。

四

作为美华文学的开篇之作，《苦社会》存在的意义超越了它的自身，也超越了它"为后来之华工告"和"欲来之华工警"的"劝世"的价值，而潜隐地影响着美华文学后来的形态和发展。简言之，可以从以下四个方面来观察：

一、《苦社会》开了以早期华工为描写对象的先例。后来的美华文学，以此为题材的创作，屡屡不断。包括大量华裔英文写作和 20世纪末以来的新移民文学，不少成名之作，都与描写早期来美华人的人生经历密切相关。最典型的如汤亭亭的《女勇士》和严歌苓的《扶桑》，它们已成为美国华裔文学史和美国华文文学史的经典之作。同时，早期华人系列作品的频频出现，也拓展了美华文学的一个重要的研究空间。系统地梳理华人形象的变化及其与时代发展的关系，成为人们关注的一个重要的课题。

二、《苦社会》是"唐人街写作"的发端之作。唐人街的存在，提供了华人进入美国的一种生存方式，迥异于以留学或讲学而定居于美国的另一种知识分子的生存方式。唐人街作为华人族群和文化的凝聚，有在异邦积极弘扬中华文化传统的一面，也有抵御西方文化的消极守成的一面。它来自底层的声音，更深沉地传递着华人在美国的坎坷经历和艰苦人生。因此"唐人街写作"在某种意义上讲，沟通着美国华文文学的"底层写作"。近年以旧金山为中心的一群华文作家呼吁重视美国华人的"草根写作"，其性质与"唐人街写作"大致相近。所谓"草根作家"，大抵也是指在"唐人街生存方式"中成长起来的作家，它实际上构成了美华文学与来自中产阶级的"知识分子写作"并存的另外一翼。它的源头，可以追寻到《苦社会》的生存方式、写作方式及题材表现、人物塑造等种种特征。

三、从题材上看，《苦社会》跨越了国内和海外的双重人生经历，实际上是海外华文作家的双重人生经验互相印证与冲撞的表现。这是海外华文文学创作的一个普遍规律，即双重经验的跨域书写。只不过《苦社会》是以国内的"苦"来印证海外人生的"苦"，从而"为后来之华工告"和"为欲来之华工警"，包含着某种"劝世"和"警世"的意味。后来的美华文学创作，主题的指向或许有所转移，更多地指向对国内人生和文化的重新认识。但双重经验的互相印证和书写，则是普遍的。即使只是专写国内事件，也无法逃脱书写背景的海外人生经验的映照和对国内人生体认的重构。

四、由于华文文学尚难以进入美国社会的主流文化圈，美国华文文学的创作——除华裔的英文写作外，大都仍以华人，尤其是自己母土的同胞为主要消费对象。如《苦社会》，"书即成，航海递华"；今日的美华文学，无论在台湾、香港出版，还是大陆出版，也是一种"书即成，航海递华"的模式。这使得美国华文文学无论在题材选择、主题表现还是书写方式上，都必须考虑华人读者的审美需要和习惯。《苦社会》选择章回形式，是百年前华人读者的审美习惯。今天当然不必"章回"了，但中华文化传统的审美旨向，仍然是美国华文作家不能不考虑的因素。它同时也成为美国华文作家以自己民族文化传统进入美国主流文化圈的一种"身份"。而同时，华文作家对西方文化的吸收，体现在他的创作上，也可能成为对中华文化的一种补充和丰富。在双重文化的沟通和互补上，华文作家扮演着不可替代的角色。

百年前刊世的《苦社会》，对于我们重读的意义，不在于作品的"当时值"，而更在于作品对后世的"未来值"。梳理百年美华文学的历史进程，不能不从《苦社会》开始。

（原载《东南学术》2006 年第 6 期）

精神漂泊与文化寻根

——菲华诗歌阅读札记

一

有叶
却没有茎
有茎
却没有根
有根
却没有泥土
那是一种野生植物
名字叫
华侨

云鹤这首《野生植物》的另一种版本结尾两字题作"游子"。
"华侨"也好，"游子"也好，它都形象而准确地刻绘出今日寓居海外的华侨、华人和华裔的某种生存境况和心理状态。这种境况和心态，也即缺乏家园感和文化依凭的游子的漂泊境遇和心态。

中华民族是一个安土重迁的民族。奠立在自然经济基础之上的漫长社会发展，使"家"成为社会结构最稳定的基本单位，以"家"为核心的宗亲血缘文化也成为社会关系构成的文化基础。因此，在中国的传统文化中，极为重视"家"和"乡"的观念。家是血统，乡是血统所依附的土地。而血统是不能背叛的，非不得已，绝不轻言离乡。而"离乡"即意味着"别亲"，是对血统所依附的土地的离弃。虽然，作为"家"的放大的"国"，需要它的子民为之献身效力，于是在我们的文化传统里，既有"父母在，不远游"的庭训，又有"尽忠报国""大丈夫志在四方"的铭教。但是这一吊诡的命题最终还是归结到"落叶归根"的乡谚中，还是以乡土为重。它形成了中国人独特的以"家"为核心的文化价值体系。现实的不得已离乡和精神的日夜寻求归根，孕育了中国古代诗词中许多动人的游子的篇章。然而他们离乡别亲，浪迹江湖，或为功名，或为谋生，大多并不走出自己的国土，依然呼吸在自己民族的文化空气中。游子的吟唱实际上也是对自己民族这种具有吊诡意味的文化精神的吟唱，在几分凄怨里也有几分矜持自得的潇洒。

然而漂洋过海的华侨不同。他们是漂离自己的国土，远适在异国他邦陌生的文化境遇里。因此文志在散文诗《作客》中说："我们是无根的一代"，"开始了漫长的无根生涯"。这种"无根"，不仅是失去土地，更重要的还是失去文化的依凭。因此所谓"漂泊"，是在肉身漂泊之上更令人痛苦难忍的精神的漂泊。无茎、无根，也没有泥土的"野生植物"，云鹤对于华侨的吟唱便不能不是噙着眼泪的吟唱，绝没有游子在思乡中依然可以炫耀的那份欣慰和潇洒。这或许是今天海外华文诗歌中的游子形象，与中国传统诗歌游子形象最深刻的区别之一。

怅然于"失根"的怆痛而发出的游子的感喟，实质上是一种"寻根"的企望。

和权在《千岛》中用明白的语言描述了海外游子这一精神历程："为了寻找传说中的桃花源"，祖先在"已然模糊的年月"里"扬帆出海"，而把"我们"遗落在"多风浪的千岛"。"饮着椰汁/弹着吉他/裸着棕色皮肤"的"我们"，便不能不睁大眼寻找——

而祖先的帆呢？

而桃花源呢？

这里发出的是透过诗歌的"冷冷的水声"，"溯流而上"去寻找"那永不干涸的/源头"的呼吁。

这样，和权的《千岛》和云鹤的《野生植物》一样，所触及的正是当代海外华文诗歌最重要的一个母题：精神漂泊与文化寻根。

二

文化寻根是 20 世纪下半叶来备受关注的一个世界性的文化主题。它反映了跨越殖民主义时代以后弱势民族的一种文化自觉，也标示出在信息时代世界重新整合的背景下，寻求文化价值仍然是在这个越来越淡化个性存在的资讯世界中确立自我身份和位置的生存基础。当然，文化寻根在不同国家、地区和族群中的出现，有着各自特殊的背景和原因，它们共同构成了 20 世纪后半期一种煊赫的文化景观，也必然地要昭示出未来世纪的某种文化走向。

就菲华文学而言，文化寻根是它积蓄已久的一种历史情绪的喷发。

中国与菲律宾的交往，最早可远溯至三国时代而盛于唐宋。当扬帆远来的华商，从最初游弋在部落纷立的菲律宾群岛之间，以鸣锣为市，邀集岛民登船交易，到逐渐上岸设店，定居贸易和从事开发，便同时也带来了中华民族丰富的文化。在这漫长的数百年发展中，菲律宾经历了西班牙殖民统治、美国殖民统治和二战后独立的几个历史时期。出于对当时还堪称强大的明清帝国的恐惧与猜疑，西班牙殖民者对华侨一直采取扼制和压杀的政策，限额入境，划区居住，甚至不惜以血腥手段进行镇压。从17世纪到18世纪中叶，就曾连续发生过五次大规模屠杀华侨事件。英奇在《过江猛龙瘫痪了》一诗中揭露了西班牙殖民者这种惨无人道的血腥暴行：

> 祖先八世踩踏过的沉沙，
> 留下疤痕满布
> 铭刻拓垦艰难苦痛的史页；
> 何必查究流泪、流汗、流血的容量？
> 不如看青山冢垒累累的白骨深埋。

美治以后，虽然采取比较和缓、开明的政策，但对华侨的限制依然。加上此时已日益贫弱的国势，使迫于水旱兵灾而漂洋过海谋生的华侨，很难再从母国获得强大的政治支持，而在海外陷于孤悬无助的境地。侨民文化相对于所在国的主流文化，本来就处于边缘地位。而华侨的失助和屡遭迫害，更使他们的文化陷于弱势和坠失。这种情况，是全球华侨和华人共同的遭遇，菲律宾的情况尤烈。现在菲律宾华人人口虽逾百万，但在菲国总人口中仅占2%，是东南亚诸国华族人口所占比例最小的国家之一，不能不说是历史的悲剧遗留下来的后果。

历史的另一面是压迫越深，反弹越强，尤其在文化层面，其所激起的文化自我保护意识便也越强烈。以闽南华侨为主体的菲华族群，其急公尚义、团结互助的文化性格的形成，便与这一特殊的人生遭遇密不可分。在华侨、华人刻苦经营而取得的巨大经济成功的支持下，菲律宾各种华人社团之多，可能也是东南亚诸国之冠。这些华人社团，在强化族群观念的同时，也不断与故园母土发生频密联系，维系和深化着海外华侨和华人对故乡母土守望和期待的感情。当母国重新以一个东方巨人的历史新形象，屹立在世界各民族之林，

给海外游子以巨大的精神关怀和支持时，华侨和华人对母国守望和
期待的感情，便转化为热烈的追怀和赞颂。文化寻根便从潜在的精
神追求，转化成为涌动在菲华文学中一股强大不息的脉流。明澈在
1993 年发表的一首短诗中写道：

> 我们像一群迷失的海鸥
> 为要啄食五千年的文化
> 为要寻找一个新的名词
> 才栖息在你的沙滩

这首诗虽是诗人在中国海南出席一个会议之后的感叹，却不妨也看
作是整个菲华文学界内心感情的一种走向。"为了啄食五千年的文
化"，这是今天菲华诗歌感情的焦点之一。

三

　　人是文化的创造者，同时，人又是文化的创造物。也即是说，
人在创造文化的同时，又以文化塑造了人自己。因此，人的自身，
就是文化最大的承载者。

　　当一辈辈华侨漂洋过海，来到异域他邦，他们的播迁，实质上
也是一种文化的播迁；他们的存在，就是一种文化的存在。在异域
他邦不同文化的映照下，才使他们从反观自己中，更加强烈地意识
到自己所代表的文化身份和价值。

　　因此，当文化寻根意识涌动在今天华侨或华人的心中时，这种
寻找，首先就从自己身上开始，是对自己整个生命所渗透其中的文
化及其价值的重新认识和肯定。

　　月曲了的《自画像》就是在"异乡"这"一面画布"上，对自

己生命的解读，交错在他坎坷的生命个性中，是浓烈的中华民族的
文化意蕴：

> 画我坐着如一座假山
> 站着如一棵移植树
> 若画不出我善变的发
> 就画几片流浪的白云
> 画风雨交加的路
> 我忧郁的双眉
> 画我的眼睛
> 在遥远的窗口看童年
> 画我的耳朵在沙滩上
> 和千只的贝壳听海去
> 画我的鼻
> 深深地吸着家乡的泥香

"假山""移植树""流浪的白云""风雨交加的路"，这些象征人
生命运的自然意象，折射出的人生漂泊，具有华侨独特遭际的特征
和倾诉方式上传统意味。随着作者深入展开，这种民族特征便越加
鲜明：

> 画一块东方古砚
> 让黑夜深磨着深磨着
> 我做梦的脸容
> 画我的心
> 不在屋内
>
> 不画感情
> 只画一泻千年的飞瀑
> 不画思想
> 只看画中有没有诗

　　　　然后让毛笔记起我的胡子

　　　　让胡子题上了我的名字

中国传统的诗词，有"不着一字，尽得风流"之说。"不画感情"而
画千年飞瀑，是更为激越的感情；"不画思想"只看画中的诗，是更
为幽隐深沉的思想。当东方的古砚和毛笔磨出脸容和记起胡子，毕
生坎坷的辛酸和苍老便尽在其中。整首诗便是这样以文化的形式凝
聚生命的内容，或者说是将生命的内容透过文化的形式予以表达，
潜隐着诗人对华侨和华人共有的漂泊人生的独特文化体验。犹如是
用中国的毛笔和宣纸所完成的一幅作品，是别一民族所不可能如此
表达的。这样，月曲了便在自己的身上，画出了自己民族的文化品
性。他的"自画像"，便也成了海外华侨和华人的"共"画像。

　　与生俱来的民族的魂和文化的根，既渗入生命，就很难改变。
陈默在《水的传奇》中描写了海外华侨的某种尴尬：

　　　　兄弟啊兄弟

　　　　你水滴般地流

　　　　到大陆被称为"番客"

　　　　到台湾被称为"华侨"

　　　　入了菲律宾籍的容器

　　　　却被称为"中国人"

尽管这尴尬里含有几许辛酸和苦涩，但它正说明了：水就是水，无
论落自天上，流入河中，还是盛在什么容器里，形态可以变化，本
质却不会改变。正因为如此，当月曲了在南方千岛间的芒果奇香中
被烈日晒黑了皮肤，还是会被人轻易追认出来，所依凭的只是"今
夜木桌上的一壶茶/我在茶中/等江南的春晓"（《固定的方向》），同
样，晓阳以为自己"尝惯了芒果与椰子的滋味"，"薰沐在茉莉花的
馨香里"，便"在这个可爱的岛国扎了根"，但他内心深处不能忘却
的还是"在那北方，也有一个/日益茂盛的家园"（《思源》）。这是一
种文化的凝聚和区分，也是对血缘和乡土的一份永远的牵念。漂泊

异邦的游子，都能从自己身上的秉性和牵念中，找到自己生命的根和文化的魂。

文化寻根的主题，便最先从自己生命里展开它深长的意蕴。

四

当海外游子强烈的寻根意欲，从自身向外辐射，便是怀乡，一种摄魂夺魄的故国家园之恋。

怀乡是游子的专利。它的基本形态是与母土疏隔日久，而唤起对曾经生于斯、长于斯的故土家园的思念。这里是亲人聚居之地，骨肉亲情的牵念是永远割舍不断的感情脉流，因而怀乡的主题，往往同时还是亲情的主题，寻求温馨的人际关系；这里也是曾经凝结自己一段人生记忆（大都是童年，或者青少年）的地方，时空的距离涤洗去一切不快的经历而留下美好的忆念。当漂泊异乡他邦的华侨无法排解不时涌来的孤独感、流离感时，怀乡便成了游子精神的避难所，是一剂疗治心灵创伤的良药。因此怀乡的主题还是一个寻找精神家园的主题。这里还是父祖之邦，祖国的贫弱富强，萦系在海外游子的心头。因此，怀乡的主题不仅仅只是一种乡土感情，在更大的意义上是表达对祖国和民族挚爱感情的主题。这是对一种美好人生境界的向往和对自己故土家园美好的祝愿和期待。当怀乡从事实的层面进入到精神的层面，便带来了这一主题文化内涵的丰富性。

这是菲华诗歌表现得最为充沛而感人的一个方面。

在这个意义上我们来读柯清淡的"返乡诗"，便能深入一步理解其中的韵味。这位"少小离乡老大还"的"番客"，自然含有当年贺知章返乡的感慨。但他不仅止于"儿童相见不相识"的那种岁月倏

忽的兴叹，还有一份寻找自己灵魂归宿的心灵悸动。他渴想吃一顿
"咱们田间收成来的番薯粥——用祖父盛过的粗花碗"，"免再烫伤我
童年的掌心"；希望能在家山的小径上辨出"童年的小脚印"，从村
前的晒谷场找回"断线的小风筝"，在皱纹布满的脸上，认出当年轻
步走出花轿"美得像朵红花的庆婶"……这份对于生育过自己的乡
土刻骨铭心的爱，使他的心"掉落在家园的番薯沟里"，灵魂"困留
于童伴的眼神中"，而信誓旦旦地许愿若有来生，还要转世在这块土
地……（《归心组曲》）。作品感人的力量，首先来自诗人对于故土深
刻的爱，这是历代海外游子的一份感情积淀：从个我的乡土之情，
升华为对于祖邦的民族之情。因此他以出塞的王昭君为"我的新姓
名"，"要借长城的悲风"，将"一曲现代的《出汉关》"，"贯入神州
亿万耳朵"（《返塞曲》），担心"过番"日久，"五千年的炎黄史册啊/
能否容许我这"番客"/在册角签下中文姓名?"乡愁成病，只有一
帖《灵药》能解"海外华夏遗民"的心疾，当登临长城——这中华
民族的象征：

> 双手搂抱住——
> 　　城头的苍石
> 鼻孔嗅吸着——
> 　　石苔的滋味
> 我自幼身罹的相思痼疾
> 竟
> 霍
> 然
> 而
> 愈!

　　柯清淡笔下这份淋漓酣畅的故国家园情结，在许多菲华诗人的
篇章中，都有极为动人的体现。丁香山以一颗"游子的心"守候
"五月的夜空"，从那一阵紧接一阵的风声雨声里，聆听"母亲的叹

息"和"妻子的泪"(《五月的夜空》);王勇"用孩子读不大懂的/家
书 剪一轮满月/贴在床头的玻璃窗上",竟能惊见,"淡黄的月光/
把窗口的汉字/照活了起来"(《月下汉字》);和权感叹"华侨的月/
不是一轮满月",因为它"被窗外一条电话线/分割为两半"(《中
秋》);面对郑和遗下的一口三保井,月曲了说,"他们都有一条乡愁
/长长的/可以汲水",唯他没有,因为"我的/已用于/捆扎沉重的行
李/准备回家……"(《三保井》),彷徨在"归去""不能归去"之间,
江一涯拥有的"白发他乡"的焦虑,是羁旅天涯的游子最难排解的
一个心结,而相约"在故里百花怒放的春天",便成为游子心上朗照
的一轮朝暾……

多姿多彩的怀乡诗,最大能量地释放出菲华诗人的才华与情志,
是菲华诗卷上最为动人的篇章。

五

华侨和华人在菲律宾的定居,必然面临着文化的承传问题。美
治时期曾经允许华人办学,并自设课程、课本和延聘教师,促使 20
世纪上半叶有大批饱识之士过海任教,推动了中华文化在菲的衍播。
二战后世界政治格局的变动和独立后的菲律宾推行本土化政策,使
50 年代至 70 年代中菲传统的历史交往遭到阻隔,华文教育也受到挫
伤,在这种情况下日益西化和菲化的华人第二代、第三代,对于母
国文化的认识也逐渐淡漠下来。文化薪传上出现的代沟使华侨和华
人中的有识之士充满了忧虑。在某种意义上也可以说,文化寻根在
菲华社会的重新掀起,也缘此而来。

陈默的《出世仔的话》写的是菲华通婚后的下一代对华族文化
的接受问题:"妹妹初上幼稚园/爸爸考她认字/写了个'人'/她说

'TAO'/爸爸搂着她/亲了又亲",然而到了"学期终/爸爸又写了/
'中国'/她茫然摇头",这不能不使做父亲的深感忧虑——

> 爸爸双手蒙住脸
> 喑哑着声调:
> "学'人'倒学得好
> 怎么'中国'就学不来?"

未上学能懂汉字,上了学却变得不懂了,显然是教育问题。而父亲
的感慨里语带双关,"怎么'中国'就学不来"的"中国",不仅是
所指的汉字,也是能指中更具广泛意义的中国文化。这种文化承传
上的隔膜在明澈的诗《红柿》里,同样具有一欲说无言的悲慨:孩
子把父亲三番五次告诉他的"红柿"的名字,一再说成"甘马的
示",这使父亲感伤地想到:

> 出世仔的红柿
> 不知是谁带来的种子?
> 也不知他的亲生父母是谁?
> 粉红的皮肤,幼嫩的肋肉
> 真是一个漂亮的"混血儿"。

如果说作为血缘融合的"出世仔",本身就是两种文化交融的产
物。忙于外务的华人父亲往往只能将子女教育交给菲籍的妻子,其
所带来对中华文化承接的阻遏,还有其客观原因,那么这种情况出
现在纯粹的华人家庭,就更引起父母的忧虑和深思。月曲了在副题
为"教儿子读《满江红》"的诗篇《考试前夕》中,写的就是父子
两代人文化承接的不同观念。岳飞的《满江红》是老一辈华侨教育
子女认识中华人文精神、培育爱国感情的一份传统教材,然而到了
现在,岳飞的凌烈壮怀已经很难引起后代的共鸣了。尽管有"喝热
茶的"父亲尽职地"为儿子竟夕解释/古人的豪情与壮语","喝冰冻
汽水的"儿子却"在书桌旁顽抗着",让"西洋壁钟/一声敲一声/敲
落满室边城的睡意"。诗人在没有战争也非边境的家中,描绘了一场

不亚于战争的文化争夺：

> 忽闻户外虫声四野
> 渐似金兵又犯境
> 猛推窗　　猛推窗
> 手在前尘里　　月在塞外
> 而门前的围墙已朦胧
> 朦胧如国界
> 栏杆处　　陌生草木扰人
> 盆盆的外国花窥探
> 风铃正摇痛着
> 寒露中的一则故事
> 凭窗望远　　山外无山
> 铅笔短短指千里
> 不知儿子看不见
> 雨停当时激烈的天色

　　"户外虫声""陌生草木""外国花"等等意象所酿成的异质文化氛围在诗人笔下，犹如当年金兵蚕食大宋江山，也在一点点地包围和蚕食中华文化，而身处其境的儿子对这种文化对峙的"激烈天色"竟然"看不见"，就不能不让诗人痛心疾首，忧虑满怀。和权用南橘北枳的植物变异，来比喻这种文化承传的潜在悲剧：

> 想到祖先
> 移植海外以前
> 原是甜蜜的
> 而今已然一代酸过一代
> 只不知
> 子孙们
> 将更酸涩
> 成啥味道
> 　　　　——《橘子的话》

对后代失却文化自我指认的悲剧，在柯清淡的《居家猛惊》中，被提到这样一个高度：当神州传来的乡讯、国事，只换来儿女的茫然、冷漠，做父亲的便不禁心寒自问：

> 黄帝的族谱上
> 还能有我一家人的名字

从反面提出的文化寻根的主题，在这一高度上生发开去，便更具有深刻的现实紧迫性和针对性。

六

和权在他的诗集《你是否触摸到衣襟上被亲吻的痕迹》的卷二《乡愁，赫然在床上》前面，写下这样一段题词：

> 你是/一支习于孤单的/狼毫，一支/不折腰/不沾染尘垢/修挺、硬朗的/狼毫。一支/心口肝肺，皆是/儒家铸造成的/在乱焰里/不为寻章摘句/却是，用以测量河山/有多深多长的苦难的狼毫。一支/为苍生的安危而不眠/为流离的黎明而怨诉/于天宝年间/草堂里挥洒的狼毫。一支/适足以/惊风雨的狼毫。

不妨把这段"题词"看作诗人所继承的文化传统尊奉的文学价值观和使命感的表白，是诗人对菲华文学积极参与社会人生的现实主义精神的概括。这里闪耀着的是中华民族传统的人文精神的光辉。

以儒家思想为核心的中国文学传统，十分强调文学对社稷、时代所承载的使命。"兴观群怨"的文学价值观，哺育了一代代知识分子以天下为己任的忧患意识和刚直不阿的文化性格。这一文学精神和文化性格，同样也潜移默化地成为海外知识分子的一面精神旗帜。

和权有一首诗《落日药丸》表达他这种世界性的关怀：

　　忧思天下，或许

　　不是癌症一般的

　　难以治疗

　　只要

　　伸手取来落日药丸

　　就着汹涌的海

　　畅快地

　　送下喉咙

诗人忧思于"一千年后"核子的灾难、环境的恶化、艾滋病、肝硬化、香烟和酒精的消耗过量，以及"会不会还有晚霞任人仰望？梦乡任人休憩？会不会还有月华？屋檐和炊烟？"等等人文精神的失落。忧思成病，而疗治这虽"不是癌症一般的难以治疗"的疑症，也只有把世界肩在心上。这种行天经地、掀海吞日的以天下为己任的浪漫主义气概，让我们想起李白。而另一首诗《树根与鲜鲍》，则让我们记起"为苍生的安危而不眠"的杜甫：

　　在遥远的非洲

　　他们以皮包骨的手

　　在沙土里翻找

　　树根

　　在马尼拉

　　我们以银叉和银匙

　　在碟子里挑拣

　　鲜鲍

蒙太奇般的特写镜头的组合，是杜甫名句"朱门酒肉臭，路有冻死骨"的世界版和现代版。诗人立足海外，把中国传统人文精神的核心——感时忧世的忧患意识，扩大到整个世界和人类。襟怀的博大，也如诗的意象之宏硕和联想之广阔。在这里我们看到，一方面是传统哺育了诗人，另一方面又是诗人开阔了传统。文化寻根的主题不仅仅只是静止的"根"文化的再现，还是能动的"根"文化的拓展。

关怀现实的忧患意识是菲华诗歌最具社会价值的一部分。来自坎坷人世的菲华诗人，总把他们的精神关怀投注在现实人生上面，既表现为对现实弊端的针砭，也流露在对故国家园历史遭遇与未来发展的亲切注视中。亚兴智的《两样心情》，写了同样过圣诞节，"有的欢乐盈盈／有的愁苦满怀"的两种不同景象，是对现实贫富不均的抗议。而月曲了的《踏雪》，以诗人在富士山的游历为背景，记下了一段复杂的情感：

> 富士山上踏雪
>
> 越踏越深入历史里
>
> 又见　一队日兵
>
> 在践踏家乡的雪
>
> 我把毛衣脱下
>
> 保护怀中妻小
>
> 让自己的肩背
>
> 抵挡
>
> 寒风刺来
>
> 几十年前的那排刺刀

诗人的联想来自于对民族苦难的历史记忆，表达的是他的一份至深至切的民族感情。面对军国主义者妄图篡改历史的狂妄举动，诗人充满忧患的民族关怀和历史提醒，对于国人和世人，当有深刻的警戒意义。

对传统人文精神的继承与弘扬，是在比怀乡更深刻的精神层面上的文化寻根。它既是漫长年月文化哺育和积淀的自然流露，也是诗人对自己民族文化精神的执意呼唤，表现出菲华诗歌在精神血统上与中国文学深刻的联系。

当然这种深刻联系还表现在艺术层面上。中国诗歌历史悠久的艺术传统，从感受世界的审美认知特征到传达世界的审美体现方式，无不在菲华诗歌中留下深深的印迹。它既是在不同的文化碰撞中对民族文化本位的坚守和对他文化的吸收，同时也是在文化的历史演进中"现代"对"传统"的激活。其艺术方式上的复杂的辩证关系，当是另外一篇文章的题目。

（原载《世界华文文学论坛》1998 年第 2 期）

学术简表（部分）

当代新诗研究

中国当代新诗史（与洪子诚合著）　　　　人民文学出版社 1993 年版

中国当代新诗史（修订本，与洪子诚合著）

　　　　　　　　　　　　　　　　　北京大学出版社 2005 年版

回顾一次写作——《新诗发展概况》的前前后后（与谢冕、孙绍振、

孙玉石、殷晋培、洪子诚合著）　　　北京大学出版社 2007 年版

台港澳暨海外华文文学研究

台湾文学史（上卷）（主编之一暨主要撰稿人）

　　　　　　　　　　　　　　　　　海峡文艺出版社 1991 年版

台湾文学史（下卷）（主编之一暨主要撰稿人）

　　　　　　　　　　　　　　　　　海峡文艺出版社 1993 年版

台湾文学史（主编之一暨主要撰稿人）

　　　　　　收入中国文库第三辑，现代教育出版社 2007 年版

香港文学史（主编暨主要撰稿人，繁体字版）

　　　　　　　　　　　　　　　　　香港作家出版社 1997 年版

香港文学史（主编暨主要撰稿人，简体字订正版）

　　　　　　　　　　　　　　　　　人民文学出版社 1999 年版

澳门文学概观（主编暨主要撰稿人）　　鹭江出版社 1998 年版

《双重经验的跨域书写——20 世纪美华文学史论》（主编暨主要撰稿人）

上海三联书店 2007 年版

《文学薪火的传承与变异——台湾文学论集》

海峡文艺出版社 1994 年版

《台湾文学隔海观》　　　台湾风云时代出版股份有限公司 1995 年版

《彼岸的缪斯——台湾诗歌论》（与朱双一合著）

百花洲文艺出版社 1996 年版

《华文文学：跨域的建构》　　　福建人民出版社 2007 年版

《华文文学的大同世界》（繁体字版）　　　台湾人间出版社 2012 年版

《华文文学的大同世界》（简体字增订本）　　　花城出版社 2012 年版

《遥望那一树缤纷——台湾文学漫论》　　　江苏大学出版社 2016 年版

《跨域与越界》　　　人民出版社 2016 年版

两岸文化暨闽南文化研究

《中华文化与闽台社会——闽台文化关系论纲》

福建人民出版 2002 年版

《跨越海峡的文化记认——中华文化与闽台社会》

台湾海峡学术出版社 2010 年版

《中华文化与闽台社会》（修订本）　　　人民出版社 2013 年版

《海峡文化论集》　　　江苏大学出版社 2014 年版

《论文化生态保护——以厦门市闽南文化生态保护实验区为中心》
（与陈耕合著）　　　福建人民出版社 2014 年版

《南少林之谜》　　　台湾幼狮文化事业股份有限公司 2001 年版

艺术评论

《色熠的盛宴——李锡奇的艺术和人生》

台湾印刻文学生活杂志出版有限公司 2016 年版

《台湾当代美术十五家》（待出版）